Weitere Titel der Autorin:

Sterne über Tauranga
Sonne über Wahi-Koura

Titel in der Regel auch als Hörbuch und E-Book erhältlich

Über die Autorin:

Anne Laureen, Jahrgang 1974, arbeitete viele Jahre im medizinischen Bereich, bevor sie ihr Hobby zum Beruf machte und sich seither ausschließlich der Schriftstellerei widmet. Auf einer Reise nach Neuseeland entdeckte sie ihre Liebe zu diesem faszinierenden Land, und sie beschloss, darüber zu schreiben. Nach STERNE ÜBER TAURANGA und SONNE ÜBER WAHI-KOURA ist DER ROTE MOND VON KAIKOURA ihr dritter Neuseeland-Roman.

Anne Laureen

DER ROTE MOND VON KAIKOURA

Neuseeland-Roman

BASTEI LÜBBE TASCHENBUCH
Band 16755

1. Auflage: Februar 2013

Dieser Titel ist auch als E-Book erschienen

Originalausgabe

Copyright © 2013 by Bastei Lübbe GmbH & Co. KG, Köln
Lektorat: Dr. Ulrike Strerath-Bolz, Friedberg
Titelillustration: © shutterstock/Gary Forsyth
Umschlaggestaltung: Gisela Kullowatz
Satz: Urban SatzKonzept, Düsseldorf
Gesetzt aus der Garamond
Druck und Verarbeitung: GGP Media GmbH, Pößneck
Printed in Germany
ISBN 978-3-404-16755-5

Sie finden uns im Internet unter
www.luebbe.de
Bitte beachten Sie auch:
www.lesejury.de

Der Preis dieses Bandes versteht sich einschließlich
der gesetzlichen Mehrwertsteuer.

Prolog

Neuseeland 1837

Stöhnend wälzte sich der junge, dunkelhaarige Mann auf seinem Lager herum. Verstörende Träume, im Wechsel mit Phasen absoluter Finsternis und dem Gefühl, von innen heraus zu verbrennen, hatten die Erinnerung an die vergangenen Tage verschlungen. Das Fieber war rasch angestiegen, dann wieder etwas gefallen, um anschließend erneut in die Höhe zu schnellen und den jungen Mann an den Rand des Todes zu bringen. Dass er nach allem, was geschehen war, überhaupt noch lebte, hatte der Bursche, der nicht mehr als achtzehn Lenze zählte, dem Fremden zu verdanken, der neben ihm hockte und den Blick nicht von seinem Gesicht ließ.

Das Gesicht des Mannes war mit einem *moko* geschmückt; seine schwarzen Haare flossen in dichten Locken auf seine Schultern. Neben seinen Knien lag ein Muschelhorn, in das er in bestimmten Zeitabständen immer wieder blies, um die bösen Geister abzuwehren, die er für das Delirium des Jungen verantwortlich machte. Es waren viele Geister, die an seiner Seele und seinem Körper zerrten und versuchten, ihm das Leben auszusaugen. Geister, die ihm wohl von den anderen weißen Männern geschickt wurden, in deren Begleitung er sich befunden hatte.

Der Heiler hatte eine ganze Weile aus seinem schützenden Blätterversteck den Trupp von *pakehas*, weißen Männern, beobachtet und gesehen, was sie mit dem Jungen getan hatten. War es eine verdiente Strafe gewesen? Er wusste nicht, nach welchen Maßstäben die Weißen ihr Recht sprachen. Viele von ihnen hatten sich an seinem Volk vergangen, Männer getötet und Frauen geschändet und das alles für ihr gutes Recht gehalten. Möglicherweise war der Junge ja nur deshalb bestraft worden, weil er sich nicht ihren schlimmen Taten anschließen wollte.

Als die Männer gegangen waren, hätte er sich umwenden und den Jungen zum Sterben zurücklassen können, doch das brachte er nicht über sich. Außerdem war alles Leben, das *papa* und *rangi* auf der Erde erschaffen hatten, heilig. Wenn die Geister versuchten, einem Menschen das Leben zu nehmen, dann war es seine Pflicht, das zu verhindern. Seit Generationen wurde diese Pflicht in seiner Familie weitervererbt.

So fern von seinem Dorf war es für ihn natürlich schwierig, seiner Arbeit nachzugehen. In seiner Hütte hatte er wesentlich mehr hilfreiche Kräuter zur Verfügung, doch glücklicherweise hatte er sein Muschelhorn dabei, jenes Instrument, mit dem er die Geister bannen und dazu bringen konnte, von dem Bewusstlosen abzulassen, damit er sich wieder erholen konnte.

Als er erneut nach dem Instrument griff und eine neue seltsame Melodie darauf spielte, zuckte der Bursche heftig zusammen und riss dann die Augen auf. Sein Atem ging stoßweise, Schweißperlen rannen über seine Stirn und seine Wangen.

Ohne seine Melodie zu unterbrechen, registrierte der Heiler die Veränderung. Jetzt hatte er sie! Die Geister waren endlich bereit, ihm zuzuhören.

Er stimmte ein anderes Lied an, ein wütenderes, das er immer wieder mit beschwörenden Formeln unterbrach. Seine Laute schreckten ein paar Vögel auf, die sich kreischend aus den Baumkronen erhoben. Der Heiler achtete nicht darauf. Er machte weiter, bis sich der Atem des Jungen wieder beruhigte und seine Muskeln ihre Anspannung verloren.

Als der Bursche schließlich wieder eingeschlafen war, holte er eine Hand voll Kräuter aus einem Beutel, den er an seinem Gewand trug, und warf sie auf die kleine Feuerstelle unweit von ihnen. Aromatischer Rauch stieg auf zu den Baumkronen, wo er sich mit dem Nebel mischte. Der Heiler schloss die Augen und sprach stumm die alten Gebete, mit denen er seine Ahnen und die Götter bat, ihm Kraft zu schenken, damit er dieses Leben retten konnte.

Als der Junge wieder zu sich kam, erblickte er zunächst nichts anderes als sattgrünes Blattwerk, das sich hinter einem wabernden Schleier verbarg. Fremdartige Geräusche hüllten ihn ein, ein Rascheln ertönte neben ihm. Der Versuch, seinen Kopf zur Seite zu drehen, scheiterte an einem scharfen Schmerz, der seine Schläfe durchzog. Was war los mit ihm? Er konnte sich an den Gesang erinnern und an eine bittere Flüssigkeit, die durch seine Kehle geronnen war. Doch alles andere verschwand ebenso im Nebel wie der Himmel über ihm.

Da er sich auch nicht aufrichten konnte, bemühte er sich herauszufinden, was geschehen war. Nach einer Weile gelang es ihm, den Schleier des Vergessens ein wenig zu lüften. Er hatte auf einem englischen Handelsfahrer angeheuert, dessen Ziel Australien gewesen war. Doch es hatte ein Unwetter gegeben, das sie weit von ihrem Kurs abgebracht hatte. Schließlich waren sie gezwungen gewesen, in Neuseeland vor Anker zu gehen, irgendwo an der rauen Küste, wo es noch keine Zivilisation gab. Und dann war es zu diesem Vorfall gekommen ...

Schritte verjagten die Bilder der Erinnerung. Wenig später erschien das tätowierte Gesicht eines Mannes über ihm, was ihn bis ins Mark erschrecken ließ.

Der Fremde sagte zunächst etwas in einer seltsamen Sprache, sah aber offenbar schnell ein, dass ihn der junge Bursche nicht verstand. »Du besser?«, fragte er nun auf Englisch, hockte sich neben ihn und berührte mit seinen Fingerspitzen die Stirn des Fremden. Der Junge zuckte bei der kühlen Berührung zusammen, als würde ihn ein Nadelstich treffen.

Hastig nickte er. »Ja, besser.« Seine Stimme kratzte im Hals wie damals, als er mit Scharlach tagelang in seinem Zimmer gelegen hatte, das abgedunkelt gewesen war, damit er nicht erblindete. Zu Hause, ging es ihm durch den Sinn. Das war so entsetzlich weit entfernt. Warum war er je auf die Idee gekommen, sein Elternhaus zu verlassen? Wahrscheinlich hatte sein Vater ihn bereits enterbt. Nicht, dass er sich etwas aus dem Geld machte. Obwohl sein Vater ihm gegenüber stets reserviert und kühl gewesen war, traf es ihn viel mehr, dass er sich von ihm losgesagt haben könnte. Dass es niemanden geben würde, der um ihn trauerte, wenn er auf diesem Flecken Erde starb.

»Du viele Geister.« Der Mann suchte nach den richtigen Worten, während er die Hand wieder zurückzog. »Dein Blut Fieber. Ich gesungen *karakia*, du werden besser.«

Karakia? Damit konnte der junge Mann nichts anfangen. Und er wusste auch nicht, was das Singen mit den Schmerzen und der Schwäche in seinen Knochen zu tun haben sollte. Doch eines wurde ihm in diesem Augenblick jäh bewusst: dass er so schnell nicht wieder von diesem Ort wegkommen würde. Seine Kameraden waren sicher schon fort, hielten ihn vielleicht für tot. Er war verloren in einem Land, das er nicht kannte, zwischen Menschen, deren Sprache er nicht verstand und die selbst nur wenige Fetzen seiner eigenen Sprache kannten. Oder zumindest jener Sprache, die er sich angeeignet hatte, um über alle Weltmeere reisen zu können.

»Wo bin ich hier?«, fragte der junge Mann.

»Du in *marae*. In meiner Hütte. Ich dich machen gesund, damit du gehen kannst in eigene Land.«

Mein Land, zog es unter seiner sich wieder erwärmenden Stirn entlang. Würde es ihn noch wollen? Oder hatte es ihn genauso verlassen, wie seine Kameraden es schon getan hatten?

Auf einmal fiel ihm wieder ein, was mit seinen Kameraden geschehen war. Welches Vergehens sie ihn bezichtigt hatten, fälschlicherweise natürlich. Der wahre Schuldige hatte einen Sündenbock gebraucht, damit ihm nicht selbst die Haut abgezogen würde. Unglücklicherweise hatte er genug Macht gehabt, um ihn verurteilen und bestrafen zu lassen. Ihn, das kleinste Rädchen im Getriebe, auf das man verzichten konnte.

»Jetzt du musst schlafen«, sagte der Maori, während er leicht seine Hand auf die Stirn des jungen Mannes sinken ließ. »Ich wache über dich. Ich singe, damit böse Geister nicht wiederkommen.«

Und damit hob er wieder zu jenem hypnotischen Gesang an, an den sich der junge Mann aus seinen Fieberträumen erinnern konnte. Auch jetzt hatte er dem nichts entgegenzusetzen; als trügen die Klänge tatsächlich eine Art Magie in sich, geleiteten sie ihn sanft, aber unwiderstehlich fort ins Reich der Träume.

1

Frühjahr 1888

Zum ersten Mal seit Langem träumte Lillian Ehrenfels in dieser Nacht wieder von ihren Eltern. Arm in Arm standen ihr Vater und ihre Mutter auf dem Bahnsteig, in ihrer besten Sonntagskleidung und bereit, gleich den Zug in Richtung Hamburg zu besteigen. Rauch zog unter dem gewölbten Bahnhofsdach entlang, während die Lokomotive einen schrillen Pfiff ausstieß, um die Passagiere zum Einsteigen aufzufordern.

Lillians Eltern lächelten ihr zu, ihre Mutter beugte sich vor und gab ihr einen Kuss. »Sei brav, meine Lilly, wir sind bald wieder bei dir.« Dann winkten sie ihr ein letztes Mal zu. Während ihr Großvater sie auf seinen Arm hob, verspürte sie eine tiefe Trauer darüber, dass die beiden wichtigsten Menschen in ihrem jungen Leben sie für so lange Zeit allein lassen würden.

Dass sie sie für immer verließen, hatte sie damals noch nicht ahnen können. Doch im Traum wusste sie es bereits. Verzweifelt streckte sie ihre Hand, die Hand des kleinen Mädchens, nach ihnen aus, doch ihre Eltern wandten sich um und bestiegen einfach den Waggon.

Es würde eine Reise ohne Wiederkehr werden, denn nur wenige Stunden später würde die Lokomotive entgleisen, und neben einigen anderen Menschen würden auch Frieda und Martin Ehrenfels bei diesem Eisenbahnunglück ums Leben kommen.

»Ka mate«, wisperte eine Stimme durch ihr Bewusstsein. »Ka mate...«

Als sie mit tränennassen Wangen hochschreckte, bemerkte sie, dass sie sich nicht mehr im Haus ihres Großvaters befand. Dann fiel es ihr wieder ein: Sie lag in ihrer Koje, in der schaukelnden Kajüte des Dampfschiffs, das sie in ihre neue Heimat bringen sollte.

Ihr Herz pochte, als wollte es ihr aus der Brust springen. Lillian strich sich ein paar schwarze Haarsträhnen aus der Stirn. Nach einer Weile wurde sie wieder ruhiger. Ein Traum, sagte sie sich. Es war nur ein Traum. Das ferne Echo einer Erinnerung, schon zu weit weg, als dass sie sie noch greifen konnte.

Dennoch wollte der Schlaf nicht wieder kommen. So leise wie möglich schwang sie die Beine über die Bettkante und ließ ihren Blick durch die Kabine schweifen, bis sie schließlich an der Koje ihres Großvaters ankam.

Schon lange hatte Georg Ehrenfels, der jetzt leise vor sich hin schnarchte, davon geträumt, ein vollkommen neues Leben zu beginnen. Warum er seinen Traum nicht schon viel früher in die Tat umgesetzt hatte, war Lillian ein Rätsel. Schon vor zehn Jahren hatte es nichts mehr gegeben, was ihn in Deutschland gehalten hätte. Seine Frau war bereits vor zweiundzwanzig Jahren gestorben, sein Sohn zusammen mit seiner Schwiegertochter bei einem Zugunglück im Jahr 1873. Er hätte jederzeit gehen können. Doch er hatte es nicht getan. Ihr zuliebe. Ihr zuliebe war er in Deutschland geblieben und hatte gewartet, bis sie alt genug war, um die Schiffsreise zu überstehen. Und darauf, dass sie sein Wissen teilen und verstehen würde, was ihn antrieb.

Was das Wissen anging, so hatte er Erfolg gehabt. Georg Ehrenfels mochte vielleicht kein berühmter Astronom sein, doch selbst die Akademie der Wissenschaften hatte zugeben müssen, dass seine Anstöße zur Mondforschung wertvoll waren.

Alles, was er wusste, hatte er sie gelehrt, in der Hoffnung, dass sie eines Tages seinen Platz einnehmen würde. Ein Studium für Frauen war in Deutschland noch undenkbar, aber er war der Meinung, die Zeiten könnten sich ändern.

Insgeheim hegte Lillian den Traum, zu studieren, doch die Jahre mit ihrem Großvater hatten sie realistisch gemacht. Mit ihm zusammenzuarbeiten, Wissen anzuhäufen und die Sterne betrachten zu können – eigentlich reichte ihr das.

Das bevorstehende Abenteuer erfüllte sie mit freudiger Erregung, nicht nur, weil sie endlich die Sterne der Südhalbkugel sehen würde. Sie brannte auch darauf, die Flora und Fauna, von der sie bisher nur gelesen hatte, mit eigenen Augen zu sehen. Und die sagenhaften Maori, jenes rätselhafte Volk, vom dem ihr Großvater manchmal erzählte.

Allerdings konnte ihr die Aussicht auf das große Abenteuer nicht darüber hinweghelfen, dass sie ihre Freundinnen zurücklassen musste. Besonders Adele Backhaus vermisste Lillian schmerzlich. Die beiden waren Freundinnen seit frühen Kindertagen, hatten Bonbons und Geheimnisse miteinander geteilt. Als Lillian ihr berichtet hatte, dass sie nach Neuseeland gehen würde, war Adele in Tränen ausgebrochen.

»Was soll ich nur ohne dich machen?«, hatte sie sagt, während sie sich ihr schluchzend in die Arme geworfen hatte. An diesem Punkt war Lillian versucht gewesen, ihrem Großvater mitzuteilen, dass sie nicht mit ihm kommen würde. Doch dann hatte sie sich zur Ordnung gerufen und sich vor Augen gehalten, dass Adele von jeher einen Hang zur Dramatik gehabt hatte. Ihr Großvater brauchte sie, es war undenkbar, ihn nicht zu begleiten. Und Adele würde im kommenden Jahr in die Gesellschaft eingeführt werden und wahrscheinlich bald verlobt sein. Wenn ihr erst einmal der Hof gemacht wurde, würde sie es besser verkraften, dass ihre Freundin so weit von ihr entfernt war.

»Ich bin ja nicht aus der Welt«, hatte Lillian bei ihrem Abschied gesagt. Dabei wusste sie sehr wohl, dass sie kaum irgendwo weiter von ihrer Freundin entfernt sein konnte als ausgerechnet in Neuseeland. Und ihr war auch klar, dass sie Adele mindestens ebenso stark vermissen würde, wie es umgekehrt der Fall war. »Ich werde dir schreiben, immer dann, wenn etwas Besonderes auf dem Schiff passiert oder wenn es etwas gibt, was ich dir dringend mitteilen muss. Und sobald ich erst einmal angekommen bin, wirst du ständig Post von mir erhalten, und dann wird es sein, als wäre ich gar nicht weg.«

Leicht gesagt. Nicht, dass sie nicht die Möglichkeit gehabt hätte zu schreiben. Sie vermisste Adele nur ganz furchtbar, und das Gefühl wurde schlimmer, je mehr Seemeilen hinter dem Schiff zurückblieben. Dazu kam, dass das Heimweh sich mehr und mehr durch ihre Venen fraß, dass es in ihrer Magengrube brannte und sie immer wieder sehnsuchtsvoll aufseufzen ließ, wenn sie an der Reling stand und über die Wogen blickte. Ihre Freundin und ihre Heimat – beide vermisste sie wirklich unsäglich...

Ich sollte Adele noch einen Brief schreiben, dachte Lillian, während sie sich vorsichtig aus ihrer Koje erhob. Das Schreibzeug fand sie mittlerweile mit verbundenen Augen, doch zum Schreiben benötigte sie Licht. Lächelnd erinnerte sie sich an ihre kindlichen Versuche, einen Text mit verbundenen Augen zu Papier zu bringen, weil sie davon überzeugt war, dass ihre Hände sich schon an die Form der Buchstaben erinnern würden. Es war ihr gelungen, doch die Schrift kippte zum rechten Blattrand hin so stark ab, als hätte sie einen Abhang zeichnen wollen.

Sie tastete also nach der Schreibtischlampe. Als der gelbe Lichtschein auf Papier, Tintenfass, Federhalter und ihre blassen, schmalen Hände fiel, beugte sich Lillian über ihren Schreibtisch und schrieb:

Liebste Adele,

vier Monate sind wir nun schon auf See, und mein Unmut wächst mit jedem Tag, der verstreicht, ohne dass Land in Sicht kommt. Werden wir irgendwann wieder auf festem Boden stehen?

Obwohl ich weiß, dass wir uns unserem Zielhafen in North Canterbury nähern, kommt es mir so vor, als seien wir dazu verdammt, ewig auf diesem Schiff umherzufahren wie der Fliegende Holländer in den Geschichten, die Großvater mir immer erzählt hat, als ich noch klein war.

Mittlerweile ist ein neues Jahr angebrochen. Die Mannschaft und die anderen Passagiere haben es mit viel Lärm und Trunkenheit begrüßt, während Großvater und ich in der Kabine geblieben sind und darüber philosophiert haben, was sich wohl auf der dunklen Seite des Mondes befände. Natürlich hat er meine Idee, dass sich dort die Bewohner unseres Trabanten verstecken würden, kategorisch abgelehnt.

»Wenn Gott gewollt hätte, dass der Mond bewohnt ist, so hätte er uns schon von ihrer Existenz in Kenntnis gesetzt«, sagte er mit Donnerstimme. Und obwohl ich weiß, dass er recht hat, habe ich mir einen Spaß daraus gemacht, weiter darauf zu beharren, dass jede Menge Männer und Frauen auf dem Mond leben.

Nicht, dass er mich zu dieser Diskussion gezwungen hätte. Im Gegenteil, zuvor hatte Großvater mich noch ernsthaft dazu ermuntert, nach oben zu gehen und zu tanzen. Doch mir war nicht danach zumute. Es hätte mich nur wieder an die unbeschwerten Feiern zu Hause erinnert, an die Neujahrstage, die ich bei deiner Familie verbracht habe.

Ach, wenn ich nur schon etwas von unserer neuen Heimat sehen könnte, wäre mein Heimweh vielleicht nicht mehr so schlimm. Doch vor wie hinter uns gibt es nur endloses Wasser.

Der einzige Trost sind mir die Sterne am Firmament, wenngleich sie hier vollkommen anderes aussehen als in Deutschland. Stell dir vor, die wenigen unserer Sternbilder, die man in diesen Breiten noch beobachten kann, stehen auf dem Kopf. Dafür ist das Kreuz des Südens, jenes Sternbild, das das Leben der Seeleute hier bestimmt, schöner und strahlender als alles, was du bei uns an Sternen beobachten kannst.

Ich wünschte, du wärst hier...
In Liebe
Deine Lillian

Für einen Moment zog sie in Erwägung, den Brief einfach zusammenzurollen und einer Flasche anzuvertrauen, wie es die Seeleute in früheren Zeiten getan hatten. Doch davon sah sie ab. Sie würde all die Briefe, die sie an ihre Freundin geschrieben hatte, auf die Post geben, sobald sie ihren Zielhafen erreicht hätten. Schließlich ging es nicht darum, dass Adele schnell Post bekam; das war in diesen Breiten ohnehin nahezu unmöglich. Nein, sie hatte Adele vor ihrer Abfahrt versprochen, die Reise genau für sie zu dokumentieren. Seitdem hatte sie beinahe jede Woche zwei oder drei Briefe geschrieben, angefüllt mit Eindrücken, Erlebnissen und Gefühlen, damit Adele die Reise genau nachempfinden konnte.

Nachdem die Tinte getrocknet war, faltete sie den Brief zusammen und schob ihn in einen Umschlag, den sie zu den vielen anderen in eine bunt bemalte, längliche Schachtel steckte. Sie hatte sie eigens zu diesem Zweck mitgenommen.

Lächelnd strich sie mit dem Finger über die Kanten der Briefe, die fein säuberlich in der Schachtel aufgereiht standen wie Soldaten bei einer Parade. Die Geschichte ihrer Reise. Vielleicht sollte ich sie ausdehnen und Adele weiterhin einmal im

Monat einen langen Brief schreiben, dachte Lillian, während sie der Schachtel wieder den Deckel aufsetzte. Auch wenn ihre Freundin keinen Sinn für Astronomie hatte und meist zu einer Häkelarbeit gegriffen hatte, wenn sie von Sternkarten und Mondkratern berichtet hatte, würde es sie und ganz bestimmt auch ihren Vater interessieren, wie die Arbeit ihres Großvaters auf Neuseeland voranging.

»Lillian?«, fragte eine Stimme aus der Dunkelheit. »Alles in Ordnung, mein Kind?«

Die Koje knarrte, als sich ihr Großvater erhob. Seit sie auf Reisen waren, war sein Schlaf unregelmäßig geworden. Darauf angesprochen, würde er sicher antworten, dass alte Menschen nicht mehr so viel Schlaf brauchten, aber Lillian konnte sich noch gut daran erinnern, dass es vor ihrer Abreise anders gewesen war. Manchmal hatte sie ihn in seinem ledernen Ohrensessel vorgefunden, in dem er über einer wissenschaftlichen Abhandlung eingeschlafen war.

Jetzt wälzte er sich oft ruhelos in seiner Koje herum, stöhnte manchmal im Schlaf und wachte unvermittelt auf, als hätte er einem schrecklichen Traumbild entfliehen wollen. Vielleicht hat er ja auch von Papa und Mama geträumt, dachte Lillian beklommen; dann antwortete sie: »Ja, Großvater, es ist alles in Ordnung. Ich konnte nur nicht mehr schlafen und habe einen Brief an Adele geschrieben.«

Den Traum erwähnte sie nicht. Sie hatte ihn ja nicht einmal Adele gebeichtet. Nein, sie würde ihn einfach vergessen. Ihn und die fremden Worte, die sie gehört hatte. Sie bedeuteten ebenso wenig wie die Bilder.

Ihr Großvater kletterte aus seiner Koje und zog sich seinen Morgenmantel über. Dann trat er neben sie und warf lächelnd einen Blick auf die Schachtel.

»Das arme Mädchen wird Wochen damit zu tun haben, all deine Briefe zu lesen. Vielleicht solltest du gnädig mit ihr sein.«

»Aber Briefe zu lesen ist doch für Adele keine Strafe. Sie musste die ganze Zeit über auf die Gespräche mit mir verzichten, da wird sie sich über die viele Post sicher freuen.«

»Sie wird für eine ganze Weile nicht aus dem Haus kommen, wenn sie das wirklich tut. Und das gerade im Frühjahr.«

Lillian dachte an die Frühlingsfeste und den Ostersonntag, an dem sie beide schon früh am Morgen zu den Rheinwiesen gelaufen waren, um Osterwasser zu holen. Dabei hatten sie immer versucht, einander zum Reden oder Lachen zu bringen, was am Ostermorgen strikt verboten war, wenn man noch im selben Jahr einen Bräutigam haben wollte. Aber die Sache mit dem Bräutigam war für sie beide bis zum letzten Osterfest ohnehin nur ein ferner Traum gewesen. Als Tochter eines angesehenen Kölner Kaufmanns würde Adele mit ihrem Osterwasser wohl nur wenig Einfluss auf die Gattenwahl ausüben können. Bald würden hoffnungsvolle junge Männer um ihre Hand anhalten, und im Wesentlichen würden ihre Eltern darüber entscheiden, mit wem sie den Bund fürs Leben einginge. Lillian dagegen war die Enkelin eines als verschroben geltenden Astronomen; ihre Aussichten, bald zu heiraten, standen eher schlecht.

»Sie wird sie lesen«, sagte Lillian, während sie ihre Schachtel an sich drückte, als befürchtete sie, dass sie ihr jemand stehlen könnte. »Adele ist nicht so unvernünftig, das Leben über irgendeine Lektüre zu vergessen. Aber als meine beste Freundin wird sie sie alle lesen, nach und nach, da bin ich mir sicher.«

Georg Ehrenfels lächelte sie an, und Lillian meinte, beinahe ein wenig Bedauern in seinem Blick zu sehen. Ihrem Großvater war klar, dass er sie von allem, was sie kannte und liebte, fortgeholt hatte. Doch mittlerweile, trotz des Heimwehs, hatte Lillian sich damit abgefunden und freute sich auf all das Neue, das ihr bevorstand.

Nachdem sie die Schachtel mit den Briefen unter ihrer Bettstatt verstaut hatte, legte sie sich wieder in die Koje. »Willst du dich nicht auch wieder hinlegen?«, fragte sie ihren Großvater, während sie die noch warme Decke bis zum Kinn hochzog.

»Nein, mein Liebes, ich sehe mir noch ein wenig die Sterne an. Du weißt doch, in meinem Alter braucht man nicht mehr so viel Schlaf.«

Damit setzte er sich auf den Stuhl neben dem Fenster, lehnte sich mit einem leichten Seufzer zurück und blickte in die Nacht hinaus.

Immer, wenn er in die Sterne sah, hatte Georg Ehrenfels das Gefühl, die vielen Lebensjahre, die er mit sich herumschleppte, würden einfach von ihm abfallen. Angesichts des Glitzerns und Funkelns auf dem dunkelblauen Nachthimmel wurde er wieder zu dem kleinen Jungen, der an der Hand seines Großvaters nach oben schaute und versuchte, all die Sterne zu zählen, die über ihm funkelten wie Brillanten auf einer teuren Abendrobe.

»Es wird dir nicht gelingen«, hatte sein Großvater Roland Ehrenfels lachend bemerkt, doch der Junge hatte sich nicht davon abbringen lassen. Und auch jetzt ertappte sich Georg dabei, dass er begann, die blinkenden Lichtpunkte zu zählen.

Nein, dachte er dabei, es würde ihm nicht gelingen, alle Sterne zu zählen, wenngleich er ebenso wie viele andere Astronomen damit begonnen hatte, sie zu katalogisieren. Ihre Namen und Nummern füllten mittlerweile dicke Folianten, und ein Ende war nicht abzusehen. Wenn ein Stern in einer wunderbaren Nova starb, tauchten gleich drei oder vier neue auf. Georg war inzwischen derselben Meinung wie sein Großvater: Nie würde es den Menschen gelingen, die gesamte Anzahl der Sterne zu kennen. Aber vielleicht würden sie eines Tages zu ihnen reisen können. Und vielleicht würden die Menschen kommender Generationen auch herausfinden, was sich auf der Rückseite des Mondes befand.

Viele große Pläne hatte Georg nicht mehr, doch an einem hielt er nun schon seit beinahe fünf Jahrzehnten fest. Er musste ein Versprechen einlösen, das er damals gegeben hatte, eine Schuld abtragen, die er auf sich geladen hatte. Wahrscheinlich würde es das Letzte sein, was er in diesem Leben tat, aber das war ihm egal.

Während er versonnen die Sternbilder betrachtete, kamen ihm andere Erinnerungen wieder in den Sinn. Seine erste Reise auf einem Klipper, einem jener windschnittigen, schnellen Segelschiffe, die mit ihren stählernen Leibern die Weltmeere beherrscht hatten. Wenn alles anders gekommen wäre, dachte er sich, wo wärst du dann? Vielleicht noch immer auf See, in jedem Hafen eine Braut. Oder hättest du dich dennoch den Sternen verschrieben?

Ein leises Seufzen riss ihn aus seinen Überlegungen. Als er sich zu Lillian umsah, bemerkte er, dass sie wieder eingeschlafen war. Lillian, die Einzige, die ihm geblieben war. Mit einem schmerzlichen Lächeln auf den Lippen erhob er sich und trat an ihre Koje. Sie erinnerte ihn so sehr an ihren Vater, seinen Sohn, der ihm viel zu früh genommen worden war. Er hätte sein Erbe weitertragen sollen, doch das Schicksal hatte etwas anderes vorgehabt. Nun würde sein Erbe in den zarten Händen seiner Enkelin liegen. Würde sie stark genug sein? Sicher, sie war klug und hatte seinen Dickkopf geerbt. Doch würde das ausreichen in einer Welt, in der er selbst schon Schwierigkeiten hatte, seine Vorhaben zu realisieren?

So weit ist es noch nicht, sagte er sich. Noch bleibt mir Zeit. Wenn die Götter wollen, bleibt mir genug Zeit, um meine Arbeit hier zu vollenden und Lillian ein fertiges Werk in die Hände zu legen.

Zärtlich strich er ihr eine Haarsträhne von der Wange, dann legte er sich wieder in seine Koje. Vielleicht würden die Kinder des Lichts ihm doch noch ein wenig Schlaf gewähren.

2

Drei Tage später machte sich die *Seaflower* bereit, in Christchurch einzulaufen. Schon am frühen Morgen hatte einer der Schiffsjungen im Ausguck den Kirchturm der Stadt am Horizont ausgemacht. Bis die Matrosen und Passagiere endlich die Küste zu Gesicht bekamen, dauerte es allerdings noch eine Weile.

Spätestens als sich die Landmasse der neuseeländischen Südinsel schließlich vor ihnen ausbreitete, brach auf dem Dampfer hektische Betriebsamkeit aus.

Während die Seeleute auf dem Oberdeck umherwimmelten und schließlich der Lotse an Bord kam, um das Dampfschiff sicher ins Hafenbecken zu bringen, waren die Passagiere damit beschäftigt, ihre Kajüten zu räumen, die in den vergangenen Monaten für fast alle so etwas wie eine zweite Heimat geworden waren.

Dienstboten der höhergestellten Reisenden schleppten schwere Truhen und wuchtige Überseekoffer durch die Gänge. Wenn sich zwei von ihnen dabei so ins Gehege kamen, dass keiner mehr am anderen vorbeikonnte, hagelte es Beschimpfungen und Flüche, die an Land sicher für einige schockierte Mienen gesorgt hätten. Doch die englischen Seeleute waren nicht besonders zimperlich; von ihnen hatten die Passagiere noch ganz andere Dinge zu hören bekommen. Also scherte sich niemand um das Gezänk der Diener.

Viel Gepäck hatten Lillian und ihr Großvater nicht. Die meisten seiner Habseligkeiten hatte Georg Ehrenfels verkauft, um das nötige Geld zusammenzubringen, das er brauchte, um seine Auswanderung nach Neuseeland zu finanzieren. Seine wertvolle Astronomenausrüstung jedoch – Spektroskop, zwei Teleskope, Photometer und andere Dinge – hatte Deutschland noch vor seiner eigenen Abreise verlassen.

Etwas wehmütig dachte Lillian an das Haus am Kölner Heumarkt, das sie ebenfalls verkauft hatten. Es hatte nicht mehr besonders viel hergemacht, und solange sie sich erinnern konnte, hatte dort die schönste wissenschaftliche Unordnung geherrscht. Doch wenn sie sich mit einem Buch in den alten roten Ohrensessel im Salon gesetzt hatte, war sie sich immer wie eine Prinzessin vorgekommen. Eine Prinzessin, die sich fragte, wie lange es wohl gedauert haben mochte, all die Sterne an den Himmel zu nähen.

»Sei vorsichtig mit den Sternkarten«, ermahnte sie ihr Großvater, der inzwischen die Bücher einsammelte, die beinahe während der gesamten Überfahrt in der Kabine herumgelegen hatten, und in eine große Ledertasche packte. »Ich glaube kaum, dass wir in diesem Teil der Welt so schnell neue bekommen würden.«

»Genau genommen würden wir in keinem Teil der Welt solche Sternkarten bekommen«, entgegnete Lillian lächelnd, während sie die Karten vorsichtig zusammenrollte. Das Besondere an diesen Karten waren nämlich die handschriftlich eingefügten Notizen ihres Großvaters. Jeden neu entdeckten Stern, von dem er erfahren hatte, hatte er hinzugefügt und Irrtümer der Kartenzeichner berichtigt oder mit kurzen Kommentaren versehen. »Ich weiß, dass diese Karten unermesslich wertvoll sind, Großvater, und ich verspreche dir, dass ich sie nie respektlos behandeln werde.«

Ehrenfels lachte auf. »Aus diesem Grund bist du ja auch meine Assistentin und nicht irgendein grüner Student.«

»Nun, du hättest sicher auch keinen Studenten gefunden, der mit dir nach Neuseeland gegangen wäre.«

»Da hast du wohl recht. Heutzutage packt die jungen Gelehrten nur noch selten die Abenteuerlust. Sie sitzen lieber in ihren Schenken und ritzen sich die Gesichter beim Fechten an.«

Lillian betrachtete lächelnd das Gesicht ihres Großvaters. Mochte die Zeit dort auch ihre Spuren hineingegraben haben, Narben hatte er nicht auf seinen Wangen. Und das, obwohl er doch etliche Abenteuer bestanden hatte.

»Ich glaube, wir hätten doch lieber einen Packesel mitnehmen sollen«, bemerkte Georg, als er die Büchertasche neben Lillians Teppichstofftasche und seinen Seesack stellte. »Haben wir das alles wirklich selbst in die Kajüte getragen?« Auch wenn sie nicht viel Habe bei sich hatten, füllte diese immerhin noch vier Taschen – ganz zu schweigen von den Kartenetuis.

»Natürlich, Großvater!«, antwortete Lillian, während sie die letzte Karte in das lederne Etui schob und dieses dann verschloss. »Und wir werden es auch wieder nach draußen bekommen. Weit brauchen wir es sicher nicht zu schleppen, am Hafen wird es von Hilfskräften und Kutschern sicher nur so wimmeln.«

Als sie die letzten Sachen verstaut hatten, warf Lillian einen Blick aus dem Fenster. Die Sonne schickte einzelne helle Strahlen durch die doch recht dichte Wolkendecke. Am Hafen wimmelte es nur so von Menschen. Offenbar wurden einige Passagiere von Einheimischen erwartet. Aller Voraussicht nach würden sie eine Weile brauchen, bis sie einen Kutschenstand ausgemacht hatten.

Der Bekannte ihres Großvaters hatte sich um vieles gekümmert, das ihnen die Ankunft und die erste Zeit hier erleichtern sollte, aber Georg Ehrenfels hatte davon abgesehen, um eine Kutsche zu einem bestimmten Zeitpunkt zu bitten. »Das Meer ist eine sehr unstete Dame; niemand weiß, wie lange sie das Schiff in ihren Armen halten will«, hatte er erklärt, als sie den

Hamburger Hafen hinter sich gelassen hatten und unter dem Kreischen Dutzender Möwen aufs offene Meer hinausgefahren waren. Tatsächlich war die Reise hin und wieder ein wenig turbulent gewesen, besonders aufgrund der Stürme, die sie jenseits des Roten Meeres heimgesucht hatten. Aber letztlich waren sie gut am anderen Ende der Welt angekommen, und nichts anderes zählte in diesem Moment.

Es dauerte eine Weile, bis sie mit ihren Koffern und Taschen das Oberdeck erreichten. Zwischendurch schoben sich immer wieder Passagiere an ihnen vorbei.

Lillian war erstaunt über die Mengen an Gepäck, die einige Reisende mit sich führten. Ein Koffer war derart groß, dass sie und ihr Großvater darin bequem hätten Tee trinken können. Stimmengewirr erfüllte die Gänge, ein paar Fetzen Dänisch und Schwedisch drang an ihr Ohr, aber Deutsch suchte sie vergebens. Dabei waren einige Deutsche mit an Bord gewesen; während der Reise waren sie ihnen im Speisesaal begegnet und hatten sich gelegentlich ein wenig mit ihnen unterhalten.

Der frische Wind, der ihnen vom Oberdeck entgegenwehte, löste die Wolke aus Parfüm, Schweiß und abgestandener Luft auf, die lastend über ihnen gehangen hatte. Während sie tief einatmete, ließ die Vorfreude Lillians Bauchdecke flattern und weckte beinahe schon schmerzlich den Wunsch in ihr, Adele bei sich zu haben. Endlich oben angekommen, konnte sie nun fast den gesamten Hafen überblicken. Neben der *Seaflower* hatten noch einige andere Schiffe im Hafen festgemacht, darunter ein kleines Postdampfschiff, das einen schrillen Pfiff ausstieß, bevor die Maschinen heruntergefahren wurden. *Vielleicht könnten damit bereits meine Briefe auf Reisen gehen,* dachte sie. *Ich sollte sie noch am Hafen aufgeben.*

Als sie zur Seite schaute, bemerkte sie, dass der Blick ihres Großvaters ein wenig abwesend auf die Hügel jenseits der Stadt gerichtet war, die trotz des Dunstes gut zu erkennen waren.

»Alles in Ordnung, Großvater?« Sanft legte sie die Hand auf seinen Arm.

Georg zuckte kurz zusammen. »Ja, ja, alles in Ordnung. Ich habe mir nur vorgestellt, wie sie aussehen wird.«

»Von hier aus wird sie nicht zu sehen sein«, entgegnete Lillian. »Kaikoura ist doch ein gutes Stück entfernt.«

»Da hast du recht, mein Kind, aber dennoch komme ich nicht umhin, mir bei jedem Hügel vorzustellen, wie es wäre, eine Sternwarte dort zu errichten. Ich bin davon überzeugt, dass es in einigen Jahren viele in diesem Land geben wird.« Er streckte den Arm aus und deutete mit dem Finger auf die Kuppe des höchsten Hügels. »Wenn sie dort oben stehen würde, könnte man hier in Christchurch an klaren Tagen die Spiegelung der Sonne in der Kuppel erkennen.« Wieder schweifte der Blick ihres Großvaters ab, und da sie ihn gut kannte und wusste, dass es zwecklos war, ihn aus seinen Träumen zu reißen, wenn er einmal in ihnen versunken war, konzentrierte sich Lillian wieder auf die Menschenmenge vor ihnen. Eine Frau trug in einem Käfig ein kleines Äffchen bei sich, wahrscheinlich ein Souvenir von der Reise, die sie und ihr Gatte unternommen hatten. Ein paar Kinder widersetzten sich lautstark den Versuchen ihrer Gouvernante, sie zur Ordnung zu rufen, während ein paar andere Damen sich Hüte und Jacken zurechtrückten, obwohl es dort eigentlich nichts zurechtzurücken gab.

Endlich erreichten sie den Offizier, der dafür zuständig war, die Passagiere zu verabschieden. Obwohl er seinen Dank und seine guten Wünsche sicher schon zigmal wiederholt hatte, lächelte er Lillian und ihren Großvater an und sagte seine Grußformel ein weiteres Mal.

Als sie das Schiff hinter sich gelassen hatten, schwankte der Landungssteg unter dem Gewicht der Reisenden ein wenig, was eine ängstliche Frau vor ihnen zu dem Ausruf veranlasste: »James, halt mich fest, ich will nicht ins Hafenbecken fallen!«

Der Gerufene stieß ein Seufzen aus, dann entgegnete er: »Liebling, der Steg ist so breit, dass selbst deine Mutter noch mit draufpassen würde, ohne Gefahr zu laufen, ins Wasser zu fallen.«

»Trotzdem, halt mich fest! Bitte!«

Wieder ein Seufzen, dann umfasste die Hand des Mannes den Arm seiner Gattin.

Lillian hielt sich rasch die Hand vor den Mund, um nicht loszuprusten. Erkannte der Mann denn nicht, dass seine Frau nicht von ihm festgehalten werden wollte, weil ihr der Steg Angst machte, sondern weil sie sich vor dem Unbekannten fürchtete, vor der Stadt, die vor ihnen lag?

Die beiden Frauen vor dem Paar schienen jedoch wirklich Angst vor dem Schaukeln zu haben. Bis zum Ende des Landungsstegs wurde Lillian das Bild der beiden nicht mehr los, die sich zitternd so fest aneinanderkrallten, dass die Fingerknöchel weiß hervortraten.

Ihrem Großvater und ihr machte das Schaukeln nichts aus. Eher erschien es Lillian seltsam, wieder festen Boden unter den Füßen zu haben. An das Schwanken hatte sie sich in den vergangenen Monaten dermaßen gewöhnt, dass es ihr nun vorkam, als seien ihre Beine steif und mit Bleigewichten beschwert.

Ihr Großvater hingegen schritt aus, als sei er lediglich über einen Bordstein getreten. »Komm mein Kind; wenn du deine Briefe abschicken möchtest, solltest du dich beeilen.«

»Weißt du denn, wo es hier ein Postamt gibt?«, fragte Lillian, während sie ihr Kästchen mit den Briefen fest an sich gedrückt hielt.

Georg schüttelte den Kopf. »Nein, als ich das letzte Mal in Christchurch war, stand hier bestenfalls eine Mission. Aber wenn du ein wenig herumfragst, wirst du es schon finden.«

Lillian zog verwundert die Augenbrauen hoch, als sich ihr Großvater unvermittelt auf einem scheinbar herrenlosen Fass niederließ.

»Was soll ich denn auf der Post?«, erklärte er und hob beide Hände. »Sicher ist es dort genauso voll wie an deutschen Schaltern. Da genehmige ich mir doch lieber ein kleines Pfeifchen.« Damit zog er seine Meerschaumpfeife und die Tabakdose aus seiner Jackentasche.

Lillian war ein wenig unwohl angesichts der fremden Stadt. Was, wenn sie sich verlief? Dann hast du einen Mund zum Fragen, antwortete ihr eine innere Stimme, die sich verdächtig nach ihrem Großvater anhörte, denn er hatte sie stets zur Selbstständigkeit angehalten. Und Lillian hatte eigentlich auch nichts anderes gewollt.

»Ich lasse meine Taschen hier und nehme nur ein wenig Geld mit«, verkündete sie und zog ihre Geldbörse. Ein paar Pfund hatten sie noch vor ihrer Abreise eintauschen können, alles Weitere würden sie erledigen, wenn sie in Kaikoura ankamen.

»Ich werde auf alles achtgeben«, entgegnete ihr Großvater und riss dann ein Streichholz an einem Stein an.

Ein wenig unsicher folgte Lillian der Straße, die sich an den Hafen anschloss und von zahlreichen Häusern gesäumt wurde. Die Leute hier unterschieden sich von denen, die sie in Köln getroffen hatte. Die Frauen waren anders gekleidet, wesentlich eleganter und auch ein bisschen wagemutiger, was die Farben anging. In Köln herrschten zu dieser Jahreszeit eher gedeckte Töne vor. Die Männer wiederum fielen dadurch auf, dass einige sie ganz unverhohlen anlächelten oder ihr hinterherpfiffen – und das, obwohl sie, was ihr Kleid anging, keinesfalls mit den anderen Frauen gleichen Alters mithalten konnte. Waren diese Pfiffe vielleicht nicht bewundernd gemeint, sondern ganz einfach nur spöttisch?

Gespannt ließ sie ihren Blick über die Häuser schweifen, die so auch in England hätten stehen können, doch vergeblich hielt sie nach Vertretern der Eingeborenen Ausschau, von denen ihr Großvater ihr hin und wieder erzählt hatte.

Die Post befand sich glücklicherweise nicht weit vom Hafen entfernt, sodass Lillian ohne fremde Hilfe darauf aufmerksam wurde. Allerdings reichte die Schlange der Wartenden bis hinaus auf die Straße. Für einen Moment wollte Lillian schon wieder kehrtmachen, doch dann besann sie sich. Du hast Wochen auf dem Schiff darauf gewartet, Adele endlich die Briefe zu schicken. Jetzt solltest du die Gelegenheit nutzen. Wer weiß, ob es in Kaikoura so etwas wie eine Poststelle gibt?, dachte sie sich.

Um sich ein wenig die Zeit zu vertreiben, betrachtete Lillian die Geschäfte, die sich neben dem Postamt drängten. Im Schaufenster eines Damenausstatters blieb ihr Blick an einem lindgrünen Seidenkleid hängen. Was für ein wunderbares Kleid, dachte sie mit leichter Wehmut. Hätte der Laden in Köln gestanden und wäre sie noch dort gewesen, hätte sie Adele gewiss zu einem Ausflug in die Stadt überreden können, um sich diesen Laden näher anzuschauen. Jetzt reichte das Geld, das sie noch besaßen, bestenfalls für einfachen Stoff, aus dem sie Kleider nähen konnte – wenn es denn nötig war. Solange sich schadhafte Stellen ausbessern ließen, würde sie nicht die Gelegenheit haben, sich Stoff oder gar ein neues Kleidungsstück zuzulegen.

Als sie seufzend den Blick von dem Damenausstatter abwandte, bemerkte sie, dass sie beobachtet wurde. Der Mann war bestenfalls Ende zwanzig und trug einen braunen Anzug, schwarze Stiefel und einen breitkrempigen Hut. Sein brauner Schnurrbart war sauber gestutzt, seine Augen leuchteten so hellblau wie der Sommerhimmel. Ein wenig erinnerte er Lillian an einen Cowboy aus einem Roman, den sie irgendwann gelesen hatte. Nur waren sie hier nicht in Amerika. Gehörte dieser Mann zu den Schafzüchtern, von denen sie gehört hatte?

Auf der *Seaflower* waren auch einige Neuseeländer gewesen, die sich über Schafzucht und Hütehunde unterhalten hatten. Obwohl Lillian nicht viel über das Landleben wusste, hatte sie das Gespräch zunächst recht interessant gefunden. Doch dann hatte sie feststellen müssen, dass es bei den Schafbaronen nicht anders zuging als bei rivalisierenden Wissenschaftlern. Da wurden Erkenntnisse zurückgehalten, und es wurde alles getan, damit der Konkurrent nicht mithalten konnte. Einige gingen sogar so weit, den Tieren anderer Schafzüchter die Schafsläuse aufzusetzen, damit die Wolle unbrauchbar wurde.

Ging der Mann da hinten etwa auch so mit seinen Konkurrenten um? Als Lillian sich dabei ertappte, dass sie ihn länger als nötig ansah, war es schon zu spät. Er grinste sie breit an. Rasch und mit glühenden Wangen wandte sie sich ab. Dennoch spürte sie seinen Blick kribbelnd auf ihrer Wange. Als sie nach einer Weile aus dem Augenwinkel heraus zu ihm hinübersah, bemerkte sie, dass er sie immer noch anstarrte. Das schmeichelte ihr einerseits, beunruhigte sie aber auch ein wenig.

Natürlich gehörte es sich nicht für eine Dame, einen Mann auf der Straße anzusprechen, doch seine Blicke verwirrten sie, und so folgte sie ihrem Impuls. »Entschuldigen Sie, Sir, gibt es einen Grund, warum Sie mich so ansehen?«

Der junge Mann lächelte breit. »Verzeihen Sie, ich wollte Sie nicht belästigen. Aber selbst hier geschieht es selten, dass man einer so hübschen Lady begegnet.«

Lillian senkte verlegen und auch ein wenig geschmeichelt den Blick.

»Sie sind nicht von hier, nicht wahr?«, fuhr der Mann fort. »Ich höre da einen leichten Akzent in Ihren Worten. Sie kommen aus Übersee, nicht wahr?«

Unsicher blickte Lillian nach vorn, in der Hoffnung, dass sich die Schlange bewegen würde und sie einen Grund hätte, sich abzuwenden, doch die Leute reihten sich noch immer wie festgekettet vor dem Postamt auf. »Aus Deutschland«, antwortete sie also, in der Hoffnung, dass er dann von ihr ablassen würde und sie nicht länger diese Verwirrung spüren müsste, die sie aufgrund seiner Aufmerksamkeit überkam.

Das Gegenteil war allerdings der Fall.

»Dann sind Sie also gerade angekommen?«, fragte der Unbekannte weiter.

»Ja, und ich glaube kaum, dass mein Begleiter es gutheißen würde, dass Sie mich ausfragen.«

Kaum hatte sie das ausgesprochen, legte sich Enttäuschung auf seine Züge. »Ihr Begleiter«, wiederholte er leise; dann setzte er mit einem gezwungenen Lächeln hinzu: »Nun, wenn das so ist, bitte ich nochmals um Entschuldigung.«

Lillian ärgerte sich ein wenig über sich selbst. Eigentlich sollte sie sich doch darüber freuen, dass sich jemand für sie interessierte. Adele hätte ganz sicher geantwortet und sich nicht wie eine alte Jungfer verhalten.

»Wir wollen nach Kaikoura«, sagte sie nach einem kurzen Moment des Schweigens.

Der Mann zog die Augenbrauen hoch. »Hat Ihr Begleiter nichts dagegen, dass Sie mir diese Information geben?« Das spöttische Lächeln auf seinen Lippen verriet ihr, dass er es nicht ernst meinte – und ihr auch nicht böse war.

Gegen ihren Willen erwiderte Lillian das Lächeln. »Nein, ganz sicher nicht. Verzeihen Sie, dass ich so unhöflich war, ich bin es nicht gewohnt, von Männern angestarrt zu werden. Man hat mir beigebracht, dass sich das nicht gehört.«

»Eigentlich war es ja auch unverschämt von mir«, gab der Unbekannte zu. »Doch wie gesagt, man trifft auch hier nicht jeden Tag eine Frau, deren Aussehen einen dazu verleiten würde, gegen einen Laternenpfahl zu laufen – vor lauter Unachtsamkeit.«

Lillian hätte jetzt gern einen der Fächer gehabt, mit denen sich die Frauen an Bord Luft zugefächelt hatten, als das Schiff in südlichere Gefilde vorgedrungen war. Doch da sie noch nie besonderen Wert auf weiblichen Tand gelegt hatte, musste sie entweder ihr Gesicht abwenden, damit er ihr Lächeln nicht sah, oder sich beherrschen. Sie entschied sich für Letzteres und fragte sich gleichzeitig, was für Komplimente dieser Mann wohl noch auf Lager hatte.

»Sie sollten vorrücken«, sagte er schließlich und deutete mit einer leichten Kopfbewegung über ihre Schulter.

Als Lillian sich umsah, bemerkte sie, dass sich ihr Vordermann gut zwei Meter vor ihr befand. Rasch schritt sie voran, gefolgt von dem Fremden.

»Wie es der Zufall will, habe ich hin und wieder in Kaikoura zu tun. Es ist übrigens ein hübsches kleines Städtchen. Und noch recht neu. Kaum ein Gebäude ist älter als zwanzig Jahre.«

»Und was haben Sie in Kaikoura zu tun?«, fragte Lillian nun.

»Ich bin Schafzüchter und habe eine Farm in der Nähe. Hier in Christchurch verkaufe ich nur meine Wolle.«

»Dann sehen Sie sich vor den Schafläusen vor, auf dem Schiff habe ich wüste Geschichten darüber gehört, dass konkurrierende Schafbarone versuchen, einander die Wollproduktion zu verderben.« Kaum hatte sie sie ausgesprochen, war Lillian diese Bemerkung auch schon peinlich. Der Mann würde das alles sicher wissen, er hatte doch von der Schafzucht mehr Ahnung als sie!

In den Augenwinkeln des Mannes zeigten sich amüsierte Fältchen. »Keine Sorge, meine Herden sind gut bewacht. Ich habe nicht nur Hütehunde, sondern auch eine sehr gute Mannschaft. Wenn die Schafläuse über meine Tiere herfallen, ist es Gottes Wille und sicher nicht dem Zutun Dritter zu verdanken.« Der Mann betrachtete sie erneut eindringlich, während sich Lillian fragte, ob er wohl verheiratet war. Einen Ring hatte sie jedenfalls nicht an seinem Finger gesehen. Doch warum machte sie sich darüber Gedanken? Soeben hatte sie ihm gegenüber noch von einem Begleiter gesprochen.

»Hören Sie, wenn Sie und Ihr Begleiter irgendwie Hilfe

brauchen, können Sie sich gern an mich wenden. Mein Vater ist Stadtabgeordneter in Kaikoura; entweder melden Sie sich bei ihm oder Sie kommen zu meiner Farm, sie liegt etwa zehn Meilen südlich der Stadt.«

»Danke, aber ...« Lillian stockte, als sich die Schlange erneut ein Stück vorwärtsbewegte. Was auch immer den Verkehr so lange aufgehalten hatte, war offenbar verschwunden.

»Aber?«, fragte der Fremde lächelnd nach.

»Aber ich kenne doch Ihren Namen gar nicht«, entgegnete Lillian, anstatt das zu antworten, was sie ursprünglich vorgehabt hatte – dass sie keine Hilfe brauchen würden. »Wie soll ich nach Ihnen fragen?«

»Oh, verzeihen Sie, dass ich mich nicht längst vorgestellt habe.« Er deutete eine kleine, schuldbewusste Verbeugung an. »Fragen Sie nach Ravenfield. Jason Ravenfield. Und ich hatte die Ehre mit ...?«

»Lillian Ehrenfels.«

»Dann hoffe ich, dass wir uns eines Tages in Kaikoura über den Weg laufen werden.«

Bevor Lillian noch etwas erwidern konnte, tönte von drinnen die Stimme des Postbeamten: »Wollen Sie nun rein oder nicht?«

»Entschuldigung«, rief Lillian, dann trat sie vor.

Nachdem sie die Briefe in einem großen Umschlag verstaut und aufgegeben hatte, verließ Lillian das Postamt wieder, allerdings nicht, ohne Ravenfield noch ein Lächeln zu schenken. Vielleicht war er ja gar nicht unverschämt, sondern einfach nur direkt: eine Eigenschaft, die sie an Menschen eigentlich schätzte. Würde sie ihn in Kaikoura wiedersehen? Wenn ja, konnte sie ihm vielleicht erklären, dass es sich bei ihrem Begleiter um ihren Großvater handelte. Er hatte ja regelrecht enttäuscht dreingeschaut!

Vor dem Kutschenstand fand sie ihren Großvater. Er saß auf einem großen Stein, rauchte seine Pfeife und schaute dabei in Richtung Hafen. Beinahe sehnsuchtsvoll ließ er den Blick über das Wasser schweifen. Bereute er etwa, dass er hierhergekommen war?, fragte sich Lillian. Sehnte er sich danach, wieder zurückzureisen?

Ganz bestimmt nicht, beantwortete sie ihre Frage selbst. Ihr Großvater war kein Mann, der irgendetwas aus einer Laune heraus tat, die schnell wieder umschlagen konnte. Den Plan, das größte Vorhaben seines Lebens gerade hier umzusetzen, hatte er gut durchdacht.

»Ich bin wieder da, Großvater«, sagte sie, als sie neben ihn trat.

»Alles erledigt?«, fragte Georg, während er seine Pfeife ausklopfte und sie dann in der Brusttasche seines Gehrocks verschwinden ließ. Obwohl ihm Schweißtropfen auf der Stirn standen, dachte er nicht daran, das Halstuch zu lockern oder auch nur einen Knopf seines Rocks zu öffnen.

»Ja, die Briefe sind aufgegeben und der Bedienstete hat mir versichert, dass sie noch heute Abend mit dem nächsten Postschiff auf die Reise gehen werden.«

»Dann wird deine Adele die Briefe bekommen, wenn in Deutschland Frühling ist.«

»Hauptsache, sie bekommt sie.«

Ihr Großvater nickte lächelnd, dann legte er seinen Arm um ihre Schultern, als wollte er sich auf sie stützen. »Dann suchen wir uns mal eine Kutsche, die uns nach North Canterbury bringt.«

3

Der Kutscher war ein junger Mann mit seltsamen Zeichen auf den Wangen, von denen Lillian kaum den Blick abwenden konnte. Offenbar gehörte der Mann zu den Maori, die ihr Großvater während der Reise des Öfteren erwähnt hatte.

Die Vergangenheit von Georg Ehrenfels war ein wenig nebulös; selbst seine Enkelin wusste nur, dass er sich während seiner Jugend als Seemann verdingt und ein gutes Stück von der Welt gesehen hatte. Nach ein paar Jahren hatte er genug davon gehabt und sich entschieden, dem Wunsch seiner Eltern nachzukommen und zu studieren. Immerhin war genug von dem jugendlichen Rebell in ihm geblieben, dass er anstelle eines einträglichen Jurastudiums die Physik gewählt hatte – in der Absicht, sich eines Tages der Astronomie zu widmen.

Dass ihr Großvater schon einmal in Neuseeland gewesen war, hatte Lillian allerdings erst erfahren, als er sich zur Auswanderung entschlossen hatte.

Auf dem Schiff hatte er immer wieder einmal von den Inseln am anderen Ende der Welt erzählt. »Ein wildes, raues Land war das damals noch«, hatte er eines Tages gesagt, während sein Blick wie abwesend aus dem Bullauge auf die graue See gefallen war. »Es gab keine Häfen; wenn man aufs Festland wollte, wurde man mit einem Boot zum Strand gebracht und musste dort mitsamt seiner Habe warten, bis man abgeholt wurde. Die Eingeborenen waren sehr kriegerisch, wozu sie auch allen Grund hatten, denn seit James Cook dort gelandet war, hatte es England darauf abgesehen, ihnen dieses Land wegzunehmen.«

Doch, so hatte er hinzugesetzt, mittlerweile hatten sich die Verhältnisse ein wenig geändert. Seit dem Frieden von Waitangi sei das Verhältnis zwischen Maori und Einwanderern etwas entspannter, allerdings käme es hin und wieder doch noch zu Missverständnissen, die in Kämpfen ausarteten. »Aber sicher nicht bei uns«, hatte er Lillian versichert. »Immerhin sind wir nicht auf ihr Land aus.«

»Dennoch brauchst du Grund und Boden, um deine Sternwarte zu errichten«, hatte Lillian entgegnet, worauf ein merkwürdiges Lächeln auf sein Gesicht getreten war.

»Für alles findet sich eine Lösung, glaub mir. Für alles.«

Lillian vertrieb die Erinnerung, indem sie tief die raue, nach Gras, Laub und Erde duftende Luft einatmete, die sie ein wenig an Deutschland im Frühling erinnerte. Um diese Zeit lag zu Hause sicher noch Schnee. Zu gern wäre sie mit ihrer Freundin am Rheinufer entlang Schlitten gefahren. Doch nun war sie hier, und vor ihr breitete sich ein Teppich aus sattgrünem Gras aus. Über den Anhöhen schwebte tief der weiße Dunst, während sich über ihnen die Sonne mühte, die Wolkendecke zu durchdringen, die mit jeder Meile, die sie sich vom Meer entfernten, immer dichter zu werden schien.

Ein wenig erinnerte die Landschaft Lillian an Schottland, wenngleich hier das Klima wesentlich angenehmer war. Als Kind hatte ihr Großvater sie einmal dorthin mitgenommen, als er Gast eines Earls gewesen war, der sich sehr für die Sternbeobachtung interessierte. Viel war von diesem Besuch in ihrer Erinnerung nicht hängen geblieben, denn sie war gerade erst acht Jahre alt gewesen. Doch sie erinnerte sich noch sehr gut daran, wie groß ihr die Treppenstufen vorgekommen waren, die in den Schlossturm führten. Und an das glänzende Teleskop im Turmzimmer. Mit staunenden Augen hatte sie beobachtet, wie der Earl einen

Mechanismus in Gang setzte, der das Dach öffnete und so den Blick auf den Himmel freigab, der ebenso wie hier meist bewölkt war.

»Kein gutes Sternenwetter«, brummte ihr Großvater jetzt und wischte damit das Bild des Turmzimmers vor ihrem geistigen Auge fort. »Hoffentlich bleibt das nicht so, sonst werden wir uns doch weiter im Norden ansiedeln müssen.« Das folgende Lachen verriet, dass er diese Bemerkung nicht ernst gemeint hatte.

So war ihr Großvater. Hin und wieder sagte er etwas, was er zwar scherzhaft meinte, aber so hervorbrachte, als sei es sein voller Ernst. Nicht nur einmal war er dafür bei seinen Nachbarn angeeckt, die ihn schon bald den »verrückten Sterngucker« nannten. Hoffentlich begriffen die Leute hier schnell, dass er nur halb so ernsthaft war, wie er wirkte.

»Die Wolken werden sich schon wieder verziehen«, entgegnete sie, während sie den Koffer wieder zurechtrückte, der auf dem gegenüberliegenden Sitz abgestellt war und nach vorn zu kippen drohte. »Außerdem wird es eine Weile dauern, bis die Bauarbeiten abgeschlossen sind.«

Ein entrückter Ausdruck trat auf das Gesicht ihres Großvaters. Lillian kannte diesen Ausdruck nur zu gut. Wenn das Gespräch auf das bevorstehende Bauvorhaben kam, schien Georg Ehrenfels bereits das fertige Gebäude vor sich zu sehen und durch seine Gänge zu wandeln. Und dann brauchte er für gewöhnlich einige Momente, bevor ihm wieder einfiel, dass noch kein einziger Quadratmeter Fundament gelegt war und kein einziger Stein auf dem anderen lag.

Als er wieder zu sich kam, sah er Lillian ein wenig seltsam an. »Sie werden uns für verrückt halten, oder?«

Lillian lächelte breit. Als Schulkind hatte es sie manchmal gestört, dass ihre Mitschülerinnen ihren Großvater, den einzigen Menschen, der ihr noch geblieben war, für seltsam gehalten hatten. Doch mit der Zeit und ihrem wachsenden Verständnis für die Sternkunde hatte sich das geändert. »Vermutlich ja. Immerhin wird auch hier nicht jeden Tag irgendwer auf die Idee kommen, eine Sternwarte zu errichten. Die besten Ideen klingen am Anfang immer ein wenig verrückt, bis die Leute schließlich den Nutzen begriffen haben.«

Ihr Großvater sagte nichts dazu. Er streckte einfach nur die Hand aus und strich ihr lächelnd über das im Nacken zu einem Zopf gebundene schwarze Haar.

Als die Abendsonne die Wolken über ihnen rot färbte, schlugen sie ein kleines Lager an einer windgeschützten Stelle auf. Lillian, die noch nie unter freiem Himmel übernachtet hatte, überkamen plötzlich Zweifel, ob das das Richtige wäre, zumal der Kutscher irgendwas von Wetas gebrabbelt hatte, riesenhaften Insekten, die es hier zuhauf geben sollte.

Ihr Großvater bemerkte natürlich, dass sie mit einem gewissen Unwohlsein den Boden betrachtete. »Keine Sorge, mein Kind«, sagte er lachend. »Hier hast du nichts zu befürchten. Schlangen gibt es keine in Neuseeland, und weder die Weta noch ein Kiwi könnte dir gefährlich werden.«

»Es geht nicht darum, ob sie gefährlich werden könnten«, entgegnete Lillian, während sie versuchte, gegen ihr Unwohlsein anzukämpfen. »Ich möchte nur keines von ihnen unter meiner Decke haben.«

»Dann nimm den Schlafsack!« Georg reichte seiner Enkelin das zusammengerollte Bündel, das neben seinem Seesack lag.

»Hast du eigentlich schon mal eine Weta gesehen?«, fragte Lillian, während sie ihren Blick über den Boden gleiten ließ. Im dichten Gras konnte sie nichts erkennen, aber vielleicht lebten diese Weta ja im Boden?

»Natürlich habe ich das«, antwortete Georg. »Und nicht nur

einmal. Es sind recht hässliche kleine Tierchen, aber sehr fruchtbar. Die Maori haben sie nach dem Gott der Hässlichkeit benannt.«

»Und welchen Nutzen haben sie?«

»Sie dienen anderen Tieren als Futter. Und sie sorgen dafür, dass der Boden dieses Landes fruchtbar ist. Man kann sie sogar essen, sie sind sehr nahrhaft.«

Obwohl sie sich bemühte, vielen Dingen offen gegenüberzustehen, musste sich Lillian bei diesem Gedanken unwillkürlich schütteln. »Ich hoffe sehr, wir kommen nie in die Verlegenheit, eines dieser Tiere essen zu müssen.«

Bei diesen Worten wurde ihr Großvater plötzlich ernst. Sein Blick schweifte in die Ferne, dann murmelte er: »Manchmal sind wir gezwungen, Dinge zu tun, die wir nicht tun wollen. Aber irgendwie überleben wir es.«

Was er damit wohl meinte? Der ernste Blick ihres Großvaters hielt sie davon ab, weiter nachzufragen. Also rollte sie ihren Schlafsack aus und schlüpfte hinein. Trotz der Unterlage schienen ihr die Grasbüschel und ein paar kleine Steinchen in den Rücken zu stechen.

Nun sei keine Prinzessin auf der Erbse, ermahnte sie sich selbst. Diese eine Nacht wirst du es schon aushalten.

»Gute Nacht, Großvater!«, rief sie also und zog sich den Schlafsack bis zum Kinn.

Während schon bald Georgs leises Schnarchen ertönte, blickte Lillian zu den Sternen auf. Als sie zum ersten Mal den südlichen Sternenhimmel zu Gesicht bekommen hatte, hatte sie ihn für ziemlich leer gehalten, weil die vertrauten Bilder fehlten, von denen sie beinahe jeden Stern benennen konnte. Doch wenn sie jetzt so nach oben sah und die andere Hälfte der Milchstraße betrachtete, fiel ihr auf, dass der südliche Himmel keineswegs leer war. Natürlich dominierte das Kreuz des Südens mit seinen vier Hauptsternen, wohl die hellsten, die die

Welt je gesehen hatte. Doch zwischen den wenigen bereits benannten Sternbildern befanden sich noch zahlreiche andere Sterne, die deutlicher wurden, je länger sie in den Himmel sah.

Versonnen lächelte Lillian in sich hinein. Würde es je möglich sein, sich die Sterne aus der Nähe anzusehen? Oder zu sehen, was hinter dem dunklen Vorhang war?

Fast hatte sie schon die Stimme von Adeles streng religiösem Vater im Ohr, der ihr predigte, dass es Sünde sei, über den Himmel hinausblicken zu wollen. Bevor sie allerdings wieder daran zurückdenken konnte, mit welcher Vorsicht sie gegenüber Adeles Eltern stets vom Beruf ihres Großvaters und ihren eigenen Interessen gesprochen hatte, huschte eine Sternschnuppe über den Himmel. Rasch schloss Lillian die Augen, um sich etwas zu wünschen.

Ich wünsche mir, dass es Adele gut geht...

Seufzend schlug sie die Lider wieder auf. Verflixt! Warum hatte sie sich nicht gewünscht, dass die Sternwarte ihres Großvaters ein Erfolg wurde? Oder studieren zu können. Oder den richtigen Mann zu finden. Ihr Großvater lachte stets, wenn sie meinte, dass man sich beim Fallen einer Sternschnuppe etwas wünschen sollte, aber er hatte nie versucht, ihr diesen Glauben zu nehmen. Natürlich glaubte Lillian nicht wirklich daran, dass die Sternschnuppe ihr den Wunsch erfüllen würde. Aber es konnte doch auf keinen Fall schaden, sich über die eigenen Wünsche im Klaren zu sein!

Seltsamerweise wanderten ihre Gedanken wieder zu dem Unbekannten vor der Post in Christchurch. Adele hätte er sicher gefallen, wenngleich auch sie sich über seine Manieren gewundert hätte. Und ich?, fragte sie sich. Gefällt er mir? Könnte so mein Ehemann aussehen?

Wenn sie ehrlich war, hatte sie sich darüber noch keine Gedanken gemacht, und es verwunderte sie auch, dass sie angesichts der Sterne daran dachte, anstatt Sterntabellen durchzugehen.

Ein Geräusch brachte sie dazu, sich aufzusetzen. Zunächst glaubte sie, das Rascheln käme von einem wilden Tier, doch dann erblickte sie eine dunkle Gestalt, die sich von ihrem Lager entfernte. Da ihr Großvater neben ihr selig schnarchte, musste das der Kutscher sein. Wohin ging er wohl?

Die Neugierde übermannte Lillian für einen Moment derart, dass sie schon versucht war, ihm zu folgen. Glücklicherweise meldete sich ihr Verstand rechtzeitig zu Wort.

Wer weiß, wo er hingeht und wen er da trifft. Vielleicht leben seine Leute ganz in der Nähe. Du willst doch von ihnen nicht überrascht werden.

Also lehnte sie sich wieder zurück, und während sie erneut in die Sterne schaute, wurden ihre Lider langsam schwer und sie merkte nicht einmal mehr, wie sie in die Arme des Schlafes sank.

Am nächsten Morgen wurde Lillian von einem herrlichen Duft geweckt. Als sie vorsichtig die Lider öffnete, stach ihr das helle, rotgoldene Licht in die Augen.

»Wach werden, Liebes, wir müssen weiter«, vernahm sie die Stimme ihres Großvaters.

»Wie spät ist es denn?«, murmelte sie und ärgerte sich ein wenig, dass sie gestern so lange in die Sterne geschaut hatte.

»Die Sonne ist gerade aufgegangen. Unser Fahrer hat uns ein paar Früchte besorgt, offenbar war er schon in aller Frühe unterwegs.«

Oder spät am Abend, dachte Lillian, während sie sich erhob. Erst jetzt bemerkte sie, dass ihr Rücken sich ganz steif anfühlte. Stöhnend rieb sie sich das Rückgrat und schluckte die Bemerkung, dass sie für eine Übernachtung auf dem Boden zu alt sei, herunter, denn ihr Großvater würde sie dann wieder damit necken, dass sie in ihrem Alter noch gar keinen richtigen Rücken habe, der schmerzen könnte.

»So eine Nacht im Freien ist nicht für jedermann«, schmunzelte ihr Großvater, während er ihr etwas reichte, das wie ein Fladen aussah, der mit Beeren nur so gespickt war.

»Hast du am frühen Morgen schon gebacken?«, wunderte sich Lillian, während die letzten Reste der Müdigkeit von ihr abfielen; dann biss sie herzhaft in den Fladen.

»Nicht ich: unser Maori-Freund«, entgegnete Georg. »Offenbar braucht er wirklich nicht viel Schlaf.«

Als Lillian kauend zur Seite blickte, sah sie den Kutscher auf einem Stein am Wegrand sitzen. Die Pferde waren wieder eingeschirrt und schlugen gleichmütig mit ihren Schweifen nach den Fliegen. Da seine Arbeit erledigt war, nahm der Kutscher sich die Zeit, um mit einem Schnitzmesser einen kurzen, breiten Stock zu bearbeiten. Was er wohl schnitzte?

Als er ihren Blick spürte, unterbrach er seine Tätigkeit und sah zu ihr auf. Der Blick seiner dunklen Augen erschien ihr zunächst feindselig, doch dann bemerkte sie, dass es Neugierde war, mit der er sie betrachtete. So als fragte er sich, wer sie wirklich sei und was sie hier zu suchen hätte.

Verlegen wandte sich Lillian ab und tastete über ihr Haar. Ihre Frisur war zwar ganz gewiss nicht der Grund, weshalb sie der Mann so ansah, doch es gab ihr ein Gefühl der Sicherheit, ihre eigenen schwarzen Locken zu berühren, von denen ihr Großvater behauptete, dass sie aussahen wie die ihres Vaters.

»Wie lange werden wir bis nach Kaikoura noch brauchen?«, wandte sich Lillian an ihren Großvater. Hastig schlang sie die Reste des Fladens herunter. Er war wirklich köstlich.

»Einen oder zwei Tage«, antwortete Georg, während er seine Decke zusammenrollte. »Möchtest du noch einen von diesen Fladen? Ich glaube kaum, dass man sie lange aufheben kann.«

Lillian schüttelte den Kopf. »Nein, iss du ihn ruhig, ich habe von dem einen genug.«

»Und ich bin ein alter Mann, der nicht mehr so viel essen

kann.« Georg lächelte breit. »Was hältst du davon, wenn wir ihn uns auf der Fahrt teilen? So lange wird er schon frisch bleiben.«

»In Ordnung, Großvater!«, entgegnete Lillian und erhob sich, um ebenfalls ihre Bettstatt abzubrechen. Als sie dabei den Blick wieder dem Kutscher zuwandte, war dieser von dem Stein verschwunden.

4

Zwei Tage später, um die Mittagszeit, wenn Lillian sich beim Sonnenstand nicht täuschte, tauchte Kaikoura vor ihnen auf. Von Weitem besehen wirkte die Stadt wie eine braun getigerte Katze, die sich in dichtes Gras kuschelte. Der Eindruck verschwand allerdings beim Näherkommen rasch. Aus den verwaschenen braunen Flecken wurden Häuser, die hellen Streifen verwandelten sich in Straßen. Während die Gebäude am Stadtrand, die Wohnhäuser und Lagerhallen, alle noch recht neu wirkten, befanden sich im Inneren ältere und größere Gebäude.

Wenn ich Adele doch nur ein Bild hiervon schicken könnte, dachte Lillian etwas wehmütig, denn die Stadt unterschied sich sehr von den Orten, die sie bislang besucht hatte. Und Adele war noch weniger herumgekommen als sie selbst. Vielleicht sollte ich mich eines Nachmittags auf diese Anhöhe setzen und die Stadt zeichnen, ging es ihr durch den Kopf.

Georg kramte derweil einen Zettel aus seiner Jackentasche; dann wandte er sich an den Kutscher. »Wissen Sie, wo sich die Green Street befindet? Wir müssten zur Nummer zehn.«

Der Kutscher nickte. »Ich bringen Sie hin, Sir.«

»Vielen Dank!« Georg schob den Zettel wieder in die Tasche. »Ich bin gespannt, wie unser Haus aussehen wird. Hoffentlich ist es keine Bruchbude, die uns dieser Caldwell stellt.«

»Keine Sorge, er wird uns schon nicht in einen Schuppen stecken«, beruhigte Lillian ihn. »Er war doch stets freundlich und hilfsbereit. Und außerdem ist er sehr angesehen.«

»Ansehen füllt noch nicht die Kasse, mein Kind«, gab ihr Großvater zu bedenken. »Er mag vielleicht von den Leuten nicht so verlacht werden, wie ich es zuweilen erlebt habe, doch auch er muss sehen, wie er selbst auf die Füße kommt.«

Lillian schüttelte den Kopf. »Ich glaube nicht, dass er dich zu dieser Reise ermutigt hätte, wenn es ihm an Geld mangeln würde. Aber jetzt sind wir da und müssen uns überraschen lassen.«

Die Kutsche rumpelte noch eine Weile die Hauptstraße entlang, vorbei an kleinen Geschäften, einer Polizeistation und zahlreichen Wohnhäusern, von denen einige aussahen, als gehörten sie gut situierten Bürgern. Doch manche waren auch in einem recht schlechten Zustand. Je weiter sie sich wieder von der Stadtmitte entfernten, desto schäbiger wurden die Häuser, sodass Lillian nun doch ein paar Zweifel überkamen. Was wusste sie denn schon von ihrem neuseeländischen Gönner?

Etwa drei Jahre war es her, dass ihr Großvater zum ersten Mal mit James Caldwell, einem Physiker aus Christchurch, Kontakt aufgenommen hatte. Viel Hoffnung, Zustimmung für sein Unternehmen zu finden, hatte Georg Ehrenfels nicht gehabt, dennoch war er nach seinem alten Leitspruch verfahren, dass das Glück mit den Mutigen ist. Und er hatte recht behalten. Caldwell war ganz begeistert gewesen von der Idee, mit einer Sternwarte ein wenig mehr Fortschritt nach Neuseeland zu bringen, und seitdem herrschte reger Briefverkehr zwischen den beiden Männern. Als das Projekt Gestalt anzunehmen begann, hatte er sich bereit erklärt, Georg bei seinen ersten Schritten im neuen Land zu unterstützen. So mussten sich Lillian und ihr Großvater nicht um Papiere und sonstige Formalitäten kümmern; das hatte Caldwell alles schon für sie erledigt. Und er hatte ihnen auch eine Bleibe gesucht, ein altes Haus, das er günstig erworben hatte und in dem sie vorerst zur Miete wohnen würden. Sicher war an dem Gebäude einiges zu tun, doch Lillian war voller Tatendrang. Egal, wie das Haus aussah, sie würde es schon bewohnbar machen.

Ihre schlimmsten Befürchtungen schienen sich nicht zu bewahrheiten, als sie die Nummer zehn in der Green Street erreichten. Das Haus war komplett aus Holz errichtet, wirkte aber stabil und ordentlich. Die Farbe blätterte von den Fenstern und Wänden ab, was sich allerdings leicht beheben lassen würde.

»Na, siehst du«, sagte Lillian zu ihrem Großvater, während der Kutscher ihr Gepäck am Tor ablud. »So schlimm sieht es doch gar nicht aus.«

»Von außen nicht. Aber wer weiß, was uns im Innern erwartet.«

»Wo bleibt dein Optimismus, Großvater?« Lillian hakte sich lächelnd bei ihm unter.

»Vielleicht habe ich ihn ja auf dem Schiff gelassen. Komm, lass uns unser Paradies in Augenschein nehmen.«

Als ihr Großvater voran zur Gartenpforte ging, spürte Lillian eine Hand auf ihrem Arm. Erschrocken wirbelte sie herum; sie hatte gar nicht mitbekommen, dass sich der Kutscher ihr genähert hatte.

»Für dich«, sagte er lächelnd und überreichte ihr dann sein Schnitzwerk, das er in der vergangenen Nacht beendet haben musste. Lillian stockte der Atem, als sie erkannte, was es war. Die kleine Flöte war über und über mit einem wunderschönen Muster bedeckt, das aus Ranken und Blättern zu bestehen schien.

»Aber warum wollen Sie mir das schenken?«, wunderte sich Lillian.

»In deinen Augen ist der Blick einer *tohunga*. Du vielleicht brauchst das.« Damit schlossen seine rauen Hände ihre Finger um die Flöte.

Verwirrt blickte Lillian ihn an. Was meinte er damit?

»Aber das kann ich nicht annehmen!«

Der Mann lächelte nur, deutete eine kurze Verbeugung an und zog sich dann zurück.

»Liebes, kommst du?«, fragte ihr Großvater, der mittlerweile schon an der Haustür angekommen war.

»Ja, Großvater!«, entgegnete sie, betrachtete noch einmal kurz die Flöte und blickte dann zu dem Kutscher, der die restlichen Gepäckstücke ablud, als wäre nichts geschehen.

Beim Umdrehen fiel Lillian auf, dass sich in einem der Fenster des Nachbarhauses die Gardine bewegte. Offenbar hatten die Leute ihre Ankunft bereits bemerkt. Wie würden ihre Nachbarn sein? Vielleicht gab es in der Nachbarschaft Mädchen, mit denen sie sich anfreunden konnte. Natürlich würde es nicht so sein wie mit Adele, aber vielleicht konnten sie ihr ein wenig helfen, sich hier einzuleben. Und wenn es die nicht gab, würde sie eben Adele davon berichten, was für blasierte Hühner die Mädchen hier waren.

»Alles in Ordnung, mein Kind?«, fragte Georg, als Lillian bei ihm ankam. Eigentlich wäre nichts dabei gewesen, ihm die Flöte zu zeigen, doch irgendwie hatte sie das Gefühl, dass er zu dem Kutscher gehen und darauf bestehen würde, sie zurückzunehmen. Und auch wenn ihr das Geschenk merkwürdig vorkam: Sie wollte es unbedingt behalten. Ein Gefühl tief in ihr sagte ihr, dass es so richtig war.

»Alles in Ordnung, Großvater«, antwortete sie lächelnd, während sie die Flöte in den hinteren Bund ihres Rockes schob und dabei vorgab, ihn nur zurechtrücken zu wollen. Die Frage, was eine *tohunga* sei, brannte ihr auf der Seele, doch sie würde zu einem anderen Zeitpunkt nachfragen; es war ja gewiss nichts Schlimmes, wenn eine *tohunga* solch eine schöne Flöte brauchte. Vielleicht bedeutete dieses Wort ja so etwas wie Musikerin. Musikalisches Talent hatte sie bisher vergeblich an sich gesucht, aber wer konnte schon wissen, was der Mann mit den seltsamen Zeichen auf den Wangen in ihren Augen gesehen hatte?

Das Knarren der Veranda unter ihren Füßen klang in Lillians Ohren wie ein Willkommensgruß. Etwas Staub rieselte auf sie herab, als ihr Großvater den Außenflügel der Tür öffnete, der nur aus einem Holzrahmen bestand, mit einer Art Gaze bespannt. Der zweite Flügel war massiv und wurde nach innen geöffnet.

In der Dunkelheit konnten sie zunächst nicht viel erkennen. Aber Lillian hatte nicht das Gefühl, dass sie hier eine böse Überraschung erwartete. Der erste Raum, wahrscheinlich die Küche, roch zwar ein wenig staubig, aber nicht unangenehm.

Als sich ihre Augen an das Zwielicht gewöhnt hatten, schritt sie zu den Fenstern, durch deren Läden ein paar schmale Lichtstreifen fielen, und öffnete diese kurzerhand. Das Nachmittagslicht ergoss sich sanft auf eine Anrichte, einen schweren runden Tisch mit vier Stühlen, einen gusseisernen Herd und ein Sideboard. Natürlich gab es hier weder Geschirr noch Töpfe oder Pfannen, aber die Grundeinrichtung war in einwandfreiem Zustand. Davon abgesehen, würde es an ihr liegen, wie wohnlich diese Räume wurden. Zu Hause in Köln hatte sie es stets geschafft, das wissenschaftliche Chaos ihres Großvaters in Schach zu halten, sodass sie sich nicht schämen mussten, wenn unerwartet Besuch kam. Hier würde ihr das gewiss auch gelingen.

»Na, was sagst du, Großvater?«, fragte Lillian strahlend, nachdem sie ihre Teppichstofftasche neben dem Küchentisch abgestellt hatte.

»Auf den ersten Blick nicht schlecht. Aber die Küche ist ohnehin eher dein Fachgebiet; wie du weißt, kenne ich mich hier nicht aus«, sagte er augenzwinkernd.

Nachdem Lillians Großmutter gestorben war, hatte er sich eine ganze Weile selbst versorgen müssen. Mit Hilfe einer Nachbarin war es ihm sogar nach einer Weile gelungen, selbst zu kochen. Als Lillian nach dem Tod ihrer Eltern zu ihm gekommen war, war er es gewesen, der ihr die ersten Handgriffe in der Küche beigebracht hatte. Dass sie zuletzt die Küchenarbeit beinahe allein bewältigt hatte, hieß also noch lange nicht, dass er keine Ahnung hatte.

Aber Lillian ließ sich auf sein kleines Spiel ein.

»Wenn das so ist, sage ich dir, dass dieser Raum perfekt sein wird, wenn wir erst einmal ein paar Vorhänge an den Fenstern und Geschirr auf dem Bord haben. Hoffentlich hat die Transportfirma die Kisten nicht allzu oft fallen lassen.«

»Nun, das werden wir herausfinden. Lass uns doch mal einen Blick in die anderen Zimmer werfen.«

In einem der mittleren Räume musste sich das Schlafzimmer der vorherigen Bewohner befunden haben, wie der Schatten des Bettkopfes auf der Tapete verriet. Sämtliche Möbel waren von den Vorbewohnern mitgenommen worden; offenbar hatte den Leuten etwas an diesem Bett gelegen, das wahrscheinlich vor Urzeiten von der Großmutter angeschafft worden war. Da es weder Kleiderschrank noch eine Unterlage zum Schlafen zu geben schien, sah sich Lillian die Nacht schon in einer der Hängematten verbringen, die ihr Großvater mitgenommen hatte – für den Fall der Fälle. Lillian hatte darüber noch gespottet und gemeint, dass die Schiffe mittlerweile besser ausgerüstet seien als noch zu seiner Jugendzeit. Aber ihr Großvater, der alte Seemann, hatte nichts davon hören wollen. »Wer weiß, wozu sie noch gut sind«, hatte er entgegnet, und wahrscheinlich würde sie sich bei seiner Rückkehr anhören müssen, dass doch nichts über seine Voraussicht ging.

Der Zweck des nächsten Raumes war nicht mehr zu ergründen, denn darin hatte sich offenbar alles angesammelt, was die

Vorbewohner nicht hatten mitnehmen wollen. Seufzend sah Lillian ein, dass ihr wohl nichts anderes übrig bleiben würde, als all das Gerümpel rauszuwerfen, wenn aus dieser Abstellkammer wieder ein Zimmer werden sollte. Von einem der nächsten Räume war Lillian überzeugt, dass ihr Großvater ihn für seine Arbeit beanspruchen würde. Es war nicht der Größere von beiden, bot aber einen guten Blick aus dem Fenster.

»Wie wäre es, wenn du hier deinen Schreibtisch aufstellen würdest?« Als sie sich umwandte, sah sie ihren Großvater gedankenverloren aus dem Fenster blicken.

»Großvater?«, hakte sie nach.

»Was? Ja ... ja, das wäre gut.«

Hatte er ihre Frage wirklich verstanden? Lillian blickte ihren Großvater prüfend an, konnte den Gedanken, der ihn abgelenkt hatte, aber nicht erahnen.

Dann schüttelte er sich plötzlich ein wenig, als wäre er kurz eingenickt und nun wieder aufgewacht. »Es wäre wohl gut, wenn ich in die Stadt gehen und den Leuten Bescheid sagen würde, dass sie die Sachen liefern können!«, sagte er, während er die Taschenuhr aus seiner Weste zog und den Deckel aufschnappen ließ. »Bei der Gelegenheit könnte ich dann auch Mr Caldwell telegrafieren, dass wir gut angekommen sind.«

Wahrscheinlich hat er daran gedacht, sagte sich Lillian; dann nickte sie. »Mach das, Großvater. Ich werde mich derweil ein wenig umsehen. Vielleicht birgt das Haus ja noch ein paar Schätze, die wir gebrauchen können.«

Gerade als Georg aus der Tür treten wollte, kam eine Frau den Weg vom Gartentor hinauf. Sie trug ihr dunkles Haar im Nacken zu einem Dutt gedreht, und ihr schwarzes Kleid mit dem zarten weißen Spitzenkragen deutete darauf hin, dass sie schon seit einiger Zeit Witwe war.

»Lillian, ich glaube, wir bekommen Besuch«, rief Georg und öffnete die Tür, noch bevor die Frau klopfen konnte.

Ein wenig erschrocken starrte sie ihn an, dann sagte sie: »Bitte entschuldigen Sie, wenn ich störe. Mein Name ist Allison Peters, ich habe gesehen, wie Sie in das Haus gegangen sind.«

»Georg Ehrenfels«, stellte sich Lillians Großvater mit einer kleinen Verbeugung vor. »Und das ist meine Enkelin Lillian. Wir sind die neuen Bewohner.«

Die Frau lächelte Lillian schüchtern zu, als diese ihr die Hand reichte; dann entgegnete sie errötend: »Ich habe Mr Caldwell, dem Hausbesitzer, versprochen, ein wenig nach dem Rechten zu sehen. Leider hat er es versäumt, mich von Ihrem Einzug in Kenntnis zu setzen.«

Lillian fragte sich, ob das nur eine Ausrede war oder ob die Frau wirklich den Mut gehabt hätte, sich mit Leuten anzulegen, die sich widerrechtlich auf dem Grundstück aufhielten.

»Nun, das wird daran gelegen haben, dass er nicht genau wusste, wann wir ankommen würden. Aber es freut mich, Ihre Bekanntschaft zu machen, Mrs Peters, es ist gut, so aufmerksame Nachbarn zu haben.«

Obwohl in Georgs Worten keinerlei Spott mitgeschwungen war, senkte Mrs Peters ein wenig beschämt den Blick. »Bitte, glauben Sie nicht, dass ich nichts anderes zu tun habe, als aus dem Fenster zu schauen. Ich wollte nur nicht, dass sich hier Unbefugte an dem Haus zu schaffen machen. In den vergangenen Monaten haben es weiß Gott schon etliche versucht.«

»Darf ich fragen, wohin die Vormieter gezogen sind?«, fragte Lillian, um ihr einen Grund zu geben, ein wenig zu plaudern, und um die unangenehme Situation zu überspielen.

Anstatt zu antworten, sah Mrs Peters sie beinahe schon erschrocken an. »Das weiß ich nicht«, sagte sie dann rasch, strafte sich aber selbst Lügen, indem sie Lillians Blick auswich.

Lillian blickte zu ihrem Großvater, dem es egal zu sein schien, wer hier gelebt hatte. Einzig und allein das Dach über dem Kopf zählte.

»Nun, Mrs Peters, ich fürchte, dass ich mich verabschieden muss, aber vielleicht mögen Sie sich noch eine Weile mit meiner Enkelin unterhalten. Ihr wird es sicher gefallen, ein paar Geschichten aus der Stadt zu hören.«

Als er verschwörerisch zu ihr sah, nickte Lillian rasch. »Ja, das wäre sehr schön. Leider kann ich Ihnen noch nichts anbieten, wir hatten noch nicht Gelegenheit auszupacken.«

»Das ist schon in Ordnung«, gab Mrs Peters zurück. »Wie gesagt, ich wollte nur nach dem Rechten sehen. Ich ... ich muss gleich wieder zurück, ich bin gerade beim Brotbacken.«

Auch das war wahrscheinlich nur eine Ausrede, denn auf ihrem Kleid fand sich kein einziges Mehlstäubchen. Selbst wenn man eine Schürze trug – das wusste Lillian nur allzu gut –, verteilte Mehl sich wie ein Schleier auf sämtliche ungeschützten Stellen des Rockes. Einer Frau, die gerade buk, sah man das auch an. Das Einzige, was man Mrs Peters ansah, war Neugierde und ein wenig Bedauern, dass sie nicht tatsächlich auf irgendwelche Eindringlinge gestoßen war.

»Kommen Sie doch am Wochenende zum Tee zu uns«, lud Lillian sie höflich ein, denn sie wusste, dass nichts einen Ort wohnlicher machte als Nachbarn, die den Neuankömmlingen gewogen waren. In Köln hatten sie sich mit den meisten Nachbarn gut verstanden, auch wenn einige von ihnen über Georgs Beruf nur den Kopf geschüttelt hatten.

»Danke, das ist sehr nett von Ihnen«, entgegnete Mrs Peters, als hätte sie diese Einladung erwartet.

»Würde es Ihnen diesen Sonntag zur Teezeit passen?«, setzte Lillian hinzu. »Vorausgesetzt, Sie haben noch nichts anderes vor ...«

Mrs Peters lächelte. »Nein, nein, das passt mir gut. Nochmals vielen Dank.«

Mit einem Nicken verabschiedete sich Mrs Peters wieder und eilte dann zur Gartenpforte.

»Seltsame Person, findest du nicht?«, bemerkte Georg, als sie außer Hörweite war.

»Sie ist neugierig auf uns«, entgegnete Lillian breit lächelnd. »Und sollte sie doch ein paar seltsame Eigenschaften haben, so werden wir das am Sonntag herausfinden. Immerhin brauchen wir uns keine Sorgen um das Haus zu machen, wenn wir mal nicht da sind.«

»Nein, sie wird ganz sicher die Augen offen halten und jeden Einbrecher rechtzeitig verscheuchen. Aber vielleicht kann sie uns ein paar Dinge leihen. Und es schadet nicht, wenn wir jemanden in der Nachbarschaft haben, der den anderen Frauen mitteilt, dass wir hier sind. Vielleicht sollten wir unseren Einstand hier mit einem kleinen Gartenfest feiern, was meinst du?«

Lillian sah ihn zunächst überrascht an, dann runzelte sie skeptisch die Stirn. »*Du* erzählst mir was von einer Gartenfeier?« In Köln hatte er es zumeist vermieden, sich bei gesellschaftlichen Anlässen blicken zu lassen.

»Vergiss nicht, dass wir Unterstützung für unser Vorhaben benötigen«, erinnerte Georg seine Enkelin. »Diese Frauen hier haben Männer und Söhne, die vielleicht bereit sind, für uns zu arbeiten, oder zumindest jemanden kennen, der es tun würde, ohne uns zu übervorteilen. Je besser wir mit den Nachbarn auskommen, desto größer sind unsere Aussichten auf Erfolg.«

Das klang natürlich plausibel, aber nicht nach Georg Ehrenfels. Die Seereise musste ihn ziemlich verändert haben.

»Was siehst du mich denn so erstaunt an?«, setzte er hinzu, als er ihren Blick bemerkte. »Habe ich denn nicht recht?«

»Natürlich hast du recht, Großvater«, entgegnete Lillian, während sie versuchte, ihre Verwirrung beiseitezudrängen. »Ich werde mich mal ums Gepäck kümmern, geh du ruhig in die Stadt und grüße Mr Caldwell von mir.«

»Das werde ich gern tun.« Georg nickte Lillian zu, dann trat er durch die Tür.

5

Nachdem er die Gartenpforte hinter sich gelassen hatte, marschierte Georg gut gelaunt die Straße entlang. Besonders in den Nachbarhäusern meinte er die Blicke der Bewohner zu spüren. Wenn diese Mrs Peters schon mitbekommen hatte, dass sie hier eingezogen waren, war es den anderen Frauen sicher auch nicht entgangen. Wahrscheinlich treffen sie sich gleich heute Nachmittag zu einem Teekränzchen und reden über uns, dachte er. Was sie wohl davon halten werden, einen Sterngucker in der Nachbarschaft zu haben?

Die Gartenparty, die er Lillian vorgeschlagen hatte, würde nicht allein dazu gedacht sein, Unterstützung für sein Vorhaben zu finden. Seine Enkelin sollte Freunde finden, Freunde, die für sie da sein würden, wenn er nicht mehr am Leben war. Er machte sich keine Illusionen: Die Sternwarte hier würde sein letztes Werk sein, bevor er vor den Schöpfer trat. Bereits jetzt fühlte er, wie die Kraft allmählich aus seinem zweiundsiebzig Jahre alten Körper wich. Wie viele Jahre ihm noch blieben, wusste er nicht, doch seine Lillian sollte dann nicht allein durch die Welt gehen müssen.

Doch noch bin ich ja am Leben, sagte er sich und schob die Gedanken an das Kommende beiseite. Die Kinder des Himmels werden mich ohnehin nicht gehen lassen, bevor ich mein Versprechen erfüllt habe.

An der Hauptstraße angekommen, blieb er ein Weilchen stehen. Kaikoura war ihm keineswegs unbekannt. Allerdings hatte sich in den vergangenen fünfzig Jahren viel geändert. Die provisorischen Holzhütten waren massiven Häusern gewichen. Die vom Schlamm aufgeweichten Wege waren trockengelegt und befestigt worden. Und es gab hölzerne Gehwege, die die Frauen davor bewahrten, sich ihre Rocksäume mit Straßenstaub zu beschmutzen.

Georg wusste nicht, ob ihn die Fortschritte der Zivilisation erfreuen oder erschrecken sollten. Natürlich hatten sich die Lebensbedingungen seit seinem letzten Aufenthalt hier erheblich verbessert – doch nur für die Zugereisten. Was war mit den Maori, die es schätzten, in ihren Dörfern mitten im Wald zu leben? Gab es sie überhaupt noch – oder waren sie einfach in westliche Kleidung gesteckt worden?

Sein Blick schweifte zu den Hügeln jenseits der Stadt. Sie waren einfach ideal für die Beobachtung der Sterne und des Mondes. Damals waren sie die Heimat der Menschen gewesen, denen das Land von Gott gegeben worden war. Er hatte nie die Ansicht der Engländer vertreten, dass die Einheimischen Heiden seien, die nur darauf gewartet hatten, von einem vermeintlich höher entwickelten Volk zivilisiert zu werden.

Lange hatte seine Zeit bei den Maori nicht gedauert, doch das Wenige, das er hatte erfahren dürfen, hatte ausgereicht, um ihn zu überzeugen, dass diese Menschen die Errungenschaften der modernen Welt nicht brauchten.

Und dennoch war er nun zurückgekehrt, um ihnen den Fortschritt zu bringen. Aber vor allem war er da, um ein Versprechen einzulösen.

Es dauerte eine Weile, bis er das Telegrafenamt fand. Nach einigem Durchfragen gelangte er schließlich an den Stadtrand und war überrascht, dass das Gebäude noch recht neu wirkte. Zu seiner Zeit hatte natürlich noch niemand von der Telegrafie gesprochen, doch offenbar schien es die hiesige Station nicht länger als zwei oder drei, bestenfalls fünf Jahre zu geben. Wären wir früher hier angekommen, hätten wir unsere Nachrichten wahrscheinlich noch mit Briefen verschicken müssen, dachte er.

Glücklicherweise hatten sich die Zeiten geändert; der Fortschritt hatte sich auch an diesem Ende der Welt durchgesetzt.

Beim Betreten der Station hatte Georg Glück. Der einzige Kunde außer ihm bezahlte bereits und verabschiedete sich.

Der Clerk begrüßte ihn daraufhin freundlich und fragte nach seinem Wunsch.

»Ein Telegramm nach Blenheim.«

Der Mann nickte, dann schob er Georg Papier und einen Bleistift zu. »Schreiben Sie auf, was ich durchgeben soll. Kostet zwei Pfund.«

Georg ergriff den Bleistift und ertappte sich dabei, dass er die Nachricht auf Deutsch schreiben wollte. Rasch strich er den Anfang durch und verfasste dann die Botschaft auf Englisch, bevor er den Zettel wieder über den Tresen schob.

Als der Telegrafenclerk die Nachricht betrachtete, hob er überrascht die Augenbrauen. Was hat er?, fragte sich Georg verwundert. Ich habe doch nur Mr Caldwell gegrüßt und ihm Bescheid gegeben.

»Gibt es ein Problem?«, erkundigte er sich. Der Gedanke, dass Caldwell in der Zwischenzeit etwas zugestoßen sein könnte, ließ Georg einen eisigen Schauer über den Rücken laufen. Wie sollte er ohne ihn sein Vorhaben realisieren?

»Nein, das nicht, aber es geht da ein Gerücht, dass Mr Caldwell zusammen mit einem Deutschen eine Sternwarte errichten will. In der Nähe der Stadt. Sind Sie zufällig...«

Dass es sich bereits herumgesprochen hatte, hätte Georg nicht erwartet. »Ja, der bin ich.«

Die Augen des Clerks weiteten sich. »Alle Wetter, dass ich mit Ihnen sprechen darf! Sie sind sehr mutig, aber Männer mit Ideen braucht dieses Land!«

Georg war für einen Moment zu überrascht, um eine schlagfertige Antwort zu geben. Natürlich erwartete er nicht, dass die Leute verstanden, was ihn umtrieb. Dass der Mann ihm aber so viel Hochachtung entgegenbringen würde, hätte er nicht erwartet.

»Sagen Sie, was kann man mit dieser Sternwarte eigentlich machen? Ist das so was wie ein Leuchtfeuer?«

»Nein, ganz im Gegenteil«, antwortete Georg. »Man beobachtet die Sterne. Das ist nicht nur für die Seefahrt wichtig, ihre Erforschung kann den Menschen auf dem Festland ebenfalls von Nutzen sein. Wir haben vor, die Sternwarte allen Bewohnern der Gegend zugänglich zu machen, damit sie sich die Planeten und vielleicht auch den Mond von Nahem ansehen können.«

»Na, da muss ich meiner Elsa Bescheid geben, die will am Wochenende immer irgendwas unternehmen, und so ein Besuch in der Sternwarte würde ja selbst mich interessieren!«

Georgs Zustimmung wurde vom Bimmeln der Türglocke begleitet. Ein weiterer Kunde traf ein, worüber der Clerk beinahe ein wenig enttäuscht war. »Na, dann werd ich mich mal an die Arbeit machen«, sagte er und setzte sich dann an den Ticker.

Während das rhythmische Klacken ertönte, war Georg sicher, dass die ganze Stadt innerhalb kürzester Zeit von diesem Gespräch erfahren würde. Aber wenn alle Bewohner Kaikouras so reagieren würden... Als der Ticker schließlich stillstand, kamen noch zwei weitere Männer herein.

»Möchten Sie die Nachricht aufbewahren, Sir?«, fragte der Telegrafenclerk, während er Georg neugierig musterte. Ihm war anzusehen, dass er gern noch mehr erfahren hätte.

»Ja, ich nehme sie mit«, entgegnete Georg freundlich, schob den Zettel in die Jackentasche und verabschiedete sich dann.

Nachdem ihr Großvater den Gartenzaun hinter sich gelassen hatte, zog Lillian die Flöte aus ihrem Rockbund und trug sie zum Fenster, um sie genauer zu betrachten. Im Sonnenlicht erkannte sie, dass nicht nur Blätter und Ranken das Holz zierten. Stilisierte Beobachter blickten durch die Äste, große Augen, hier und da ein ganzes Gesicht.

Tohunga, ging es ihr durch den Sinn. Was bedeutete das nur? Seltsamerweise kam ihr wieder der Traum von ihren Eltern in den Sinn, der Traum, der mit den Worten »Ka mate!« geendet hatte. Auch diese Wendung hatte sie nicht verstanden, doch sie hatte sich bedrohlich angehört, wohingegen der Kutscher das *tohunga* ganz sanft ausgesprochen hatte. Nein, das war auf keinen Fall etwas Böses. Nur, was bedeutete es?

Da sie allein keine Antwort finden würde und ihr Großvater frühestens in einer Stunde zurückkehren würde, verstaute sie die Flöte in ihrer Tasche und betrat dann das Zimmer, das sie für sich ausgesucht hatte.

Die Fenster hier hatten Aussicht auf freies Land, das von der grünen Bergkette gesäumt wurde, die sie schon auf dem Weg hierher bemerkt hatte.

Berge waren normalerweise die Feinde der Astronomen, denn sie versteckten Sterne, denen es nicht vergönnt war, weit über den Horizont zu treten. Doch hier störten sie kaum den Ausblick auf den Himmel.

Als ein Stück blauen Himmels zwischen den Wolken erschien, lächelte Lillian versonnen in sich hinein. Offenbar gab es heute doch noch Sternenwetter. Zu schade, dass die Teleskope noch nicht angekommen waren...

Nachdem sie sich vom Anblick des Himmels losgerissen hatte, suchte sie den hintersten Raum auf, der ihr beim ersten Rundgang am ungemütlichsten erschienen war. Früher musste hier eine Speisekammer gewesen sein, in den Regalen, die sich an einer der Wände erhoben, standen noch ein paar alte Töpfe, die allerdings vollkommen von Spinnweben und dicken Staubflocken bedeckt waren.

Mit spitzen Fingern nahm Lillian einen von ihnen aus dem Regal, in der Hoffnung, dass sie ihn noch irgendwie hinbekommen könnte. Doch als sie durch das große Loch am Boden sah, wusste sie, dass dieses Stück bestenfalls noch von einem Kesselflicker gerettet werden konnte. Wenn überhaupt. Da auch die anderen Töpfe nicht besser aussahen, beschloss Lillian, Mrs Peters zu bitten, ihr einen Topf auszuleihen. Doch zuvor holte sie ihre Tasche und machte sich daran, das kleinere Zimmer in Besitz zu nehmen.

Nachdem sie alles ausgepackt hatte, ging sie zu dem Haus, hinter dessen Fenster die Gardine geweht hatte. Als sie durch die Gartenpforte trat, kam ihr eine rotgetigerte Katze entgegen. Katzen in Neuseeland?, wunderte sie sich zunächst, doch wahrscheinlich waren diese Tiere ebenso wie Füchse und Hunde von den Engländern hierher mitgebracht worden.

Die Katze musterte sie kurz, stieß ein Miauen aus, dann wandte sie sich ab. Offenbar wurde ich soeben für ungefährlich befunden, dachte Lillian, während sie sich der Haustür näherte.

Als sie näher trat, nahm sie einen leichten Duft von Backwerk wahr. Offenbar hatte Mrs Peters doch nicht geschwindelt und sich nur eine saubere Schürze umgebunden, als sie zu ihnen gekommen war.

Sie hat nicht nach dem Rechten sehen wollen, dachte Lillian amüsiert, während sie an die Tür klopfte. Sie wollte die Neuankömmlinge nur als Erste aus der Nähe betrachten.

Nach einigen Augenblicken näherten sich Schritte der Tür. Wenig später blickte Mrs Peters Lillian entgeistert durch den Türspalt an.

»Was kann ich für Sie tun?«

Lillian zauberte ihr freundlichstes Lächeln hervor. »Verzeihen Sie, wenn ich Sie störe, aber Sie waren vorhin so freundlich, dass ich mir dachte, ich könnte Sie um Hilfe bitten.«

»Hilfe?«, wunderte sich die Witwe. »Geht es Ihrem Großvater nicht gut?«

»Doch, doch, alles in Ordnung. Es ist nur so, dass ich mich gerade ein wenig im Haus umgesehen und festgestellt habe, dass dort weder Pfannen noch Töpfe sind. Und auch keine Lebensmittel. Wäre es vielleicht möglich, dass ich mir eine Pfanne von Ihnen leihen und Ihnen ein paar Eier und etwas Mehl abkaufen könnte?«

Mrs Peters sah sie überrascht an. Dann erinnerte sie sich wohl wieder daran, dass Lillian sie zum Teetrinken eingeladen hatte.

»Aber natürlich«, antwortete sie ein wenig gezwungen. »Nachbarn helfen einander doch, oder?«

»Ich hoffe, ich mache Ihnen damit nicht allzu viele Umstände.«

»Aber nein, keineswegs. Kommen Sie doch herein.«

Beim Eintreten bemerkte Lillian, wie penibel sauber der Flur war. Stickbildchen hingen an den Wänden, am Garderobenständer hingen ein Schirm und die Ausgehjacke der Hausherrin.

»Eigentlich freue ich mich, wenn mal jemand bei mir vorbeischaut«, bemerkte Mrs Peters, während sie in die Küche schritt. »Seit Pauls Tod ist es hier im Haus sehr still geworden.«

»Das verstehe ich. Haben Sie Kinder?«

»Ja, aber die sind erwachsen und haben eigene Familien. Meine Tochter ist die Frau eines Wollhändlers in Christchurch.«

»Oh, das ist sicher sehr schön.«

»Sie besucht mich an Ostern und Weihnachten mit der Familie.«

Lillian bemerkte, dass die Stimme ihrer Nachbarin traurig klang. Die Tochter war so weit weg ... Sie selbst konnte sich gar nicht vorstellen, ohne ihren Großvater zu sein – auch wenn sie eines Tages vielleicht eine eigene Familie haben würde.

»Nun, ich habe hier eine Pfanne, die Sie meinetwegen eine Weile behalten können. Und für die Eier und das Mehl brauchen Sie mir nichts zu bezahlen. Sie können es mir wiedergeben, wenn ich mal in Not bin.«

Lillian bezweifelte, dass das je der Fall sein würde; umso mehr freute sie sich über die nette Geste der Nachbarin.

»Was führt Sie und Ihren Großvater hierher?«, fragte Mrs Peters, während sie das Mehl in eine Schale abfüllte und dann vier Eier obenauf legte.

»Mein Großvater möchte hier in der Nähe eine Sternwarte errichten«, antwortete Lillian. »Die erste in Neuseeland.«

Lillian hatte ganz arglos geantwortet, ohne darüber nachzudenken, dass sie bereits in Deutschland seltsam angesehen worden war, wenn sie erzählte, dass ihr Großvater sich mit Sternenkunde beschäftigte.

»Eine Sternwarte?«, fragte Mrs Peters entgeistert. »Wozu soll das denn gut sein?«

»Um die Sterne zu beobachten. Um herauszufinden, in welchen Bahnen sie ziehen, welchen Einfluss sie auf unser Leben haben. Auf die Natur, den Lauf der Dinge.«

»Aber ist es nicht Gottes Sache, wie die Gestirne laufen und was sie in der Natur bewirken?«

»Natürlich!«, entgegnete Lillian, die Mrs Peters nicht verärgern wollte. »Aber ist es nicht so, dass er uns einen Verstand gegeben hat, damit wir seine Schöpfung begreifen lernen?«

Darauf sagte die Nachbarin nichts, doch Lillian meinte, ein leichtes Kopfschütteln zu sehen. Natürlich fing sich Mrs Peters sofort wieder, doch der ungläubige Ausdruck in ihren Augen blieb.

»Nun, vielleicht hat es ja seinen Nutzen. Ich freue mich auf den Tee bei Ihnen.« Damit legte sie Lillian die Schüssel in eine Hand und reichte ihr dann die Pfanne.

»Ich danke Ihnen vielmals, Mrs Peters.«

»Nichts zu danken, es war mir ein Vergnügen.«

Draußen vor der Tür erwartete sie eine frische Brise, die etwas Mehl von der Schüssel wehte wie Schnee.

Um diese Zeit weht der Schnee bestimmt auch von Kölns Dächern, dachte Lillian mit einem wehmütigen Lächeln. Doch der nächste Gedanke vertrieb die aufkommende Wehmut wieder. Die Begegnung mit Mrs Peters mochte ein wenig seltsam gewesen sein, doch nun hatte sie wieder etwas, was sie Adele schreiben konnte.

Nachdem Georg mit der Transportfirma ausgemacht hatte, die großen Gepäckstücke am nächsten Tag zu liefern, kehrte er zu ihrem Haus zurück. Beim Näherkommen betrachtete er den Bau genauer. Die blassgelbe Farbe auf den Holzbohlen musste unbedingt aufgefrischt werden, und der Garten brauchte eine liebevolle Hand, die das Unkraut beseitigte und den vorhandenen Blumen zu neuer Pracht verhalf. Da sie bisher ausschließlich in der Stadt gewohnt hatte, war Lillian nie zu einer besonderen Meisterin im Gärtnern geworden, und er brauchte sich wohl keine Hoffnungen zu machen, dass die Nachbarn sie wegen der Blütenpracht bewundern würden.

Aber du bist ja selbst schuld, dachte er belustigt. Du hast dem Mädchen den Floh ins Ohr gesetzt, die Sterne zu erforschen, anstatt sie zum Gärtnern anzuhalten. Doch wenn er ehrlich war, machte auch er sich nichts aus Gartenarbeit – wenngleich er schön angelegte Gärten wirklich zu schätzen wusste. Warum sollte seine Enkelin anders geraten sein als er?

»Du scheinst ja doch Töpfe gefunden zu haben«, bemerkte Georg, als ihm der Duft von Pfannkuchen in die Nase stieg.

Lillian stand am Herd, über ihrem Rock eine rotkarierte Schürze, die sie sich kurz vor ihrer Abreise genäht hatte. Als sie sich umwandte, lächelte sie breit.

»Ich war drüben bei Mrs Peters und habe mir eine Pfanne und ein paar Eier geliehen.«

»Hat sie dich gefragt, warum wir gerade hierher gekommen sind?« Georg schälte sich aus seiner Jacke und ignorierte die Schmerzen, die ihm durch beide Schultergelenke zogen. Arthrose, hatte sein Arzt ihm schon vor einiger Zeit bescheinigt und ihm gedroht, dass er eines Tages seine Arme gar nicht mehr würde bewegen können. Wenn die Sternwarte erst einmal stand, brauchte er gewiss Hilfe bei den täglichen Arbeiten, aber daran wollte er jetzt noch nicht denken.

»Natürlich hat sie das. Und ich habe ihr nach bestem Wissen und Gewissen geantwortet.«

»Und war sie schockiert?«

»Ach, ich weiß nicht. Sie war wohl eher überrascht, dass ich schon wieder vor ihr stand.«

»Warte nur ab. So obskure Nachbarn hat niemand gern.«

»Wir sind doch nicht obskur!«, protestierte Lillian, während sie mit der Pfanne zum Platz ihres Großvaters eilte und den Pfannkuchen auf den Teller gleiten ließ. »Ist dir aufgefallen, wie sie reagiert hat, als ich nach den Leuten gefragt habe, die vor uns hier gewohnt haben?«

»Das ist mir nicht entgangen, mein Kind.«

»Als ich drüben war, habe ich sie noch einmal gefragt, und sie hat wieder so reagiert. Immerhin konnte ich ihr ein paar Informationen entlocken.«

»Und, welche schreckliche Geschichte hat unser Haus? Müssen wir mit irgendwelchen Geistern rechnen? Wenn ja, sollte ich denen vielleicht die Astronomie schmackhaft machen, dann brauchen wir beim Bau nicht so viele menschliche Helfer.«

Lillian lachte auf. »Ach Großvater, du und deine Geschichten!«

»Geschichten würzen die fade Suppe des Lebens. Aber vielleicht ist das, was sich unter diesen Bodendielen oder vielleicht auch auf dem Dachboden versteckt, wesentlich interessanter. Warst du schon oben?«

Lillian schüttelte den Kopf, während sie erneut Pfannkuchenteig in die Pfanne fließen ließ. »Nein, aber ich habe mir die anderen Räume angesehen. Und ich ahne schon, welches Zimmer du als dein Studierzimmer in Anspruch nehmen wirst. Eines mit Blick auf die Berge.«

»Aber die Berge sind, wie du weißt ...«

»... die Feinde des Astronomen. Dennoch gibt es von dort aus den besten Blick auf den Himmel. Außerdem wirst du deine hauptsächlichen Beobachtungen wohl eher von der Sternwarte aus führen, nicht wahr?«

»In der Tat. Also gut, ich bin gespannt, welches Zimmer du für mich ausgesucht hast. Aber vorher lasse ich mir den Pfannkuchen schmecken. Immerhin, Mrs Peters hat dir Eier geliehen.«

»Ebenso wie das Mehl. Sie war wirklich sehr hilfsbereit, nachdem sie den ersten Schrecken überwunden hatte.« Großvater und Enkelin sahen einander an, dann brachen sie in Gelächter aus.

»Sag mal, Großvater, weißt du, was das Wort *tohunga* bedeutet?«, fragte Lillian, nachdem sie ihre Mahlzeit beendet hatten.

Georg legte seine Gabel beiseite und sah sie verwundert an. »Wie kommst du auf dieses Wort?«

»Ich ... ich habe es gehört.« Sollte sie ihrem Großvater das Geschenk zeigen?

»Hat Mrs Peters davon gesprochen?«

»Nein«, antwortete Lillian ehrlicherweise, dann erhob sie sich. »Warte einen Moment, ich komme gleich wieder.«

Während Georgs erstaunter Blick ihr folgte, ging Lillian in ihre Kammer und holte die Flöte aus der Tasche.

»Das hier hat mir der Kutscher geschenkt, bevor er wieder abgefahren ist«, sagte sie, als sie in die Küche zurückkehrte.

Als sie ihrem Großvater die kleine Flöte auf die Hand legte, verfinsterte sich seine Miene, aber jetzt war es zu spät, um einen Rückzieher zu machen. »Der Kutscher überreichte mir die Flöte mit den Worten, dass ich die Augen einer *tohunga* hätte. Ich habe mir schon die ganze Zeit über den Kopf zerbrochen, was das bedeuten könnte. Immerhin hat er keine grimmige Miene dabei gezogen, sondern mich beinahe ehrfurchtsvoll angesehen.«

Georg drehte die Flöte in der Hand, sagte aber noch immer nichts. Hinter seiner Stirn schien ein Wirbelsturm zu toben.

»Großvater?« Auf Lillians Händen bildete sich kalter Schweiß. Bedeutete die Flöte doch etwas Schlechtes? »Wenn du möchtest, verbrenne ich sie, dann kann sie kein Unheil anrichten.«

»Nein, nein, verbrenn sie nicht«, sagte er und zwang sich zu einem Lächeln. »Der Kutscher hat es sicher nur gut gemeint.«

»Meinst du?«

»Die Flöte ist doch wunderhübsch, nicht wahr?«

Lillian nickte. »Ja, das ist sie. Ich habe noch nie eine derartige Schnitzarbeit gesehen.«

»Die Maori sind Meister im Schnitzen.« Georgs Miene erhellte sich nun wieder ein bisschen. »Wenn du mal in eines ihrer *maraes* kommst, werden dir wahrscheinlich die Augen übergehen. Das hier ist nur eine kleine Fingerübung, die unser Kutscher wohl aus Langeweile gefertigt hat und nicht wegwerfen wollte.«

»Und was bedeutet nun das Wort *tohunga*?«, fragte Lillian, bei der sich noch immer nicht so recht Erleichterung einstellen wollte.

»Oh, dieses Wort kann viele Bedeutungen haben«, entgegnete Georg, während er seiner Enkelin die Flöte zurückgab. »Es kommt immer auf den Zusatz an. Meist werden die Schamanen oder Heilerinnen so genannt, aber diese Bezeichnung gilt auch für Baumeister oder andere hervorragende Meister eines Handwerks. Vielleicht hat er ja mitbekommen, dass du gern in die Sterne schaust, in dem Fall würde *tohunga* auch so etwas wie Forscherin heißen.«

»Wirklich?«

»He, ich bin derjenige, der schon mal hier war, hast du das vergessen?«

»Natürlich nicht, Großvater«, entgegnete Lillian und spürte, dass sich der Knoten in ihrem Magen ein wenig löste. Ihr Großvater hatte sie noch nie angelogen. Auch wenn er beunruhigt wirkte, er würde ihr nicht die Unwahrheit sagen, das gehörte zu seinen Prinzipien.

Doch was war es, das noch immer wie ein Schatten hinter seinen Augen stand? Hatte es damals, in seiner Zeit in Neuseeland, einen Vorfall gegeben, an den er sich erinnerte? Seine Erzählungen aus seiner Jugendzeit waren ohnehin sehr dürftig, besonders, was seine Zeit auf See betraf.

»Bewahr die Flöte gut auf, vielleicht wird sie dir eines Tages von Nutzen sein.« Sanft legte sich die Hand ihres Großvaters auf ihren Arm. »Und wer weiß, möglicherweise entdeckst du doch noch dein musikalisches Talent.«

Am Abend stand Georg vor dem Fenster seines Zimmers und blickte hinaus in die Nacht. Lillian hatte recht, dachte er. Dieses Zimmer bot wirklich den schönsten Ausblick auf die Sterne – auch wenn die Gebirgskette viele von ihnen verdeckte. Doch in seiner Sternwarte würde es anders sein.

Allerdings bot ihm der Anblick des funkelnden Firmaments nicht den Seelenfrieden, den er erhofft hatte. Die bohrende Unruhe in seinem Innern wollte einfach nicht weichen, so sehr er auch versuchte, sie zu vertreiben.

Vielleicht war die Flöte, die der Kutscher Lillian geschenkt hatte, nur ein Zufall. Georg war nicht entgangen, wie der Maori seine Enkelin angesehen hatte. Sie war ein sehr hübsches Mädchen, und er konnte verstehen, dass ihr Aussehen und ihr Verhalten den jungen Maori dazu ermutigt hatte, ihr ein Geschenk zu machen.

Doch andererseits konnten die Flöte und der Hinweis, dass seine Enkelin die Augen einer *tohunga* hätte, auch ein Wink des Schicksals sein. Eine Botschaft von *papa* und *rangi*, denen er vor so langer Zeit ein Versprechen gegeben hatte.

Georg kniff die Augen zusammen, als er versuchte, das Kreuz des Südens zu fixieren. Ich bin hier, dachte er. Ihr braucht mich nicht daran zu erinnern, was ich zu tun habe. Ich werde mein Versprechen halten.

Doch ebenso, wie die Sterne stumm auf die Menschen herabsahen, brauchte er von den Göttern Neuseelands keine Antwort zu erwarten.

Schließlich wandte er den Blick von den Sternen ab, begab sich aber nicht zu seiner Hängematte, die er in der Ecke gegenüber dem Fenster aufgespannt hatte, sondern ging zu seinem Seesack, aus dessen Tiefen er schließlich ein kleines Büchlein zutage förderte. Der Umschlag war abgegriffen, die Seiten an den Rändern vergilbt. Der kurze Bericht über seine erste Reise in dieses Land, geschrieben vor vielen Jahren, als Lillian gerade zu ihm gekommen war und er den Verlust seines Sohnes hatte verkraften müssen. Eines Tages, so hatte er sich vorgenommen, sollte seine Enkelin es bekommen und erfahren, was das Versprechen wirklich war.

Und wenn er es ihr jetzt schon gab? Vielleicht sollte sie wissen, was damals geschehen war, damit sie seine Beweggründe besser verstand?

Einen Moment lang war er schon versucht, in ihr Zimmer zu gehen und ihr das Büchlein zu geben. Doch dann entschied er sich anders. Nein, vielleicht war es besser, wenn er es ihr später gab. Jetzt musste sie sich hier erst einmal einleben. Auch wenn sie die Fröhlichkeit in Person zu sein schien, wusste er doch, wie schwer ihr die Trennung von ihrer Freundin Adele fiel, der Abschied von Köln, von allem, was sie kannte. Es würde besser sein, wenn er sie nicht noch zusätzlich mit der Vergangenheit verwirrte. Wenn die Zeit gekommen war, würde sie alles erfahren...

6

Schon einen Tag später kam die Antwort aus Blenheim. Ein Laufbursche des Telegrafenamtes übergab sie Lillian an der Haustür. Nachdem sie dem Jungen zusätzlich zu der Gebühr noch einen kleinen Obolus gegeben hatte, trug sie den Umschlag in den Raum, der dazu auserkoren war, irgendwann einmal das Arbeitszimmer ihres Großvaters zu werden. Noch konnte man freilich nicht viel davon erkennen. Überall standen Kisten und Koffer herum, die bereits am frühen Morgen von der hiesigen Gepäckaufbewahrung angeliefert worden waren.

Die Träger, alles Männer von kräftiger, hochgewachsener Statur, hatten Lillian neugierige Blicke zugeworfen, was sie wieder an ihre Begegnung mit Mr Ravenfield am Postamt von Christchurch erinnert hatte.

Ihrem Großvater hatte sie nichts davon erzählt, aber insgeheim hoffte sie, den Schafzüchter wiederzusehen, denn je länger ihre Begegnung zurücklag, desto mehr Dinge entdeckte sie in ihrer Erinnerung, die ganz anziehend an ihm waren.

Doch nun musste sie sich erst einmal einen Weg durch das Kistenchaos bahnen. Wo bereits eine Kiste geöffnet worden war, quoll Holzwolle heraus, hin und wieder nahm sie ein goldenes Funkeln wahr. Obwohl man ihnen versichert hatte, pfleglich mit dem Frachtgut umgegangen zu sein, hoffte Lillian inständig, dass auch wirklich nichts zu Bruch gegangen war. Neben den alten Instrumenten, die ihr Großvater zu Hause benutzt hatte, um die Sterne über den Dächern Kölns zu beobachten, befanden sich in den Kisten auch neue Gerätschaften, mit denen in der Sternwarte gearbeitet werden sollte. Da Lillian davon noch nichts zu Gesicht bekommen hatte, war sie besonders gespannt, was ihr Großvater bereits angeschafft hatte.

»Großvater?«, rief sie, denn auch nach einigen Augenblicken konnte sie ihn in dem Chaos immer noch nicht ausmachen.

»Ich bin hier, mein Kind!«, antwortete es dumpf aus der hinteren Ecke des Raumes, in der die Kisten noch dichter zusammenstanden als vorn. »Was gibt es denn?«

»Wir haben ein Telegramm aus Blenheim erhalten. Von Mr Caldwell.«

Wie es seine Art war, hatte ihr Großvater beim Auspacken noch nicht viel erreicht und sich stattdessen in einer wissenschaftlichen Abhandlung über den südlichen Sternhimmel festgelesen. Dabei hatte er sich zwischen zwei Kisten gehockt, wodurch es Lillian unmöglich gewesen war, ihn auszumachen. Jetzt erhob er sich mit einem Stöhnen und einer leisen Klage darüber, dass seine Knie auch nicht mehr die besten waren.

»Lies vor; bis ich mich aus dem Durcheinander befreit habe, kann es ein Weilchen dauern.«

Lillian riss den Umschlag auf und entnahm ihm einen länglichen Zettel. Die Nachricht war nicht besonders lang.

»Herzlich willkommen – stop – Assistent macht sich heute auf den Weg – stop – Ankunft Nachmittag – stop – Treffpunkt Main Street – stop – hat Papiere bei sich – stop – alles Weitere persönlich – stop – Grüße James Caldwell.«

»Ha!«, rief ihr Großvater aus, und kämpfte sich, nachdem er den Folianten auf einer verschlossenen Kiste abgelegt hatte, durch das Gewirr. »Ich wusste, dass auf ihn Verlass ist. Der arme Junge muss sein Pferd schon ziemlich schinden, wenn er heute Nachmittag hier sein will.«

»So weit entfernt ist Blenheim nun auch nicht«, behauptete Lillian, die die Stadt schon einmal auf einer Landkarte gesehen hatte. »Wahrscheinlich ist er noch vor Sonnenaufgang losgeritten.«

»Oder bereits gestern. Zu dumm nur, dass ich ihm nicht mitteilen konnte, dass sein Mann in unserem Haus willkommen ist.«

»Mr Caldwell hat ihn sicher deshalb nicht hierhergeschickt, weil er ahnt, welches Chaos bei uns herrscht. Und weil er nicht will, dass wir seinem Assistenten einen Schrecken einjagen. Geh du nur heute Mittag in die Stadt, ich werde mich um alles hier kümmern. Aber jetzt muss ich erst einmal los, uns ein paar Lebensmittel kaufen.«

»Ja, geh nur, Kind, die Sorge, dass du dich verirrst, werde ich hier wohl nicht haben müssen.« Georg schmunzelte. »Wenn du zufällig bei den Krabbenfischern vorbeikommst, kauf doch welche für uns ein, ja? Hier gibt es die besten Krabben weit und breit.«

»Gern, Großvater.«

Lillian kämpfte sich erneut durch das Durcheinander, richtete dann ihre Kleider und verließ, ein paar Kisten passierend, das Haus.

Auf dem Weg in die Stadt bemerkte sie Mrs Peters, die gerade auf dem Hinterhof Holz hackte. Warum hat sie sich eigentlich nicht wieder einen Mann gesucht, dachte sie, während sie beobachtete, wie sich die Frau mit den Scheiten abmühte. Dann kam ihr wieder in den Sinn, was ihr Großvater einst zu ihr gesagt hatte, als sie ihn fragte, warum er nicht wieder geheiratet hatte.

»Hin und wieder gibt es sie noch, die große Liebe. Ich glaube, dass diese Liebe auch über den Tod hinaus besteht, und so könnte ich nie wieder eine andere Frau heiraten. Eben weil ich weiß, dass deine Großmutter mir sonst böse werden würde.«

Ging es Mrs Peters ebenso? Wollte auch sie ihren verstorbenen Ehemann nicht enttäuschen?

Lillian rief ihr einen Gruß zu, doch der ging in dem Krachen des Holzscheits unter, den Mrs Peters endlich durchschlagen konnte.

An diesem Morgen waren schon etliche Bewohner Kaikouras auf der Hauptstraße unterwegs. Zahlreiche Frauen mit Körben unter den Armen kamen Lillian entgegen, die zunächst nicht wusste, wohin sie sich wenden sollte. Schließlich entschied sie sich, einer Gruppe jüngerer Frauen zu folgen, die plappernd und kichernd über den Sidewalk schlenderten. Ihre Kleider deuteten darauf hin, dass sie aus besserem Hause stammen mussten – wenngleich man das, worüber sie sprachen, eher bei Dienstpersonal erwartet hätte, zumindest in Deutschland.

»Hast du schon von der Sache zwischen Betty Hendricks und John Crawford gehört?«, plapperte die Rothaarige in der Mitte lautstark, sodass sich Lillian nicht einmal bemühen musste, zuzuhören. »Er soll ihr heimlich einen Heiratsantrag gemacht haben.«

»Nein!«, rief die Brünette in dem rosafarbenen Kleid zu ihrer Linken.

»Tatsächlich! Wenn das ihr Vater rauskriegt, wird er dem Burschen die Ohren langziehen.«

»Heißt das, sie hat angenommen?«, erkundigte sich ein blondes Mädchen, dessen dezentes grünes Kleid sofort Lillians Blick anzog. Eigentlich machte sie sich nicht viel aus Mode, weil sie sich sagte, dass es bei einer Forscherin auf das Wissen und nicht die äußere Hülle ankam, doch dieses Kleid war dermaßen fein gearbeitet, dass sie sich fragte, wie sie selbst darin wohl aussehen würde.

»Natürlich hat sie das! Erinnerst du dich noch daran, wie kuhäugig sie beim letzten Ball dreingeschaut hat, als das Gespräch auf ihn kam? Nur leider ist er nicht der passende Bewerber für ihren Vater.«

»Ja«, mischte sich eines von den beiden dunkelblonden Mädchen ein, die zur Rechten der rothaarigen Anführerin gingen. Lillian konnte zwar ihr Gesicht nicht erkennen, doch Frisuren und Kleidung ähnelten sich dermaßen, dass sie vermutete, die beiden könnten Schwestern sein. »Soweit ich gehört habe, hat er mit Chester Billings gesprochen, dem Schafbaron. Der sucht eine Frau für seinen Sohn, diesen schwächlichen Michael.«

»Und aus diesem Grund wird dieser Crawford auch höllischen Ärger bekommen.«

So, wie die Rothaarige auflachte, schien sie nicht die geringste Sympathie für den Burschen zu hegen.

Lillian fragte sich, wie ihr Großvater reagieren würde, wenn sie sich mit einem Mann verlobte, der nicht akzeptabel für ihn war. Gab es so etwas überhaupt? Bisher war sie noch nicht in die Verlegenheit geraten. Wenn sie Adele auf irgendwelche Feste begleitet hatte, waren sie zwar von Männern umschwärmt worden, doch Lillian war stets der Meinung gewesen, dass sich die Burschen nur für ihre hübsche Freundin interessierten. Wenn doch jemand sich für sie interessiert hatte, hatte sie ihn spätestens damit verschreckt, dass sie ihm von ihrem Vorhaben erzählt hatte, eine Sternenforscherin zu werden.

Aber vielleicht waren die Männer hier anders ... Wieder spukte ihr die Bekanntschaft vom Telegrafenamt durch den Sinn. Ravenfield sah nicht so aus, als würde er sich leicht verschrecken lassen.

»He, wer bist du denn?«, riss die Stimme der Rothaarigen sie aus ihren Gedanken. Lillian blieb sofort stehen und entging damit nur knapp dem Zusammenprall mit einer der Schwatzgänse, die stehen geblieben waren, als sie sie bemerkt hatten. »Läufst uns schon die ganze Zeit hinterher.«

»Ich ...« Lillian blieben die Worte im Hals stecken. Die andere hatte ja recht, sie war ihnen hinterhergelaufen. Und obwohl sie Tratsch nicht mochte, musste sie zugeben, dass allein schon die Beobachtung der Mädchen sehr interessant gewesen war.

Während die Mädchen sie von Kopf bis Fuß musterten und dabei sicher die Flickstellen an ihrem Kleid bemerkten, rang Lillian um Worte.

»Ich ... ich wollte euch nicht nachlaufen ... ich war ... ich wollte nur zufällig in dieselbe Richtung.«

»Und wohin genau?«, fragte eine der Dunkelblonden, die tatsächlich Schwestern oder sogar Zwillinge zu sein schienen.

»In ein Geschäft ... Ich wollte einkaufen.«

Am liebsten hätte sich Lillian irgendwo in ein Mauseloch verkrochen, wo sie der Aufmerksamkeit der anderen nicht mehr ausgesetzt gewesen wäre. Sie mochte vielleicht Sternentabellen auswerten können, aber was gesellschaftliche Dinge anging, fühlte sie sich anderen immer ein wenig unterlegen. Wäre ich ihnen doch bloß nicht nachgegangen, schoss es ihr durch den Kopf. Doch dafür war es jetzt zu spät.

»Du bist neu hier, nicht wahr?«, sagte schließlich die hübsche Blonde in dem grünen Kleid. Ihr Lächeln wirkte freundlich.

»Ja, wir sind erst gestern hier angekommen, mein Großvater und ich.« Lillian blickte unsicher zu den anderen jungen Frauen, die sie noch immer musterten wie ein seltenes Tier im Zoo.

»Und woher kommst du? Deinen Akzent habe ich noch nie gehört.«

»Aus Deutschland.«

Verzogen die anderen die Gesichter oder bildete sie sich das nur ein?

»Und was führt dich hierher?«, meldete sich die Rothaarige wieder zu Wort. »Habt ihr hier Verwandte? Dein Großvater ist doch sicher nicht mehr der Jüngste.«

»Wir haben Bekannte hier.« Lillian stockte. Nachdem Mrs Peters sie schon seltsam angesehen hatte, wollte sie sich hier nicht öffentlichen Spott dafür einhandeln, dass ihr Großvater eine Sternwarte errichten wollte. Und was ging es die anderen auch an!

Auf jeden Fall schien ihre Antwort die Frauen dermaßen zu langweilen, dass sie das Interesse an ihr verloren.

»Ziehen wir weiter, Sam«, sagte die Rothaarige, doch die Blonde schüttelte den Kopf.

»Geht allein, ich werde unsere Neue ein wenig unter die Fittiche nehmen.«

Die anderen stießen ein enttäuschtes Murren aus, wandten sich aber um. Als sich ihr Lachen ein wenig entfernt hatte, streckte die Blonde, die Lillian die ganze Zeit über betrachtet hatte, ihr die Hand entgegen.

»Mein Name ist Samantha Carson, mein Vater ist Händler in der Stadt. Und Abgeordneter im Stadtrat.«

»Lillian Ehrenfels.« Als Lillian ein wenig zögerlich ihre Hand ergriff, lächelte ihr Gegenüber.

»Keine Angst, ich beiße nicht«, sagte Samantha. »Und was die anderen angeht, die sind eigentlich recht nett. Nur müssen sie sich erst einmal an Neuankömmlinge gewöhnen. Aber wenn sie das geschafft haben, können sie sehr unterhaltsam sein.«

Lillian wusste nichts darauf zu sagen. Nun mach schon, tönte eine innere Stimme, die sich verdächtig nach Adele anhörte. Du könntest eine Bekannte gebrauchen. Es ist doch nicht so, dass du mich verrätst, wenn du dir jemand anderen zum Reden suchst.

»Ich ... ich brauche Lebensmittel, und mein Großvater möchte Krabben haben. Er hat gemeint, die gäbe es hier.«

»Natürlich, aber dazu musst du zum Hafen. Wenn wir großes Glück haben, bekommst du noch welche, die Krabbenfischer leeren ihre Netze im Morgengrauen aus.«

Damit hakte sich Samantha unbefangen bei Lillian ein und zog sie mit sich.

»Wer ist denn euer Bekannter, wegen dem ihr hergekommen seid?«, erkundigte sich Samantha, nachdem sie ein paar Schritte gegangen waren.

»Sein Name ist Caldwell, er wohnt in Blenheim.«

»Ist er wohlhabend?«

»Ja, zumindest ein wenig«, antwortete Lillian. Noch immer sträubte sich in ihr alles dagegen, der fremden jungen Frau den wahren Grund ihrer Reise hierher zu nennen. Was, wenn sie nur spionieren wollte? Wenn sie nachher ihren Kameradinnen brühwarm mitteilen würde, was sie hier geredet hatten? Schon in Köln waren Hohn und Spott der Lohn für eine ehrliche Auskunft gewesen.

Samantha schien ihr Misstrauen zu spüren. »Verzeih, wenn ich dich in Verlegenheit bringe. Meine Mutter findet auch, dass ich schrecklich neugierig bin, das ist eine meiner schlechten Eigenschaften.«

»Das finde ich nicht«, entgegnete Lillian unvermittelt. »Neugier ist eine wichtige Grundeigenschaft für eine Forscherin, jedenfalls sagt das mein Großvater immer.«

Erst danach fiel ihr auf, dass sie sich um ein Haar verraten hätte.

»Forscherin? Willst du etwa eine werden?« Samanthas Wangen wurden fleckig vor Aufregung.

Ertappt stotterte Lillian: »Ich ...«

»In letzter Zeit gibt es hier in Neuseeland einige Frauen, die studieren wollen. Außerdem fordern sie das Wahlrecht. Ich habe davon gehört, dass auf der Nordinsel einige in größeren Städten auf die Straße gehen und demonstrieren.« Samantha kniff die Augen zusammen und musterte Lillian einen Moment lang. »Du bist doch nicht etwa eine Suffragette, oder?«

Wenn sie jetzt das Falsche sagte, würde Samantha ihren Freundinnen eine Menge zu berichten haben ...

»Nein, das bin ich nicht«, antwortete sie, und weil sie keinen anderen Ausweg wusste, setzte sie hinzu: »Mein Großvater ist Forscher.«

»Was erforscht dein Großvater denn? Etwa die Natur? Will

er sich die ganzen seltsamen Tiere hier anschauen? Die flügellosen Kiwi, die gruseligen Weta und diese Fledermäuse, die an den Baumstämmen hinaufklettern?«

»So was Ähnliches«, entgegnete Lillian, während sie fieberhaft überlegte, wie sie aus dieser Situation wieder herauskommen könnte. »Ist der Hafen in der Nähe?«

Ein Lächeln huschte über Samanthas Gesicht, dann nickte sie. »Es ist nicht mehr weit.«

»Gut.«

»Würdest du vielleicht auch gern etwas über mich erfahren?«, fragte Samantha weiter, die wahrscheinlich eingesehen hatte, dass es sich vorerst nicht lohnte, weiter nachzubohren.

»Wenn du mir etwas erzählen möchtest«, antwortete Lillian freundlich, doch erleichtert war sie noch immer nicht. Wahrscheinlich würde Samantha wieder von vorn anfangen, wenn sie erst einmal mit ihrer Geschichte fertig war. »Dein Vater ist also Händler?«

»Ja, er besitzt das Warehouse am anderen Ende der Stadt. Er bemüht sich neuerdings darum, Bürgermeister zu werden, dementsprechend wenig Zeit hat er für uns.«

»Hast du Geschwister?«

»Ja, eine kleine Schwester, Maggie. Und du?«

Lillian schüttelte den Kopf.

»Wie kommt es eigentlich, dass du mit deinem Großvater reist?«

Lillian erkannte nun, dass es ihr noch immer schwerfiel, von ihren Eltern zu sprechen. In Köln hatte jedermann Bescheid gewusst. Auch hier würde es schnell die Runde machen. Besser, sie erzählte es, bevor die Leute darüber spekulierten, warum sie mit ihrem Großvater hier lebte.

»Meine Eltern sind gestorben, als ich fünf Jahre alt war«, antwortete sie schließlich. »Sie sind bei einem Zugunglück ums Leben gekommen.«

»Wie schrecklich!«, raunte Samantha mitfühlend.

»Mein Großvater ist der einzige Mensch, den ich noch habe. Egal, wohin er hätte reisen wollen, ich wäre ihm überallhin gefolgt.«

»Dann hattest du also noch keinen Bräutigam in deiner Heimat?«

»Nein, natürlich nicht.«

»Nun, das kann sich hier sehr schnell ändern. Es gibt etliche Junggesellen in der Stadt.«

»Ich glaube kaum, dass ich in der nächsten Zeit Gelegenheit haben werde, mich nach Männern umzusehen. Wir haben sehr viel zu tun, und die meisten Männer finden gebildete Frauen abschreckend.«

»Warum das? Hier könntest du durchaus auf jemanden treffen, der es interessant findet, dass Frauen mehr im Kopf haben als Kleider und den neuesten Tratsch.«

Das musste sie gerade sagen! Sie steckte in einem der schönsten Kleider, die Lillian je gesehen hatte – und obendrein schien sie dem Tratsch nicht abgeneigt zu sein.

»Ich weiß, was du sagen willst«, lenkte Samantha ein. »Wahrscheinlich hast du gehört, worüber wir gesprochen haben. Aber glaub mir, das ist nicht alles, was es über Samantha Carson zu wissen gibt. Da ist noch sehr viel mehr.«

Lillian konnte sich kaum vorstellen, was das sein sollte. Wie eine angehende Wissenschaftlerin wirkte sie nicht – doch halt, was war das noch mit den Suffragetten? War sie vielleicht eine davon?

»Da ist der Markt!«, verkündete Samantha, bevor Lillian nachfragen konnte. »Viel wirst du wahrscheinlich nicht mehr bekommen, doch immerhin wird es etwas billiger sein.«

Der Markt war nicht viel mehr als eine recht große Anlegestelle mit einigen Fischerbooten. Die Fischer verkauften ihre Ware entweder direkt von ihren Booten herunter oder hatten davor ein paar Holzkisten aufgestellt, auf denen sie ihre Körbe präsentierten. Der Geruch nach Algen und Fisch schwebte trotz der frischen Brise über ihren Köpfen und erinnerte Lillian an den Rhein, der ähnlich gerochen hatte. Ein Gefühl der Wehmut breitete sich in ihrer Brust aus, und beinahe hätte sie ihre neue Gefährtin mit Adele angesprochen, doch rechtzeitig genug besann sie sich wieder und schluckte den Namen ihrer Freundin herunter.

Samantha führte sie zu einem der Fischer, der noch etwas mehr Krabben in seinen Körben hatte. Der Mann war mit ähnlichen Tätowierungen geschmückt wie ihr Kutscher, was Lillian sofort wieder an die Flöte denken ließ, die er ihr geschenkt hatte. Und an das Wort *tohunga*.

Sofern der Krabbenfischer sie ebenfalls für eine Forscherin hielt, ließ er es sich nicht anmerken. Er zeigte ihr die besten Stücke, die er noch hatte, und pries sie in einem wirren Gemisch aus Englisch und Maorisprache an, bei dem Samantha ihr ein wenig weiterhelfen musste. Letztlich landeten ein paar wunderbare Krabben für sehr wenig Geld in ihrem Einkaufskorb.

»Du musst aufpassen, dass sie nicht rauskrabbeln. Und leg sie, wenn du zurück bist, ein wenig ins Feuchte. Lebendig halten sie sich am längsten.«

Lillian blickte in ihren Korb, und fast überkam sie ein wenig Mitleid mit den Tieren, deren Scheren hilflos auf und zu schnappten. Doch beim Abendessen würden sie ihnen sicher sehr gut schmecken.

»Es heißt übrigens, dass Kaikoura nichts anderes als Krabben essen in der Maorisprache heißen soll«, bemerkte Samantha, als sie dem Hafen den Rücken kehrten. »Ein passender Name, findest du nicht?«

»Sehr passend.« Lillian schmunzelte. Sie wusste nicht, warum, aber irgendwie spürte sie, dass sich ihre Haltung Samantha gegenüber veränderte. Vielleicht war sie ja doch niemand, der nur darauf wartete, neuen Klatsch in sich aufzusaugen. Vielleicht war Samantha wirklich nur neugierig – und sie schien auch nicht dumm zu sein.

»Was hältst du davon, zum Scheunenfest der Parkers zu kommen? Wird dein Großvater dir das erlauben?«

Lillians Augen weiteten sich. Mit allem hatte sie gerechnet, aber nicht damit, zu einem Fest eingeladen zu werden.

»Ich weiß nicht so recht«, zögerte sie. »Ich kenne hier doch niemanden.«

»Du kennst mich. Und die anderen wirst du noch kennenlernen. Ich finde es sehr erfrischend, mal mit jemand anderem zu reden als mit Rosie und so weiter.«

»Rosie?«

»Die Rothaarige, Rosie Henderson. Ich will ihr ja nicht in den Rücken fallen, doch bei ihr solltest du aufpassen, was du sagst. Sie hat die gefährliche Gabe, jede Information zu einer Waffe zu machen.«

»Das kann ich mir denken. Das Pärchen, über das ihr geredet habt...«

Samantha winkte ab. »Mach dir um die beiden keine Gedanken, die werden das Kind schon irgendwie schaukeln. Übrigens bin ich sicher, dass sie auch zum Ball kommen. Wenn du den Burschen erst mal gesehen hast, wirst du verstehen, warum Betty Hendricks allen Ärger mit ihrem Vater auf sich nimmt und versuchen wird, ihren Willen durchzusetzen. John Crawford ist einer der bestaussehendsten Burschen in der Stadt. Nicht so attraktiv wie Jason Ravenfield, aber er ist eine gute Nummer zwei.«

»Ravenfield?«, platzte es aus Lillian heraus. Auf einmal begann es in ihren Wangen zu kribbeln. Wurde sie etwa rot?

Samantha sah sie fragend an. »Kennst du ihn vielleicht schon?«

»Ich habe in Christchurch einen Mann getroffen, der so hieß. Er sagte, dass er eine Farm in der Nähe von Kaikoura habe.«

»Du meine Güte!«, rief Samantha erstaunt aus. »Ja, das ist er, der begehrteste Junggeselle von Kaikoura!«

»Kennen ist zu viel gesagt, er hat in der Schlange am Post Office hinter mir gestanden und wir haben uns kurz unterhalten. Sehr kurz.«

Nun konnte Lillian es nicht mehr aufhalten. Die Hitze schoss in ihre Wangen, als hätte sie in ein offenes Feuer geschaut.

»Und offenbar hat er dir gefallen.« Samantha wirkte immer noch, als hätte sie der Schlag gerührt. Macht sie sich etwa selbst Hoffnungen?, schoss es Lillian durch den Kopf. Nun gut, sie konnte ihn gern haben.

»Das gibt es doch nicht«, murmelte Samantha, dann lächelte sie breit. »Dann bleibt dir wohl nichts anderes übrig, als zu dem Fest zu kommen, denn er wird dort auch sein.«

»Aber ich ... ich kann nicht. Und ich habe auch gar nichts anzuziehen.«

»Sicher kannst du! Das Fest ist in einem Monat. Bis dahin hast du noch viel Zeit, dir zu überlegen, was du tragen wirst.«

Lillian öffnete den Mund, wusste aber, dass es nichts bringen würde, weiter gegen Samanthas Eifer anzureden, also schwieg sie.

»Ich werde Mrs Parker Bescheid sagen, dass sie dich mit auf die Gästeliste setzt.«

»Aber diese Mrs Parker kennt mich doch gar nicht.«

»Wie ich schon sagte, du wirst alle kennenlernen. Und eine Freundin von mir wird sie sicher nicht ablehnen.«

Freundin? Lillian war nicht sicher, ob Samantha bereits eine Freundin war. Wenn sie sie zu ihrem Freundeskreis zählte, mussten die Leute hier ziemlich schnell mit dem Schließen von Freundschaften sein.

»So, dann werde ich mal wieder. Wenn du noch mehr Lebensmittel brauchst, geh einfach die Straße hoch, dort gibt es einen guten kleinen Laden, der alles hat, was du brauchst. Und natürlich kannst du dem Geschäft meines Vaters ebenfalls einen Besuch abstatten, wenn du willst. Dort kannst du mich auch besuchen, wenn ich nicht gerade mit Rosie und den anderen in der Stadt bin.«

Samantha nannte ihr die Adresse und reichte ihr dann fröhlich lächelnd die Hand. Bevor sie gehen konnte, hielt Lillian sie noch einmal zurück.

»Warum machst du das eigentlich?«

»Was denn?« Samantha zog die Augenbrauen hoch und legte den Kopf ein wenig schräg.

»Na das alles. Dass du mich zum Ball einlädst und mit mir sprichst, als würdest du mich schon viele Jahre kennen.«

Samantha lachte auf. »So sind wir hier eben! Und wenn ich ehrlich bin, finde ich dich nett. Beim nächsten Mal kannst du mir mal ein wenig von deiner Heimat erzählen.«

»Und du wirst dich mit den anderen nicht über mich lustig machen?«

»Natürlich werde ich das!«, entgegnete sie kichernd. »Aber ich werde den anderen auch erzählen, dass du sehr nett bist und wir dich bald näher kennenlernen werden. Wenn du dich nicht gerade um das Fest drückst.«

»Keine Sorge, das werde ich nicht«, entgegnete Lillian und hob die Hand zu einem leichten Winken, das Samantha enthusiastisch erwiderte.

Dieses Mädchen, ging es ihr durch den Sinn, hatte sicher keine Probleme, einen Bräutigam zu finden. Dann ertönte hinter ihr Glockenläuten. Elf Uhr! Wenn sie ihrem Großvater noch Glück für die Unterredung wünschen wollte, musste sie sich sputen!

7

»Großvater?«, fragte Lillian beim Hereinkommen durch die Küche. »Bist du noch hier?«

»Wo soll ich denn sonst sein, mein Kind?«, bekam sie sogleich die Antwort. Als ihr Großvater durch die Tür trat, wirkte er sehr – und im positiven Sinne – verändert.

Lillian war es gar nicht mehr bewusst gewesen, dass er noch einen Sonntagsanzug hatte; auf dem Schiff hatte er ihn nie getragen. Aber wie sie nun sehen konnte, hatte er ihn mitgenommen und wirkte in den Kleidungsstücken beinahe wie ein Stadtabgeordneter.

»Ich hatte schon Angst, dass du bereits unterwegs bist«, entgegnete Lillian erleichtert und stellte dann den Korb auf dem Küchentisch ab. »Schau nur, ich habe Krabben bekommen.«

Ihr Großvater warf einen Blick in den Korb und lächelte. »Das sind sehr gute Krabben. Verwunderlich, um diese Uhrzeit.«

»Ich weiß, die Krabbenfischer sind schon in aller Frühe auf See.«

»So ist es.« Georg legte den Kopf ein wenig schräg, als er sie betrachtete. »Hast du in der Stadt jemand Nettes getroffen?«

»Wie meinst du?«

»Ich meine, ob dir jemand vielleicht einen kleinen Tipp gegeben hat, wo man diese Krabben bekommt.«

»Oh. Ja, ich habe ein Mädchen getroffen, oder besser gesagt, ich hatte vor, ihnen nachzugehen, aber dann haben sie mich bemerkt, und eine von ihnen wollte mich unter ihre Fittiche nehmen, wie sie es nannte. Wir sind ins Gespräch gekommen, und sie hat mir den Krabbenmarkt gezeigt.«

»Das ist ja wirklich schön. Siehst du, ich wusste doch, dass du dich hier einleben würdest.«

»Natürlich werde ich das, Großvater, wieso hast du gezweifelt?«

»Nun, der Verlust von Adele... Ich habe mitbekommen, wie sehr dich das mitgenommen hat.«

»Adele habe ich doch nicht verloren«, entgegnete Lillian tapfer, obwohl sie zugeben musste, dass er recht hatte. Ihre Freundin fehlte ihr mit jedem Tag mehr. »Ich schreibe ihr doch. Und irgendwann werden auch Briefe von ihr ankommen. Vielleicht wird sie uns eines Tages besuchen und ich sie.«

Georg setzte einen zweifelnden Blick auf. Lillian ignorierte ihn allerdings und fuhr fröhlich fort: »Wenn du zurückkommst, habe ich die Krabben zubereitet, und dann will ich alles hören, was dir Mr Caldwells Mann zu sagen hat.« Sie wollte nicht darüber nachdenken, wie es mit ihr und Adele weitergehen sollte und was sein würde, wenn doch kein Brief kam und ihre Freundschaft mittlerweile schon gar nicht mehr bestand. »Wenn du magst, kannst du ihn ja auch hierher einladen.«

»In dieses Chaos? Nein, das heben wir uns für später auf.« Er beugte sich zu ihr und gab ihr einen Kuss auf die Wange. »Bis später, Lilly.«

Ihr Kosename, den er schon seit einiger Zeit nicht mehr benutzt hatte, zauberte ein Lächeln auf ihr Gesicht.

»Bis später, Großvater.«

Eigentlich war Georg kaum durch etwas aus der Ruhe zu bringen, doch während er sich der Hauptstraße näherte, fühlte er sich seltsam aufgeregt. Den ganzen Vormittag hatte er schon darüber nachgedacht, was Caldwells Assistent berichten würde.

War das Baumaterial inzwischen eingetroffen? Und das Teleskop? Und wie würde es mit den Verhandlungen um das Land stehen?

Als Georg schließlich auf den Sidewalk neben der Hauptstraße trat und sich unruhig nach jemandem umsah, der ebenso wie er auf der Suche sein könnte, wurden ihm die Hände feucht. Die Zweifel, die schon eine ganze Weile an ihm nagten, meldeten sich zurück. Was, wenn sie es nicht schafften? Wenn alles umsonst gewesen war?

Sei nicht dumm, schalt er sich selbst. Du wirst es schaffen. Bisher ist noch alles, was du angepackt hast, gelungen.

»Sind Sie Herr Ehrenfels?«

Georg fuhr herum. Er hatte den jungen Mann nicht kommen gehört. Ebenso überraschend wie sein Aussehen war die Tatsache, dass er ihn auf Deutsch angesprochen hatte. Nicht besonders gut und stark akzentgefärbt, offenbar waren das die einzigen Worte, die er beherrschte, nachdem er sie sich tagelang eingeprägt hatte. Dennoch war es beachtlich, dass er es zumindest mit der Muttersprache des Fremden versuchte.

Georg lächelte und nickte ihm zu, bevor er auf Englisch antwortete: »Ja, der bin ich.«

Auf dem Gesicht des Mannes, der mit seiner goldenen Haut und seinen dichten schwarzen Locken sehr exotisch wirkte, zeigte sich Erleichterung.

»Schön, Sie kennenzulernen. Mein Name ist Henare Arana. Mr Caldwell hat mich freundlicherweise zu Ihrem persönlichen Assistenten bestimmt. Es ist mir eine Ehre, mit Ihnen zusammenzuarbeiten.«

Ein Maori als Caldwells Assistent? Georg staunte nicht schlecht. Gleichzeitig nahm es ihn noch mehr für Caldwell ein. Ein Mann, der einen Maori als Assistenten hatte, konnte doch nicht verkehrt sein...

Während Georg erwiderte, dass es ihn ebenfalls freue, ihn kennenzulernen, musterte er den Mann, der höchstens Mitte zwanzig war, genauer. Seine Herkunft war nicht zu übersehen, doch er sprach Englisch, als sei es seine Muttersprache. Darüber hinaus kam Georg etwas an ihm bekannt vor. Natürlich war das absurd, denn als er in dieser Gegend gewesen war, war sicher noch nicht einmal Henares Vater geboren. Und dennoch erinnerte er ihn an jemanden – auch wenn die Zeit die alten Bilder ausgeblichen und verwaschen hatte.

»Sie sind Maori, nicht wahr?«, fragte Georg und erntete einen halb erschrockenen, halb misstrauischen Blick.

»Ja, das bin ich. Ich hoffe, das ist kein Problem für Sie.«

»Keineswegs! Vor langer Zeit hatte ich mal einen Freund...« Georg brach mitten im Satz ab. Nein, das würde zu weit gehen. Henare sah ihn abwartend an, doch Georg hatte nicht vor, ihm die Geschichte ganz zu erzählen. »Nun, wie dem auch sei... wissen Sie ein Lokal, in dem man um diese Zeit eine gute Tasse Tee bekommt?«

»Aber natürlich, Sir«, entgegnete Henare lächelnd. »Kommen Sie, hier entlang.«

Während der junge Mann ihn über die belebte Hauptstraße führte, fragte sich Georg immer noch, an wen Henare ihn erinnerte. Verdammter rostiger Verstand, dachte er sich, aber dann roch er auch schon einen berauschenden Duft. Durch die offen stehenden Fenster der Teestube, der sie sich näherten, strömte der Duft von Tee und frisch gebackenem Kuchen. Als sie unter dem Gebimmel der Türglocke eintraten, kam ihnen eine Frau in schneeweißer, gestärkter Schürze entgegen und lächelte sie gewinnend an.

Georg blieb wie angewurzelt auf der Schwelle stehen. Die Art, wie die Frau ihr von einigen Silberfäden durchzogenes dunkles Haar trug, erinnerte ihn an die Frau, die er einst heiß und innig geliebt hatte. Sie hatte eine ähnliche Frisur getragen, doch ihr Haar hatte nie die Gelegenheit gehabt, silbern zu werden.

Die Frau vor ihnen, offenbar die Ladeninhaberin, musste Mitte oder Ende fünfzig sein. Obwohl ihr Gesicht von feinen Linien durchzogen war, konnte man immer noch die Schönheit erkennen, die sie in jungen Jahren besessen haben musste.

»Guten Tag, Mrs Blake«, grüßte Henare höflich.

Erst jetzt bemerkte Georg, dass noch andere Leute in der Teestube saßen und die beiden Neuankömmlinge neugierig musterten.

»Guten Tag, Mr Arana, schön, Sie mal wieder hier zu sehen!«

»Mr Ehrenfels und ich würden gern Tee bei Ihnen trinken.«

Das Lächeln der Frau verbreitete sich, als sie Georg mit funkelnden Augen ansah.

»Aber sicher doch, suchen Sie sich einen Platz, ich bin gleich bei Ihnen.«

Kurz nachdem sie sich an einem kleinen Tisch neben einem der Fenster niedergelassen hatten, erschien die Wirtin auch schon mit einem Tablett, auf dem eine Teekanne nebst zwei Tassen stand. Georg war sicher, dass er noch nie etwas Köstlicheres gerochen hatte.

»Ceylon«, kommentierte sie, während sie den Tee in die Tassen goss. »Ich hoffe, er schmeckt Ihnen. Seit Kurzem macht diese Teesorte dem guten alten Darjeeling kräftig Konkurrenz; ich persönlich finde ihn wesentlich besser als die Teesorten aus Indien.«

»Auf Ihr Urteil vertrauen wir, Mrs Blake.«

»Möchten Sie etwas von meinem Teekuchen probieren? Ich habe gerade einen neuen aus dem Ofen geholt, er ist noch ganz frisch.«

»Es wäre uns ein Vergnügen!«, entgegnete Henare, nachdem er Georg angesehen und dieser zustimmend genickt hatte.

»In Ordnung, ich bin gleich wieder bei Ihnen.«

Als sie ihn beim Umwenden mit ihrem Rock streifte, meinte

Georg Rosenduft zwischen dem Aroma des Tees zu riechen. Kurz trafen sich ihre Blicke, dann rauschte Mrs Blake davon.

Für einen Moment sah er ihr wie erstarrt nach, dann wandte er sich an den Maori. »Sie scheinen öfter hier zu sein.«

Henare nickte. »Mrs Blake ist eine gute Seele. Als ich in die Stadt kam, war sie diejenige, die mir eine Anstellung verschafft und mir zu einer Bleibe verholfen hat. Ich bin ihr sehr dankbar. Beinahe ist sie so etwas wie eine zweite Mutter für mich geworden.«

»Dann wissen Sie sicher einiges über sie, oder?« Ehe es Georg verhindern konnte, waren diese Worte aus seinem Mund geschlüpft. Als er es bemerkte, errötete er.

Henare neigte den Kopf ein wenig zur Seite, dann lächelte er. »Sie ist eine schöne Frau, nicht wahr?«

»Ja, das ist sie.« Verlegen blickte Georg in seine Teetasse. Auf dem rötlich braunen Tee spiegelte sich seine etwas verwirrte Miene.

»Nun ja, besonders viel weiß ich nicht über sie. Sie tut zwar sehr viel für ihre Mitmenschen, doch sie redet kaum über sich. Aber ich weiß, dass sie seit etwa zehn Jahren Witwe ist und keine Kinder hat. Die Teestube und ihre Gäste sind ihr ein und alles.«

»Oh, das tut mir leid«, fühlte sich Georg bemüßigt zu sagen, doch im Stillen durchzog seltsamerweise tiefe Erleichterung sein Herz. »Kommen wir zu Mr Caldwell«, versuchte er dann, das Gespräch auf ein anderes Thema zu lenken und damit den Duft und das Lächeln der Teestubenbesitzerin aus seinem Verstand zu verdrängen. »Wie kommt er mit der Finanzierung voran?«

»Leider etwas schleppend«, entgegnete Henare ein wenig verlegen. »Die Idee, in diesem Land ein Observatorium zu errichten, wird von vielen entweder milde belächelt oder als Unfug abgetan. Nur wenige betuchte Geldgeber sind bereit, dieses Unternehmen zu unterstützen.«

»Vielleicht sollte ich in Christchurch einen Vortrag zu dem Thema halten. Wahrscheinlich verkennen die Leute hier die Bedeutung der Wissenschaft.«

»Da haben Sie recht, allerdings müssen Sie es den Männern hier nachsehen. Die meisten von ihnen verdienen ihr Geld mit Viehhandel und Wolle. Sie könnten Ihnen alle möglichen Qualitäten von Schafswolle erklären oder Ihnen hervorragende Pferde empfehlen. In der Zucht von guten Hütehunden sind sie ungeschlagen. Doch in die Sterne schauen sie nur selten. Das ist etwas für Frauen, Kinder und Wilde, sagen sie dann.«

Georg schwieg eine Weile, dann sagte er: »Ihr Volk hält sehr viel von den Sternen und dem Mond, nicht wahr?«

»Sie sind Teil unseres Lebens. Wer, wenn nicht sie, würde die Nacht erhellen? Es gibt zahlreiche Geschichten über die Sterne und den Mond, und einer unserer wichtigsten Feiertage hängt mit Sternen zusammen.«

»Der Aufgang des ersten Neumondes nach Erscheinen des Siebengestirns, nicht wahr?«

Henare zog überrascht die Augenbrauen hoch. »Woher wissen Sie das?«

»Ich ... ich war schon einmal in diesem Land. Vor sehr vielen Jahren.«

Ein Bild tauchte aus seiner Erinnerung auf, doch es verschwand schneller, als Georg es greifen konnte. Er schüttelte kurz den Kopf, dann sah er den jungen Mann an. »Ich bin früher einmal zur See gefahren. Es ist schon beinahe nicht mehr wahr, so lange ist es her.«

»Das glaubt man von einem Wissenschaftler gar nicht«, entgegnete Henare ehrlich verblüfft. »Mr Caldwell ist da vollkommen anders; er wird nicht müde, seinen Assistenten zu erzählen, dass er sich schon als Knabe mit der Wissenschaft beschäftigt hat.«

»Das eine schließt das andere doch nicht aus, oder?« Georg

lächelte versonnen in sich hinein. »Vielleicht war meine Liebe zu den Sternen und dem Mond der Grund, warum ich zur See gefahren bin. Nirgendwo ist man den Gestirnen näher als auf dem Wasser.«

Georg unterbrach das Gespräch, als Mrs Blake mit einem Silbertablett auf sie zukam. Schon von Weitem konnte er das Aroma des Kuchens wahrnehmen. Mit anmutigen Handbewegungen stellte sie das Tablett zwischen die beiden Männer und legte dann jedem von ihnen ein Stück auf.

»Der Kuchen riecht wirklich köstlich, Mrs Blake«, bemerkte Henare mit leichtem Schalk in den Augenwinkeln. »Wie schaffen Sie das, dass er immer besser wird?«

»Das ist mein Geheimnis.« Der Blick, den sie Georg dabei wie zufällig zuwarf, ging ihm durch und durch.

»Und Sie sind nicht gewillt, es mit uns zu teilen?«, erkühnte er sich zu sagen. »Meine Enkelin würde sich sehr über das Rezept freuen.«

»Stellen Sie mir Ihre Enkelin doch einmal vor«, entgegnete Mrs Blake lachend. »Wenn ich sie nett finde, lasse ich mich vielleicht überreden.«

»Das werde ich gern tun«, entgegnete Georg, was ihm ein Lächeln einbrachte, bevor Mrs Blake wieder hinter ihren Tresen zurückkehrte.

Eine Weile schwiegen die beiden Männer am Tisch, dann fuhr Henare fort. »Und warum haben Sie die Seefahrerei aufgegeben? Wollten Sie wissen, was hinter den Gestirnen steckt?«

»Das zum einen, und zum anderen hatte ich auch genug von der See. Es gab einige unerfreuliche Vorfälle auf meiner letzten Reise, sodass ich die Lust am Wasser verloren habe. Aber meine Liebe zu den Gestirnen ist geblieben, und so begann ich, sie zu erforschen.«

Nur ungern dachte Georg an die Monate zurück, nachdem er nach Hause zurückgekehrt war. Sein Elternhaus hatte er im

Streit verlassen und sich dann mehrere Jahre nicht mehr gemeldet. Bei seiner Heimkehr war seine Mutter glücklich gewesen, ihn lebend wiederzusehen – sein Vater jedoch hatte ihn noch einige Wochen ignoriert, bevor es zum reinigenden Gewitter zwischen ihnen kam und Georg ihn endlich davon überzeugen konnte, dass er so schnell keinen Fuß mehr auf ein Schiff setzen würde.

»Dann ist Ihnen der Entschluss, hierherzukommen, sicher nicht leichtgefallen, oder?«, unterbrach Henare seine Gedanken.

Georg senkte den Kopf. Schwer fiel ihm an der Sache nur eines, doch davon hatte er bisher nicht einmal Lillian erzählt.

»Entschuldigen Sie, wenn ich zu neugierig bin«, lenkte Henare ein wenig zerknirscht ein. »Das ist eine meiner schlechten Eigenschaften, fürchte ich.«

»Ganz im Gegenteil!«, entgegnete Georg, und stellte fest, dass er begann, diesen Burschen wirklich zu mögen. Nicht nur, dass er ein heller Kopf zu sein schien, er hatte auch eine sehr sympathische Art. »Neugier ist eine der wichtigsten Grundvoraussetzungen für einen Wissenschaftler. Bewahren Sie sie, sie wird Ihnen eines Tages noch von großem Nutzen sein.«

Die Art, wie der junge Mann verlegen den Kopf senkte, brachte Georg zum Lächeln. »Und was Ihre Frage angeht, nein, es ist mir nicht schwergefallen. Inzwischen bin ich kein Matrose mehr, die Schiffe sind mittlerweile wesentlich besser, und die Zeit hat die Wunden von damals beinahe geheilt. Außerdem habe ich damals ein Versprechen gegeben, und dieses werde ich halten.«

Es war Henare anzusehen, dass ihm die Frage, was für ein Versprechen das war, auf der Zunge lag, doch er schwieg.

»Warum hat Mr Caldwell Sie zu meinem Assistenten bestimmt?«, fragte Georg nun. »Sie haben von anderen Assistenten gesprochen.«

»Er meinte, dass ich Ihnen helfen könnte, indem ich bei meinem Volk vermittle. Immerhin planen Sie den Bau Ihrer Sternwarte auf Maori-Land. Der Berg ist eines unserer Heiligtümer.«

»Dann meinen Sie, es könnte Probleme geben?«

Henare schüttelte den Kopf. »Probleme gibt es nur, wenn Sie unbefugt heiligen Grund betreten oder eine heilige Stätte entweihen. Um das zu vermeiden, bin ich hier. Ich werde mit meinen Leuten verhandeln und Ihnen einen geeigneten Baugrund aussuchen. Vielleicht sollten wir uns zusammen mit Mr Caldwell zu ihnen begeben und um Erlaubnis bitten.

»Meinen Sie, Ihre Leute werden sie uns geben?«, fragte Georg und bemerkte, dass ein Schatten über das Gesicht seines Gegenübers zog.

»Natürlich werden sie das, wenn der Preis und die Bedingungen dem *ariki*, also dem Häuptling angemessen erscheinen.

»Hat Mr Caldwell denn genug Geld, um ihnen einen angemessenen Preis zu zahlen?«

»Auf das Geld kommt es nicht so sehr an. Die Maori machen sich größtenteils nichts aus Geld. Wenn sie ein Stück Land abtreten, dann nur im Tausch gegen ein anderes Stück, das sie zuvor den Weißen überlassen haben.«

»Klingt kompliziert.«

»Ist aber viel simpler, als Sie denken. Vorausgesetzt, Sie haben jemanden, der bereit ist zu tauschen.«

»Ich nehme nicht an, dass Mr Caldwell inzwischen Landbesitzer geworden ist.«

Henare schüttelte lächelnd den Kopf. »Nein, das auf keinen Fall. Er besitzt ein Haus in der Stadt, das ist aber auch schon alles.«

»Und wie will er das Tauschgeschäft bewerkstelligen?« Georg wurde unwohl zumute. So viel konnte noch passieren...

»Er hofft, einen der Schafzüchter, mit denen er befreundet ist, zu überreden, Land einzutauschen. Ein Stück seiner Weide für ein Stück Berg. Wenn dieser Handel gelingt und auch der Häuptling des in dieser Gegend ansässigen Stammes einverstanden ist, können Sie mit den Bauarbeiten beginnen. Einen Bauplan haben Sie doch sicher schon, oder?«

»Natürlich habe ich den!« Georg reckte stolz die Brust vor. »Allerdings befindet er sich noch in meinem Reisegepäck. Meine Enkeltochter wird gerade dabei sein, alles auszupacken.«

»Ihre Enkelin begleitet Sie? Das ist sicher eine große Hilfe.«

»Eine unschätzbar große Hilfe«, entgegnete Georg. »Ich wüsste nicht, was ich ohne sie machen würde. Sie versorgt nicht nur den Haushalt, sondern hilft mir auch bei der wissenschaftlichen Arbeit. Vielleicht ... wird sie eines Tages die Leitung der Sternwarte übernehmen.«

Der Stolz auf Georgs Gesicht brachte Henare zum Lächeln. »Sie scheint wirklich eine außergewöhnliche Frau zu sein. Ich freue mich schon auf den Tag, an dem ich sie kennenlerne.«

»Das werden Sie sicher bald.«

Rosenduft brachte ihn davon ab, weiterzureden. Leise wie ein Geist war die Teestubenbesitzerin neben ihnen aufgetaucht, mit einer Teekanne in der Hand.

»Möchten Sie noch etwas Tee?«

Ihr Lächeln ließ Georg für einen Moment vergessen, was er sagen wollte.

»Ja, bitte«, presste er schließlich hervor.

»Für mich auch bitte«, sagte Henare und hielt ihr die Teetasse entgegen.

»Sagen Sie mir Bescheid, wenn Sie noch etwas brauchen«, sagte Mrs Blake lächelnd; dann verschwand sie in der Küche.

Georg sah ihr verwirrt nach und bemerkte dann, dass Henare hinter seiner Teetasse breit lächelte. Benehme ich mich denn wirklich so unmöglich?, fragte er sich, während auch er einen kräftigen Schluck nahm.

»Wie ist es gelaufen?«, fragte Lillian, der es inzwischen gelungen war, das Haus ein wenig wohnlicher zu gestalten. Natürlich würde es ihrem Großvater ebenso wie in Deutschland gelingen, wissenschaftliches Chaos zu stiften. Eines, das aus Büchern und Karten bestand, die nach einem System über Böden und Tische verteilt waren, das wahrscheinlich nur er durchschaute. Aber vorerst konnten sie sich an der Ordnung und Sauberkeit erfreuen.

»Sehr gut«, antwortete Georg, während er sich aus seiner Jacke schälte. »Der junge Mann, den Caldwell mir als Assistenten gestellt hat, ist sehr freundlich und dienstbeflissen. Sobald das Haus einigermaßen bewohnbar ist, sollten wir in auf eine Tasse Tee einladen.«

»Sehr gern! Zumal er ja in der nächsten Zeit sehr eng mit dir zusammenarbeiten wird.«

»Das ist richtig. Stell dir vor, Caldwell hat sogar schon begonnen, einen Baugrund für uns ausfindig zu machen. Henare Arana, so heißt der Bursche, wird mit den Maori verhandeln, denn offenbar wird unsere Sternwarte auf heiligem Grund stehen.«

Lillian runzelte die Stirn. »Wird es da keine Probleme geben? Ich habe mal ein Buch gelesen, in dem es um die amerikanischen Indianer ging. Die waren nicht sehr erfreut, als Weiße ihre heiligen Stätten entweihten.«

»Dafür haben wir ja Mr Arana. Er erscheint mir sehr klug und geschickt; sicher wird er einen Weg finden, sein Volk von unserem Vorhaben zu überzeugen. Immerhin haben die Maori sehr viel für die Gestirne übrig, mehr noch als unsere eigenen Leute.«

»Du machst mich wirklich neugierig auf ihn. Trägt er auch eine Tätowierung wie unser Kutscher?«

»Nein, erstaunlicherweise noch nicht. Aber wahrscheinlich lebt er schon eine ganze Weile unter den Weißen.«

Ohne dass er es wollte, trat ein entrückter Ausdruck auf sein Gesicht.

Lillian hob verwundert die Augenbrauen. »Was ist mit dir? Du schaust drein, als hättest du eben eine Fee durch den Raum schweben sehen.«

»Unsinn, Kind!«, entgegnete er schroff, doch das Lächeln blieb auf seinem Gesicht.

Nachdem Lillian ihn verwundert betrachtet hatte, fragte sie: »Und wann, meinst du, wird die Sternwarte fertig sein?«

»Oh, bis dahin wird noch einiges Wasser durch die Mühlen rauschen. Am besten machen wir erst einmal einen Schritt nach dem anderen. Wenn wir das Land haben, wird sich auch alles Weitere zeigen.« Georg legte den Arm um seine Enkelin. »Aber jetzt bin ich erst einmal gespannt, was es zum Abendessen gibt.«

Auf dem Weg nach Blenheim gingen Henare viele Gedanken durch den Kopf. Gegenüber dem weißhaarigen Forscher hatte er es sich nicht anmerken lassen, doch der bevorstehende Besuch bei dem hiesigen Maori-Stamm bereitete ihm großes Unbehagen. Nicht, weil er im Auftrag eines Weißen kam, sondern weil er auf diese Weise wieder mit dem langen Konflikt konfrontiert wurde, der ihn schon seit Jahren begleitete.

Seinem Arbeitgeber hatte er verschwiegen, dass seine Verbindungen zu dem hier ansässigen Stamm wesentlich enger waren. Natürlich wusste Caldwell, dass er Maori war und auch aus der Gegend stammte, doch sie hatten nie über familiäre Bande gesprochen. Henare hatte das stets als angenehm empfunden, aber was würde sein, wenn er jetzt in das Dorf zurückkehrte und damit wieder alles aufwühlte, was einst geschehen war?

Würden seine Leute darüber so sehr in Aufruhr geraten, dass sie seine weißen Begleiter ebenso wie ihn abwiesen?

Aber vielleicht sehe ich das alles enger, als es wirklich nötig ist, versuchte er sich zu beruhigen. Vielleicht haben sie meine Entscheidung und meine Tat inzwischen akzeptiert. Ich werde mein Bestes tun, damit sie mit Caldwell und dem Deutschen Geschäfte machten, denn was konnte den Maori mehr nützen als ein Ort, an dem die Kinder des Lichts, wie seine Leute die Sterne nannten, verehrt wurden?

Ein merkwürdiger Ton ließ ihn plötzlich innehalten. War das ein Muschelhorn, das er vernommen hatte? Für gewöhnlich waren die Maori um diese Zeit in ihren Dörfern, wo sie ihr Abendessen einnahmen. Nur dann, wenn Krieg herrschte oder die Jagd nach Muttonbirds ausgerufen worden war, kehrten sie nicht nach Hause zurück.

Vielleicht feiern sie aber auch ein Fest, dachte Henare, während er sein Pferd ein wenig schneller laufen ließ. Ohne dass er sich dagegen wehren konnte, flammte ein Bild aus seiner Kindheit vor seinem geistigen Auge auf.

Es war das erste Mal gewesen, dass ihn sein Vater mitgenommen hatte, um der Zeremonie des Neujahrsfestes beizuwohnen. Das Siebengestirn, um das sich viele Geschichten seines Volkes drehten, hatte er am Himmel schon etliche Male gesehen, doch seinen ersten Aufgang im Jahreslauf hatte er bisher noch nicht sehen dürfen, denn die kleineren Kinder hatten im Dorf bleiben müssen.

So stand er neben seinem Vater unter dem Klang der Muschelhörner, betrachtete den Himmel und die Sterne, die mit zunehmender Dunkelheit weiter an Glanz gewannen, und in dem Augenblick hätte er sich nichts Besseres vorstellen können, als eines Tages ebenfalls den Federmantel zu tragen, der auf den Schultern seines Vaters lag.

Doch mit der Zeit war er ein anderer geworden. Er hatte erkannt, dass es Möglichkeiten gab, die ihm verwehrt bleiben würden, wenn er im Dorf blieb. Da sich sein Vater strikt dagegen aussprach, dass er in der Stadt einem Beruf der *pakeha* nachging, hatte er sich vom Dorf abgewandt und war fortgegangen. Bisher hatte er die Richtigkeit seiner Entscheidung nicht infrage gestellt, doch jetzt, beim Klang der Muschelhörner, fragte er sich, ob es wirklich gut gewesen war, zu gehen.

Natürlich war es gut, schaltete sich sein Verstand schließlich wieder ein. Du bist Assistent eines angesehenen Wissenschaftlers und hast die Aussicht, eines Tages deine eigenen Arbeiten zu veröffentlichen. Und wenn du deine Sache gut machst, wirst du vielleicht auch auf der Sternwarte arbeiten dürfen. Das hättest du nicht geschafft, wenn du in deinem Dorf geblieben wärst...

Als er den Wald hinter sich ließ und wieder auf freie Straße kam, waren die Klänge des Muschelhorns verschwunden. Henare schnalzte mit der Zunge, um sein Pferd weiter anzutreiben, und war sicher, dass er schon morgen gegen Mittag wieder in Blenheim ankommen würde.

8

Am Ende der hektischen Woche, die mit dem Auspacken der Kisten und dem Schleppen von Folianten und Büchern angefüllt war, machte sich Lillian an die Vorbereitungen für die Teatime mit Mrs Peters. Daran, wie diese Teestunden in England aussahen, erinnerte sie sich noch sehr gut von den Besuchen ihres Großvaters bei englischen Kollegen. Sie buk einen englischen Teekuchen und bereitete Sandwiches vor. In ihren Umzugskisten fand sie noch eine Tüte Darjeeling.

Das alles tischte sie der ein wenig schüchtern am Tisch Platz nehmenden Nachbarin auf.

»Das ist ja eine ganz wunderbare Teetafel«, bemerkte Mrs Peters erstaunt. »Dafür, dass Sie aus Deutschland kommen, wissen Sie erstaunlich gut Bescheid.«

»Vielen Dank, das ist sehr freundlich von Ihnen«, entgegnete Lillian erleichtert. »Wir waren oft in England, da habe ich mir ein paar Dinge abgeschaut.«

Sie tauschte einen verschwörerischen Blick mit ihrem Großvater, der sich auf den Stuhl neben Mrs Peters niedergelassen hatte. Georg lächelte ihr aufmunternd zu.

»Wie lange leben Sie eigentlich schon in Kaikoura?«, erkundigte sich Lillian, nachdem sie eingeschenkt hatte.

Mrs Peters versenkte ihren Blick kurz in die Teetasse, als würde sie dort ein Bild aus längst vergangener Zeit sehen, dann antwortete sie: »Schon seit gut vierzig Jahren. Als meine Eltern mit mir hergezogen sind, war ich zwölf. Ich war furchtbar traurig, dass ich England verlassen musst. Aber ich habe mich schnell eingelebt, und wie Sie sehen, bin ich immer noch hier.«

Lillian entging nicht die leichte Bitterkeit in der Stimme der anderen Frau. Ob das mit ihrem Mann zusammenhing?

»Ich habe meinen Paul hier kennengelernt und eigentlich nie das Verlangen gehabt, fortzugehen. Aber mittlerweile denke ich manchmal darüber nach. Immerhin bin ich hier ganz allein und werde nicht jünger. Vielleicht sollte ich zu meiner Tochter ziehen.«

»Das würde sie bestimmt freuen.«

Mrs Peters lächelte traurig. »Das mag sein, aber meinem Schwiegersohn würde es sicher nicht gefallen. Als mein Mann noch lebte, war das anders, aber irgendwie befürchtet er nun wohl, dass ich ihm zur Last fallen würde.«

»Das glaube ich nicht«, entgegnete Lillian. »So eine patente Frau wie Sie wäre für ihn doch sicher ein Gewinn.«

Mrs Peters zuckte ein wenig hilflos mit den Schultern. »Ich weiß nicht, ob die Frau eines Seemanns einem Wollhändler von Nutzen sein kann.«

»Ihr Mann war also Seemann?«, erkundigte sich Georg, nachdem er einen Bissen von dem Teekuchen genommen hatte.

»Er fuhr auf einem Walfänger. Leider ist er eines Tages bei schwerem Wetter von Bord gerissen worden. Seine Leiche wurde nie gefunden.« Mrs Peters presste die Lippen zusammen und wirkte einen Moment lang, als wäre sie den Tränen nahe.

»Verzeihen Sie meine Indiskretion«, sagte Georg betroffen. »Ich wollte keine alten Wunden aufreißen.«

»Das haben Sie nicht«, entgegnete Mrs Peters und fasste sich wieder. »Ich trauere immer noch um meinen Mann, aber das muss ja nichts Schlechtes sein. Und es tut gut, mit jemandem über ihn zu sprechen. Nicht einmal seine früheren Kollegen lassen sich blicken und reden mit mir; sie haben ihre eigenen Sorgen.

»Dann haben Sie hier einen Seemann, mit dem Sie gern reden können«, entgegnete Georg hilfsbereit. »Ich bin in meiner Jugend selbst zur See gefahren, ich kenne die Gefahren auf See. Und wenn nötig, stehe ich Ihnen auch gern bei, das bin ich einem Seemannskollegen schuldig.«

Der Rest der Teestunde verlief fröhlicher, Mrs Peters taute ein wenig auf und erzählte ein paar Begebenheiten aus der Stadt. Wie John Hawkins versucht hatte, einen Hahnenkampf aufzuziehen, und wie John Connell unter dem Fenster seiner Angebeteten gesungen hatte, bis er merkte, dass er nicht unter ihrem Fenster, sondern unter dem der Nachbarin stand und schon bald mit einem wütenden Ehemann konfrontiert wurde.

Als sie sich schließlich verabschiedete, versicherte Mrs Peters Lillian, dass sie ihnen helfen und notfalls auch aufs Haus aufpassen würde, und nachdem Lillian Gleiches versprochen hatte, kehrte sie zu ihrem Haus zurück.

»Nette Frau«, konstatierte Georg, während er den Arm um Lillian legte. »Sie wird uns sicher noch eine große Hilfe sein.«

Zwei Wochen vergingen, in denen Lillian sehnsuchtsvoll auf Post wartete. Natürlich wusste sie, dass es eine ganze Weile dauern würde, bis ihre ersten Briefe bei Adele ankamen, und die Antwort würde noch einmal so viel Zeit in Anspruch nehmen. Dennoch hoffte sie immer wieder, dass der Briefträger nicht an ihrem Haus vorbeigehen würde.

Außerdem gab es auch noch einen anderen Grund, um auf Post zu warten. Mr Caldwell hatte seit dem Besuch seines Assistenten nichts von sich hören lassen. Mit jedem Tag, der verging, wurde Lillian deswegen besorgter. Ihr Großvater hatte ihr ausführlich von seiner Begegnung mit Henare Arana erzählt, einige Passagen sogar doppelt und dreifach. Gab es vielleicht ein Problem mit den Maori? Oder mit dem Mann, der das Land zur Verfügung stellen wollte?

Um sich abzulenken, holte sie den Brief, den sie in der vergangenen Nacht geschrieben hatte, aus ihrem Zimmer.

Meine liebe Adele,

endlich komme ich wieder dazu, Dir einen Brief zu schreiben. Die vergangenen Tage waren äußerst turbulent. Nicht nur, dass uns die Transportfirma unsere gesamte Habe ins Haus gestellt hat und hier noch immer alles aussieht, als wollten wir ein Warenhaus eröffnen. Ich habe auch noch ein Mädchen kennengelernt, das sich seltsamerweise in den Kopf gesetzt hat, Freundschaft mit mir zu schließen. Ihr Name ist Samantha Carson, und sie gehört zu den angesehenen jungen Frauen von Kaikoura. Meist trifft man sie mit einer Gruppe anderer an, deren Rädelsführerin eine Rothaarige namens Rosie ist. Stell Dir vor, sie hat mir nicht nur angeboten, zu einem Fest mitzugehen, sie wollte mir auch schon einen Termin bei ihrer Schneiderin besorgen, was ich natürlich abgelehnt habe. Du weißt, dass ich nicht viel davon halte, sich aufzuputzen. Außerdem benötigt mein Großvater all sein Geld für den Bau der Sternwarte; ein Vorhaben, auf das die Leute, wie Du Dir vielleicht denken kannst, mit ziemlich großen Augen und viel Verwunderung reagieren. Wer braucht denn schon eine Sternwarte? Die Menschen hier scheinen den Nutzen ebenso wenig zu sehen wie bei Euch, aber vielleicht erkennen sie ihn, wenn sie erst einmal die Möglichkeit haben, die Weiten des Himmels durch das Teleskop zu betrachten.

Was meinen Großvater angeht, so ist er voller Elan und erfreut sich bester Gesundheit. Irgendetwas muss während des Gesprächs mit Henare Arana, dem Angestellten von Mr Caldwell, passiert sein, denn eine Zeit lang wirkte er beinahe verträumt. Wüsste ich es nicht besser, so würde ich eine Frau dahinter vermuten. Wie Du Dir vielleicht denken kannst, reagiert er auf meine Fragen diesbezüglich meist nur mit einem Brummen oder versucht davon abzulenken. Aber ich sehe es ihm deutlich an und werde ihn im Auge behalten, um hinter sein Geheimnis zu kommen, das ich Dir sofort mitteile, sobald ich Genaueres weiß.

Nun aber genug von mir. Wie ist es jetzt in Köln? Hat die Debütsaison, auf die Du Dich so sehr gefreut hast, schon begonnen?

Ich wünsche Dir alles Glück der Welt und auch, dass Du bei all den Festen nicht nur einen wunderbaren Mann kennenlernst, sondern vielleicht auch ein wenig an mich denkst.
In Liebe,
Lillian

Noch hatte sie ihn nicht verschlossen, denn sie wollte Adele noch eine kleine Beigabe zwischen die Bögen tun.

Vor etwas mehr als einer Woche hatte sie beim Spaziergang am Strand einen kleinen Seestern gefunden, der in der Sonne vertrocknet war.

Ob ich etwas dazu schreibe?, ging es ihr durch den Sinn. Doch dann entschied sie sich, den Stern für sich sprechen zu lassen. Nachdem sie ihn vorsichtig in dem Umschlag verstaut hatte, klebte sie den Brief zu und versah ihn zusätzlich mit einem kleinen Siegel, um sicherzugehen, dass der Brief seine kostbare Fracht nicht verlor.

Den Gang zum Postamt würde sie am heutigen Nachmittag mit einem Besuch bei Samantha im Haus ihres Vaters verbinden.

In den vergangenen Tagen hatten sie sich mehrfach zufällig in der Stadt getroffen, und Lillian kam allmählich der Verdacht, dass Samantha bei ihren Spaziergängen nach ihr Ausschau hielt.

Ein seltsames Mädchen, dachte sie. Warum ist ihr so sehr daran gelegen, dass ich hier im Ort Bekanntschaften mache? Nicht, dass sie das nicht wollte, aber es erschien ihr merkwürdig, dass jemand Wildfremdes sich derart freundlich um sie kümmerte.

Auf jeden Fall hatte sie die Einladung in Samanthas Elternhaus nicht ausschlagen könnten – und wollen.

Ein Klopfen an die Tür riss sie aus ihren Gedanken. Durch die Küchentür erkannte sie einen Jungen mit zerzaustem braunem Haar, der neugierig durch das Fenster lugte.

Als sie die Tür öffnete, sprang er fast erschrocken zurück und sah sie mit großen Augen an. »Wohnt hier ein Mr Ehrenfels?«, fragte er, wobei Lillian erkennen konnte, dass ihm auf einer Seite der Eckzahn fehlte.

»Ja, der wohnt hier«, antwortete sie, worauf ihr der Junge zwei schon etwas abgegriffene Umschläge entgegenstreckte. »Diese Briefe sind vorhin bei uns abgegeben worden. Stand ne falsche Adresse drauf, aber meine Mum meinte, dass sie hier richtig sind.«

»Das sind sie sicher«, entgegnete Lillian, während sie die etwas fahrig wirkende Handschrift auf dem Umschlag las, die offenbar von Mr Caldwell stammte. Wer sonst – außer Adele – hätte ihnen schreiben sollen? »Magst du reinkommen und was essen? Ich habe Kuchen da.«

»Nee, ich muss los!«, rief der Junge, und ehe sie daran denken konnte, ihm etwas Geld zuzustecken, rannte er schon zur Gartenpforte.

Mit klopfendem Herzen, die Briefe fest an ihre Brust gedrückt, eilte Lillian den Korridor entlang zur Studierstube.

»Großvater?«, fragte sie in den Raum hinein, der immer noch mit Kisten vollgeräumt war. »Bist du hier?«

Ob er nur über seinen Aufzeichnungen eingeschlafen war? Das passierte manchmal, doch diesmal war es nicht der Fall.

Schon beim Eintreten spürte sie, dass er nicht hier war. Die Folianten auf seinem Schreibtisch waren zugeschlagen, die Schreibfeder lag auf ihrem hölzernen Etui.

»Großvater?«, rief sie erneut, erhielt aber wieder keine Antwort.

Wo war er nur? Die klappernde Hintertür gab ihr die Antwort. Rasch eilte Lillian nach draußen und fand ihren Großvater neben dem Brunnen, wo er sich etwas Wasser in einen Topf pumpte.

Als er ihre Schritte hörte, richtete er sich auf. »Was gibt es denn?«

»Wir haben Post bekommen. Oder besser gesagt, du hast Post bekommen. Von Mr Caldwell.«

Georg zog die Augenbrauen hoch, dann nahm er ihr die Briefe aus der Hand und drehte sie herum, als würde sich bereits auf dem Umschlag ein Hinweis auf den Inhalt befinden.

»Du hättest sie schon öffnen können«, sagte er, während er den ersten Brief vorsichtig aufriss.

»Ich wollte dir doch nicht die Freude verderben«, entgegnete Lillian, während sie gespannt den Hals reckte.

Aus dem ersten Umschlag förderte Georg eine eng beschriebene Seite Briefpapier sowie ein paar Landkarten zutage.

»Ich glaube, wir sollten besser reingehen«, sagte er dann, als hätte er einen missgünstigen Blick aus der Nachbarschaft gespürt.

Als Lillian zur Seite blickte, sah sie am anderen Ende des Gartenzauns Mrs Peters, die zu ihnen hinüberblickte, sich aber schnell umwandte, als sie sich ertappt fühlte.

»Sie ist nur neugierig und fragt sich sicher, wo du deine Sternwarte errichten willst:« Lillian hakte sich bei ihm ein. »Vielleicht glaubt sie ja, dass du sie hier hinter dem Haus baust.«

Georg seufzte. »Hoffentlich gibt es irgendwann einmal eine

Zeit, in der die Menschen den Nutzen unserer Wissenschaft erkennen.«

In der Küche angekommen, hing Georg regelrecht an den geschriebenen Zeilen, las sie wieder und wieder.

»Und, was schreibt er?«, fragte Lillian ungeduldig.

»Dass er sich sehr freut, dass wir heil angekommen sind, und dass er uns besuchen möchte. Kommenden Freitag.«

»Oh, dann sollte ich mir wohl überlegen, was ich auf den Tisch bringe. Die Krabben waren doch sehr gut, oder?«

»Ja, die sollte es unbedingt geben, wenn er kommt. Und hier steht auch noch, dass er eine Exkursion durch den Busch mit mir unternehmen will. Damit ich mir das Land ansehen kann, das er tauschen möchte.«

»Schreibt er denn auch, wer dieser Freund ist, der bereit ist, das Land zu tauschen?«

»Nein, das hat er mir bisher nicht verraten, aber ich schätze, das steht im nächsten Brief.«

Hastig riss er ihn auf, schüttelte nach gründlichem Lesen allerdings den Kopf. »Nein, auch hier kein Name. Dafür lädt er mich zu einer Exkursion durch das Maori-Land ein.«

»Das Maori-Land?«, wiederholte Lillian erschrocken.

»Das Gebiet, das die Maori als ihr Eigentum ansehen. Du musst wissen, dass sie das Land, das sie den Weißen überlassen haben, nur als geliehen ansehen. Besonders in der ersten Zeit nach dem Vertragsschluss von Waitangi hat es darüber sehr viele Missverständnisse gegeben. Die Farmer sahen das Land als ihres an und vertrieben die Maori, wenn sie darüber hinweggingen, fischen oder jagen wollten. Nicht selten kam es zu blutigen Auseinandersetzungen, aber mittlerweile haben sich die meisten Farmer mit den Maori verständigt und behelligen sie nicht mehr, wenn sie sich auf ihrem Weideland blicken lassen.«

»Dann brauche ich also nicht zu befürchten, dass du angegriffen wirst?«

Georg lachte auf. »Natürlich nicht, mein Kind! Vergiss bitte nicht, dass ich schon einmal hier war. Hier mag sich viel verändert haben, aber wie ich mich in der Wildnis zu bewegen habe, weiß ich noch heute.«

Das Lachen auf seinem Gesicht erstarb, als der den Brief wieder zusammenfaltete und in seine Westentasche schob. Ein Moment des Schweigens entstand.

»Möchtest du etwas Kuchen und einen Kaffee?«, fragte Lillian, doch ihr Großvater schüttelte den Kopf.

»Nein, lass nur, Kind, ich werde mich ein wenig in mein Arbeitszimmer zurückziehen und mir alte Karten ansehen.«

Am Nachmittag fand sie sich wie verabredet im Laden von Mr Carson ein. Da sie bisher noch nicht hier gewesen war, hatte sie geglaubt, Samanthas Vater würde einen Laden für Lebensmittel betreiben. Umso erstaunter war sie, als sie bemerkte, dass der Laden zwei Etagen hatte und alles Mögliche verkaufte, vom Anisplätzchen bis hin zur Zackenlitze zum Verzieren von Kleidern. Etwas Ähnliches hatte sie in Köln in einem der Kaufhäuser gesehen; in dieser Gegend hatte sie dergleichen aber nicht erwartet.

»Lillian!«, ertönte eine Stimme von der Treppe. Als sie sich umwandte, kam Samantha ihr bereits mit langen Schritten entgegen. »Schön, dass du da bist!«

Ehe Lillian etwas entgegnen konnte, fiel Samantha ihr bereits um den Hals, dann nahm sie sie bei der Hand. »Komm mit, die Schneiderin ist schon da.«

»Aber...« Lillian stoppte abrupt. »Ich werde mir ein eigens genähtes Kleid kaum leisten können.«

»Ich bin sicher, dass Mrs Billings dir einen kleinen Rabatt gewähren wird. Du kannst dir ihre Kleider doch wenigstens mal ansehen.«

Gegen das Ansehen war nichts einzuwenden, trotzdem hatte Lillian ein schales Gefühl, als sie Samantha die Treppe hinauf folgte. *Was mache ich hier?*, fragte sie sich. *Das hier ist nicht meine Welt.* Kleideranproben hätten eher Adele großen Spaß gemacht. Schon damals in Köln hatte Lillian sich nur selten ein neues Kleid kaufen können – und wenn, dann ein fertiges, in das sie hineinpasste, kein maßgeschneidertes.

Doch wahrscheinlich würde Samantha nicht eher Ruhe geben, bis sie die Kleider anprobiert hatte. Also fügte sich Lillian in ihr Schicksal und folgte Samantha in die zweite Etage, in der die Familie Carson ihre Wohnräume hatte.

Erstaunt von so viel Pracht, musste sie aufpassen, nicht die Luft anzuhalten. Das Geschäftshaus wirkte nicht nur von außen imposant, auch in seinen Räumen war allerhand zu sehen. In der ersten Etage hing ein riesiger Spiegel, in dem die Damen ihre gekauften Hüte, Schals und Tücher begutachten konnten. Lillian konnte leider nur einen kurzen Blick in den Verkaufsraum werfen; dann wurde sie von Samantha schon weitergezogen.

Im Salon, der eingerichtet war wie in einem englischen Herrenhaus, hatte sich die Schneiderin breitgemacht. Ein Dutzend Figurinen verdeckten die Sicht auf die weißen Jugendstilkommoden und Korbsessel. Auf dem Glastisch, neben einer Vase mit rosafarbenen Seidenrosen, lagen zahlreiche Rollen mit Garnen, Spitzen und Litzen.

Die Figurinen selbst waren in verschiedenfarbige Gewänder gekleidet. Offenbar liebten Samantha und ihre Mutter zarte Pastelltöne, denn kein Kleid war dunkler als hellblau. Lillian fühlte sich regelrecht erschlagen von all den zarten Rosa-, Lindgrün-, Blau- und Gelbtönen, wenngleich sie zugeben musste, dass einige Kleider wirklich sehr schön waren. Adele hätten sie jedenfalls gefallen, ging es ihr durch den Sinn.

»Ah, Miss Samantha, da sind Sie ja!«, rief eine Frau in einem dunkelroten Samtkostüm, die am linken Handgelenk ein gut gespicktes Nadelkissen trug. Wahrscheinlich war das die Schneiderin.

»Ihre Mutter hat mir aufgetragen, mit Ihnen zu beginnen. Wer ist Ihre Freundin hier?« Mit geübtem Blick und schnellen Bewegungen maß die Schneiderin Lillians Taille, Brust und Hüften.

»Das ist Lillian Ehrenfels. Sie ist neu in der Stadt; ich habe es mir zur Aufgabe gemacht, sie ein wenig in unsere Gesellschaft einzuführen.«

»Oh wie schön!«, rief die Schneiderin aus, und es war offensichtlich, dass sie eine neue Kundin witterte. »Ich bin Molly Billings. Sie gehen doch sicher auch zu dem großen Fest, oder?«

»Ich bin mir noch nicht sicher...«, begann Lillian, worauf Samantha sie gegen den Arm knuffte.

»Selbstverständlich wird sie gehen. Und wenn Sie nichts dagegen haben, würde sie auch gern ein paar Kleider anprobieren.«

»Ich...« Doch Lillian wusste, dass ihr Protest vergebens war.

»Natürlich habe ich nichts dagegen. Eine Anprobe ist doch mit einer Freundin gleich noch mal so vergnüglich! Und Miss Lillian ist glücklicherweise schlank genug für die Modelle, die ich dabei habe.«

Dessen war sich Lillian nicht sicher, doch sie fügte sich und war froh, dass sie ihre beste Wäsche trug.

»Am besten fangen wir bei Miss Samantha mit dem gelben Kleid an und bei Miss Lillian mit dem hellblauen«, flötete die Schneiderin und huschte zu den ersten Figurinen.

Lillian blickte peinlich berührt zu Samantha, die ihr aufmunternd zuzwinkerte.

»Keine Sorge, es wird schon nicht wehtun. Du probierst die Kleider an, und anschließend krümeln wir den Stoff mit Gebäck voll.«

So freudig, wie Samanthas Augen leuchteten, wollte Lillian ihr nicht den Spaß verderben, obwohl sie sich selbst weit weg wünschte. Lieber wäre sie an der Küste bei den Krabbenbooten herumgelaufen, anstatt hier zu sein. Doch ehe sie es sich's versah, war sie gefangen in Tüll und Satin.

Das erste Kleid sah zwar sehr schön aus, stellte sich aber als unbequem heraus. Obwohl die Schneiderin der Meinung war, dass es ihr passen würde, hatte sie das Gefühl, darin zu ersticken. Schon in Köln hatte sie die steifen Kleider gehasst, die sie zu offiziellen Anlässen hatte tragen müssen. Diese hier waren noch um einiges steifer und unbequemer, sodass sie jetzt schon wünschte, der Nachmittag möge bald vorübergehen.

Doch sogleich wurde das nächste Kleid gebracht, und sie hatte nicht einmal Zeit, den Moment zu genießen, in dem sie das enge Teil los war.

Um sich von der enervierenden Schwärmerei der Schneiderin abzulenken, ließ sie ihre Gedanken zu dem Brief von Mr Caldwell schweifen. Eine Exkursion durch Maori-Land hörte sich sehr spannend an. Schon auf dem Weg hierher war sie von der Landschaft fasziniert gewesen. Was würde man erst zu sehen bekommen, wenn man in den Busch vordrang?

Und wenn ich ihn bitten würde, mich mitzunehmen?, schoss es ihr durch den Kopf. Die Einladung hatte zwar nur ihrem Großvater gegolten, aber sie war doch so etwas wie seine Assistentin. Vielleicht konnte ihr Großvater seinen Freund davon überzeugen, dass es sinnvoll war, sie mitzunehmen ...

»Nehmen Sie bitte die Arme hoch, damit ich Ihnen das Kleid überstreifen kann.«

Lillian schreckte aus ihren Gedanken auf. Neben ihr war die Schneiderin aufgetaucht und hielt ihr ein rosafarbenes Kleid aus Spitze und Seide entgegen.

Etwas widerwillig schlüpfte Lillian hinein und ließ es über sich ergehen, dass die Schneiderin die Haken am Rücken schloss.

Ein Blick in den Spiegel sagte ihr aber gleich: Das bin nicht ich. Mit diesem Kleid würde ich im Busch keinen Meter weit kommen, ohne mir sämtlichen Zierrat abzureißen, dachte sie. Und erst recht könnte ich damit nicht auf die Spitze eines Observatoriums steigen, weil ich mir mit den freien Schultern wahrscheinlich eine Erkältung einfangen würde.

Trotz dieser Gedanken nickte sie brav zu den Lobeshymnen und versuchte, Samantha, der das alles offenbar großen Spaß machte, nicht allzu finster anzusehen.

Als die Anprobe endlich vorüber war, atmete Lillian erleichtert auf. Soweit sie es mitbekommen hatte, waren zwei Stunden vergangen, und es wäre nur höflich, sich nun zu verabschieden und wieder nach Hause zu gehen.

»Das alles gefällt dir nicht sonderlich, oder?«, fragte Samantha ein wenig enttäuscht, nachdem Lillian wieder in ihr altes Kleid geschlüpft war. »Tragt ihr in Deutschland solche Kleider nicht?«

»Natürlich tun wir das, aber ich bin auch zu Hause eher selten zu irgendwelchen großen Festen gegangen.«

»Das ist nicht dein Ernst!« Ungläubig zog Samantha die Augenbrauen in die Höhe. »Du hast doch wohl nicht die ganze Zeit über zu Hause über irgendwelchen langweiligen Stickereien gehockt?«

»Nein, das nicht, ich...« Lillian stockte. Samantha hätte vermutlich kein Verständnis dafür, dass sie eher Physikbücher gelesen und Sternkarten studiert hatte. »Ich war mit meinem Großvater sehr viel unterwegs, wir sind mehrmals im Jahr verreist«, sagte sie also, was nicht einmal geschwindelt war, denn ihr Großvater war ständig auf der Suche nach Gleichgesinnten gewesen, mit denen er sich über die Sterne austauschen konnte.

»Wohin seid ihr denn gereist?«, erkundigte sich Samantha sogleich neugierig.

»Wir waren in Spanien, Frankreich, England und Schottland. Und überall in Deutschland.«

»So, meine Lieben, ich wäre dann so weit, um Ihre Bestellungen aufzunehmen«, flötete Mrs Billings in den Raum hinein, während Samantha eine bewundernde Miene aufsetzte.

Eine Hitzewelle überlief Lillian. Es war furchtbar unhöflich, nach solch einer Anprobe nichts zu bestellen. Diesen Gedanken schien Samantha ihr anzusehen, denn sie griff rasch nach ihrer Hand.

»Keine Sorge, ich bestelle gleich drei Stück bei ihr. Da unsere Maße annähernd gleich sind, wird es ihr nicht auffallen.«

Lillian lief rot an, während sie erleichtert durchatmete. »Vielen Dank, das ist sehr freundlich von dir.«

»Ach was«, winkte Samantha ab. »Das ist pure Selbstsucht. Mein Vater wird toben, wenn er merkt, dass ich gleich drei neue Kleider haben will. Aber am Ende kauft er sie mir doch, denn ich bin ja sein einziges Kind!«

»Trotzdem, danke.« Sie ist offenbar ein wirklich netter Mensch, dachte Lillian erleichtert.

»Wenn du magst, kannst du mir ja beim nächsten Mal von euren Reisen erzählen. Ich würde so gern mal eine Reise nach Europa machen! Vielleicht finde ich ja beim Ball einen Mann, der reich genug ist, mit mir eine Hochzeitsreise durch all die Länder zu machen, die du schon bereist hast.«

Lillian nickte und ließ sich dann von Samantha zurück zu den mit Taft und Spitze behängten Figurinen ziehen.

Der Gedanke, eine Wanderung durch den Busch und ins Maori-Land zu unternehmen, beschäftigte Lillian den ganzen Abend. Wenn ihr Großvater ihre Schweigsamkeit bemerkte, schien er dies zu übersehen, jedenfalls fragte er nicht nach. Wahrscheinlich wälzte er seine eigenen Gedanken. Wenn Lillian in kurzen

Gedankenpausen zu ihm hinübersah, bemerkte sie, dass sein Blick wie traumverloren wirkte.

Etwas früher als sonst wünschten sie sich eine gute Nacht und kehrten in ihre Zimmer zurück. Strahlendes Mondlicht fiel durch Lillians Fenster und malte verzerrte Vierecke auf ihr Bett.

Nachdem sie sich ausgezogen hatte, griff Lillian zu den Reiseberichten, die sie zusammengetragen hatte, und begann mit dem Lesen. Allerdings kam sie nicht weit. Ihre innere Unruhe verhinderte, dass sie sich richtig konzentrieren konnte.

Während sie schlaflos an ihre Zimmerdecke blickte, malte sie sich erneut aus, wie es unterwegs sein würde, wie die Menschen aussehen würden und welche Pflanzen und Tiere es wohl zu sehen gäbe.

Großvater muss Mr Caldwell davon überzeugen, dass ich mitkommen darf, dachte sie flehentlich. Dann kann ich Adele schreiben, was es hier zu sehen gibt – und vielleicht eine exotische Blüte für sie pflücken und pressen.

Am nächsten Morgen, nachdem sie bestenfalls zwei oder drei Stunden geschlafen hatte, erhob sich Lillian schon in der Morgendämmerung und machte sich daran, einen Rosinenkuchen zu backen. Durch Samantha hatte sie einen Händler ausfindig gemacht, der Rosinen besorgen konnte – gerade im richtigen Moment, wie es schien, denn ihr Großvater liebte Rosinenkuchen über alles, und womit könnte sie ihn besser davon überzeugen, sie bei dem Ritt mitzunehmen?

»Großvater?«, begann sie zögernd, während der Kuchenduft durch die Küche zog.

»Was gibt es denn, mein Kind?« Georg betrachtete sie verwundert.

»Ich ... ich wollte dich mal was fragen ...« Lillian kaute kurz auf ihrer Lippe herum. Nun mach schon, drängte eine innere Stimme. Wenn du nicht fragst, wirst du nicht bekommen, was du möchtest.

»Nun, dann frag ruhig.« Georg legte den Kopf schräg. Lillian erinnerte sich noch gut, dass er so immer dreingeschaut hatte, wenn sie ihm in ihrer Kinderzeit beichten wollte, dass sie etwas ausgefressen hatte. Du bist kein Kleinkind mehr, sagte sie sich, und fasste sich dann ein Herz.

»Könnte ich ... vielleicht bei der Exkursion mitkommen?«

Georg Ehrenfels ließ sich mit seiner Antwort Zeit. Er kaute auf seinem Bissen Kuchen herum, trank einen Schluck Kaffee, dann sah er sie an. »Möglich wäre es, allerdings wird es sich nicht um einen Spazierritt handeln. Wir werden mit den Maori verhandeln müssen; sicher dauert das einige Zeit, und ich weiß nicht, ob der Häuptling damit einverstanden ist, dass eine Frau an den Verhandlungen teilnimmt.«

»Ich will ja nicht unbedingt den Verhandlungen beiwohnen. Ich könnte derweil draußen warten oder mir ein wenig das Dorf ansehen. Du selbst hast doch immer gesagt, dass die Maori gastfreundlich sind.« Lillian sah ihn flehend an. »Bitte, lass mich mitkommen. Immerhin bin ich kein kleines Kind mehr, und ich würde wahnsinnig gern sehen, wie diese Maori leben. Bisher habe ich sie nur in den Städten gesehen, wo sie aussehen wie wir auch – von den Tätowierungen auf ihren Gesichtern einmal abgesehen.«

Georg seufzte schwer. Ein gutes Zeichen, das wusste Lillian, denn er schlug ihr nur ungern eine Bitte ab.

»Nun gut, ich werde Mr Caldwell fragen, ob das möglich ist. Aber sollte sich irgendeine Gefahr abzeichnen, dann tust du sofort, was ich sage.«

»Du weißt doch, dass ich mich so leicht nicht schrecken lasse, Großvater«, entgegnete Lillian. »Außerdem hast du doch gesagt, dass die Stämme mittlerweile friedlicher gegenüber den Weißen sind.« Lillian sah ihren Großvater fragend an.

»Das sind sie, dennoch sollte man auf alles vorbereitet sein.« Georg sah Lillian seltsam an; dann wandte er sich um. »Schauen wir, was Mr Caldwell sagt. Immerhin brauchen wir ein Pferd für dich, denn ich glaube kaum, dass du den ganzen Weg zu Fuß zurücklegen möchtest.«

Lillian fiel ihm um den Hals und gab ihm einen Kuss. »Vielen Dank, Großvater!«

9

Die Tage bis zur Exkursion schienen sich unendlich hinzuziehen. Lillian versuchte sich die Zeit damit zu vertreiben, dass sie mit dem Ausräumen der Kisten fortfuhr. Dazwischen stand noch ein Treffen mit Samantha an. Was dort wohl diesmal passieren würde? Zwar war sie zur Teestunde eingeladen, aber wer konnte schon wissen, ob nicht diesmal eine Hut- oder Handschuhmacherin dort auftauchte. Der Gedanke amüsierte Lillian doch ein wenig.

»Hast du nicht heute eine Einladung zu dieser Samantha?«, fragte ihr Großvater, während er den Blick von seiner Zeitung hob. Mittlerweile hatte er es sich zur Gewohnheit gemacht, jeden Morgen in die Stadt zu gehen, um eine Zeitung zu kaufen. Die *Kaikoura News* waren nicht besonders dick, doch sie berichteten ohne allzu große Sensationslust über die Ereignisse in der Stadt. »Ja, ich habe eine Einladung«, antwortete Lillian, während sie den Hals reckte, um einen Blick auf die Abbildung auf der Titelseite zu werfen, die den Hafen von Kaikoura zeigte. »Heute Nachmittag, zum Tee. Eigentlich habe ich dafür keine Zeit, aber ich will nicht unhöflich sein. Außerdem würde es mich interessieren, ob ich heute eher einen Hut oder vielleicht doch ein Paar Handschuhe angepasst bekomme.«

Georg lachte auf. »Diese Samantha scheint wirklich eine feine Dame aus dir machen zu wollen.«

»Ohne großen Erfolg«, entgegnete Lillian. »Mein Bedürfnis nach Seide und Spitzen hat sie nicht gerade geweckt.«

»Obwohl dir beides sicher wunderbar stehen würde.«

»Die Kleider haben vor allem eines getan: mir die Luft abgeschnürt! Und ich glaube kaum, dass eine Dame an der äußeren Hülle gemessen werden kann. Um eine zu sein, braucht man Benehmen und Intelligenz, und beides kann man nicht bei einer Schneiderin kaufen.«

»Schade eigentlich«, entgegnete Georg mit Schalk in den Augenwinkeln. »Gerade was diese beiden Tugenden angeht, wäre es schon gut für einige Leute, sie kaufen zu können. Aber bei dir brauche ich mir keine Sorgen zu machen, du bist intelligent und kannst dich benehmen. Wenn man es genau nimmt, könntest du Benimm sogar verkaufen, so viel hast du davon. Aber vielleicht solltest du wirklich damit beginnen, dich ein wenig damenhafter zu verhalten. Sonst endest du mir am Ende noch als alte Jungfer.«

»Keine Sorge, ich werde schon einen Mann finden«, entgegnete Lillian augenrollend. In letzter Zeit machte ihr Großvater immer häufiger Anstalten, sie für das andere Geschlecht zu begeistern. Dabei war das eigentlich gar nicht nötig. Der Mann aus Christchurch schlich sich immer wieder in ihre Gedanken, manchmal zu den unpassendsten Gelegenheiten. Vielleicht sollte ich ihn erwähnen, damit Großvater Ruhe gibt, dachte sie, und war schon kurz davor, es zu tun, doch etwas hielt sie letztlich wieder davon ab. Und auch ihr Großvater schien nicht daran interessiert zu sein, das Thema weiterzuverfolgen.

»Ich werde heute eine kleine Runde durch die Stadt machen, mir alle möglichen Geschäfte ansehen. Wer weiß, vielleicht gibt es sogar einen Händler, der mir Teile für meine Geräte verkaufen oder neue beschaffen kann.«

»Ich könnte dich doch begleiten!«, rief Lillian aus, denn ihre Lust, sich mit Samantha zu treffen und wieder Opfer einer Verschönerungsaktion zu werden, wurde immer geringer. »Immerhin kenne ich mich schon ein wenig in der Stadt aus!«

Aber Georg schüttelte den Kopf. »Nein, geh du ruhig zu

deiner Verabredung. Es wäre unhöflich, deine neue Freundin zu versetzen, immerhin ist es sehr nett von ihr, dass sie dich einlädt.«

Lillian hätte beinahe entgegnet, dass sie nicht darum gebeten habe, aber sie spürte, dass ihr Großvater aus irgendeinem Grund heute Nachmittag allein sein wollte.

»Also gut, dann geh allein«, lenkte sie ein und zwang sich zu einem Lächeln. »Vielleicht treffen wir uns ja auf dem Rückweg, dann kannst du mir berichten, was du gefunden hast. Und geh auf jeden Fall am Hafen vorbei, die Krabbenfischer sind sehr interessante Leute.«

Georg strich Lillian kurz übers Haar und lächelte. »Das lasse ich mir auf keinen Fall entgehen.«

Während sie darüber nachdachte, was ihr Großvater an diesem Nachmittag wohl vorhatte, schlüpfte Lillian schließlich in ihr bestes Kleid und machte sich zurecht für die Teestunde. Die Vorstellung, Samanthas Eltern gegenüberzutreten, machte sie nervös. Sie erinnerte sich noch gut an die Treffen mit Adeles Eltern, die, je älter sie wurde, immer weniger Verständnis dafür aufgebracht hatten, dass sich ihre Tochter mit der Enkelin eines stadtbekannten, verschrobenen alten Wissenschaftlers abgab. Zwar hatten sie nie den Versuch unternommen, ihre Tochter von ihr fernzuhalten, aber in ihrer Gegenwart hatte Lillian stets das Gefühl gehabt, dass sie sie nicht für standesgemäß hielten.

Wie würden die Carsons sein? Dass sie Geld hatten, war unübersehbar gewesen. Und dass sie Samantha von vorn bis hinten verwöhnten, ebenfalls. Würden sie ebenso wie Adeles Eltern glauben, dass sie keine passende Bekannte für ihre Tochter war? Selbst ihr bestes Kleid konnte nicht mit denen von Samantha mithalten. Man sah ihr an, dass sie aus keinem reichen Haus kam.

Noch kannst du hier bleiben und den Nachmittag über den Büchern verbringen, sagte sie stumm zu ihrem Spiegelbild. Doch es wäre unhöflich, einfach nicht zu erscheinen, und ihr Verhalten würde letztlich auf ihren Großvater zurückfallen. Also richtete sie ihre Frisur und verließ dann das Haus.

Auf dem Weg zum Warehouse hielt sie Ausschau nach ihrem Großvater, der eine Stunde vor ihr das Haus verlassen hatte, doch sie konnte ihn nirgends entdecken. Entweder hatte er den Buchladen der Stadt gefunden, oder er war unten bei den Krabbenfischern.

Schließlich erreichte sie das Warehouse, das an diesem Nachmittag gut besucht war. Die Verkäuferinnen hatten alle Hände voll zu tun, und es dauerte eine Weile, bis Lillian sich an der vor der Kasse wartenden Kundschaft vorbeigeschlängelt hatte. Zwischendurch trafen sie ein paar böse Blicke, weil die Leute glaubten, sie wolle sich vordrängeln, doch als sie erkannten, dass Lillian auf dem Weg zur Treppe war, wandten sie sich rasch wieder ab.

Lillians Herz schlug ihr bis zum Hals, als sie die Treppe hinaufging. Von oben konnte sie Stimmen vernehmen; die Teestunde fiel also nicht aus.

Als Lillian den Salon von Samanthas Mutter betrat, traf sie beinahe der Schlag. Die Carsons waren nicht allein; ein Mann war bei ihnen zu Gast. Ein Mann, den sie schon einmal gesehen hatte.

Am liebsten wäre sie im Boden versunken.

Jason Ravenfield schien sie ebenfalls wiederzuerkennen – und seiner erstaunten Miene nach zu urteilen, hatte er nicht damit gerechnet, sie hier zu treffen.

»Mutter, Vater, das ist meine Freundin Lillian Ehrenfels«, stellte Samantha sie unbefangen vor.

Lillian machte einen kurzen, etwas unbeholfenen Knicks und wurde rot, als sie bemerkte, dass ein spöttisches Lächeln auf Ravenfields Gesicht trat. Am liebsten hätte sie kehrtgemacht und wäre aus dem Salon geflohen, doch wie hatte es ihr Großvater einige Stunden zuvor ausgedrückt? Wenn man es genau nimmt, könntest du Benimm sogar verkaufen, so viel hast du davon.

»Und das ist ein guter Freund unserer Familie, Mr Jason Ravenfield!«, klang Samanthas Stimme durch ihre Gedanken.

Ravenfield erhob sich, ergriff ihre Hand und hauchte einen formvollendeten Handkuss darauf.

»Freut mich, Sie wiederzusehen, Miss Ehrenfels.«

Samanthas Mutter zog die Augenbrauen hoch. »Wiedersehen? Sie kennen sich bereits?«

Ravenfield nickte mit einem gewinnenden Lächeln in Lillians Richtung. »Ja, wir haben uns zufällig in Christchurch getroffen. Am Postamt, nicht wahr?«

Lillian nickte ein wenig beklommen. »Ja, ich erinnere mich.«

»Damals haben Sie mir aber verschwiegen, dass Sie mit Ihrem Großvater reisen. Das hätten Sie tun sollen, ich hätte ihn gern kennengelernt.«

»Oh, das...« Lillian verkniff sich den Zusatz, dass sie das nicht für eine gute Idee gehalten hätte. Wahrscheinlich hätte ihr Großvater den Fremden gleich ermutigt, ihr den Hof zu machen.

»Da Lillian mit ihrem Großvater erst vor Kurzem hierhergezogen ist«, erklärte Samantha Ravenfield derweil, »dachte ich mir, dass ich sie ein wenig unter meine Fittiche nehme und sie in die hiesige Gesellschaft einführe.«

»Passen Sie bloß gut auf, Miss«, meldete sich Samanthas Vater zu Wort. »Wenn Sam Sie unter Ihre Fittiche nimmt, wird Ihr Großvater schon bald sein ganzes Vermögen loswerden, weil Sie in Samt und Seide schwimmen wollen.«

Offenbar hatte Mr Carson mittlerweile von Samanthas Großbestellung bei Mrs Billings gehört. Die bissige Bemerkung schien ihr allerdings nichts auszumachen.

»Lillian ist sehr verantwortungsbewusst und auf keinen Fall verschwenderisch. Und soweit ich es mitbekommen habe, ist sie auch sehr klug. Sie ist also eine bei Weitem bessere Partie als ich.«

Wie meinte sie das? Während Lillian wieder das feurige Brennen auf ihren Wangen spürte, kam ihr in den Sinn, dass Ravenfield aus einem bestimmten Grund hier zu Gast sein könnte. Hatte er womöglich um Samanthas Hand anhalten wollen?

Lillian wusste nicht, warum, doch auf einmal spürte sie so etwas wie Eifersucht.

»Setz dich doch!«, sagte Samantha und bugsierte sie auf den Platz neben Ravenfield. Konnte es noch schlimmer kommen?

Unsicher blickte sie zu ihm und stellte fest, dass er sie immer noch anlächelte. Das war zwar besser, als mit einer finsteren Miene bedacht zu werden, doch wohl fühlte sich Lillian dennoch nicht – nicht bei den Gedanken, die sie hatte, wenn sie an das Treffen in Christchurch dachte.

»Milly, bring doch noch etwas Tee und Gebäck«, sagte Mrs Carson, die in jungen Jahren Samantha wie eine Zwillingsschwester geähnelt haben musste.

Die junge Bedienstete in ihrem hellblauen Kleid und der adrett gestärkten Schürze war unverkennbar eine Maori. Ihr dunkles Lockenhaar war unter einer weißen Haube verborgen, und obwohl sie einen wunderschönen Anblick abgab, bemerkte Lillian sie erst, als sie einen kleinen Knicks machte und dann den Salon verließ.

Samantha schenkte Lillian derweil eine Tasse Tee ein. Sie musste ihren erstaunten Blick bemerkt haben, denn sie flüsterte Lillian zu: »Milly arbeitet schon seit fünf Jahren hier und macht sich wirklich gut.«

Daran zweifelte Lillian nicht, aber es erstaunte sie, dass sich die Carsons ein Dienstmädchen leisteten. Es musste ihnen finanziell wirklich sehr gut gehen.

»Und nun, Miss Ehrenfels, lassen Sie hören: Woher kommen Sie?«, fragte Mr Carson, nachdem sie einen Schluck von dem wirklich köstlichen Tee probiert hatte. »Ihr Name klingt nicht gerade englisch, wenn ich mir die Bemerkung erlauben darf.«

»Nein, ich komme aus Deutschland.« Verstohlen schielte Lillian zu Ravenfield hinüber, doch der hatte glücklicherweise den Blick abgewandt und beschäftigte sich mit seinem Kuchen. »Genau genommen aus Köln.«

»Und was verschlägt Sie und Ihren Großvater hierher? Was sagen Ihre Eltern dazu, dass Sie ihn begleiten?«

Lillian atmete tief durch. Es ist eben so, dass sie keine Ahnung haben, sagte sie sich. Gern redete sie nicht darüber, doch in diesem Fall wäre es unhöflich gewesen, eine Antwort schuldig zu bleiben.

»Meine Eltern sind gestorben, als ich noch sehr klein war. Ein Zugunglück.«

Während Mrs Carson erschrocken nach Luft schnappte, schüttelte Mr Carson brummend den Kopf. »Böse Sache. Ich sag's ja, diese Eisenbahnen sind noch lange nicht sicher.«

»Dann ist Ihr Großvater der einzige Verwandte, der Ihnen geblieben ist?«, schaltete sich nun Ravenfield ein. Nun lächelte er nicht mehr, aber der ernsthafte Ausdruck in seinen Augen verwirrte Lillian beinahe noch mehr als das Lächeln zuvor.

»Ja, das ist er. Meine Großmutter ist schon vor meiner Geburt gestorben, ich bin bei ihm aufgewachsen.«

»Dann wundert es mich nicht, dass Sie ihn auf der langen Reise begleiten«, setzte Mrs Carson hinzu und reichte ihr, als würde sie das trösten, den Teller mit dem Gebäck herüber, den Milly kurz zuvor gebracht hatte.

Die plötzliche Aufmerksamkeit, die alle Anwesenden auf sie richteten, war Lillian unangenehm. »Ich kann mich kaum noch an meine Eltern erinnern«, sagte sie also, nachdem sie dankend einen Scone von dem Teller genommen hatte. »Mein Großvater hat gut für mich gesorgt, mir hat es eigentlich an nichts gefehlt.«

»Muss ein guter Mann sein, Ihr Großvater«, bemerkte Mr Carson, während er anerkennend die Unterlippe vorschob. »Als Mann ein Kind allein großzuziehen, das ist schon eine Leistung.«

»Sicher hatte er dabei etwas Hilfe, nicht wahr?«, fragte Mrs Carson ungläubig, worauf Lillian den Kopf schüttelte.

»Nein, er hat alles allein gemacht. Mir Kleider, Essen und Bücher besorgt und alles dafür getan, dass ich eine gute Bildung erhalte. Er wollte nach dem Tod meiner Großmutter nicht mehr heiraten, also blieben wir beide allein.«

»Donnerwetter!« Mr Carson wirkte noch immer sichtlich beeindruckt. »Sie müssen mir Ihren Großvater unbedingt mal vorstellen. Tüchtige Männer faszinieren mich immer sehr, und ich bin sicher, dass wir uns viel zu erzählen hätten.«

Wirklich?, fragte sich Lillian im Stillen, denn mit seinen Themen neigte ihr Großvater eigentlich eher dazu, die Leute zu verwirren. »Ich werde ihm erzählen, dass Sie das gesagt haben, und wenn sich die Gelegenheit ergibt, werde ich Sie gern miteinander bekannt machen.«

Damit schienen die Carsons zufrieden zu sein, denn sie wandten sich nun wieder ihrem Tee zu. Als Lillian zu Samantha sah, nickte diese ihr zu. Offenbar hatte sie alles richtig gemacht.

»Welchen Beruf hat Ihr Großvater früher eigentlich ausgeübt?«, fragte Ravenfield, nachdem sie alle eine weitere Tasse Tee getrunken hatten und Milly noch einmal erschienen war, um eine frische Kanne zu bringen.

Lillian hätte sich um ein Haar an einem Bissen Scone verschluckt. Hustend hielt sie sich die Hand vor den Mund und spülte dann mit einem Schluck Tee nach.

Als sie Ravenfield ansah, bemerkte sie einen seltsamen Ausdruck in seinen Augen. Fast so, als wüsste er bereits, was die Antwort war. Doch woher sollte er das wissen? Wenn er Kontakt zu Mrs Peters oder den anderen Hausbesitzern in ihrer Straße hätte, wäre er ihr doch sicher schon einmal über den Weg gelaufen.

»Bitte entschuldigen Sie, ich wollte Sie mit dieser Frage nicht zum Husten bringen«, setzte er mit einem schelmischen Funkeln hinzu.

»Das haben Sie nicht«, entgegnete Lillian tapfer, während sie versuchte, das Kratzen der Krümel in ihrer Kehle zu ignorieren. »Ich bin nur etwas ungeschickt.« Noch einmal räusperte sie sich, dann antwortete sie: »Mein Großvater war Wissenschaftler in Köln.«

»Oh, dann ist er nicht nur ein tüchtiger Mann, sondern auch ein angesehener.«

Lillian nickte. »Das könnte man so sagen.« Ein Blick zu Ravenfield bestätigte ihr, dass er noch immer diesen wissenden Ausdruck in den Augen hatte. Oder bildete sie sich das nur ein, weil der Mann sie vollkommen nervös machte?

»Aber jetzt sollten wir Lillian nicht mehr länger in Bedrängnis bringen«, schaltete sich Samantha ein, die wohl erkannt hatte, wie unwohl Lillian sich fühlte. »Mr Ravenfield, Sie wollten uns doch eine Geschichte von Ihrer Farm erzählen. Sind in letzter Zeit wieder Maori dort aufgetaucht?«

»Nun ja, das tun sie eigentlich ständig«, entgegnete Ravenfield.

Lillian war froh darüber, dass jetzt ein anderer im Mittelpunkt stand. Sie lächelte Samantha verschwörerisch zu, dann nahm sie noch einen weiteren Schluck Tee.

Bereits seit einer halben Stunde strich Georg um die Teestube herum und warf immer wieder verstohlene Blicke durch das Fenster. Hin und wieder erhaschte er dabei einen Blick auf Mrs Blake, die unermüdlich dabei war, ihre Kunden mit Tee und Kuchen zu versorgen. Fröhlich lachend warf sie den Kopf in den Nacken und wirkte in allem wie das junge Mädchen, das sie einst gewesen war. Georg hätte diesen Anblick stundenlang genießen können. Allerdings fürchtete er, dass sie ihn bemerken und seine Blicke als aufdringlich empfinden könnte.

Und den Mut, in die Teestube zu gehen ... Den musste er wohl erst noch suchen. Eigentlich hatte er forsch in den Laden marschieren wollen, doch dann waren ihm Zweifel gekommen. Die Frau ist fast zwanzig Jahre jünger als du, sagte er sich. Was reizt dich an ihr? Dass sie freundlich zu dir war, hat nichts zu sagen. Immerhin ist sie das, wie es sich gehört, zu all ihren Kunden.

Außerdem bestand die Gefahr, dass Lillian ihn sah, wenn sie zufällig mit ihrer Freundin durch die Stadt spazierte. Was würde sie dazu sagen, dass ich mich für eine Frau interessiere?, dachte er. Immerhin betone ich doch immer wieder, dass ich seit ihrer Großmutter keine Frau mehr angesehen habe ...

Aber wahrscheinlich würde sie es auch lächerlich finden, dich an der Straßenecke stehen zu sehen und zu bemerken, dass du ständig zur Teestube hinüberspähst, sagte eine kleine Stimme in seinem Hinterkopf.

Ganz abgesehen davon, dass Mrs Blake dich vielleicht schon gesehen hat und sich fragt, warum du nicht reinkommst.

Georg fasste sich ein Herz. Tief durchatmend, strich er die Revers seiner Jacke glatt, richtete seine Manschetten und schritt auf die Teestube zu. Dabei rammte er fast einen Mann, der eine Schubkarre über die Straße schob.

»Passen Sie doch auf, Mister!«, rief der ihm nach, doch Georg hatte nur noch das Fenster im Blick, hinter dem Mrs Blake wieder erschienen war, um ein Tablett auf einen der Tische zu stellen.

Als er unter dem Gebimmel der Türglocke eintrat, klopfte ihm das Herz wie schon seit vielen Jahren nicht mehr. Vielleicht ist es wirklich nur Herzrasen, dachte er. Bei einem Mann meines Alters wäre das ja kein Wunder.

Doch in seinem Innern wusste er, dass dem nicht so war. Auf einmal fühlte er sich wieder wie der junge Bursche, der errötend einem Mädchen gegenübergestanden hatte. Sein Mund wurde trocken, alle Worte, um die er sonst doch nicht verlegen war, schienen auf einmal aus seinem Kopf herausgefallen zu sein. Mrs Blake bemerkte ihn nicht gleich, sodass er die Gelegenheit gehabt hätte, die Flucht zu ergreifen. Doch Georg stand da wie angewurzelt, und als ihm der Gedanke, wieder zu verschwinden, endlich durch den Sinn strich, wandte sich die Teestubenbesitzerin um.

Das Lächeln, das ihr Gesicht förmlich zum Strahlen brachte, lähmte Georg vollends. Wie wunderschön sie doch war! Und er stand da wie ein verliebter Trottel, und ganz gewiss würde er sich gleich bis aufs Mark blamieren!

»Mr Ehrenfels!«, rief Mrs Blake freudig aus und kam dann ohne Umschweife zu ihm. »Schön, dass Sie mich wieder besuchen.«

Für einen Moment glaubte Georg, seine Stimme sei eingerostet wie ein altes Tor. Doch dann kamen ihm die Worte wie von selbst über die Lippen.

»Liebe Mrs Blake, Sie haben bei meinem letzten Besuch solch einen positiven Eindruck bei mir hinterlassen, dass ich gar nicht anders konnte, als wieder zu Ihnen zu kommen.«

Jetzt errötete sie doch tatsächlich! Konnte es so etwas geben?

Georg erwiderte ihr Lächeln ein wenig scheu, dann sagte er: »Bitte verzeihen Sie, ich wollte nicht ...«

Mrs Blake bedeutete ihm, zu schweigen, dann spürte er ihre Hand auf seinem Arm. »Kommen Sie, Mr Ehrenfels, ich habe noch einen schönen Tisch frei. Suchen Sie sich aus, was Sie möchten, heute sind Sie mein Gast.«

Beim Abendessen saßen Lillian und ihr Großvater sich schweigend gegenüber, jeder in Gedanken vertieft. Das ging eine ganze Zeit so, bis Lillian schließlich fragte: »Wie war dein Ausflug durch die Stadt?«

Georg schreckte hoch. »Gut. Er war gut.«

»Hast du gefunden, was du gesucht hast?«

»Oh ja«, platzte es mit leuchtenden Augen aus ihm heraus, bevor er sich wieder fing. »Ich meine, ich habe einige ganz reizende Läden entdeckt. Allerdings scheint man sich hier für Astronomie nicht sonderlich zu interessieren.«

»Was eigentlich nicht anders zu erwarten war«, gab Lillian lächelnd zurück. Doch das Lächeln verging ihr, als ihr Großvater fragte: »Und deine Teestunde? Hast du dich gut amüsiert? Oder musstest du wieder einen Haufen Kleider anprobieren?«

»Nein, das nicht, es...« Sollte sie ihrem Großvater endlich von Ravenfield berichten? »Es war recht nett, ich habe Samanthas Eltern kennengelernt.«

Noch während sie sprach, tauchte vor ihrem geistigen Auge wieder das Gesicht von Jason Ravenfield auf. Was wäre schon dabei, wenn ich von dem Schafzüchter erzähle...

»Und wie sind die Eltern deiner Freundin so?«, fragte Georg ein wenig abwesend.

»Sie sind sehr nett, ganz anders als die von Adele«, entgegnete Lillian rasch. »Mr Carson hat dich dafür bewundert, dass du mich ganz allein großgezogen hast. Er sagte, dass er dich gern einmal kennenlernen würde.«

»Nun, wenn das so ist, habe ich nichts dagegen«, antwortete

Georg, und irgendwie schien er allmählich wieder zu sich selbst zurückzufinden. »Vielleicht werde ich ja auch mal zu einer Teestunde bei ihnen eingeladen.«

»Oder wir treffen sie in der Stadt, bei einem Spaziergang!«

»Möglicherweise.«

Die beiden sahen sich an, und obwohl sie jetzt wieder wacher wirkten, schlich sich das Schweigen erneut zwischen sie. Lillian senkte den Kopf und hörte wenig später ihren Großvater mit der Gabel auf dem Teller klappern. Offenbar gab es doch Dinge, über die sie nicht miteinander reden konnten ...

Liebste Adele,

auch wenn ich nicht weiß, ob meine Briefe Dich überhaupt erreichen, so schreibe ich Dir heute in höchster Verwirrung. Es wird Dir vielleicht absonderlich erscheinen, doch es geht um einen Mann. Ja, Du liest richtig, die spröde Lillian, deren ganze Liebe den Büchern und der Wissenschaft gilt, steht vor dem Problem, einem Mann begegnet zu sein, der ihr Herz auf seltsame Weise verwirrt.

Ach, könnte ich Dir doch nur von Angesicht zu Angesicht erzählen, was gerade in mir vorgeht. Jason Ravenfield ist Schafzüchter und besitzt eine Farm in der Nähe. Aber nicht das ist es, was ihn für mich interessant macht, es ist sein Aussehen und seine Art. Noch nie habe ich einen Mann getroffen, dessen Augen gleichermaßen vor Schalk und Klugheit blitzen. Er macht sich einen Spaß daraus, andere auf den Arm zu nehmen, aber andererseits kann er auch ernsthaft und selbstsicher sein.

Du würdest jetzt wahrscheinlich in die Hände klatschen und Dich darüber freuen, dass ich ihn getroffen habe. Aber das wäre verfrüht. Ich hatte die ganze Zeit über nur damit zu tun, zu erröten und mich wie ein kleines Mädchen zu fühlen.

Was würde wohl so ein praktischer und patenter Mann dazu sagen, dass wir eine Sternwarte errichten wollen, die weder Profit bringt noch eine Ware herstellt, sondern den Menschen nur die Schönheit und den Lauf der Sterne zeigen soll?

Ach, liebste Adele, könntest Du doch hier sein! Du würdest mir gewiss meine Angst nehmen und mir raten, ihn mit der Wahrheit auf die Probe zu stellen. Vielleicht ist das das einzig Richtige, aber ohne Zuspruch von Dir wage ich es nicht. Also, schreib mir bitte, so schnell Du kannst!

In Liebe,
Lillian

10

Am Tag der Exkursion erhob sich Lillian bereits in aller Frühe. Mr Caldwell wollte sich gegen sechs Uhr einfinden; nun war es gerade erst vier und das Tageslicht noch nicht mehr als eine ferne Ahnung am Horizont. Obwohl ihre Glieder noch immer etwas bettschwer waren, ging sie zu der Waschschüssel und goss sich etwas Wasser ein. Das kalte Nass vertrieb die letzten Reste der Müdigkeit und machte Platz für Tatendrang und Neugier. Was würde sie dort draußen alles sehen? Neben den Sternen interessierte sie sich auch für die Botanik und die Tierwelt. Ihr Großvater meinte immer, dass die Wissenschaften einander ergänzen müssten.

»Wenn es eine Sonnenfinsternis gibt, verstummen ringsum die Vögel; wenn du Tiere fliehen siehst, kannst du damit rechnen, dass es entweder ein schlimmes Unwetter oder ein Erdbeben gibt«, hatte er ihr während ihrer privaten Unterrichtsstunden erklärt, und aus diesem Grund hielt es Lillian für wichtig, auch über die Fauna und Flora ihres neuen Heimatlandes Bescheid zu wissen.

Als sie mit der Wäsche fertig war und ihr Reisekleid angezogen hatte, ging sie zu der kleinen Truhe, in der sie ihre Habseligkeiten verstaut hatte. Unter der Unterwäsche zog sie die kleine Flöte hervor, die sie von dem Kutscher erhalten hatte. Bisher hatte sie noch nicht gewagt, darauf zu spielen. Warum eigentlich nicht?, fragte sie sich, und auf einmal waren all die Erinnerungen wieder da, wie ihr Großvater versucht hatte, ihre Musikalität schulen zu lassen. Besonders viel war dabei nicht herausgekommen, aber auf einer Blockflöte konnte sie recht passabel spielen.

Auf dem Instrument nachprüfen, wie viel von dem Können noch übrig geblieben war, wollte sie jetzt nicht; stattdessen zeichnete sie mit dem Finger beinahe andächtig die Schnitzerei nach.

Tohunga, wisperte es durch ihren Verstand. Wenn ich denn eine werden soll, dachte Lillian lächelnd, dann werde ich mich bemühen, eine gute *tohunga* zu werden.

Nachdem sie ihr Haar zu einem Zopf geflochten hatte, verließ sie mit der Tasche, die sie schon am Abend zuvor gepackt hatte, ihre Stube. Sie hatte geglaubt, die Erste zu sein, doch als sie den Gang betrat, vernahm sie in der Studierstube ein leises Rumpeln. Offenbar war ihr Großvater bereits auf den Beinen. Das Vorhaben, zu ihm zu gehen, verwarf sie zugunsten der Zubereitung von Kaffee, der für ihren Großvater sicher hilfreicher war als die Frage, warum er denn so früh schon wach war.

In der Küche setzte sie Wasser auf, holte ein wenig von dem Kuchen hervor, den sie zwei Tage zuvor gebacken hatte, und schnitt Brot auf. Als der Kaffee endlich auf dem Herd brodelte, trat ihr Großvater ein.

»Guten Morgen, mein Kind, du bist ja schon wach.«

»Ich wollte sicherstellen, dass wir nicht mit leerem Magen aufbrechen müssen. Vielleicht brauchen unsere Begleiter auch einen kleinen Imbiss.«

Georg betrachtete lächelnd seine Enkeltochter. »Wie immer denkst du an alles. Aber ich bin sicher, dass Mr Caldwell und Mr Arana Proviant dabei haben werden.«

»Was meinst du, wie lange wir unterwegs sind?«

»Schwer zu sagen. Die Karte, die ich geschickt bekommen habe, zeigt zwar die Entfernung an, aber nicht den Zustand des Bodens unter den Pferdehufen. Wenn man die Luftlinie betrachtet, sollten wir morgen früh dort ankommen, doch in diese

Rechnung muss man den Busch mit einbeziehen. Manchmal stellen sich einem dort unerwartete Hindernisse in den Weg.«

»Das heißt, dass wir im Freien übernachten werden?« Lillians Augen strahlten. Mitten im Wald würde es zu Nachtzeiten sicher einiges zu hören und vielleicht auch zu sehen geben.

»Ja, das wird sich wohl nicht vermeiden lassen. Wenn es dir zu unheimlich ist, kannst du es dir noch überlegen.«

»Nein, keine Sorge, es ist mir nicht zu unheimlich«, antwortete Lillian schnell. »Ich finde es aufregend!«

Ein Lächeln huschte über Georgs Gesicht. Offenbar hatte er von seiner Enkelin nichts anderes erwartet.

Die Reiter trafen kurz vor sechs Uhr ein. Inzwischen schob sich ein roter Sonnenball über den Horizont und schickte sich an, den morgendlichen Dunst über dem Meer zu vertreiben. Vor ihrem Tor machten die Männer Halt und saßen ab.

Der blonde Gentleman, der in seiner rustikalen Kleidung eher einem Grundbesitzer ähnelte, musste Caldwell sein, während es sich bei dem dunkelhaarigen Mann an seiner Seite wohl um den Maori handelte.

»Großvater, sie sind da!«, rief sie, auch wenn sie wusste, dass ihr Großvater es bereits mitbekommen hatte.

Gemeinsam traten sie den beiden Männern entgegen.

»Pünktlich auf die Minute!«, rief Georg, während er Caldwell entgegenging. »Es ist mir eine Freude, Sie kennenzulernen, Mr Caldwell.«

Der Physiker lächelte breit. »Die Freude ist ganz meinerseits. Haben Sie sich denn schon ein wenig eingelebt? Ich habe dieses Haus zuletzt vor einigen Monaten gesehen, und mein Erinnerungsvermögen war bereits dermaßen getrübt, dass ich schon fürchtete, Sie in einen ganz unmöglichen Schuppen gesteckt zu haben.«

»Das Haus ist ganz wunderbar, vielleicht noch nicht perfekt eingerichtet, aber das wird es innerhalb der kommenden Monate sein – dank meiner Enkelin.«

Damit wandte er sich Lillian zu, die sich sogleich aufrichtete.

»Mr Arana, das ist meine Enkeltochter Lillian. Lillian, das ist mein Gönner, Mr Caldwell, und hier haben wir seinen geschätzten Assistenten Mr Arana.«

»Den ich aber Ihrem Großvater überlassen habe«, setzte Caldwell hinzu und klopfte dem Maori jovial auf die Schulter, bevor er ihr die Hand reichte. »Er ist mein bester Mitarbeiter und hat gute Kontakte zu den Einheimischen. Und die werden wir brauchen, wenn wir uns nicht ihren Zorn zuziehen wollen.«

Lillian hörte nur beiläufig auf die Worte des Physikers. Ihr Blick war an Mr Aranas Gesicht hängen geblieben. Zwar schickte es sich nicht für eine junge Dame, einen Mann so unverhohlen anzusehen, doch in diesem Augenblick war die Stimme ihrer inneren Anstandsdame ziemlich leise. Was für Augen! Solch ein tiefes, golden angehauchtes Braun hatte sie noch nie gesehen. Die Wimpern darüber waren dicht, die Augenbrauen kühn geschwungen. Und seine Lippen hätten sicher jedem Porträtmaler ein entrücktes Seufzen entlockt.

Reiß dich zusammen, ermahnte sie sich. Du willst ihn doch nicht anstarren wie ein Mondkalb!

»Freut mich, Sie kennenzulernen«, sagte der Maori mit einem leichten Lächeln auf den Lippen.

Wie in Trance reichte Lillian ihm die Hand. Warm schlossen sich seine Finger um ihre. »Mich ebenfalls«, brachte sie hervor, als würde sie gleich von einem Schwächeanfall ereilt werden.

Henare machte eine kleine Verbeugung, dann lächelte er. Lillian erwiderte sein Lächeln, doch da sie die Regeln guten Anstands schon genug strapaziert hatte, senkte sie den Blick.

»Nun, dann lassen Sie uns noch ein paar Dinge vor dem Ausritt klären«, sagte Caldwell und wandte sich nun wieder an Georg.

Lillians Blick wanderte derweil erneut zu Henare. Dieser erwiderte ihn zunächst verwundert, dann erschien es Lillian, als würde er in ihrem Gesicht etwas suchen. Doch nur für einen Augenblick, nach dem er den Blick beinahe verlegen wieder senkte.

Weder ihr Großvater noch Mr Caldwell schienen das Intermezzo bemerkt zu haben. Sie hatten sich ein Stück weit von ihr und Henare entfernt. Offenbar war Caldwells Assistent bereits eingeweiht in das, was er besprechen wollte.

»Ihr Großvater ist ein sehr mutiger Mann«, richtete Henare das Wort an Lillian, nachdem sie für einen Moment verlegen vor sich hingeschwiegen hatten. »Eine Sternwarte zu errichten ist wirklich ein gewagtes Unterfangen.«

»Ihre Leute werden doch hoffentlich nichts dagegen haben, oder?«

»Ihr Großvater hat Sie eingeweiht, wie ich sehe.«

Lillian nickte. »Ja, das hat er. Er erzählt mir alles über seine Sternwarte, sodass ich beinahe so etwas wie seine Assistentin bin.«

»Nun, dann kann ich Ihnen versichern, dass meine Leute nichts dagegen haben werden – sofern man vernünftig mit ihnen spricht.«

»Und wie sind die Aussichten, dass die Maori uns das Land geben?«

»Eigentlich nicht schlecht, allerdings muss das Land, das sie im Tausch dafür bekommen, von Wert für sie sein. Leider liegt das nicht in unserer Hand; der Mann, mit dem wir in Verhandlung stehen, wird im besten Fall das Stück auswählen.«

»Und wer ist dieser Mann?«

Arana blickte zu seinem Arbeitgeber. »Das darf ich Ihnen leider noch nicht sagen, aber es ist ein in dieser Gegend sehr angesehener Schafzüchter. Er ist prinzipiell bereit, das Land herzugeben, allerdings müssen wir uns noch über den Preis einig werden.«

»Verlangt er denn so viel?«

»Nun, was ein Mann halt verlangen kann für gutes Weideland. Mr Caldwell versucht derweil noch, ihn ein wenig herunterzuhandeln und, wie er es nennt, in ihm den Geist der Wissenschaft zu erwecken.«

»Das heißt also, es ist nicht genug Geld dafür da.«

»Schon, doch wenn wir dem Landbesitzer den Preis zahlen, den er zuerst gefordert hat, wird es uns für Ausrüstung nicht zur Verfügung stehen. Und es kann auch nicht schaden, ein wenig Geld für Baumaterial in der Hinterhand zu haben.«

»Ich glaube, wir sollten aufbrechen«, sagte Caldwell, bevor Lillian noch etwas erwidern konnte. »Es ist mir ein Vergnügen, Sie in unserer Mitte zu wissen, Miss Ehrenfels. Ich habe mein Einverständnis nur zu gern gegeben, denn ich schätze es, wenn Frauen einen gesunden Wissensdrang an den Tag legen. Sie sind doch sattelfest, oder?«

»Ich hatte als Kind Reitunterricht, habe aber seit einigen Jahren nicht mehr im Sattel gesessen. Und so einen langen Ritt habe ich auch noch nie unternommen.«

»Sie werden sich schon wieder daran gewöhnen! Ich habe Ihnen eine kleine, freundliche Stute besorgt, die es gewohnt ist, von jemandem geritten zu werden, der keine große Erfahrung hat.«

Als Lillian zum Tor blickte, entdeckte sie das weiße Pferd, das zwar nicht klein wie ein Pony war, aber auch die Höhe eines Maultiers nicht ganz erreichte. Wahrscheinlich haben Caldwells Kinder auf ihr reiten gelernt, ging es Lillian durch den Kopf. *Immerhin falle ich nicht tief, wenn die Stute ihren Sanftmut unterwegs verliert,* dachte sie.

Nachdem sie ihr Gepäck auf die Pferde gebunden hatten, half Henare Lillian beim Aufsteigen.

»Halten Sie sich zuerst am Sattelhorn und dem Rand des Sattels fest, dann stellen Sie den rechten Fuß auf den Steigbügel.«

Ein wenig unsicher sah sie ihn an, dann tat sie, was er sagte. Dennoch war es alles andere als leicht, in den Sattel zu kommen.

»Gestatten Sie?«, fragte der Maori höflich, und als Lillian nickte, fasste er sie bei der Taille und hob sie hinauf, sodass sie das rechte Bein über das Horn des Damensattels legen konnte.

»Vielen Dank«, sagte sie zu Henare. »Ich hoffe, ich stelle mich beim nächsten Mal nicht mehr ganz so dumm an.«

»Sie haben sich nicht dumm angestellt«, gab der Maori zurück. »Sie haben nur noch keine Übung, aber das wird sich geändert haben, bis wir wieder zurück sind.«

»Hoffentlich.« Mit kalten und schweißfeuchten Händen griff sie nach den Zügeln. Immerhin das weiß ich schon, spottete sie dabei im Stillen über sich selbst.

»Ganz sicher. Wir werden den Weg ohnehin nicht in einem Zug durchreiten können. Die Pferde brauchen Wasser, und wir Reiter müssen zwischendurch auch eine Pause einlegen.«

Während des Ritts wurde Lillian mit jeder Meile, die sie hinter sich ließen, bewusster, was Henare mit seiner Bemerkung gemeint hatte. Die Bewegungen des Pferdes ließen ihren Rücken schmerzen, während ihr Hintern allmählich immer tauber wurde. Darüber zu klagen wagte sie nicht, doch der Maori schien ihr anzusehen, dass es für sie alles andere als leicht war.

»Versuchen Sie ein wenig lockerer zu sitzen«, flüsterte er ihr zu, als ihr Großvater zu Mr Caldwell aufschloss, um sich ein wenig mit ihm zu unterhalten. »Sie dürfen sich nicht verkrampfen, sonst müssen wir Sie nachher vom Sattel herunterheben.«

»Ich fürchte, das können Sie jetzt schon«, entgegnete Lillian ein wenig gequält. »Mittlerweile spüre ich kaum noch mein Hinterteil.«

Henare lachte auf. »So geht es allen Anfängern. Aber glauben Sie mir, mit der Zeit gibt sich das. Auf dem Rückweg werden Sie das Gefühl haben, mit dem Pferd verwachsen zu sein.«

»Meinen Sie? Im Moment fühle ich mich eher wie etwas, das dem Pferd keinerlei Freude macht.«

Plötzlich spürte sie die Hand des Mannes an ihrem Rücken. Sanft drückte er sie ein wenig nach vorn. »An dieser Stelle müssen Sie die Bewegung des Pferdes mitmachen. Dann sitzt es sich besser und Sie bekommen keine Rückenschmerzen.«

»Das ist leichter gesagt als getan.«

»Bewegen Sie den Rücken im Takt der Schritte einfach vor und zurück, so, wie es das Pferd vorgibt.«

Lillian kam sich zunächst furchtbar lächerlich vor, als sie seinen Rat befolgte, doch dann stellte sie schnell fest, dass er recht hatte. Nach einer Weile gewöhnte sich ihr Rücken an die Bewegung, und sie bekam das Gefühl, sicherer im Sattel zu sitzen.

Nach weiteren Stunden legten sie eine kleine Pause ein, um sich die Beine zu vertreten und die Pferde zu tränken. Auch wenn das Reiten ihr mittlerweile etwas leichter fiel, war Lillian doch froh, wieder festen Boden unter den Füßen zu haben. Sie tränkte die kleine Stute an einem kleinen Bach, der sich durch die Bäume schlängelte, und gönnte sich dann selbst einen großen Schluck aus ihrer Wasserflasche.

»Wie lange, glauben Sie, werden wir bis zu dem Dorf noch brauchen?«, erkundigte sich Georg, dem der Ritt bisher hervorragend bekommen war.

»Wenn es weiterhin so gut geht, einen halben Tag«, entgegnete Henare. »Unsere junge Miss scheint mittlerweile sehr sattelfest zu sein, ich glaube also nicht, dass es zu Verzögerungen kommen wird.«

»Dann können wir uns sogar noch eine kleine Mahlzeit gönnen, was meinen Sie, Mr Caldwell?«

»Da bin ich nicht abgeneigt«, entgegnete der Physiker lachend und ging zu seinem Pferd, an dessen Sattel der Proviantbeutel befestigt war.

Nach einer Mahlzeit aus Sandwiches und Früchten saßen sie erneut auf.

Nun ging es weiter in den tieferen Busch, dessen Blätterdach nur ab und zu aufriss und das Sonnenlicht hineinließ. Sämtliche Geräusche klangen hier in Lillians Ohren dumpf, als würden sie sich unter einer Glasglocke befinden. Ein wenig bedauerte sie, dass sie nicht zwischendurch haltmachen konnten, denn über ihnen in den Baumkronen turnten verschiedene exotische Vögel mit blauem und rotem Gefieder und leuchtend gelben Schnäbeln, die sie sich gern ein wenig genauer angesehen hätte, um sie für Adele zu zeichnen. Aber vielleicht würde sie im Dorf dazu Gelegenheit haben.

Sie ritten, bis die Abendsonne rötliche Lichtflecke auf die Baumstämme und Farnwedel warf.

»Wir sollten hier unser Nachtlager aufschlagen«, schlug Henare vor, als sie an einem von Bäumen gut geschützten Platz angekommen waren. »Das Dorf ist nicht weit von hier, doch wenn wir mitten in der Nacht dort ankommen, könnte das als unhöflich angesehen werden.«

Also schlugen sie das Lager auf und setzten sich bei Einbruch der Dunkelheit um ein kleines Feuer, das Henare auf einem unbewachsenen Flecken entzündet hatte. Mr Caldwell erzählte ein paar Geschichten aus seiner Zeit in Neuseeland. Vor zehn Jahren war er hierhergekommen, um physikalische Gesetze am Beispiel der beiden Inseln zu untersuchen, und daraus hatte sich schnell eine große Liebe zu dem fremden Land ergeben –

und zu einer Frau. Diese war die Tochter eines Handelspostenbesitzers, der rasch zu Reichtum gekommen war. Das hatte es Caldwell erlaubt, ein eigenes Labor zu eröffnen und seine Forschungsergebnisse zu veröffentlichen.

»Eigentlich hatte ich bis dahin mit den Sternen nicht viel am Hut«, erklärte der Physiker, nachdem er einen Schluck Kaffee getrunken und Lillian zugenickt hatte. »Doch dann las ich die Veröffentlichungen Ihres Großvaters.«

»Die in Deutschland kaum Beachtung gefunden haben«, setzte Georg seufzend hinzu.

»Gut möglich, doch da Sie Ihre Erkenntnisse auch in Englisch herausgegeben haben, erreichten sie mich durch einen Freund. Ich war sehr angetan von Ihren Ergebnissen und beschloss, mein Augenmerk nun auch auf die Astronomie zu legen.«

Den Rest der Geschichte war Lillian bekannt. Caldwell hatte per Brief Kontakt zu ihrem Großvater aufgenommen, ungefähr ein halbes Jahr bevor er sich entschloss, nach Neuseeland zu reisen und dort eine Sternwarte zu bauen. Natürlich hatte ihr Großvater da noch nicht absehen können, welch große Begeisterung sein zaghafter Vorschlag bei Caldwell auslösen würde. Hätte der Physiker anders reagiert und versucht, ihm seinen Einfall auszureden, wären sie vermutlich nicht hier, aber Caldwell war Feuer und Flamme gewesen und hatte ihm sogleich seine Hilfe angeboten.

Während Caldwell weitersprach, richtete Lillian ihre Aufmerksamkeit auf Henare, der die Erzählung schweigend verfolgte. Offenbar schien ihm nicht danach zumute zu sein, etwas von sich zu erzählen. Ja, er wirkte geradezu, als hoffte er, dass dieser Kelch an ihm vorübergehen würde.

Obwohl es Lillian reizte, nachzufragen, beschloss sie zu schweigen, denn sie wollte ihn nicht in Verlegenheit bringen. Vielleicht erzählte er ihr irgendwann von allein, wie er zu Mr Caldwell gekommen war und was ihn als Maori daran reizte, die Wissenschaften der Weißen zu studieren.

Nachdem Caldwell seinen Bericht beendet hatte, war Georg an der Reihe. Auch er wusste einiges zu erzählen, doch diese Geschichten kannte Lilian bereits. Ihre stille Hoffnung, er würde ein wenig mehr aus seiner Zeit in Neuseeland preisgeben, erfüllte sich nicht.

Als das Feuer heruntergebrannt war, begaben sich schließlich alle zu ihren Schlafsäcken. Obwohl sie hundemüde war, konnte Lillian allerdings kein Auge zutun. Auf der Fahrt hierher, als sie auf freiem Feld übernachtet hatten, waren ihr die Geräusche schon fremd vorgekommen, doch was sie jetzt vernahm, übertraf das Gehörte um Längen. In allen Richtungen schien es zu rascheln und zu knistern. Leise Rufe tönten durch die Stille, dann wieder etwas, das sich wie das Zwitschern eines Nachtvogels anhörte. Mit dem Fortschreiten der Nacht schienen die Geräusche immer bizarrer zu werden, und Lillian, die stocksteif in ihrem Schlafsack lag, wunderte sich, dass die Männer das nicht bemerkten. Seelenruhig schnarchten sie vor sich hin, als könnte nicht jeden Moment ein Weta in ihre Schlafsäcke krabbeln.

Schließlich siegte allerdings die Müdigkeit über ihre Wachsamkeit und ließ ihre Lider langsam herabsinken.

11

Am nächsten Morgen wurde Lillian wach, als sie über sich den seltsamen Ruf eines Vogels vernahm. Zunächst glaubte sie, es wäre ein Raubtier, doch dann sah sie, wie leuchtend bunte Federn durch das Geäst des Baumes über ihr flatterten und schließlich inmitten des Grüns verschwanden.

»Guten Morgen«, grüßte eine leise Männerstimme. »Haben Sie gut geschlafen?«

Lillian rieb sich über das Gesicht. »Besser, als ich es erwartet hätte. Warum sind Sie schon wach?«

»Weil es hell ist«, entgegnete er lächelnd. »Ich bin es gewohnt, so früh aufzustehen. Noch bevor die Sonne richtig aufgegangen ist.« Er warf ein paar Zweige in die Feuerstelle, die er wieder entfacht hatte. »Wenn Sie möchten, können Sie sich hinter dem Vorhang dort waschen.«

Lillian blickte zu der Leine, die zwischen zwei Bäume gespannt war und über der eine raue Decke hing. Ein Lächeln huschte über ihr Gesicht.

»Haben Sie die eigens für mich aufgehängt?«

»Eine Lady sollte sich nicht vor den Augen wildfremder Männer waschen müssen«, erklärte Henare mit ernsthafter Miene. »Wo kämen wir da hin?«

»Vielen Dank, das ist sehr freundlich von Ihnen.«

Henare nickte ihr zu, dann richtete er seinen Blick wieder aufs Feuer.

Obwohl Lillian sicher war, dass der Maori sie nicht hinter

dem Vorhang überraschen würde, begnügte sie sich mit einer Katzenwäsche und richtete dann, so gut es ging, ihr Haar.

Ob er das Wasser aus dem Bach genommen hat?, fragte sie sich, während sie ihr Spiegelbild in der kleinen Schüssel betrachtete. Es wirkte recht klar, kaum zu glauben, dass es aus dem sandigen Bett des Baches stammen sollte.

Als sie hinter dem Vorhang hervortrat, stieg ihr der Duft von Kaffee in die Nase. Über der Feuerstelle baumelte an einem provisorischen Gerüst ein kleiner Topf, dessen Deckel leise zu klappern begann.

»Wenn Sie möchten, können Sie mich gern zum Wasserholen begleiten«, erklärte Henare, während er einen Falteimer aus Tierhaut hochhob. »Für den Kaffee hat es gerade noch so gereicht, doch ich bin sicher, dass sich Mr Caldwell und Ihr Großvater ebenfalls waschen möchten.«

Lillian zögerte zunächst, schalt sich dann aber für den Gedanken, dass Mr Arana sich ungebührlich verhalten könnte, wenn sie allein waren. Dergleichen traute sie ihm einfach nicht zu. Und zwischen den zwei schnarchenden Männern, die offenbar nichts um sich herum mitbekamen, wollte sie ebenfalls nicht warten.

»Sehr gern!«, antwortete sie also und schloss sich Henare an. Zunächst verließen sie schweigend das Lager, doch Lillian hatte nicht vor, die Gelegenheit, allein mit dem Maori zu sprechen, ungenutzt verstreichen zu lassen.

»Auf dem Weg nach Kaikoura hat mir der Kutscher, der Maori war, etwas geschenkt. Lillian zog die kleine Flöte aus ihrer Rocktasche. »Hat dieses Instrument irgendeine Bedeutung für Ihr Volk? Verwenden Sie solche Flöten vielleicht bei irgendwelchen Ritualen?« Den Zusatz, dass der Kutscher sie *tohunga* genannt hatte, versagte sich Lillian.

Henares Miene erstarrte ein wenig, als er die Schnitzereien betrachtete.

»Ist etwas nicht in Ordnung?«, hakte Lillian nach, als Henare auch nach einigen Augenblicken nichts sagte, sondern nur die Flöte in den Händen hin und her drehte.

»Das ist eine sehr schöne Arbeit«, antwortete er und reichte ihr die Flöte wieder zurück. »Aber es hat nichts mit einem Ritual zu tun. Natürlich haben die Maori eine ganze Anzahl an Ritualen, aber diese werden meist an einem heiligen Ort vorgenommen. Außerhalb dieser Plätze singt man *karakia*, um böse Geister zu bannen, oder bittet die Götter um Hilfe und Kraft.«

»Und aus welchem Grund hat mir der Kutscher gerade eine Flöte geschnitzt? Es hätte genauso gut eine Figur sein können.«

»Vielleicht sind Sie ihm besonders musikalisch erschienen.«

Lillian winkte ab. »Nein, das bin ich weiß Gott nicht.« Ein wenig enttäuscht blickte sie auf das Instrument. Wahrscheinlich dachte sie sich viel mehr dabei, als wirklich dahintersteckte.

»Sie sollten üben«, ermunterte Henare sie. »Die Götter der Maori lieben Musik. Ein Lied auf dieser Flöte könnte ihnen gefallen.«

»Dann werde ich Ihre Götter wohl enttäuschen müssen«, gab Lillian zurück und ließ die Flöte wieder in ihre Tasche wandern. »Ich bin eher Forscherin als Musikerin. Aber vielleicht, eines Tages...« Sie stockte. Eigentlich hatte sie hinzusetzen wollen, dass eines ihrer Kinder dieses Instrument vielleicht einmal spielen würde, doch den Gedanken schob sie rasch wieder beiseite.

»Was denn?«, hakte Henare nach, während er ihr so tief in die Augen schaute, dass ihr ein merkwürdiger Schauer über den Rücken lief.

Lillian senkte den Blick und schüttelte den Kopf. »Nichts. Ich werde sie aufbewahren, das wollte ich damit sagen.«

Henare nickte, doch er schien zu ahnen, dass es nicht das war, was ihr wirklich durch den Kopf gegangen war.

Schweigend setzten sie ihren Weg fort und erreichten schließlich eine Stelle des Bachlaufs, an der das Wasser vollkommen klar war. Wo es sich plätschernd über glatt geschliffene weiße Steine ergoss, hielt Henare seinen Eimer hinein, der sich in Sekundenschnelle füllte. Währenddessen ließ Lillian den Blick zwischen den Baumstämmen hindurchschweifen. Nirgends war ein Tier zu sehen. Selbst in deutschen Wäldern fand man um diese Zeit Tiere auf Futter- oder Wassersuche, doch hier war alles still. Nicht einmal unter dem Laub raschelte es. Hatten die Tiere sie gewittert? Oder führten sie ihr Leben in einem anderen Rhythmus, als es Tiere in Europa taten?

»So, das dürfte reichen.« Henare erhob sich, wobei ein wenig Wasser auf seine Stiefel schwappte. »Ich rate Ihnen, Ihre Trinkflasche aufzufüllen, sobald wir wieder im Lager sind.«

»Dieses Wasser kann man trinken?«

»Warum denn nicht?«, fragte Henare verwundert. »Es ist das beste Wasser in der Gegend. Ich schätze, das gesamte Maori-Dorf trinkt davon, da wird es uns wohl auch nicht schaden.«

Bei dem Verweis auf das Maori-Dorf fiel Lillian etwas ein, das ihr schon auf der Seele brannte, seitdem sie losgeritten waren.

»Wie kommt es eigentlich, dass Sie keine Tätowierung haben?«, erkühnte sie sich zu fragen, bereute es aber schon im nächsten Augenblick, denn Henares Miene verfinsterte sich.

»Nicht alle Maori haben ein *moko*«, antwortete er, nachdem er eine Weile zwischen den Baumstämmen hindurchgestarrt hatte.

»Moko?«

»So nennen wir die Tätowierung im Gesicht. Sie ist nicht nur Schmuck, sie ist auch Auszeichnung für gute Krieger oder angesehene Männer. Ich fürchte, ich bin weder das eine noch das andere.«

»Aber Sie haben doch einen sehr respektablen Beruf. Und Sie wollen selbst Wissenschaftler werden. Ich kann mir kaum etwas vorstellen, das mehr Ansehen verdient.«

Henare schüttelte ganz leicht den Kopf, so als müsste er die Hoffnung aufgeben, dass sie ihn verstand. »Nicht alle Völker auf der Erde haben die gleiche Meinung über das Thema Ansehen. Ich bin von meinem Stamm getrennt und führe das Leben eines *pakeha*. Nicht alle Mitglieder meines Volkes sind damit einverstanden.«

Lillian spürte deutlich, dass ihm das Thema unangenehm war.

»Und wenn Sie jetzt dort im Dorf auftauchen? Werden sie mit Ihnen reden?«

»Ich komme vorrangig als Übersetzer«, gab Henare zurück, ohne sie anzusehen. »Ich habe niemandem ein Leid zugefügt, warum sollten sie nicht mit mir sprechen?«

Doch da war etwas in seiner Stimme, das eine gewisse Furcht verriet. Die Furcht, von jemandem im Stamm wiedererkannt zu werden. War es möglich? Oder vernebelte der feuchte Dunst zwischen den Bäumen ihr den Verstand?

»Es ist sehr wichtig für meinen Großvater, dass er die Erlaubnis bekommt, die Sternwarte zu bauen«, sagte Lillian, während sie einen Farnwedel abriss und die Samenkapseln beobachtete, die sich von der Unterseite der Blätter lösten. »Er sagt, er habe ein Versprechen gegeben, das er erfüllen möchte.«

»Ich weiß«, gab Henare zurück und blieb dann stehen. »Und ich verspreche Ihnen, dass ich alles tun werde, damit er das Land bekommt. Versprechen sollte man halten; das, glaube ich, ist bei unseren beiden Völkern sehr erwünscht, nicht wahr?«

Wiederum nickte Lillian. »Es ist notwendig, um das Vertrauen zu demjenigen zu bewahren, dem man das Versprechen gegeben hat.«

Henare sah ihr ernst und tief in die Augen. Ein warmer

Schauer überlief Lillian, und verwirrt stellte sie fest, dass sie seinem Blick nicht standhalten konnte, ohne Gedanken zu hegen, die sich absolut nicht gehörten.

Nach kurzer Zeit schlug sie die Augen nieder. In dem Moment regte sich hinter ihnen im Lager etwas.

»Lillian?«, klang eine Stimme durch den Nebel.

»Wir sollten zurückgehen«, sagte Henare und wirkte beinahe ein wenig enttäuscht.

»Wir sind hier, Großvater!«, rief Lillian zurück, damit er sich keine unnötigen Sorgen machte; dann eilten sie mit großen Schritten zum Lager zurück.

Caldwell war inzwischen ebenfalls auf den Beinen und blickte sie beide verwundert an.

»Wir haben nur Wasser geholt«, verteidigte sich Lillian rasch, denn sie wollte nicht, dass er auf falsche Gedanken kam. »Ihr habt noch geschlafen, da wollten wir euch nicht stören«, wandte sie sich an ihren Großvater, der lächelnd nickte und sich dann aus dem Schlafsack schälte.

»Meine Güte, was gäbe ich darum, noch einmal jung zu sein«, stöhnte er dabei.

Lillian bemerkte, dass Mr Caldwell den Spaziergang nicht so leicht nahm. Er bedachte Henare mit einem strengen, fast schon warnenden Blick, den dieser ernsthaft und unverwandt erwiderte. Immerhin hatten sie sich nichts zuschulden kommen lassen. Und warum sollte Henare auch ...

Lillian schob den Gedanken rasch beiseite, bevor sie doch noch puterrot im Gesicht wurde, dann kehrte sie zu ihrem Lager zurück und begann, alles zusammenzupacken.

Nach einem kräftigen Frühstück und viel zu starkem Kaffee machten sie sich wieder auf den Weg. Anstatt sich aufzulösen, schien der Nebel immer dichter zu werden, je weiter sie ritten.

Während Lillian versuchte, sich wieder den Bewegungen der Stute anzupassen, bemerkte sie, dass das Gelände allmählich ein wenig anstieg.

Nachdem sie noch eine halbe Stunde geritten waren, bedeutete Caldwell ihnen, dass sie anhalten sollten.

Wollten sie schon wieder eine Pause machen? Noch fühlte sich Lillian nicht besonders müde.

Der Grund für den Halt war allerdings ein anderer. »Wir sind jetzt auf Maori-Gebiet«, erklärte der Physiker. »Wahrscheinlich werden wir bereits von den Wächtern beobachtet. Diese Männer sind sehr vorsichtig und für das ungeschulte Auge kaum zu erkennen.« Damit blickte er zu Henare. Dessen Augen waren gewiss darin geschult, einen Maori im Busch zu erkennen, bevor dieser einen Speer nach ihnen werfen konnte. Doch Lillian konnte an ihm keinerlei Unruhe erkennen.

Dennoch ließ er seinen Arbeitgeber erst einmal weiterreden.

»Bitte vermeiden Sie alles, was die Maori als kriegerisches Tun auslegen könnten.«

»Und das wäre?«, fragte Lillian verwundert, denn bisher hatte sie nicht den Eindruck gehabt, dass sie etwas Kriegerisches getan hätten.

»Reden Sie nicht laut und regen Sie sich vor allem nicht auf. Wenn Sie es knacken hören, erschrecken Sie nicht. Diese Leute können Angst schon von Weitem riechen, und wenn etwas sie zornig macht, ist es Feigheit.«

Caldwells Blick schweifte zu Henare, der immer noch keine Miene verzog. Ohne Zögern lenkte er sein Pferd weiter und machte dann ein Stück vor ihnen halt. Plötzlich raschelte es neben ihnen im Busch. Während sich Lillian bezwang, keinen Schrecken zu zeigen, tauchten vor ihnen zwei Männer in langen Baströcken auf, über denen sie braune Jacken trugen. Die Speere in ihren Händen wirkten bedrohlich.

Das mussten die Wächter sein, von denen Caldwell gesprochen hatte. Einer trug einen Hut auf dem Kopf, der mit Federn geschmückt war. Seine rechte Gesichtshälfte war tätowiert. Das *moko* seines Kameraden war recht klein; offenbar genoss er in seinem Stamm noch kein besonders hohes Ansehen.

Sie sagten etwas, was Lillian nicht verstand, doch Henare stieg von seinem Pferd und ging zu ihnen. Kurz unterhielten sich die Männer, wobei die Wächter grimmige Gesichter und drohende Gesten zeigten. Henare blieb ruhig, blickte ihnen direkt in die Augen und antwortete mit fester Stimme.

Lillian schaute zu ihrem Großvater, der die Männer nicht aus den Augen ließ. Verstand er etwas von dem, was sie sprachen? Zu gern hätte sie ihn gefragt, doch sie war nicht sicher, ob die Wächter das als Bedrohung auffassen konnten. Also schwieg sie und wartete, bis die Maori ihre Unterhaltung beendet hatten.

Als es so weit war und sich die Männer zurückzogen, machte Henare kehrt und stieg wieder auf sein Pferd. Nachdem er Mr Caldwell zugenickt hatte, ließ dieser seinen Rappen wieder angehen. In gemäßigtem Schritt ritten sie an den Wächtern vorbei, die sie noch immer nicht aus den Augen ließen.

Erst als sie die Männer ein Stück weit hinter sich gelassen hatten, fragte Lillian: »Was wollten sie von Ihnen?«

»Wissen, was wir im Schilde führen. Und wohin wir wollen.« Täuschte sie sich, oder wirkte Mr Arana unruhig? Hatten die Wächter vielleicht noch etwas anderes gesagt?

»Und was haben Sie ihnen geantwortet?«

»Dass wir in friedlicher Absicht kommen und den Häuptling sprechen wollen. Eigentlich gehört es für Fremde dazu, ein Begrüßungsritual über sich ergehen zu lassen, wenn sie mit dem *ariki* reden wollen. Ich hoffe, ich kann Ihnen das ersparen.«

»Ist das denn so schlimm?«

»Wie man es nimmt, meine Liebe!«, entgegnete Mr Caldwell an Henares Stelle. »Für einen Maori, der weiß, worum es geht, sicher nicht, aber für einen uneingeweihten Weißen könnte es schon Furcht einflößend sein.«

Fragend blickte Lillian zu ihrem Großvater, der in Gedanken versunken war und offenbar nicht vorhatte, sich an dem Gespräch zu beteiligen.

»Was soll daran denn so erschreckend sein?«

Caldwell und Henare sahen sich an, dann überließ der Physiker seinem Assistenten wieder das Wort.

»Wenn ein Fremder ins *marae*, also in ein Dorf kommt, wollen die Maori natürlich herausfinden, ob er Freund oder Feind ist. Um seinen Mut und seine Ehrlichkeit zu prüfen, werfen sie dem Neuankömmling einen Stock vor die Füße und bedeuten ihm, ihn aufzuheben. Dann vollführen die Männer einen *haka*, einen Kriegstanz, während dem der Besucher den Kriegern unerschrocken in die Augen blicken muss. Wenn ihm das nicht gelingt, hält man ihn für unehrlich, und dann ist sein Leben wirklich in Gefahr.«

Als das Dorf vor ihnen auftauchte, riss Lillian erstaunt die Augen auf. Es war, als wäre eine Zeichnung in den Büchern ihres Großvaters lebendig geworden. Schilfgedeckte Hütten umstanden ein großes hölzernes Gebäude, das rot angestrichen und mit unzähligen Schnitzereien bedeckt war. Dazwischen herrschte rege Betriebsamkeit. Frauen mit Körben auf dem Kopf oder unter den Armen strebten ihren Behausungen zu, während ein paar Männer, die sich neben einer Holzfigur mit dem Schnitzer unterhielten, sogleich zu ihnen aufblickten.

»Sie und Ihre Enkeltochter sollten erst einmal hier warten«, sagte Henare zu Georg. »Mr Caldwell war schon einmal hier, an ihn wird sich der Häuptling erinnern. Und an mich auch.«

Kurz blickte er zu Lillian, dann wandte er sich seinem Arbeitgeber zu. Die beiden Männer gingen mit ruhigen Schritten auf das Empfangskomitee zu.

Nur zu gern hätte Lillian gehört, was sie sprachen. Ihr Herz pochte vor lauter Aufregung, und sie wusste gar nicht, wohin sie zuerst schauen sollte – auf die Männer, die jetzt wieder miteinander sprachen, auf die Frauen, die hinter ihnen warteten und sie neugierig betrachteten, oder auf die Hütten, die mit prachtvollen Schnitzereien verziert waren, gegen die ihre kleine Flöte wie die Fingerübungen eines Kindes wirkte.

Auf einmal spürte sie die Hand ihres Großvaters auf ihrem Arm.

»Bleib ruhig, mein Kind«, flüsterte er. »Wie es aussieht, wollen sie uns nicht in den Kochtopf stecken.«

»Großvater!«, entgegnete Lillian entsetzt.

»Nur ein kleiner Scherz. Die Maori essen keine Menschen. Und wie es aussieht, werden sie uns auch nicht vertreiben. Jedenfalls, wenn ich die wenigen Gesprächsfetzen, die herüberdringen, richtig verstehe.«

Tatsächlich konnte man etwas von dem Gespräch hören, aber Lillian verstand rein gar nichts.

»Weißt du denn, worüber sie reden?«

»Darüber, ob wir den Häuptling sprechen dürfen. Wenn ich es richtig einschätze, ist er noch nicht unter den Leuten da vorn.«

»Sind das seine Leibwächter?«

»So etwas braucht ein großer Häuptling nicht. Er ist hier derjenige, der das meiste *mana* – Ansehen – besitzt. Meist ist er auch der beste Krieger des Stammes, warum sollten ihn die anderen also schützen?«

»Und warum wirken die Krieger da vorn dann so aufgeregt?«

»Du hast unseren lieben Mr Arana gehört; wahrscheinlich wollen sie prüfen, ob wir mutig sind und in guter Absicht kommen.« Georg verstummte und blickte fast schon angestrengt nach vorn.

»Das gibt es doch nicht!«, murmelte er dann, und als Lillian wieder nach vorn blickte, sah sie einen alten Mann mit zahlreichen Halsketten, der auf einen Stock gestützt zu den anderen trat. Augenblicklich verstummten die jungen, aufgeregten Krieger.

»Wer ist dieser Mann?«

»Man könnte ihn den Schamanen dieses Ortes nennen. Jeder Stamm hat so einen Heiler oder eine Heilerin. Er ist nach dem Häuptling der wichtigste Mann, und im Gegensatz zum *ariki* hat er das Amt so lange inne, bis er es an einen Nachfolger abgibt oder stirbt. Er hat großen Einfluss, auch auf den Häuptling; wenn er die Krieger zu einem Feldzug aufruft, folgen sie ihm bedingungslos ...«

Während er sprach, schien er in alte Erinnerungen abzugleiten, die Lillian nur zu gern gekannt hätte. Dann verstummte er jedoch, und nur wenig später kehrte Caldwell zu ihnen zurück, während Henare bei den Maori stehen blieb.

Lillian versuchte, einen Blick auf sein Gesicht zu erhaschen, doch er stand so, dass sie nur sein Profil sehen konnte, und das wirkte unbewegt.

»Der Heiler will mit dem Häuptling sprechen«, verkündete Caldwell. »Wenn alles gut geht, findet die Besprechung noch heute statt.«

Der alte Mann löste sich von den Kriegern und ging an ihnen vorbei.

Lillian entging nicht, dass der Heiler ihren Großvater seltsam, ja beinahe ungläubig ansah. So als würde er einen alten Bekannten wiedersehen. Auch ihr Großvater wirkte nicht so, als hätte er einen Fremden vor sich. Beide Männer nickten sich schließlich leicht, beinahe unmerklich zu; dann waren sie auch schon an ihm vorüber.

»Kennst du ihn?«, fragte Lillian, als sie ein Stück entfernt waren.

»Warum fragst du das?«

»Ihr beide habt ausgesehen, als würdet ihr euch wiedererkennen. Und was sollte das Nicken?«

»Ich habe ihn gegrüßt, das ist alles.«

Aber Lillian wusste genau, dass sie sich nichts einbildete.

»Hat es vielleicht etwas mit deiner ersten Reise hierher zu tun? Einige Leute von damals könnten doch vielleicht noch leben.«

»Lillian, bitte!«, sagte ihr Großvater in einem Ton, der keinen Widerspruch duldete und Lillian ein wenig erschreckte. Nur selten, wenn sie sich wirklich grobe Verfehlungen erlaubte, verwendete er diesen Tonfall. Sie konnte sich gar nicht mehr erinnern, zu welchem Anlass es das letzte Mal geschehen war.

»Entschuldige«, murmelte sie, doch auch wenn sie nichts mehr sagte, wollte ihr der Gedanke nicht aus dem Kopf gehen.

Glücklicherweise dauerte das Gespräch zwischen Henare und dem Alten nicht mehr besonders lange. Während der Schamane zu einer der Hütten schlurfte und dabei die Schaulustigen fortscheuchte wie ein paar lästige Hühner, kehrte Henare zu ihnen zurück.

»Wir werden gleich erfahren, ob wir willkommen sind oder nicht«, erklärte er mit angespannter Miene. Hatte der *tohunga* ihm noch etwas gesagt, das Caldwell nicht mitbekommen hatte? »In der Zwischenzeit dürfen wir uns in der Gästehalle aufhalten. Kommen Sie, ich führe Sie hin.«

Während sie Henare folgten, glaubte Lillian, die Blicke jedes einzelnen Dorfbewohners zu spüren. Obwohl der Schamane die Versammlung aufgelöst hatte, sahen die Maori, die sich noch immer im Freien befanden, neugierig zu ihnen herüber.

Als sie zu ihrem Großvater blickte, bemerkte sie, dass ihm das Ganze nicht im Geringsten unangenehm war. Er lächelte den Leuten zu und nickte ein paar Mal grüßend, während er unbefangen dem Gästehaus entgegenschritt.

Auch dieses war mit prachtvollen Schnitzereien verziert, allerdings hatte man hier verschiedene Grün- und Goldtöne zum Bemalen verwendet.

Das Innere des Raumes war ebenfalls prachtvoll verziert, doch Möbel suchten sie hier vergebens. Nur ein paar Schilfmatten lagen auf dem Boden. Lillian vermutete, dass sie als eine Art Teppich dienten.

»Wie lange werden wir warten müssen?«, fragte sie, nachdem sie sich umgesehen und ihre Tasche abgestellt hatte. Dass sie den Großteil ihres Gepäcks auf den Pferden gelassen hatten, konnte nur bedeuten, dass noch nicht sicher war, ob sie mit dem *ariki* sprechen durften.

»Es kann recht schnell gehen, je nachdem, was der Häuptling gerade zu tun hat«, entgegnete Henare. »Vielleicht sollte ich mich in der Nähe des Versammlungshauses aufhalten, dann kann ich Sie gleich holen, wenn der *tohunga* zurückkehrt.«

»Machen Sie das, mein Junge«, sagte Caldwell jovial. »Immerhin haben Sie Ihre Leute schon lange nicht mehr gesehen.«

Henare nickte, doch es war, als hätte sich etwas an ihm plötzlich verändert. Gefiel es ihm nicht, dass ihn sein Arbeitgeber an seine Herkunft erinnerte? Bevor Lillian auch nur einen Anhaltspunkt für die plötzliche Verfinsterung seiner Miene finden konnte, wandte er sich um und verließ das Gästehaus.

Während sie so tat, als interessierte sie sich für die Natur, stellte sich Lillian an eines der Fenster und sah ihm nach. Seltsamerweise schien er nicht gewillt, mit irgendwem aus dem Dorf zu reden. Die Leute sahen ihm nach, einige neigten sich einander entgegen, als wollten sie etwas tuscheln, doch Henare schien das alles nicht zu bemerken.

Als er hinter einer der Hütten verschwunden war, zog sich auch Lillian wieder zurück.

Nach etwa einer halben Stunde kam Henare wieder zu ihnen. Mit forschem Schritt erklomm er die Stufen und schreckte damit Georg aus seiner Versunkenheit, die ihn überkommen hatte, als er sein Notizbuch aus der Tasche gezogen hatte.

»Der *ariki* lädt uns in sein Haus ein«, erklärte Henare. So angespannt hatte sie seine Züge noch nie gesehen. »Allerdings fürchte ich, dass Miss Ehrenfels draußen bleiben muss.«

»Ich?«, platzte es aus Lillian heraus. »Aus welchem Grund?«

»Verhandlungen werden hier von Männern geführt«, erklärte Caldwell. »Nur wenn der Schamane des Stammes eine Frau ist, ist sie dabei. Ansonsten ist das reine Männersache.«

Georg sah seine Enkelin an. »Tut mir leid, mein Kind, du musst dich fügen. Aber ich bin sicher, dass es hier im Dorf viel für dich zu sehen gibt.«

Gezwungenermaßen nickte Lillian, doch zufrieden war sie nicht.

»Ich werde dir nachher alles berichten«, versprach ihr Großvater, und Lillian wusste, dass er Wort halten würde, doch sie hätte nur zu gern das Versammlungshaus von innen gesehen. Wahrscheinlich war es noch prachtvoller als ihre Unterkunft.

Seufzend sah sie den Männern nach, wie sie die Gästehütte verließen und dann über den großen Platz zum Versammlungshaus schritten. Als sie den Blick von ihnen abwandte, fielen ihr ein paar Frauen ins Auge, die vor ihren Hütten standen und miteinander plauderten.

Offenbar war es doch überall auf der Welt das Gleiche. In Deutschland schloss man Frauen vom Studium aus – und hier bei wichtigen Besprechungen. Natürlich hielten sich auch in Deutschland die Frauen aus den Geschäften der Männer heraus – doch ihr Großvater hatte es immer so gehalten, dass er ihr Dinge, die eigentlich nur Männern zugänglich waren, beigebracht hatte – denn einen anderen Erben als sie hatte er nicht.

Frustriert schnaufend erhob sie sich, doch sie konnte ihren Gefühlen nicht freien Lauf lassen, weil im nächsten Augenblick zwei junge Frauen durch die Tür traten. Während sich die eine ein paar Decken unter die Arme geklemmt hatte, trug die andere eine große Schale mit Früchten vor sich her.

Beide lächelten Lillian so herzerwärmend an, dass es ihr schwerfiel, weiter vor sich hinzugrollen.

»Du essen«, sagte das Mädchen mit der Fruchtschale, die sie vor ihr auf den Boden stellte. »Süße Früchte machen, dass du wieder lächelst.« Offenbar hatten die beiden mitbekommen, dass sie schlechter Stimmung war.

»Vielen Dank«, sagte Lillian. Dann fiel ihr etwas ein. »Wie sagt man Danke bei euch?«

Die beiden Mädchen sahen sich an und kicherten. Was war an dieser Frage komisch? Oder hatten sie sie etwa nicht verstanden?

»Wir danken nicht mit Wort. Wir danken mit Tun.«

Das hörte sich für Lillian zunächst ein wenig seltsam an, doch dann glaube sie, es zu verstehen. Wie oft war Dank nur ein leeres Wort, das man aus Höflichkeit aussprach. Die Maori schienen das begriffen zu haben und legten Wert darauf, dass man sich für einen Gefallen revanchierte.

Ein wenig verlegen beobachtete Lillian die beiden Mädchen nun dabei, wie sie die Decken auf die Schlafmatten verteilten. Wie sollte sie sich dafür bei ihnen revanchieren? Oder wurde dergleichen von einem Gast gar nicht erwartet?

Während sie darüber nachdachte, nahm sie einen orangefarbenen Fruchtschnitz aus dem Korb und biss hinein. Was für ein Aroma! Noch während sie schwelgend die Augen schloss, huschten die beiden Maorimädchen wieder aus dem Raum. Ich muss Henare fragen, was das für eine Frucht ist, ging es ihr durch den Sinn, denn sie wollte Adele in allen Einzelheiten von ihrem Besuch hier berichten. Doch vorerst blieb ihr nichts anderes übrig, als zu warten.

12

Die Verhandlungen nahmen den ganzen Nachmittag in Anspruch. Da Lillian ihr Schreibzeug zu Hause gelassen hatte, dachte sie darüber nach, wie sie ihren Bericht formulieren könnte. Die ganze Zeit über passierte etwas vor der Hütte, sei es, dass Maorifrauen Gemüse und Früchte in großen Körben über die Straße trugen, einen Schwatz hielten oder Kinder zur Ordnung riefen, die Spiele spielten, die denen europäischer Kinder gar nicht mal so unähnlich waren. Einmal gerieten zwei Männer offenbar in Streit, der aber durch herbeigeeilte Frauen schnell wieder beigelegt wurde. Bei einer dieser Frauen bemerkte Lillian eine Tätowierung am Kinn, offenbar ein Zeichen von höchster Würde, denn die anderen Frauen und auch die Männer behandelten sie entsprechend respektvoll.

Als die Abenddämmerung sich anschickte, den Tag mit einem rosafarbenen Schleier zu bedecken, kehrten die Männer zurück. Ihre Gesichter waren gerötet, als hätten sie in einem zu warmen Raum gesessen. Lillian suchte das Gesicht ihres Großvaters und erkannte an seiner Miene, dass die Verhandlungen nicht besonders gut gelaufen waren. Wollten die Maori das Land nicht tauschen? Wenn sie nur wüsste, wer der Mann war, der es ihnen anbieten wollte!

Auch Mr Caldwell und Henare wirkten bedrückt; beinahe schien das Gesicht des Maori noch länger zu sein als das seines Dienstherrn.

»Wie ist es gelaufen?«, fragte Lillian, als sie den Männern am

Eingang entgegenging. Caldwell und Henare schwiegen. Ihr Großvater räusperte sich.

»Sagen wir mal so, wir haben nicht das Ergebnis erzielt, das wir wollten.«

Lillian zog fragend die Augenbrauen hoch, dann schweifte ihr Blick wieder zu Caldwell und Arana. Noch immer schienen diese nicht gewillt, irgendetwas von der Verhandlung preiszugeben.

»Und was ist passiert?«, wandte sie sich wieder an ihren Großvater.

»Die Laune des Häuptlings war nicht gerade gut, er wirkte ziemlich finster. Als der Tausch zur Sprache kam, meinte er, dass er den Platz nur gegen wirklich gutes Land tauschen würde. Außerdem verlangte er eine Zusicherung, dass seine Leute nicht behelligt werden, wenn sie sich auf dem neuen Land blicken lassen.«

»Klingt nach recht einfachen und verständlichen Bedingungen«, entgegnete Lillian, die irgendwie das Gefühl hatte, als würde man ihr etwas verheimlichen.

»Schon, aber es ist nicht immer gegeben, dass Maori von Weißen nicht behelligt werden«, schaltete sich Henare ein. »Auf Weideland kann es passieren, dass Angestellte eines Farmers versuchen, sie zu vertreiben.«

»Aber der Mann, dem das Land gehört, kann seine Leute doch anweisen, genau das nicht zu tun.« Lillian schüttelte verständnislos den Kopf. Sollte das große Vorhaben ihres Großvaters wirklich an ein paar Morgen Land scheitern?

»Für mich hat das alles nach Ausreden geklungen«, brummte Caldwell ärgerlich. »In Wirklichkeit hatte der Häuptling keine Lust, mit uns zu reden oder Geschäfte zu machen. Und anstatt Klartext zu reden, hat er allerlei Dinge gefunden, die es ihm ermöglichten, unserer Bitte nicht nachzukommen.«

»Verhandlungen mit den Maori können sehr lange dauern«,

wandte Henare ein. »Es ist recht selten, dass Verhandlungen schon nach einem Gespräch für beide Seiten zufriedenstellend beendet werden können. Der *ariki* ist seinem Stamm verpflichtet und muss bei so wichtigen Geschäften wie dem Tausch von Land sichergehen, dass nichts zum Nachteil seiner Leute geschieht.«

Caldwells Schnaufen verriet, dass er nicht an einen Nachteil für die Maori glaubte, wenn sie Land für Land tauschten. Und eigentlich hatte er damit recht, doch etwas schien den Häuptling trotzdem zu beunruhigen.

»Er hat außerdem darum gebeten, dass seine Leute die Baustelle ungehindert passieren können, um zu ihrem heiligen Ort zu kommen.«

Das klang in Lillians Ohren schon ganz anders. Nicht das zu tauschende Land war das Problem, sondern die Tatsache, dass die Maori zu ihrem heiligen Ort wollten, der sich ganz in der Nähe befand.

»Du hast ihnen doch zugesichert, dass sie das dürfen?«, fragte Lillian, sicher, dass ihr Großvater noch immer genug Sympathie für die Maori hatte.

»Natürlich«, entgegnete Georg seufzend. »Dennoch befürchte ich, dass sie ihre religiösen Handlungen nicht ganz ungestört fortführen können. Unsere Bauarbeiten werden einigen Krach machen.«

»Dann sprecht mit ihnen doch ab, wann sie ihre Rituale durchführen wollen, und lasst die Arbeit zu diesen Zeiten ruhen.«

»Das würde aber bedeuten, dass wir eine Menge Geld zum Fenster hinauswerfen«, merkte Caldwell ärgerlich an.

»Das Geld werden Sie auch dann zum Fenster hinauswerfen, wenn Sie das Land nicht bekommen. Immerhin liegt das Baumaterial schon vor der Stadt, und Holz hat die dumme Angewohnheit, zu faulen.«

Caldwell bedachte sie daraufhin mit einem stechenden Blick, presste aber die Lippen zusammen und sagte nichts.

Aus dem Augenwinkel heraus bemerkte Lillian, dass Henare sie fast schon ein wenig bewundernd ansah. Doch das leichte Lächeln verschwand ebenso schnell von seinen Zügen, wie es aufgeflammt war.

»Ich bin sicher, dass die nächsten Gespräche besser ausgehen werden«, versuchte er seinen Boss zu beschwichtigen.

»Ja, sie werden versuchen, uns ein anderes Stück Land zu geben«, entgegnete Caldwell unwirsch, während er durch die Hütte zu seinem Gepäck stapfte. »Dann können wir die Sternwarte gleich in den Bergen errichten.«

»Was keine allzu schlechte Idee wäre«, setzte ihr Großvater hinzu, scherzhaft, wie Lillian erkannte. Caldwell hielt im Moment allerdings nicht viel von Scherzen.

»Und wie sollen wir das Baumaterial da hochbringen?«, ereiferte er sich, bevor er die Augen schloss und sich sichtlich zur Ruhe zwang.

»Das war doch kein ernst gemeinter Vorschlag«, beruhigte Georg ihn. »Ich bin mir dessen bewusst, dass es unsere Möglichkeiten übersteigt, das Baumaterial hinaufzuschaffen. Ganz zu schweigen davon, dass es dort oben nicht besonders heimelig sein dürfte.«

»Bitte verzeihen Sie«, sagte Caldwell daraufhin, während er immer noch die Augen geschlossen hielt. »Ich hätte nur gedacht, dass die Sache unkomplizierter laufen würde.«

»Nun ja, was läuft im Leben schon ohne Komplikationen?« Georg blickte zu Henare, dessen Miene seine Meinung zu dem Thema nicht verriet. »Wir sollten uns an dem Abendessen erfreuen, das sie uns zu Ehren geben wollen. Manchmal lassen sich Probleme auch bei einem guten Essen lösen.«

»Sie haben euch zum Abendessen eingeladen?«, fragte Lillian, während sie sich selbst schon allein im Gästehaus sitzen sah.

»Uns alle«, entgegnete ihr Großvater. »Es ist Brauch, Gäste zu bewirten, nicht wahr, Mr Arana?«

Henare zuckte ein wenig zusammen, als sei er in Gedanken gewesen. »Ja, natürlich. Jedes Volk würde das tun, oder nicht?«

Mochten die Verhandlungen auch nicht den gewünschten schnellen Abschluss gefunden haben, so schienen die Dorfbewohner in anderen Bereichen sehr unkompliziert zu sein. Als die Sonne hinter dem Horizont verschwunden war, fanden sich alle lebenden Seelen des Dorfes im Haupthaus zusammen und stimmten Gesänge an. Endlich bekam Lillian auch Gelegenheit, das prächtige Gebäude von innen zu sehen. Ihre Erwartungen wurden nicht enttäuscht. Grimmige Gesichter, in die die gleichen Muster eingeritzt waren, die auch viele der Männer trugen, blickten auf sie herab. Die Säulen wurden von Blüten- und Blattornamenten geschmückt; dazwischen entdeckte Lillian kleine Gesichter, Vögel und Tiere, die Fabeln entstammen mussten.

Offenbar hatte sich in dem Haus beinahe das ganze Dorf versammelt. Auf weichen Matten saßen Männer, Frauen und Kinder zusammen, allerdings schien es auch hier eine gewisse Ordnung zu geben. »Die Menschen in der Mitte sind jene mit dem höchsten Ansehen, die an den Rändern haben das geringste *mana*«, erklärte Henare, als hätte er wieder einmal ihre Gedanken erraten. »Als Gäste werden wir wahrscheinlich in die Mitte geführt.«

Lillian blickte zu den über und über tätowierten Männern und den Frauen, die ebenfalls am Kinn ein kleines *moko* trugen. Sie waren in bunte, aber einfach geschnittene Gewänder gehüllt, die Haare der Frauen flossen alle lang und oftmals gelockt über ihre Schultern.

Lillian bedauerte, dass die Ausrüstungen von Fotografen zu schwer waren, um sie einfach bei sich zu tragen. Das Bild, das die Maori in ihrer prachtvollen Versammlungshalle abgaben, hätte sie zu gern Adele mitgeschickt. So musste sie sich mit einem Bericht begnügen.

Wie Henare es angekündigt hatte, wurden sie in die Mitte des Raumes geführt, wo einige freie Matten auf sie warteten.

Lillian reckte den Hals, konnte jedoch keinen Mann entdecken, der wie ein Häuptling aussah. Natürlich würde er ganz gewiss nicht so herumlaufen wie die Indianerhäuptlinge auf Illustrationen von Wildwestgeschichten, aber gewiss hatte auch hier der Anführer gewisse Insignien, an denen man ihn erkannte.

»Ist denn der *ariki* bereits anwesend?«, wandte sie sich im Flüsterton an Henare.

»Nein, bisher noch nicht. Er wird aber sicher bald kommen.«

Lillian verwunderte es ein wenig, wie kühl Henares Stimme wirkte. Mochte er den Häuptling nicht?

Nach einer Weile tauchte der Heiler des Dorfes auf. Lillian schätze sein Alter auf etwa achtzig Jahre, denn sein Haar floss silbern und dünn über seine Schultern, und die Tätowierungen, die er wohl in jungen Jahren erhalten hatte, wirkten nun wie Kerben in der wettergegerbten Haut. Dennoch ging von ihm eine Macht aus, die selbst sie spüren konnte, obwohl sie mit den Bräuchen der Maori doch gar nicht vertraut war.

»Dieser Mann ist der *tohunga* des Ortes«, flüsterte Henare ihr voller Ehrfurcht für den alten Mann zu.

»*Der tohunga?*«, wunderte sie sich. »Ist das nicht eine weibliche Bezeichnung?«

Henare blickte sie verwundert an. »Sie haben das Wort schon mal gehört?«

»Ja, unser Kutscher, Sie erinnern sich an die Flöte, die ich

Ihnen heute Morgen gezeigt habe, der meinte, dass ich die Augen einer *tohunga* hätte. Großvater meinte, das würde so etwas wie Forscherin bedeuten.«

Als Henare ein wenig schief lächelte, bereute Lillian, ihm davon erzählt zu haben. Was hat mich nur geritten, dachte sie, zornig auf sich selbst.

»*Tohunga* kann sowohl ein Mann als auch eine Frau sein. Manche übersetzen das Wort mit Heiler oder Zauberer, genauso gut kann es aber auch Meister heißen. Wenn ein Maori *tohunga* genannt wird und nicht gerade der Medizinmann oder die Medizinfrau des Stammes ist, ist er entweder ein Baumeister oder der Beste seines Stammes in einem anderen Handwerk.« Henare musterte sie eindringlich. »Der Kutscher hat also gemeint, dass Sie die Augen einer *tohunga* hätten?«

Lillian, der der Blick des Mannes ein wenig unangenehm wurde, senkte die Lider. »Ja, das sagte er. Und dann hat er mir die Flöte geschenkt.« Darauf sagte Henare zunächst nichts, sondern betrachtete sie nur weiter. »Das ist doch nichts Schlechtes, oder?«

»Nein, ganz gewiss nicht. Der Mann muss Sie für eine Medizinfrau gehalten haben. Sie wurden nicht zufällig dabei beobachtet, wie Sie in die Sterne geschaut haben, oder?«

»Das wäre möglich«, gab Lillian zu. »Es war ein ganz wunderbarer Sternenhimmel in dieser Nacht.«

»Die Sterne sind bei den Maori Sache des Medizinmannes oder der Medizinfrau. Sie deuten sie, sie sprechen mit ihnen. Wissen Sie, wie man sie bei uns nennt?«

Lillian schüttelte den Kopf.

»Kinder des Lichts. Sie wurden an dem Tag an den Himmel gesetzt, als *papa* und *rangi* getrennt wurden und alles aus Gram in Finsternis stürzten.«

»*Papa* und *rangi* sind Ihre Götter, nicht wahr?«

Plötzlich verstummten die Maori, und als Lillian sich umwandte, sah sie einen hochgewachsenen, schlanken Mann in einem seltsam flauschigen Mantel durch die Tür treten. Begleitet wurde er von zwei jüngeren Kriegern. Obwohl er auf den ersten Blick genau wie der *tohunga* Macht und Würde ausstrahlte, wirkte er im Gegensatz zu dem alten Heiler ein wenig schwach, geradezu kränklich.

»Müssen wir irgendwas tun, um ihn zu begrüßen?«, wisperte Lillian.

Henare schüttelte den Kopf. Die Art, wie er dasaß, wirkte beinahe demütig. Als der Häuptling kurz zu ihm blickte, erhob er sich, um den Gästen zu übersetzen, was er sagte.

Die Ansprache fiel recht kurz aus. Lillian war froh, dass Henare übersetzte. Doch ihr Interesse war geweckt. Vielleicht konnte sie Henare ja irgendwann einmal überreden, ihr diese Sprache beizubringen...

Diesen Gedanken vertrieb sie allerdings gleich wieder. Er mag nett sein, sagte sie sich, aber er wird nicht die Zeit haben, sich um dich zu kümmern. Immerhin ist er Mr Caldwells Assistent, und er wird in den kommenden Monaten anderes zu tun haben, als dir die Zeit zu vertreiben.

»Aus was für einem Fell ist dieser Mantel gemacht?«, wandte sie sich an Henare, der den Kopf wieder etwas hob, als der Häuptling an ihm vorüber war.

»Kiwi«, entgegnete Henare, nun wieder verschmitzt lächelnd.

»Kiwis haben Fell?« Lillian schüttelte ungläubig den Kopf.

»Nein, aber sehr feine Federn, die nicht mit denen anderer Vögel zu vergleichen sind.«

»Und aus diesen Federn soll der Mantel gefertigt sein?« Skeptisch hob sie die Augenbrauen. »Sie nehmen mich auf den Arm, oder?«

»Nein, das ist die Wahrheit. Solche Mäntel werden mühevoll gearbeitet und anschließend von Generation zu Generation

weitergegeben. Dieser Mantel ist einige Generationen alt...«
Er verstummte, doch nur einen Augenblick später lächelte er ihr wieder zu. »Sie können sich schon mal auf das Essen freuen, die Maori haben eine ganz besondere, köstliche Küche.«

Wenn Lillian ehrlich war, interessierte sie im Moment aber mehr der Häuptling, der sich mittlerweile auf seinem Ehrenplatz niedergelassen hatte. Die beiden jungen Krieger waren noch immer bei ihm. Handelte es sich bei ihnen um seine Söhne?

Bevor sie Henare danach fragen konnte, richtete der Häuptling das Wort an seine Gäste und die Mitglieder seines Stammes. Mochte seine Erscheinung auch ein wenig schwächlich wirken, seine Stimme war noch immer kraftvoll. Von dem, was er sagte, verstand sie kein Wort, doch ihr fiel auf, dass Henare auf einmal ein wenig abwesend wirkte. Interessierte ihn nicht, was der Häuptling zu sagen hatte?

Nach der kurzen Ansprache erschienen einige Frauen mit großen Körben und Schüsseln, die prall gefüllt waren mit Früchten, dampfendem Gemüse, Fladenbrot und Geflügel.

»Was ist das?« Lillian deutete auf die kleinen Vögel, die wie Wachteln aussahen. »Doch hoffentlich keine Kiwi!«

Henare schüttelte lachend den Kopf. »Nein, das sind Muttonbirds. Die Maori sammeln sie aus ihren Nestern.«

»Sammeln?«

»Wie würden Sie es nennen, wenn man die Vögel nicht jagt, sondern einfach nur aufhebt?«

»Und das lassen die Tiere zu?« Je mehr Lillian darüber nachdachte, desto weniger wollte sie einen von den Vögeln probieren.

»Die Jungtiere können noch nicht fliegen, und ihre Eltern haben gegen den Menschen keine Chance, ihre Jungen zu verteidigen.«

»Aber das ist doch eigentlich grausam.«

»Nein, das ist das Prinzip der Natur. Fressen und gefressen werden. Nicht einmal die Menschen sind davor sicher.«

»Und von wem sollten wir gefressen werden?«

»Von Haien oder Tigern«, gab Henare mit scherzhaftem Funkeln in den Augen zurück.

Lillian musste zugeben, dass er recht hatte. »Wenn Sie es so sehen wollen ... Na, immerhin werden wir nicht gesammelt.«

»Wenn Haie Hände hätten, würden sie gewiss auch das tun.« Demonstrativ nahm Henare einen der kleinen Vögel und begann, ihn rundum abzunagen.

Als Lillian sah, dass auch ihr Großvater und Mr Caldwell beherzt zugriffen, fischte sie sich ebenfalls ein Vögelchen von der Platte und probierte. Das zarte Fleisch erinnerte sie ein wenig an Taube, nur dass es kräftiger schmeckte, was ihr allerdings sehr gefiel, und so griff sie nach einem zweiten, kaum dass sie den ersten Muttonbird verzehrt hatte.

Den ganzen Abend über wurde gegessen und geredet; hin und wieder tauchten ein paar Maorifrauen bei Lillian auf und erkundigten sich nach ihrem Land und den Bräuchen bei ihr zu Hause. Henare gab Lillian zwischendurch Hinweise, welche Antworten auf die Fragen angebracht waren. Lillian erfuhr, dass die Maori nicht so sehr darauf Wert legten, aus welcher Stadt sie kam, sondern wie der Berg in der Nähe hieß.

»Berge sind den Maori heilig«, erklärte ihr Henare, als Lillian verwundert dreinschaute. »Von ihnen aus können sie Kontakt zu den Göttern aufnehmen. Jeder Stamm fühlt sich einem bestimmten Berg zugehörig, und dementsprechend interessiert es sie, zu welchem Berg Ihr Stamm gehört.«

Das fand sie ein wenig merkwürdig, doch als sie behauptete, dass der Loreley-Felsen ihre Heimat sei, gaben sich die Frauen zufrieden und versuchten daraufhin, den ihnen seltsam erscheinenden Namen nachzusprechen.

Zu Ehren der Gäste wurden schließlich noch ein paar Lieder gesungen, und die Männer führten einen Tanz auf. Als Lillians Blick zu ihrem Großvater schweifte, bemerkte sie eine seltsame Versunkenheit an ihm. Während sein Blick starr auf eine der geschnitzten Götterstatuen gerichtet war, bewegten sich seine Lippen, als wollte er die Lieder mitsingen. Sicher, die Melodien waren mitreißend, doch war ihr Großvater wirklich lange genug hier gewesen, um diese Lieder zu lernen?

Schließlich erhob sich der *ariki*, was für die Maori das Ende der Feier bedeutete. Nach und nach leerte sich das Haupthaus, und auch Lillian und ihre Begleiter traten nach draußen.

Mr Caldwell wirkte ein wenig unzufrieden, hatte er sich doch offenbar insgeheim erhofft, dass der Häuptling seine Meinung ändern und eine Entscheidung verkünden würde. Doch wie Lillian mitbekommen hatte, hatten sie während des ganzen Abends kaum miteinander gesprochen.

Auch ihr Großvater wirkte ein wenig verändert. Nach irgendwas schien er Ausschau zu halten, doch Lillian konnte nicht erkennen, was es war.

Während Caldwell etwas vor sich hin murmelte und ihr Großvater wieder in Grübelei versank, kehrten sie zum Gästehaus zurück, in dem eine Feuerschale einen gemütlichen Lichtschein an die Wände warf.

Doch an Schlaf war für Lillian nicht zu denken. Sie machte sich zwar auf ihrem Lager lang, doch schon bald überkam sie die Unruhe, sodass sie sich wieder aufsetzte. Um ihre Gedanken und die vielen Eindrücke ein wenig ordnen zu können, schlich sie sich an den Männern vorbei und trat auf die Veranda des Gästehauses.

Stille hatte sich über das Dorf gesenkt. Das Kreuz des Südens leuchtete als prachtvolle Krönung des Sternenhimmels über ihr.

Zwischen den Bäumen mühte sich langsam der Mond hinauf und ließ die Kronen wie ein dunkles Gebirge wirken, das das Dorf schützend umfing. In der Ferne, vom Mondlicht nur schwach beschienen, zeichneten sich die Umrisse der Berge ab, die ihr Großvater für den Bau seiner Sternwarte in Erwägung gezogen hatte.

Würde sie dort oben leben wollen? Einsam, von aller Welt verlassen?

Dann musste sie wieder an das denken, was Henare zu ihrer kleinen Geschichte mit dem Kutscher gesagt hatte. Hatte sie wirklich das Zeug zu einer Medizinfrau?

Über diesen Gedanken lächelnd, schüttelte Lillian den Kopf. Nein, wie sollte sie das! Wenn sie ihn richtig verstanden hatte, war ein Medizinmann mehr als nur ein Astronom. Er hatte viele andere wichtige Aufgaben, die sie niemals würde erfüllen können.

»Können Sie auch nicht schlafen?«

Einen Schrei unterdrückend, wirbelte Lillian herum. »Mr Arana!«

»Verzeihen Sie bitte, ich wollte Sie nicht erschrecken.«

Woher war er so plötzlich gekommen? Sie hatte nicht bemerkt, dass er die Hütte verlassen hatte. Und nun kam er aus der Richtung der anderen Behausungen. Was hatte er dort gemacht?

»Nein, Sie haben mich nicht erschreckt. Ich... ich wollte mir nur ein wenig die Sterne ansehen. Immerhin wird unsere Sternwarte in der Nähe errichtet, wenn alles gut geht.«

»Ein Stückchen weiter und höher ist es schon«, entgegnete Henare, während er sich neben sie stellte, so dicht, dass sie den Duft seines Haars und seiner Haut riechen konnte. »Allerdings wird es wohl doch näher an der Stadt sein als das Dorf selbst. Sie könnten innerhalb eines Tages dort sein, wenn Sie straff reiten.«

»Das werde ich wohl noch üben müssen, von straffem Reiten kann bisher keine Rede sein.«

»Sie werden sich dran gewöhnen, und mit der Zeit wird Ihnen das Tempo zu gering sein, da bin ich sicher. Eigentlich halten Sie sich schon sehr gut, ich habe schon Frauen vor Angst auf Pferden schlottern sehen.«

»Angst habe ich vor der Stute nicht«, behauptete Lillian. »Höchstens davor, sie zu hart anzupacken.«

»Das Tier wird Ihnen nichts übel nehmen. Ich kenne mich zwar nicht besonders gut mit diesem speziellen Pferd aus, aber es machte auf mich keinen unglücklichen Eindruck. Unberechenbare Kinder auf seinem Rücken tragen zu müssen, wird ihm sicher schwererfallen. Mr Caldwell hatte die Stute angeschafft, damit sein Sohn darauf reiten lernt.«

»Genau das hatte ich mir gedacht, als ich sie zum ersten Mal sah.«

Lillians Lächeln erstarrte, als sie bemerkte, wie Henare sie ansah. Ernsthaft und mit einer merkwürdigen Leidenschaft, wie sie sie noch nie bei einem Mann gesehen hatte. Ganz anders als die aufdringlichen, frechen Blicke dieses Ravenfield.

Verwirrt trat sie einen Schritt zurück, worauf Henare den Blick wieder senkte.

»Sie sollten besser reingehen und sich noch ein wenig hinlegen«, sagte er ruhig. »Wir haben einen langen Ritt vor uns.«

Lillian räusperte sich. Warum nur fühlte sich ihr Hals an, als steckte ein dicker Kloß darin? »Natürlich.« Noch einmal blickte sie auf zum Kreuz des Südens, dann wandte sie sich um. »Gute Nacht, Mr Arana.«

»Gute Nacht, Miss Ehrenfels.«

Sie hatte gedacht, dass er ihr folgen würde, doch er blieb draußen vor der Hütte stehen. Als sie sich umwandte, hob er den Kopf gen Himmel.

Habe ich ihn irgendwie verärgert?, fragte sie sich. Doch

womit hätte sie das tun sollen? Obwohl sie sich keiner Schuld bewusst war, grübelte sie auf ihrem Nachtlager noch lange darüber nach – bis sie schließlich hörte, dass sich Henare ebenfalls zu seinem Schlafsack begab.

13

Am nächsten Morgen wurde Lillian tatsächlich schon in aller Frühe geweckt. Allerdings nicht von Henare, Caldwell oder ihrem Großvater, sondern von exotischen Vogelrufen, die weithin über das Dorf hallten.

Zunächst fühlte sich Lillian wie im Wald, doch dann fiel ihr wieder ein, dass sie sich im Gästehaus befanden. Die Männer jenseits des Vorhanges schienen die Rufe nicht zu stören; gemächlich schnarchten sie vor sich hin. Mit Lillians Nachtruhe war es allerdings vorbei. Sie erhob sich, wusch sich in einer kleinen Schüssel, die eine der Frauen neben ihr Lager gestellt hatte, und richtete dann ihre Kleider. Ein frischer Geruch von Blättern und Blüten wehte durch die Fenster der Behausung; von irgendwoher meinte Lillian Stimmen zu hören.

Offenbar waren die ersten Dorfbewohner schon auf den Beinen. Als sie an das Fenster trat, entdeckte sie eine Gruppe Frauen, die mit Körben in Richtung Waldrand gingen. Waren sie wieder auf der Suche nach Muttonbirds? Oder suchten sie nur Früchte und *hua whenua,* wie die Maori ihre spezielle Art Gemüse nannten? Nur zu gern hätte sie das Lied verstanden, das sie anstimmten und das Lillian auch dann noch hörte, als sie die bunten Gewänder der Frauen zwischen den Bäumen schon nicht mehr ausmachen konnte.

Sie wandte ihren Kopf also wieder den Hütten zu, deren Dächer im ersten Morgenlicht regelrecht zu leuchten schienen. Zwischen den Gebäuden stiegen hier und da schmale Rauchsäulen auf. Es dauerte nicht lange, da mischte sich der Geruch von angesengtem Holz in die morgendliche Frische. Bereiteten da irgendwelche Frauen das Frühstück zu? Oder hatte das Feuer noch einen ganz anderen Zweck?

Bei näherem Hinsehen erkannte sie etwas, das ihr am Vortag noch nicht aufgefallen war. Selbst einfache Häuser waren mit Schnitzereien geschmückt. Und neben einer dieser Hütten entdeckte sie sogar ein kleines Boot, und das, obwohl es hier weit und breit kein Gewässer gab, auf dem sie es hätten benutzen können. Lillian erinnerte sich, in einem der Bücher ihres Großvaters gelesen zu haben, dass die Maori einst von Polynesien aus übers Meer gekommen waren und dieses Land in Besitz genommen hatten. Stand das Boot dafür? Oder war es schlichtweg nur ein Gut, dessen sich der Besitzer nicht entledigen konnte oder wollte?

Während sie sich das noch fragte, erblickte sie die alte Frau wieder, die am Vortag die Streitenden zur Räson gebracht hatte. Diesmal ging sie auf einen Stock gestützt zu einer Hütte, aus der ihr ein junges Mädchen entgegentrat. Das Mädchen begrüßte die Alte respektvoll und ließ sie dann ein. Was die Alte da wohl wollte?

Und da waren noch ein paar Männer, die einen langen Balken über der Schulter am Gästehaus vorbeitrugen. Lillian musste schmunzeln, denn sie erinnerten sie irgendwie an Zimmerleute in Köln. Im Gegensatz zu denen trugen sie nur kurze Hosen und ein Tuch über der Schulter, das mehr Schutz als Kleidungsstück war. Der Anblick der Muskeln, über die sich glänzende braune Haut spannte, fesselte sie regelrecht, obwohl sich das eigentlich nicht gehörte.

Ein Geräusch von der Seite brachte sie dazu, sich errötend von dem interessanten Anblick abzuwenden. Henare hatte sich erhoben und offenbar noch nicht mitbekommen, dass sie hinter dem Vorhang bereits wach war. Verstohlen beobachtete sie, wie er sich seines Hemdes entledigte und dann zur Waschschüssel ging. Natürlich hatte sie schon Männer mit nacktem Oberkörper gesehen, auf den Straßen Kölns hatten sich hin und wieder nach Hause kommende Arbeiter an den Brunnen gewaschen. Doch diese Männer waren meist vom Alter und schwerer Arbeit gezeichnet gewesen. Henare hingegen war noch jung, unter seiner goldenen Haut spannten sich die Muskeln, und nirgends am Körper hatte er eine Narbe oder auch nur ein Gramm Fett zu viel.

Ein merkwürdiges Kribbeln durchzog plötzlich ihren Körper. Obwohl sie wusste, dass es angebracht wäre, sich abzuwenden und so zu tun, als hätte sie nichts gesehen, konnte sie sich von dem Anblick nicht losreißen. Erst als sie bemerkte, dass sie auf ihrer Unterlippe herumkaute, kam sie wieder zu sich. Das war nicht das Benehmen, das man von einer wohlerzogenen jungen Dame erwartete!

Als sie sich hinter den Wandschirm zurückzog, klopfte ihr das Herz bis zum Hals, und ihr Mund war auf einmal staubtrocken. Selbst mit Adele hatte sie nur sehr selten über Männer gesprochen. Meist hatte Lillian dieses Thema abgeblockt, denn sie war der festen Überzeugung gewesen, dass Frauen nur dann Höheres erreichen konnten, wenn sie sich von den Freuden eines normalen Frauenlebens abwandten. Doch nun fand sie sich hier, mitten in der Wildnis, in der Nähe eines Mannes, der sie entgegen all ihren Grundsätzen sehr interessierte. Und das Schlimmste war, dass Henare nicht nur ihr Interesse an seiner eigenen Person weckte; auch Jason Ravenfield kam ihr wieder in den Sinn, sein unverschämtes Lächeln bei der Teestunde der Carsons.

Erst als ihr Großvater mit einem leisen Stöhnen erwachte, kam sie wieder zur Besinnung, und nun gelang es ihr, all die Gedanken an Henare und Ravenfield zu verdrängen.

Während Caldwell, Ehrenfels und Lillian ihr Gepäck aus dem Gästehaus trugen, ging Henare zu den Pferden. Erleichterung überkam ihn. Man mochte es ihm vielleicht nicht angesehen haben, aber der Besuch hier hatte ihn ziemlich viel Kraft gekostet. All die Zeit, die er schon bei den Weißen lebte, hatte er versucht, die Orte seiner Kindheit zu vergessen, doch nun war er hierher zurückgekehrt, an genau diesen Ort, und hatte alles noch immer genauso vorgefunden, wie er es damals verlassen hatte. Das allein schon hatte ihm einen ziemlichen Stich versetzt. Und die Begegnungen mit den Menschen hatten ein Übriges getan. Er war nur froh gewesen, dass Lillian ihn während des Essens so sehr in Beschlag genommen hatte. Ansonsten hätte er sich wohl einigen Vorwürfen und Fragen stellen müssen.

»Nun, mein Junge, sind die Pferde bereit?«, rief Caldwell, der seine Reisetasche und seinen Schlafsack ein wenig mühsam vor sich her trug. Für Übernachtungen außerhalb seines gemütlichen Bettes schien er nicht so recht gemacht zu sein.

»Ja, das sind sie. Ich hole nur noch das restliche Gepäck.« Damit stiefelte Henare davon. Eine Tasche war noch im Gästehaus zurückgeblieben; diese schulterte er und verließ das Gebäude wieder.

»Auf ein Wort!«

Wie aus dem Nichts war der Heiler hinter ihm aufgetaucht und hatte ihn in seiner Muttersprache angesprochen.

Sein Erschrecken verbergend wandte Henare sich um und fragte: »Was gibt es?«

»Offenbar sprichst du die Sprache unserer Väter noch sehr gut. Aber für alles andere, was wir dich gelehrt haben, scheint das nicht zu gelten.«

Henare schoss das Blut in die Wangen. Er blickte sich nach seinen Begleitern um, die mittlerweile ihr Gepäck verladen hatten; dann wandte er sich wieder an den Heiler, und als er antwortete, klang er ein wenig enttäuscht.

»Ich habe dir doch erklärt, warum ich das tun musste. Du müsstest mich eigentlich verstehen, denn du bist doch auch ein Wissenschaftler.«

»Aber ich bin meinem Volk treu geblieben. Das kann man von dir offensichtlich nicht sagen.«

»Ich beherrsche meine Sprache noch immer sehr gut.«

»Aber kaum etwas an dir erinnert an einen Maori. In deinem Alter und bei deinem Ansehen, das du unerklärlicherweise noch immer hast, solltest du ein *moko* tragen. Und du solltest hier sein. Bei deinem Volk.«

Henare schnaufte. Beinahe dieselbe Diskussion hatte er vor einigen Jahren schon geführt. Damals waren sie im Streit auseinandergegangen, und er hatte sich über viele Jahre nicht mehr hier blicken lassen.

»Ich möchte nicht mit dir streiten«, sagte er versöhnlich, denn er spürte, dass die Augen seiner Begleiter auf ihn gerichtet waren. Wahrscheinlich fragten sich alle, was er mit dem Heiler noch zu besprechen hatte. »Du kennst meinen Standpunkt, und er hat sich in all den Jahren nicht verändert. Ich diene meinem Volk besser, wenn ich die Wissenschaft der Weißen erlerne. Eines Tages werde ich euch damit von Nutzen sein.«

»Aber wir brauchen dich *jetzt!*«

Henare schüttelte den Kopf. »Ihr habt viele andere Krieger, und das Dorf ist nicht in Gefahr. Seit Jahren herrscht Frieden mit den Weißen, und das will ich nutzen, um ein großer Wissenschaftler zu werden.«

Bevor Henare sich umwenden konnte, schoss die Hand des alten Medizinmannes vor und umklammerte seinen Oberarm wie eine Kralle. »Dein Vater ist ein kranker Mann! Du hast ihn gesehen. Bis zum Ende des Jahres wird er zu den Ahnen gehen.«

Schockiert sah Henare ihn an. Die ganze Zeit über hatte er seine Beherrschung wahren können, auch angesichts des Häuptlings, der ihm wirklich furchtbar schwach erschienen war. Doch als der Heiler aussprach, was er seinem Verstand zu denken verwehrte, war es, als würde ein wildes Tier sich in seinen Eingeweiden verbeißen.

»Ich weiß. Aber ich glaube nicht, dass er seine Meinung über mich geändert hat. Jedenfalls hat es für mich nicht so ausgesehen.«

»Du wirst an seinen Platz treten müssen«, entgegnete der Heiler ungerührt. »Was auch immer zwischen euch war, wird vergessen sein, wenn du dich wieder daran erinnerst, was deine Aufgabe gegenüber unserem Volk ist.«

Henare senkte den Blick. »Es gibt sicher andere, die sich mit Freuden zum neuen Häuptling wählen lassen würden.«

Der Medizinmann schüttelte den Kopf. »Du magst vielleicht deine Ahnen und deinen Vater verleugnen, weil du sein willst wie sie!« Er blickte zu den beiden weißen Männern und der jungen Frau. »Doch in deinen Adern fließt das Blut unseres Volkes. Die Weißen werden dich nie als ihresgleichen ansehen.«

»Das kümmert mich nicht«, gab Henare zurück. »Nur so kann ich Wissenschaftler werden und damit etwas für unser Volk tun. Und jetzt muss ich zurück. Vielen Dank für deine Hilfe und Gastfreundschaft.«

Er nickte dem alten Mann zu und wandte sich um.

»Es wird Krieg geben!«, schleuderte ihm der Heiler wütend hinterher. »Krieg unter denen, die Anspruch auf die Führung des Stammes erheben. Schlimmstenfalls bricht alles auseinander, und was soll dann werden? Wenn wir schwach sind, werden die Weißen uns auslöschen! Sie lauern doch nur auf eine gute Gelegenheit, um die Verträge zu brechen!«

Henare hatte eigentlich nicht stehen bleiben wollen, doch nun tat er es doch. Langsam wandte er sich um und sah den Heiler eindringlich an. »Mein Vater würde nicht wollen, dass ich ihm nachfolge. Dass er mit den Weißen gesprochen hat, die mich begleiten, ist nur seiner Großzügigkeit zu verdanken.«

»Dein Vater wünscht sich, dass sein Sohn wieder zu seinem Stamm zurückkehrt.«

»Kein Krieger hier würde wollen, dass ich zurückkehre. Und ich werde es auch nicht tun. Mein Vater wird einen passenden Nachfolger bestimmen.« Damit drehte er sich wieder um. »Richte meinem Vater meine Grüße aus.«

Der alte Mann sah ihm finster nach, doch als Henare sich nach ihm umsah, war er verschwunden.

»Alles in Ordnung, mein Junge?«, fragte Caldwell, der das Gespräch ebenso wie Georg und Lillian mitbekommen, aber kein Wort verstanden hatte. Er sah Henare besorgt an.

»Ja, alles in Ordnung. Der Medizinmann wollte mir nur noch etwas mit auf den Weg geben.«

»Kennen Sie diesen Mann näher?«, fragte Lillian verwundert.

»Ja, ich bin hier aufgewachsen, bevor ich in die Stadt ging.«

»Sie ... Sie stammen von hier?«

Henare nickte. »Ja, ich habe hier gelebt, bis ich dreizehn war. Dann musste ich fort.«

»Und warum? Sind Ihre Eltern gestorben?«

»Nein, es hatte andere Gründe. Gründe, über die ich nicht gern rede.« Henare verstummte und blickte dann auf seine Schuhspitzen.

»Sie brauchen uns gegenüber nicht ihr ganzes Herz auszuschütten«, sagte Georg und klopfte ihm freundschaftlich auf die Schulter. »Manchmal kann man nicht anders, als ein Geheimnis zu wahren.«

Lillian sah ihren Großvater erstaunt an. Er und sie hatten eigentlich keine Geheimnisse voreinander. Doch er sprach, als würde er sich mit dem Bewahren von Geheimnissen bestens auskennen.

Unsinn, schob Lillian diesen Gedanken zur Seite.

Ein paar Minuten später brachen sie auf. Diesmal ritten sie eine andere Route, wie Lillian an den höheren Farnen und den verkrüppelten Baumstämmen erkannte. Lianen hingen wie Schleier von den Ästen, auch schien die Luft hier wesentlich kühler zu sein.

Nach einer Weile machten sie halt. »Sehen Sie die Anhöhe dort hinten?«, fragte Henare und deutete über den Kopf seines Pferdes hinweg auf den bewaldeten Hügel.

Georg und Caldwell nickten.

»Dort hinten wird Ihre Sternwarte stehen. Eines Tages.«

»Können wir hinreiten?«

»Noch nicht«, entgegnete Henare. »Wir müssten dazu heiligen Grund der Maoris betreten, und dazu haben wir noch nicht die Erlaubnis.«

Während er fasziniert nach vorn blickte, stieg Georg aus dem Sattel und schritt bis zum nächsten Baum. Lillian erkannte, dass er wieder so dreinschaute wie damals, als sie von Bord gegangen waren. Er stellte sich die Sternwarte auf dem Hügel vor.

Sie stieg nun ebenfalls vom Pferd und trat neben ihn. »Sie wird wunderschön werden«, flüsterte sie ihm zu und legte ihre Hand auf seinen Arm. »Die Kuppel wird über die Bäume hinwegschauen auf den freien Himmel.«

»Das wird sie.«

»Und das, was du herausfindest, wird durch alle Welt gehen. Bis nach Deutschland. Niemand wird mehr gering von dir denken oder dich unterschätzen.«

»Und ich werde mein Versprechen halten«, setzte Georg hinzu.

»Ein wirklich schöner Platz für die Sternwarte!«, sagte Caldwell hinter ihnen. »Wir können nur hoffen, dass sich der Häuptling richtig entscheidet.«

»Das wird er«, sagte Henare; dann nickte er Lillian und Georg zu. »Ich bin sicher, dass die nächsten Verhandlungen ein besseres Ergebnis haben werden. Vielleicht erhalten wir sogar vor der Zeit Bescheid. Wahrscheinlich muss er sich nur noch einmal mit seinen Ältesten besprechen.«

14

Nicht ganz zwei Tage später erreichten sie wieder Kaikoura. Außer der Nachtruhe hatten sie keine weiteren Pausen gemacht, was ihrem Tempo sehr zugutegekommen war. Dafür fühlte sich Lillian wie erschlagen, als sie aus dem Sattel stieg.

Henare lächelte sie an. »Habe ich Ihnen nicht gesagt, dass Sie sich fühlen werden, als wären Sie ein Teil des Pferdes?«

»Das haben Sie gesagt, aber ich habe nicht geglaubt, dass ich mich fühlen würde, als sei ich auf dem Tier festgewachsen.«

Henare lachte auf. »Ihren Humor haben Sie nicht verloren, das ist gut. Ich bin sicher, dass Sie beim nächsten Mal schon viel mehr Spaß haben werden.«

Lillian lächelte versonnen. Der Gedanke, in das Maoridorf zurückzukehren, gefiel ihr. Wer konnte schon wissen, was sie beim nächsten Mal zu sehen bekommen würde …

»Ich glaube, da haben Sie recht. Da Mr Caldwell so freundlich ist, mir das Pferd bis auf Weiteres zu überlassen, werde ich die Zeit nutzen und ein wenig üben. Am Strand hier lässt es sich bestimmt herrlich reiten!«

»Nun, wenn das so ist, werden wir beim nächsten Mal ein kleines Wettrennen veranstalten. Wenn Sie mich mit dem Pferd schlagen, haben Sie etwas bei mir gut.«

»Seien Sie nicht albern!«, lachte Lillian. »Die Beine Ihres Pferdes sind einen halben Arm länger als die meiner kleinen Stute. Und wie Sie selbst sagten, ist das Tier bisher nur von Kindern geritten worden. Es wird wohl kaum das Feuer Ihres Hengstes besitzen.«

»Sagen Sie das nicht; manchmal sind auch kleine Pferde zäh und ausdauernd und überraschen ihre Besitzer sogar mit ihrem Temperament.«

»Ist bei Ihnen alles klar, Henare?«, tönte Caldwells Stimme zu ihnen herüber, worauf der Maori bedauernd mit den Schultern zuckte.

»Die Pflicht ruft. Aber ich bin sicher, dass wir uns bald wiedersehen werden.«

»Das hoffe ich«, entgegnete Lillian und reichte ihm dann die Hand. »Machen Sie es gut, Mr Arana.«

»Sie auch.« Noch einmal zwinkerte er ihr zu, dann wandte er sich um und gesellte sich zu seinem Boss.

Nachdem sich die beiden offiziell von Georg und Lillian verabschiedet hatten, schwangen sie sich auf ihre Pferde. Großvater und Enkelin sahen ihnen von der Gartenpforte aus nach, während sie der Main Street zustrebten.

»Ich glaube, mit den beiden haben wir einen guten Fang gemacht«, sagte Georg, während er den Arm liebevoll um die Schulter seiner Enkelin legte. »Mr Caldwell erscheint vielleicht ein wenig schwierig, aber er ist absolut auf unserer Seite. Und sein Assistent ist ein wirklich netter Bursche.«

Lillian bemerkte, dass ihr Großvater sie bei den letzten Worten musterte, doch sie tat so, als würde sie es nicht mitbekommen.

»Ja, er ist sehr nett und hilfsbereit. Er wird gut mit dir zusammenarbeiten.«

Georg lächelte in sich hinein. »Das glaube ich auch, jedenfalls so lange, bis es ihm zu viel wird, von dir Löcher in den Bauch gefragt zu bekommen.«

»Das habe ich doch gar nicht getan!«, protestierte Lillian. »Ich habe nur meinem Forscherdrang nachgegeben. Du selbst hast immer gesagt, dass ein Wissenschaftler allen Dingen auf den Grund gehen sollte.«

»Das habe ich gesagt, und es ist auch richtig so.«

»Dann darf ich ihm also weiterhin Löcher in den Bauch fragen?«

»Selbstverständlich! Solange er nicht die Flucht ergreift...« Georg lächelte versonnen in sich hinein. Ein Gedanke schien ihn zu beschäftigen, denn für einen Moment schweifte sein Blick in die Ferne. Dann wandte er sich wieder Lillian zu. »Aber jetzt sollten wir ins Haus gehen, etwas essen und uns dann eine große Mütze voll Schlaf gönnen. In den kommenden Tagen haben wir viel vorzubereiten.«

Anstatt, wie er es mit Caldwell vereinbart hatte, zwei Tage freizumachen, ritt Henare in der kommenden Nacht in den Busch. Sein Herz klopfte ihm bis zum Hals.

Eigentlich hatte er keinen Grund, das zu tun. Sein Boss würde sich wohl oder übel damit abfinden müssen, dass die Verhandlungen bei den Maori nicht übers Knie gebrochen werden konnten. Caldwell war kein schlechter Mann, immerhin hatte er ihn als seinen Assistenten angestellt. Auch konnte man nicht behaupten, dass er den Maori gegenüber feindlich gesinnt war. Doch er war Engländer, und obwohl er sich bemühte, sich das nicht allzu sehr anmerken zu lassen, war er im Grunde seines Herzens doch der Überzeugung, dass die Maori weniger wert waren als seine Landsleute.

Dieser alte Mann und seine Enkelin waren anders. Nicht nur, dass er Lillian mochte, vielleicht mehr, als es ihm zustand; er hatte auch beobachtet, wie die beiden vor dem heiligen Ort gestanden und den Berg betrachtet hatten. Es hatte fast den Anschein gehabt, als würden sie verstehen, warum die Maori dieses Stück Land so sehr in Ehren hielten. Und er war auch fest überzeugt, dass der alte Deutsche nichts tun würde, um seinem Volk zu schaden.

Mein Volk, dachte er spöttisch. Wie lange ist es her, dass ich in Gedanken die Maori mein Volk genannt habe? Hat das Gerede des alten Mannes mich letztlich doch weichgemacht?

Doch vielleicht war es nützlich, wenn er sich die frühere Zeit wieder ins Gedächtnis rief. Vielleicht würde es ihm helfen, seinen Vater zu überzeugen und die Verhandlungen zu beschleunigen. Umso weniger würde er genötigt sein, wieder ins Dorf zurückzukehren und sich die Vorwürfe des Heilers anzuhören, von dem er mittlerweile glaubte, dass er nie sterben würde.

Nachdem er sich nur eine kurze Ruhepause gegönnt hatte, ritt er auch nach Einbruch der Dunkelheit weiter, bis er schließlich ein Geräusch hörte, das zu unecht klang, um der Ruf eines Vogels zu sein. Wenig später raschelte es, und die Wächter des *marae* zeigten, dass sie auch in der Dunkelheit gut auf ihren Stamm achtgaben. Zwei Männer traten blitzschnell aus der Dunkelheit; die Speerklingen glitzerten im Mondlicht. Henare zügelte sein Pferd.

»Was suchst du hier?«, fragte Mani mit einem herausfordernden Funkeln in den Augen. »Ich denke, du wolltest mit den *pakeha* gehen.«

Henare mochte vielleicht lange Zeit nicht hier gewesen sein, doch es gab gewisse Dinge, die sich nie änderten. Mani war sein Cousin, und wie kein anderer in ihrem Stamm dürstete er danach, endlich die Führung zu übernehmen. Auch wenn Frieden mit den Weißen geschlossen worden war, hatte er doch von jungen Jahren an die Überzeugung vertreten, dass die Weißen dorthin zurückgejagt werden müssten, woher sie gekommen waren.

Henare teilte diese Überzeugung nicht; er war vielmehr dafür, dass beide Völker gleichberechtigt auf diesem Land leben sollten. Doch war das machbar? Weil er die Wirren der Politik nicht verstand und eigentlich auch möglichst wenig damit zu schaffen haben wollte, hatte er sich der Wissenschaft zugewandt. Schnell hatte er gemerkt, dass das Wissen, das seine Ahnen angehäuft hatten und von Generation zu Generation weitergaben, nicht alles war. Mittlerweile hatten die *pakeha*, die den Maori so ignorant erschienen waren, weil sie nur danach trachteten, Güter anzuhäufen, große Fortschritte gemacht, und in Henare war schon bald der Drang aufgekeimt, sich auch dieses Wissen zu eigen zu machen, teilzuhaben an den neuen Dingen, die unter den Händen der Weißen entstanden.

»Ich will zu meinem Vater, Mani«, entgegnete Henare, ohne dem Blick seines Cousins auszuweichen. »Dieses Recht habe ich doch wohl, oder?«

»Seltsam nur, dass du gerade jetzt von diesem Recht Gebrauch machen willst, nachdem du so lange nichts von dir hast hören lassen. Was willst du denn? Für die *pakeha* sprechen?«

»Was ich mit meinem Vater zu besprechen habe, geht dich nichts an«, entgegnete Henare ungerührt. »Und jetzt lass mich vorbei.«

Die beiden jungen Männer starrten einander an. Henare spürte, dass Mani sich überlegen fühlte. Immerhin hatte er eine Waffe in der Hand; außerdem war er ein guter Kämpfer. Doch auch Henare waren die Kampfkünste seiner Vorfahren noch bekannt.

Schließlich huschte ein spöttisches Lächeln über das Gesicht seines Cousins. »Meinetwegen, geh nur. Aber erwarte nicht, dass der *ariki* über dein Kommen erfreut ist. Er war bei eurem Besuch nur höflich, nichts weiter. Du bedeutest ihm nichts mehr.«

Henare schnalzte mit der Zunge, worauf sein Pferd voranpreschte.

Als er das Dorf erreichte, dämmerte der Morgen herauf. Der Nebel in den Baumkronen verbarg die Vögel, deren Gesang ihn seit einiger Zeit begleitete. In Sichtweite der Hütten machte er halt.

Es würde gewiss noch eine Weile dauern, bis sein Vater ihn empfangen konnte, besonders dann, wenn der Heiler mit seiner Behauptung recht hatte, was seine Krankheit anging.

Er band sein Pferd also an einen der Bäume in der Nähe und lehnte sich an den knorrigen Stamm. Noch war niemand auf den Beinen, und noch schien auch niemand von ihm Notiz genommen zu haben, doch das würde sich bald ändern.

»Du hast es dir also überlegt?«, fragte nach einigen Augenblicken eine Stimme hinter seinem Rücken.

Schon als Kind hatte sich Henare gefragt, wie der *tohunga* es immer wieder bewerkstelligte, aufzutauchen, ohne dass man es mitbekam. Nun überraschte er ihn schon zum zweiten Mal.

»Ich will mit meinem Vater sprechen.«

»Über deine Rückkehr?« Der Heiler zog herausfordernd die Augenbrauen hoch.

»Sei nicht kindisch, wir wissen beide, dass ich nicht zurückkehren werde. Aber ich will mit ihm sprechen.«

»Nun, dann tu es. Aber wähle deine Worte gut. Dein Vater ist immer noch der Häuptling und genießt höchste Achtung. Die solltest du ihm auch entgegenbringen.«

»Keine Sorge, ich habe meine Erziehung nicht vergessen.« Damit ließ Henare den Heiler stehen und strebte der Hütte im Zentrum des Dorfes zu, die einst sein Elternhaus gewesen war. Wie er an dem Rumoren hinter den Wänden hören konnte, war sein Vater schon auf den Beinen. Henare atmete tief durch und trat dann ein.

»Ist es gestattet?«, fragte er, während er den Blick auf die Gestalt seines Vaters richtete, der eine Decke um die Schultern gewickelt hatte. Sein Gesicht glänzte noch immer vom Schweiß, der ihn offenbar die ganze Nacht über gequält hatte. Seine Augen waren vom Fieber gerötet, und er wirkte noch schwächer als bei dem Besuch der Weißen.

»Mein Sohn. Was führt dich her?«

»Ich bin gekommen, um mit dir zu sprechen«, sagte Henare, doch der Häuptling schien es zu überhören.

»Setz dich doch, und vergib mir meinen Anblick. Als ich dich das erste Mal wiedergesehen habe, konnte ich mich besser beherrschen, aber am Morgen ist es immer besonders schlimm.«

Henare wusste nicht, was er darauf entgegnen sollte. War er vor Kurzem noch überrascht gewesen, als der Heiler ihm von der Krankheit erzählt hatte, so sah er nun selbst, dass der Alte recht hatte.

Offenbar habe ich nicht gut genug hingeschaut, ging es ihm durch den Sinn. Nicht mehr lange, und er wird wirklich zu den Ahnen eingehen.

Mühsam setzte sich der Häuptling auf. »Aperahangi hat mit dir gesprochen, bevor du mit den *pakeha* aufgebrochen bist, nicht wahr?«

»Das hat er.«

»Ich hatte ihn darum gebeten.«

»Das hätte ich mir denken können.«

»Dennoch hast du seine Bitte abgeschlagen.«

»Du weißt, wie ich darüber denke, Vater. Ich kann nicht zurückkehren, nicht jetzt. Eines Tages werde ich für unser Volk von großem Nutzen sein, und es kann euch nicht schaden, einen Mittelsmann unter den Weißen zu haben.«

»Eines Tages ist eine sehr lange Zeit. Zeit, die ich nicht mehr habe. Wenn ich sterbe, will ich wissen, wer meine Nachfolge antritt. Mani ist sehr bestrebt, meinen Platz einzunehmen, er lässt keine Gelegenheit aus, um sein *mana* zu erhöhen.«

»Dann solltest du ihn zu deinem Nachfolger machen.« Vielleicht war es doch ein Fehler, hierherzukommen, dachte Henare. Ich hätte wissen müssen, dass es nur wieder um das eine Thema geht und er mich nicht reden lassen würde.

»Das will ich nicht, und Aperahangi hat dir bereits erklärt, warum.« Ein Hustenanfall ließ den Körper des *ariki* erzittern, rau und hohl tönte es aus seiner Kehle. Entsetzt bemerkte Henare, dass Blut über die Lippen seines Vaters floss. Doch der Anfall gab sich wieder, und der Häuptling wischte das Blut mit seinem Ärmel fort.

»Nun sag schon, weshalb du hier bist. Ich werde dich ohnehin nicht überreden können, deiner Pflicht nachzukommen.«

Henare zögerte. Sein Vater hatte schon immer das Talent besessen, Schuldgefühle in ihm zu erwecken. Diesmal sogar zu Recht; dennoch wollte er nicht nachgeben.

»Es geht um die *pakeha*, nicht wahr? Die beiden Sternseher.«

»Ja, deswegen bin ich hier. Ich möchte dich bitten, dein Einverständnis für ihren Bau zu geben. Erst dann können wir unseren Geschäftspartner bitten, für euch geeignetes Land zu suchen, das ihr im Tausch erhaltet.«

Der *ariki* ließ sich Zeit mit seiner Antwort. Er starrte gegen die Wände seiner Hütte, als würde er dort etwas Bestimmtes sehen, und regte sich kein bisschen. Musste er erst einmal die Schmerzen des Anfalls verkraften?

»Dir scheint viel an den Weißen zu liegen«, stellte er schließlich fest. »Sehr viel sogar, sonst wärst du nicht hergekommen. Was ist der wahre Grund dafür?«

»Ich weiß nicht, was du meinst«, entgegnete Henare, worauf ihm sein Vater direkt in die Augen sah.

»Doch, das weißt du. All die Jahre hast du einen großen Bogen um unser *marae* gemacht, und nun erscheinst du und bittest mich, etwas für deine weißen Freunde zu tun. Das finde ich ein wenig seltsam.«

»Sie haben mir angeboten, auf der Sternwarte zu arbeiten. Auf diese Weise könnte ich dafür sorgen, dass euer Ansehen bei ihnen steigt.«

»Als ob wir darauf Wert legen würden!«

»Das tut ihr, denn ob ihr es wollt oder nicht, ihr müsst euch Aotearoa mit ihnen teilen. Und je mehr Achtung sie vor uns haben, desto besser wird es uns ergehen.«

Dazu sagte der Häuptling erst einmal nichts. Erst nach einer Weile brummte er: »Ich habe dich beobachtet, wie du mit diesem Mädchen gesprochen hast. Zu wem von den beiden gehört sie?«

Hitze wallte in Henare auf. Er hätte wissen müssen, dass sein Vater ihn trotz allem ganz genau beobachtete.

»Sie ist die Enkelin des Weißhaarigen«, entgegnete er. »Und sie beschäftigt sich ebenfalls mit den Sternen.«

Der Gesichtsausdruck seines Vaters gefiel ihm ganz und gar nicht. Er wirkte wie jemand, der etwas von ihm wusste, was ihm selbst bisher noch verborgen geblieben war. Etwas, was er nutzen konnte, um sein Ziel zu erreichen. In der Hinsicht war sein Vater immer noch ganz der listige Krieger.

»Wie ich schon sagte, ich hatte den Eindruck, dass du dich sehr gut mit diesem Mädchen verstehst. Sie hat sehr große Ähnlichkeit mit den Frauen unseres Stammes. Wahrscheinlich werde ich es nicht mehr erleben, dass du eine Frau wählst, aber dieses Mädchen würde selbst mir als Schwiegertochter gefallen.«

»Sie ist eine *pakeha!*«, entgegnete Henare verwirrt. »Du würdest doch keine von ihnen zur Schwiegertochter haben wollen.«

Wieder trat dieser rätselhafte Ausdruck in die Augen seines Vaters. Oder verlor er jetzt, da sein Ende nahte, allmählich den Verstand? Nein, seine Augen mochten vielleicht fiebrig wirken, aber sie verrieten immer noch einen wachen Geist.

Auf einmal dämmerte es Henare. Er hatte ganz vergessen,

wie listenreich sein Vater einst gewesen war! Nichts würde ihn davon abhalten, eine Bedingung zu stellen. Eine ganz besondere, die ihn mehr kosten würde als alles andere.

»Ich könnte meine Zustimmung an die Bedingung knüpfen, dass du nach meinem Tod meine Nachfolge antrittst«, bestätigte der Häuptling Henares Vermutung nur einen Atemzug später. »Du könntest dieses Mädchen heiraten, und schon würde zwischen ihrem Großvater und mir ein Bündnis bestehen, das niemand mehr brechen könnte.«

»Das geht nicht«, entgegnete Henare kopfschüttelnd. »Das Mädchen liebt mich nicht. Und ich glaube auch kaum, dass sie zu solch einer Ehe bereit wäre. Außerdem...«

Sein Vater machte eine Handbewegung, die ihn zum Schweigen brachte. »Bleib ruhig, mein Sohn, ich habe nur gesagt, dass ich diese Bedingung stellen *könnte*. An deinen Augen kann ich sehen, dass du selbst daran gedacht hast.«

Beschämt senkte Henare den Blick. Es war eine sehr schlechte Idee gewesen, hierherzukommen.

»Aber wie du siehst, bin ich ein alter, kranker Mann, und denen fällt manchmal wirres Zeug ein. Ich weiß, dass du um keinen Preis hierher zurückkommen willst, jetzt, wo du vom bequemen Leben der Weißen gekostet hast. Und ich weiß auch, dass die Zeiten vorbei sind, in denen ein Mann sein Kind verheiratete, nur um einen persönlichen Vorteil zu erringen. Du kannst deinen weißen Freunden sagen, dass ich dem Pakt zustimme, zu den Bedingungen, über die bei unserem Treffen gesprochen wurde. Wenn sie mein Volk nicht behelligen und uns weiterhin zu unseren heiligen Orten gehen lassen, soll mir das genügen.«

Damit hatte Henare nicht gerechnet. Verwirrt schüttelte er den Kopf. »Ist das dein Ernst?«

»Du bist mit diesem Ansinnen zu mir gekommen, was soll ich also tun? Dich warten lassen, bis ich tot bin und du bei einem anderen Häuptling vorsprechen musst?« Der *ariki* schüttelte den Kopf. »Du hast mich mit deinem Weggang sehr enttäuscht, und diese Enttäuschung werde ich mitnehmen zu den Ahnen. Aber ich will nicht, dass wegen dir diese Weißen leiden, die offenbar vorhaben, friedlich mit uns zu leben und den Kindern des Lichts zu dienen.«

Henare nickte, dann erhob er sich. Es fiel ihm schwer, die Angewohnheit der Weißen zu unterdrücken, mit Worten zu danken. Das war eines der wenigen Dinge, die er an der Kultur der *pakeha* nicht mochte, denn ein Dankeswort wurde vom Wind verweht wie Rauch, während eine Tat länger nachwirkte.

»Ich verspreche, dass ich alles tun werde, um meinem Volk auf die eine oder andere Art von Nutzen zu sein«, sagte er also, was noch keine Tat war, aber auch kein leeres Dankeswort.

Sein Vater verzog dazu keine Miene. Er senkte den Blick, und Henare sah ein, dass es besser sein würde, zu gehen. Langsam wandte er sich um, froh darüber, die Hütte verlassen zu können.

Doch bevor er die Tür erreichte, hielt sein Vater ihn noch einmal zurück.

»Eines muss ich dir noch mit auf den Weg geben. Du solltest die Tragweite deiner Taten gut bedenken. Es könnte sein, dass das, was du jetzt für richtig erachtest, deinen weißen Freunden später zum Verhängnis wird.«

Henare wandte sich um. »Wie meinst du das?«

»Nicht alle in unserem Stamm sind noch dafür, dass Frieden mit den *pakeha* gehalten wird. Besonders einige junge Krieger wollen die Weißen wieder bekämpfen, wie es früher der Fall war. Von der Wahl des Häuptlings könnte es abhängen, ob sie in Sicherheit sind oder einem Überfall zum Opfer fallen.«

»Wenn es zu Übergriffen auf die Weißen kommt, wird das

schwerwiegende Konsequenzen für uns alle haben, das weißt du. Für einen Verstoß gegen den Vertrag von Waitangi würden sich die Weißen furchtbar an uns rächen.«

Ein gequälter Ausdruck erschien auf dem Gesicht des *ariki*. »Wenn die Zeit gekommen ist, musst du dich entscheiden. Entscheide weise, mit dem Blick auf alle Menschen, die dir am Herzen liegen.«

Henare presste die Lippen zusammen. Natürlich meinte sein Vater damit, dass er sich mit seinem Weggang gegen den Stamm gestellt hatte. Als er wieder vor die Hütte trat, hatte er das Gefühl, einen Stein verschluckt zu haben. Er hätte es als leere Drohung abtun können, als Versuch seines Vaters, ihn zu seinem Stamm zurückzuholen und ihn an einen Platz zu setzen, an dem er nicht sein wollte. Doch der *ariki* hatte recht. Wenn Mani Häuptling wurde, würde er sich von seinem Hass und seinem fehlgeleiteten Ehrgeiz zu Aktionen hinreißen lassen, die dem Stamm schadeten.

Nur, was sollte er tun?

Selbst wenn er sich zur Wahl stellen würde, hieße das noch lange nicht, dass die Stammesmitglieder mit ihm einverstanden wären. Außerdem hieße es klein beigeben, und alles, was er sich bisher aufgebaut hatte, wäre umsonst gewesen. Das wollte er auf keinen Fall.

Auf dem Weg zu seinem Pferd fürchtete er beinahe, wieder dem Heiler zu begegnen, doch niemand stellte sich ihm in den Weg. Dafür meinte er, scheele Blicke in seinem Rücken zu fühlen, Blicke, die ihm Rücksichtslosigkeit vorwarfen, weil er nicht bereit war, dem Wunsch seines Vaters nachzukommen.

Erst als er wieder im Sattel saß und sein Pferd durch den Busch lenkte, verging das Gefühl und sein Kopf wurde wieder frei, um sich wieder auf das Wesentliche zu konzentrieren. Sein Vater hatte die Zustimmung gegeben! Natürlich würde sich Caldwell darüber wundern, hatte er doch nicht die leiseste

Ahnung, dass der *ariki* Henares Vater war. Doch letztlich war es egal: Zustimmung war Zustimmung, und er kannte seinen Vater gut genug, um zu wissen, dass er sein einmal gegebenes Wort nicht zurückziehen würde.

15

Als sie am nächsten Morgen erwachte, fühlte sich Lillian wie gerädert. Unterwegs hatte sie die Anstrengung vor lauter Aufregung kaum mitbekommen, doch nun schmerzten ihre Glieder, als sei sie aus großer Höhe heruntergestürzt.

Sie wollte sich schon schwören, nie wieder auf einen Pferderücken zu steigen, doch dann fiel ihr ein, dass sie nur mit Pferden einigermaßen schnell zur Baustelle gelangen konnte. Ihr würde also gar nichts anderes übrig bleiben, als sich daran zu gewöhnen, wenn sie ihren Großvater auch nach Baubeginn noch sehen und unterstützen wollte.

Gegen den Schmerz ankämpfend, erhob sie sich, verrichtete ihre Morgentoilette und zog sich dann an. Da ihre Vorräte zur Neige gingen, entschloss sie sich, gleich in die Stadt zu gehen und ein wenig einzukaufen. Noch war ihr Großvater nicht auf den Beinen; vielleicht konnte sie ihn mit einem guten Frühstück überraschen.

Mit sauberer Schürze und frisch gerichteter Frisur schlenderte Lillian die Straße entlang in Richtung Main Street. Dabei kamen ihr unentwegt Bilder des vergangenen Ausflugs in den Sinn. Wie sehr sich die Maori von den Weißen doch unterschieden! Wie ruhig sie doch leben im Gegensatz zu uns, dachte Lillian, während sie, an der Hauptstraße angekommen, einem Fuhrwerk nachsah, das in Richtung Norden davonpreschte.

»Ah, da ist ja die kleine Sternenguckerin«, tönte eine Stimme in ihrem Rücken, gefolgt von Gelächter.

Lillian erstarrte sofort und wandte sich um. Rosie und ihre Mitstreiterinnen grinsten sie an.

»Benimm dich, Rosie!«, fuhr Samantha ihre Freundin an und trat zu Lillian.

»Du hättest es mir ruhig erzählen können.«

Um ein Haar hätte Lillian »Was denn?« gefragt, doch rechtzeitig genug klappte sie den Mund wieder zu, bevor sie sich komplett lächerlich machte. Sie mussten es irgendwie rausbekommen haben. Aber wie? Hatte Caldwell etwas erzählt? Oder hatte Mrs Peters ihre Abwesenheit genutzt, um Tratsch über sie zu verbreiten?

»Dein Großvater will eine Sternwarte errichten, oder etwa nicht?«, mischte sich Rosie mit leuchtenden Augen ein. Offenbar hatte sie in Lillian endlich etwas gefunden, über das sie den ganzen Tag spotten konnte.

In Lillian stieg plötzlich der Zorn hoch. Wieder einmal fragte sie sich, warum sie dieser Gruppe an ihrem ersten Tag in der Stadt überhaupt gefolgt war. Und warum sie Samantha nicht weggeschickt hatte, als diese sich vorgenommen hatte, sie »unter ihre Fittiche« zu nehmen. Etwas glühend Heißes durchzog ihre Adern, und um ihre bisherige Zurückhaltung war es geschehen.

»Ja, mein Großvater will eine Sternwarte errichten. Er ist in Deutschland ein bekannter Forscher, und ich bin mir sicher, dass diesem Ort ein wenig Fortschritt durchaus guttun würde! Kümmert ihr euch am besten wieder um euren Tratsch und eure Kleider, so schadet ihr wenigstens niemandem.«

»Aber wir haben doch nicht...«, begann Samantha, doch Lillian wirbelte herum, nachdem sie ihr einen giftigen Blick zugeworfen hatte, und stapfte mit langen Schritten davon.

Nur wenig später mischte sich in ihren Schritt das Geräusch zweier weiterer Füße.

»Lillian, so warte doch!«, tönte Samanthas Stimme hinter ihr her.

Lillian presste die Lippen zusammen und dachte gar nicht daran, langsamer zu werden. Vielleicht verhielt sie sich kindisch, doch sie hatte es satt, ständig scheele Blicke zu ernten, wenn jemand von dem Vorhaben ihres Großvaters erfuhr.

Auch wenn sie ihr gegenüber nicht unfreundlich war, so hatte Lillian den Eindruck, dass Mrs Peters sie immer noch ansah, als sei sie der Leibhaftige. Und nun würden sich Samantha und ihre Freundinnen wahrscheinlich die Mäuler über sie und ihren verschrobenen Großvater zerreißen ...

»Lillian!«, rief es erneut hinter ihr. Samantha folgte ihr noch immer.

Obwohl es in Lillian immer noch brodelte, blieb sie stehen. »Was denn noch?«, fuhr sie Samantha an, deren Wangen vor Anstrengung glühten. »Brauchst du noch mehr Stoff, um einen amüsanten Nachmittag mit deinen Freundinnen zu verbringen? Habt ihr noch nicht genug, worüber ihr spotten könnt?«

Doch als sie Samanthas Miene sah, wusste Lillian, dass sie ihr Unrecht tat. Immerhin hatte nicht Samantha die Bemerkung gemacht, sondern Rosie. Schlechtes Gewissen überkam sie, als Samantha entgegnete: »Aber Lillian, wir wollen dir doch nichts Böses. Rosie hat eben ein lockeres Mundwerk, aber das heißt noch nicht, dass wir uns über dich lustig machen wollten.«

»Ach ja?«, entgegnete Lillian trotz ihrer Gewissensbisse giftig. »Aber jeder macht sich darüber lustig, wenn er davon hört. Das war zu Hause so und ist hier nicht anders. Ich habe bisher noch niemanden getroffen, der den Umstand, dass mein Großvater eine Sternwarte bauen will, einfach mal interessant findet. Stattdessen glauben alle, er sei verrückt!«

Samantha setzte ein sanftes Lächeln auf. »Dann triffst du eben jetzt mal jemanden, der es interessant findet.«

Wen denn?, hätte Lillian beinahe gefragt, als sich das Lächeln ihres Gegenübers verbreiterte.

»Ehrlich gesagt, ich finde es wahnsinnig interessant, was dein Großvater da vorhat«, setzte Samantha hinzu. »Jedenfalls, was ich aus den Gerüchten weiß, die in der Stadt kursieren. Seit die Holzlieferung vor der Stadt angekommen ist, reden die Leute über nichts anderes mehr und stellen wilde Spekulationen an.«

Holzlieferung?

Jetzt fiel bei Lillian der Groschen. War in der Zwischenzeit das Holz angekommen? Warum zum Teufel hatte ihnen denn niemand Bescheid gegeben?

»Ich muss weg!«, rief Lillian auf einmal und wirbelte herum.

»Aber was ist denn los?«

»Mein Großvater weiß noch nichts von der Holzlieferung!«, entgegnete Lillian, während sie sich im Lauf kurz umwandte. »Ich muss es ihm sagen.«

Samantha rief ihr noch etwas nach, das sie allerdings nicht mehr hörte. An einer Gruppe Frauen vorbei, bog sie um die nächste Ecke und lief dann, so schnell sie konnte und der Korb unter ihrem Arm es ihr erlaubte, zu ihrem Haus zurück, wo sie ihren Großvater in einen Morgenmantel gehüllt in der Küche vorfand.

»Großvater!«, rief sie, worauf dieser herumfuhr und die blecherne Kaffeedose, in der sich allerdings kein Kaffee mehr befand, zu Boden warf.

»Lillian! Du meine Güte, warum erschreckst du einen alten Mann so?«

»Die Holzlieferung ist angekommen!«, platzte Lillian heraus. »Das Holz für die Sternwarte.«

Georg betrachtete sie einen Moment lang überrascht, dann fragte er: »Und woher weißt du das?«

»Samanthas Freundinnen haben mich darauf angesprochen.« Das Streitgespräch verschwieg sie ihm und setzte nur hinzu:

»Samantha sagte, dass das Holz angekommen sei. Großvater, das Holz ist da! Stell dir das mal vor!«

Während ihr das Herz bis zum Hals klopfte, beobachtete Lillian, wie ihr Großvater plötzlich aus der Küche stürzte und wie von der Tarantel gebissen in sein Zimmer rannte.

Geschniegelt und gebügelt kehrte er nach wenigen Minuten zurück, mit blauem Gehrock, ein wenig nachlässig gebundener Krawatte und grauen Hosen.

»Dann lass uns das Holz mal anschauen!«

Lillian stellte ihren Korb ab und folgte ihm nach draußen.

»Findest du es nicht ein bisschen seltsam, dass sie uns nicht Bescheid gesagt haben?«, fragte sie, als sie das Gartentor hinter sich gelassen hatten.

»Sie haben uns sicher nicht angetroffen, das ist alles«, antwortete Georg, während er raumgreifend ausschritt. »Warum sollten sie uns verschweigen, dass das Holz da ist, und dann alles Mögliche in der Stadt herumerzählen?«

»Sie hätten einen Zettel hinterlassen können.«

»Ja, wenn die Burschen denn schreiben könnten. Ich bin mir nicht sicher, ob das bei allen Leuten der Fall ist. Schon gar nicht, wenn sie beim Holztransport arbeiten. Die Hilfsarbeiter werden Maori sein, und nicht alle beherrschen die englische Sprache so gut wie unser Mr Arana.«

Die Erwähnung seines Namens brachte Lillian zunächst davon ab, noch etwas zu sagen. Plötzlich hatte sie wieder seine Stimme im Ohr und sein Lächeln vor dem geistigen Auge, ihren Spaziergang durch den nebligen Wald und die Art, wie er diese merkwürdigen kleinen Vögel gegessen hatte ...

»Hier entlang«, brach die Stimme ihres Großvaters durch ihre Gedanken. »Träum nicht, Lillian!«

Verwirrt blickte Lillian auf und merkte jetzt erst, dass sie sich nicht nur dem Stadtrand näherten; ihr Großvater hatte sich auch ein ziemliches Stück von ihr entfernt.

»Ich komme!«, rief sie und eilte ihm mit langen Schritten hinterher.

»Darf ich fragen, wo du gerade mit den Gedanken warst?«, fragte Georg lächelnd.

»Nirgendwo«, entgegnete Lillian verlegen, während sie versuchte, mit ihrem Großvater Schritt zu halten – was bei seinem Elan alles andere als einfach war. »Ich dachte nur an die Sternwarte. Daran, dass wir sie bald bauen können.«

»Und nicht an irgendeinen netten jungen Mann?« Georg hob vielsagend die Augenbrauen.

»Nein, warum sollte ich?«

»Nur so ein Gedanke. Ich habe schon einige Frauen erlebt, die angesichts eines Mannes ins Träumen geraten sind. Und alle haben sie so dreingeschaut wie du.«

»Großmutter auch?«

Georg seufzte. »Ja, deine Großmutter auch. Besonders, wenn sie mich im Sinn hatte. Allerdings hatte ich nur selten das Glück, sie dabei zu beobachten. Ihre Spürnase witterte mich hinter jedem Rosenbusch, es war fast unmöglich, sich vor ihr zu verstecken. Aber wenn ich sie einmal für wenige Momente unbeobachtet betrachten konnte, sah ich jedes Mal so einen entrückten, träumerischen Blick, von dem ich mir nur allzu gern einbildete, dass er mir galt.«

Lillian senkte den Blick, als ihr Großvater sie ansah. Vielleicht hatte sie ja tatsächlich so dreingeschaut. Doch das bedeutete gar nichts. Heute ging es wirklich nur um die Sternwarte.

»Na also, da ist es ja!«, rief ihr Großvater plötzlich aus und deutete nach vorn.

Ein provisorisch errichteter Zaun spannte sich um einige große Stapel Holz und Stein, die von drei Wachposten mit Gewehren über der Schulter vor Diebstahl geschützt wurden.

Als sie sich näherten, trat einer der Männer vor.

»Ich muss Sie bitten zu gehen, Sir, Sie haben hier nichts zu suchen«, sagte er mit erhobener Hand und grimmiger Miene.

»Und ob ich hier was zu suchen habe!«, entgegnete Georg ungerührt. »Ich bin der Mann, der aus dem Holzhaufen dort eine Sternwarte machen möchte.«

Der Wächter sah ihn zunächst verwirrt an, dann schien ihm ein Licht aufzugehen.

»Sie sind dieser Deutsche?«

»Georg Ehrenfels«, stellte Lillians Großvater sich vor und deutete dann auf sie. »Und das ist meine Enkelin Lillian Ehrenfels. Es tut mir leid, dass wir nicht zugegen waren, als Sie uns benachrichtigen wollten; gemeinsam mit Mr Caldwell waren wir unterwegs, um den Baugrund zu besichtigen.«

Für einen Augenblick sah der Wächter überrascht aus. Seine Lippen bebten, als wollte er etwas sagen, nur kam er nicht auf die passenden Worte.

»Wenn Sie nichts dagegen haben, würde ich mir das Holz gern mal ansehen.«

»Aber sicher doch, Sir.«

Der Wächter wandte sich zur Seite, wo ein weiterer Mann Aufstellung genommen hatte. Er winkte ihm kurz zu, worauf er kehrtmachte und wieder zum anderen Ende des Lagers verschwand.

»Bitte verzeihen Sie die Sicherheitsmaßnahmen, aber Mr Caldwell meinte, dass vielleicht Holz gestohlen werden könnte. Deshalb hat er uns angestellt.«

Caldwell wusste, dass das Holz kommen würde? Warum hatte er Großvater nichts gesagt? Bevor Lillian ihre Verwunderung darüber äußern konnte, nahm Georg sie bei der Hand und zog sie mit sich.

»Ich glaube nicht, dass der Mann, mit dem wir gesprochen haben, den Auftrag hatte, dich zu benachrichtigen«, wisperte ihm Lillian zu, als sie sich ein Stückchen entfernt hatten.

»Ganz gewiss nicht«, entgegnete Georg. »Aber er wird es seinen Kameraden erzählen, und falls es jemand verschwitzt hat, kann er sich jetzt mit einem schlechten Gewissen herumplagen.«

»Caldwell hätte es dir trotzdem sagen können.«

»Er war mit uns im Busch, wahrscheinlich hat er selbst erst heute davon erfahren. Vielleicht ist auch gerade ein Telegramm zu uns unterwegs. Aber wir waren schneller. Und jetzt komm, lass uns diese Pracht anschauen!«

16

Das Fest rückte schneller heran, als es Lillian lieb war. Zwischendurch schwankte sie immer wieder zwischen Verwirrung und unterschwelliger Freude. Außerdem fürchtete sie sich, und das in zweierlei Hinsicht. Zum einen war da der unverschämte Jason Ravenfield, der sich wahrscheinlich immer noch über ihre Sprachlosigkeit bei der Teestunde amüsierte. Und dann war da noch die Sache mit der Sternwarte. Wie Moskitos schwirrten die Gerüchte immer noch durch die Straßen. Wenn sie einkaufen ging, hatte sie ständig das Gefühl, dass die Leute nur ihretwegen die Köpfe zusammensteckten – auch wenn sie schwerlich wissen konnten, dass sie die Enkelin des seltsamen Deutschen war.

Allerdings würde Samantha sie auf dem Ball mit einigen Leuten bekannt machen. Wenn sie in sich hineinhörte, meinte sie die Stimme ihrer Freundin Adele zu hören, die ihr riet, sich ins Vergnügen zu stürzen. »Du kannst doch nicht immer nur über deinen Büchern brüten«, schien sie ihr vorzuhalten. »Wie willst du denn je einen Bräutigam finden?«

Früher war ihr der Einwand, dass sie keinen Mann brauchte, leicht über die Lippen gekommen, doch in diesem Augenblick, als sie ruhelos durch die Küche ging, ohne zu wissen, was sie tun sollte, fiel es ihr schwer, so zu reden. Nein, auch eine Wissenschaftlerin konnte verheiratet sein. Sie musste nur einen Mann finden, der ihre Arbeit tolerierte oder vielleicht sogar unterstützte.

Sie brauchte einen Rat!

Adele wäre dafür genau die Richtige gewesen, doch sie war Tausende von Meilen entfernt, so weit, dass bisher nicht einmal ein Brief von ihr eingetroffen war.

Also marschierte sie schnurstracks zum Arbeitszimmer ihres Großvaters, der noch immer so ruhig war, als würde es das Gerede in der Stadt nicht geben.

»Hast du schon gehört?«, begann sie, während sie auf den Schreibtisch zuging, hinter dem ihr Großvater Platz genommen hatte. Es war ein schweres Möbelstück mit verzierten Beinen und intarsienverzierter Tischplatte, an dem die Männer vom Fuhrunternehmen schwer zu schleppen gehabt hatten. Die schönen Verzierungen wurden allerdings von zahlreichen Papierrollen verdeckt, von denen einige bereits zu Boden gerollt waren.

»Was soll ich gehört haben, Lilly?«

»Die Leute in der Stadt ... sie wissen Bescheid über die Sternwarte.«

»Hm. Mach dir nichts draus, irgendwann musste es ja so kommen«, bemerkte ihr Großvater leichthin, während er sich über seine Konstruktionszeichnung beugte, die ein befreundeter Architekt aus Düsseldorf für ihn angefertigt hatte. »Mich erstaunt, dass es so lange gedauert hat. Immerhin sind wir doch deswegen hier, warum sollten wir uns also verstecken?«

Lillian blickte ihren Großvater erstaunt an. Natürlich hatte er recht, aber dennoch ...

»Und wer hat es deiner Meinung nach herumerzählt?«

»Die Männer, die das Holz angeliefert haben, ist doch klar! Wahrscheinlich haben sie erfahren, wofür das Holz ist. Mr Caldwell macht in Blenheim auch keinen Hehl aus unserem Vorhaben. Also sollten wir es auch nicht mehr tun.«

Jetzt legte Georg die Zeichnung beiseite und sah sie an. »Ich mache mir nichts aus dem Tratsch, und du als angehende Wissenschaftlerin solltest das auch nicht tun. Solange die Leute von einem reden, ist man interessant.«

»Aber ich möchte nicht, dass sie über dich spotten. Du arbeitest so hart für deine Forschung, dass es mir wehtut, wenn sie abfällige Bemerkungen machen.«

»Das ist sehr lieb von dir, Lilly, aber du brauchst dir keine Sorgen zu machen. Mich berührt das Geschwätz gar nicht. Und ich vertraue darauf, dass du uns schon gegen die Tratschmäuler verteidigen wirst, sollten sie die Unwahrheit erzählen.«

»Das werde ich, aber ...«

»Also brauchst du nichts zu befürchten, mein Kind. Wenn man etwas Besonderes tut oder ist, muss man damit rechnen, dass man von jenen, die kein besonderes Talent haben, angegriffen wird. Dass solche Leute einen verstehen, ist äußerst selten, also lächle nur, wenn du irgendwas hörst, und sag dir, dass es eigentlich Bewunderung ist, die sie durch ihr Geschwätz äußern.«

Lillian wollte noch etwas darauf erwidern, doch sie sah ein, dass ihr Großvater recht hatte. Sie nahm sich vor, diese Haltung auch auf dem Fest an den Tag zu legen.

»Was meinst du, Großvater, soll ich überhaupt auf das Fest gehen?«, fragte sie, nachdem sie sich eine Weile schweigend angesehen hatten.

»Unbedingt!«, entgegnete Georg, während er nach ihrer Hand griff. »Aber nicht in diesem Kleid. Du solltest dir etwas Besseres besorgen, damit dich die Burschen von Kaikoura auch zum Tanz bitten.«

Auch wenn es nahelag, Samantha um Rat zu fragen, entschied sich Lillian dafür, allein in den Schneiderladen von Mrs West zu gehen. Natürlich war ihre Auslage nicht so exklusiv wie die von Samanthas Schneiderin, doch die Kleider waren erschwinglich, ohne dass man befürchten musste, sich zu blamieren.

Nachdem sie einen verträumten Blick auf das violette Kleid

im Schaufenster geworfen hatte – das natürlich viel zu extravagant für sie war –, trat sie unter Glockengeläut ein.

Zu ihrer Erleichterung befand sich keine weitere Kundschaft im Laden. Mrs West selbst stand vor einer Figurine und steckte gerade ein Kleid zusammen.

»Guten Tag«, meldete sich Lillian ein wenig zaghaft, worauf die Schneiderin mit ihrer Arbeit innehielt und den Kopf hob. Kurz musterte sie Lillian, dann kam sie mit einem breiten Lächeln auf sie zu.

Etwas an Mrs West war anders als an anderen Frauen, das sah Lillian gleich. Ihre schwarze Lockenmähne ließ sich offenbar nur schwer bändigen, und ihre Hautfarbe wies einen goldenen Schimmer auf.

»Guten Tag, meine Liebe, was kann ich für Sie tun?«, sagte sie mit funkelnden goldbraunen Augen.

»Ich würde mir gern Ihre Kleider ansehen«, antwortete Lillian, noch immer ganz gefesselt von der exotischen Ausstrahlung der Schneiderin.

»Sie brauchen etwas für das Fest, nicht wahr? Bei den Carsons.«

Lillian nickte. »Das hat sich herumgesprochen, vermute ich.«

»Jede Frau unterhalb der vierzig, die zu mir kommt, braucht ein Kleid für dieses Fest. Einige bevorzugen meine Kollegin, aber ich versichere Ihnen, dass ich wesentlich preiswerter bin und von der Qualität durchaus mithalten kann.« Daran hatte Lillian nicht den geringsten Zweifel, auch wenn sie sich fragte, warum Samantha ihre Kleider nicht hier kaufte. Nach allem, was sie sah, war diese Schneiderin genauso geschickt wie Mrs Billings. »Und ich glaube, ich habe genau das Richtige für Sie.«

Die Schneiderin verschwand hinter dem Samtvorhang, und Lillian hörte ein Rumpeln im Hinterzimmer.

Wenig später kam die Schneiderin mit einer Figurine heraus, die ein ganz wunderbares Kleid trug. Lillian machte große Augen. Das Kleid war über und über mit Spitze verziert und in einem zarten Cremeton gehalten. Der Stehkragen war mit einer kleinen Gemme verziert, der Rock hinten über eine Tournüre gerafft, wie es gerade in England Mode war.

»Wenn Sie möchten, können Sie es gern anprobieren«, sagte die Schneiderin freundlich. »Wenn sich mein Augenmaß nicht irrt, sollte es Ihnen wie angegossen passen.«

»Oh, sehr gern!«, antwortete Lillian und ließ sich von der Schneiderin in das Anprobierzimmer führen, wo Mrs West ihr beim Ankleiden behilflich war.

Das Rascheln des Stoffs und der Rosenduft, der den Raum erfüllte, entfachten ein seltsames Gefühl in Lillian. Bei der Anprobe in Samanthas Haus hatte sie das Umkleiden als belastend gefunden, doch hier war es etwas anderes. Mrs West erschien ihr wie eine gute Fee, die aus einem Aschenputtel eine Prinzessin machen wollte. Das Kleid selbst schien das reinste Zauberwerk zu sein, denn der seidige Stoff schmiegte sich glatt und leicht an ihren Körper, und auch wenn das Mieder enger saß als bei ihren eigenen Kleidern, fühlte sie sich darin nicht unwohl. Vielmehr schien das Kleid eine Seite an ihr hervorzubringen, die sich bisher immer unter Wissen und Büchern verborgen hatte.

Schwindelig von den neuen Gefühlen, stellte sich Lillian schließlich vor den Spiegel – und glaubte einen Moment lang, in das Gesicht einer Fremden zu sehen. War das wirklich sie? Selbst in Köln, selbst dann, wenn sie sich bei Adeles reichen Eltern eingefunden hatte, hatte sie nie so ein Kleid getragen. Adele war diejenige, die einen ganzen Schrank voller solcher Kleider besaß; sie selbst hatte fast nur praktische, robuste Kleider für alle Tage. Jedenfalls nichts, was mit diesem hier mithalten konnte. Und nun stand sie hier – und wünschte sich nichts sehnlicher, als dass Adele sie so sehen könnte. Vielleicht gab es hier am Ort einen Fotografen, der eine Aufnahme machen würde...

»Sehen Sie, ich hatte recht«, erklang hinter ihr die Stimme von Mrs West. »Das Kleid sitzt wie angegossen. Und auch wenn ich nur eine Frau bin, behaupte ich einfach mal, dass Sie darin ganz wundervoll aussehen.«

Das fand Lillian auch, während sie sich vor dem Spiegel drehte und noch immer ein wenig daran zweifelte, sich selbst zu sehen. »Ja, es ist wunderschön.«

»Und Sie werden es noch schöner finden, wenn ich Ihnen den Preis für diese Kostbarkeit nenne.«

Und tatsächlich, der Preis war wirklich mehr als annehmbar für solch ein Kleid. Lillians Herz raste, als sie daran dachte, dass die Summe, die ihr Großvater ihr mitgegeben hatte, dafür reichen würde – und vielleicht sogar noch für ein paar passende Spitzenhandschuhe.

»Ich nehme es!«, sagte sie kurz entschlossen, und zum ersten Mal fühlte sie ehrliche Vorfreude auf den Ball.

Die Schneiderin strahlte. »Ich bin sicher, dass Sie damit sämtlichen Männern der Stadt den Kopf verdrehen werden. Soll ich das Kleid liefern lassen oder möchten Sie es selbst mitnehmen?«

Als sie den Laden mit dem länglichen, mit einer hellblauen Schleife verschlossenen Karton wieder verließ, liefen ihr unglücklicherweise wieder einmal Rosie und ihre Meute über den Weg. Samantha war nicht unter ihnen, was die Sache noch schlimmer machte.

Die jungen Frauen sahen sie einen Moment lang an, als hätte sie sich nackt auf die Straße gewagt, dann rauschten sie, ohne etwas zu ihr zu sagen, an ihr vorbei. Was Lillian auch wesentlich lieber war, denn sie wollte sich die Hochstimmung, in die sie der Kauf des Kleides versetzt hatte, nicht verderben lassen.

Doch kaum hatte sie den Schneiderladen ein paar Meter hinter sich gelassen, fiel ihr ein, was die abschätzigen Blicke zu bedeuten hatten. Offenbar war es für die Töchter der feineren Gesellschaft unter ihrer Würde, bei Mrs West einzukaufen – auch wenn die Kleider durchaus mit den Werken der Maßschneiderinnen mithalten konnten.

Wahrscheinlich waren Rosie und die anderen es gewohnt, dass Mrs Billings bei ihnen mit unzähligen Figurinen hereinschneite. Doch ich gehöre nicht dazu, sagte sie sich, also steht es mir frei, mein Kleid dort zu kaufen, wo ich will.

Als sie mit ihrem Päckchen nach Hause kam, fand sie ihren Großvater in der Küche. Soeben noch in die Lektüre eines Briefes vertieft, ließ er diesen verschwinden, als Lillian eintrat.

»Großvater!« Lillian hob überrascht die Augenbrauen. »Was hast du denn da?«

»Nichts. Nur ein alter Brief, den ich mir noch mal anschauen wollte. Ich habe Kaffee gemacht, möchtest du eine Tasse?«

Lillian sah ihrem Großvater deutlich an, dass er etwas verheimlichte. Um ihr nicht in die Augen sehen zu müssen, erhob er sich, wandte sich dem Sideboard zu und nahm eine Tasse aus dem Regal. Diese trug er zum Herd, wo er sie mit dampfendem Kaffee füllte.

Was war nur los mit ihm?

Lillian legte ihr Päckchen auf dem Küchentisch ab.

»Wie ich sehe, bist du doch fündig geworden«, sagte ihr Großvater, als er mit der Tasse zum Tisch zurückkehrte und sie vorsichtig neben dem Karton abstellte.

»Ja, und es war leichter, als ich dachte. Ich war in dem Laden von Mrs West, und da habe ich es gesehen. Einfach so!«

»Das wird der Schneiderin, die dich so viele Kleider hat anprobieren lassen, nicht gefallen.«

»Samantha hat mehrere Kleider bei ihr bestellt, das wird nicht auffallen«, winkte Lillian ab. »Außerdem schnürt mir dieses Kleid nicht die Luft ab, und es kratzt auch nicht.«
»Ist es denn wirklich ein Ballkleid? Lass mich mal sehen!«
»Seit wann verstehst du denn etwas von Ballkleidern?«, fragte Lillian zweifelnd.
»Ich war einmal verheiratet, schon vergessen? Ich weiß durchaus etwas mit weiblicher Kleidung anzufangen. Also mach schon, zeig es mir. Es sei denn, es ist zutiefst unanständig oder besteht aus Tweed, was ich dir durchaus zutrauen würde.«
Seufzend öffnete Lillian die Schleife und hob den Deckel an. Der spitzenverzierte Stoff schimmerte geheimnisvoll in der Nachmittagssonne, die durch das Küchenfenster fiel.
»Es ist keineswegs unanständig, Großvater. Es ist nicht mal besonders auffällig, aber schön. Und kein Arbeitskleid, wie du vielleicht meinst.«
Georg erstarrte beim Anblick des Kleides. Tränen traten plötzlich in seine Augen.
»Großvater, was ist denn los?«, fragte Lillian verwundert. »Gefällt es dir nicht?«
»Doch«, entgegnete Georg knapp und wandte den Blick ab. »Es erinnert mich nur so sehr an deine Großmutter.« Kurz schwieg er, dann erhob er sich. »Ich glaube, ich sollte wieder an meine Arbeit gehen. Es gibt noch so viel zu tun.«
Er bemühte sich um ein aufmunterndes Lächeln, doch das misslang ihm gründlich.
Lillian versagt es sich, noch einmal nachzuhaken. In diese Stimmung geriet ihr Großvater manchmal, besonders dann, wenn ihn Erinnerungen an ihre Großmutter überwältigten. Hatte er vielleicht einen ihrer Briefe gelesen, als sie fort gewesen war? An dem Kleid konnte es doch nun wirklich nicht liegen!
Noch einmal strich sie mit der Hand über den zarten Stoff

und die Spitzen; dann verschloss sie den Karton wieder und trug ihn in ihr Zimmer.

Zwei Tage später stand Lillian aufgeregt vor dem Spiegel. Obwohl sie sicher war, dass das Kleid saß und auch ihre Frisur gut gelungen war, suchte sie nach Fehlern, die den Stadtbewohnern eventuell ins Auge fallen konnten. Rosie und ihre Freundinnen würden sicher wieder versuchen, an ihr herumzumäkeln. Doch auch nach weiteren Minuten konnte sie nur sagen, dass das Kleid perfekt saß, dass keine Strähne aus der Frisur schaute und dass auch ihr Gesicht, abgesehen von den aufgeregten roten Flecken, gut aussah. Nein, besser ging es nicht.

Ein Blick auf die Wanduhr sagte ihr, dass Samanthas Kutsche bald kommen würde. Zeit, sich von ihrem Großvater zu verabschieden. Ein wenig scheute sie sich, vor ihm in dem Kleid zu erscheinen, denn sie hatte immer noch seine Reaktion vor Augen, als sie ihm das Kleid zum ersten Mal gezeigt hatte. Den ganzen Abend über hatte er sich nicht mehr blicken lassen – um am nächsten Morgen lächelnd in der Küche aufzutauchen, als wäre nichts geschehen. Was, wenn er wieder von der Melancholie überfallen wurde?

Im Arbeitszimmer saß ihr Großvater wieder am Schreibtisch. Mit missmutiger Miene las er den Brief, den er am vergangenen Morgen erhalten hatte. Über den Inhalt hatte er ihr noch nichts verraten, aber nach seinem Brummen zu urteilen, konnte es keine gute Nachricht sein.

Als er Lillian bemerkte, blickte er auf. Doch diesmal brach er angesichts des Kleides nicht in Tränen aus. Breit lächelnd fragte er: »Oh, ist es schon so weit?«

Lillian nickte erleichtert. »Samantha wollte mich um sechs Uhr abholen. Und du bist wirklich sicher, dass du nicht mitkommen möchtest?«

Seit sie erfahren hatte, dass die Stadt über die geplante Sternwarte Bescheid wusste, hatte Lillian versucht, ihren Großvater zum Mitkommen zu überreden.

»Wie sieht das denn aus, wenn ich ganz allein dort auftauche?«, hatte sie gefragt, doch ihr Großvater hatte geantwortet: »Wie eine junge Frau, die sich endlich mal vergnügen möchte. Du hast mir doch gesagt, dass es eine anständige Veranstaltung ist.«

Lillian nickt. »Jedenfalls behauptet Samantha das. Außerdem glaube ich kaum, dass man in den engen und steifen Kleidern irgendwas Unanständiges tun könnte.«

»Sag das nicht zu laut«, entgegnete Georg lachend. »Unanständigkeit kann sich auch unter feinen Roben verbergen. Wenn man es genau nimmt, taucht sie dort am häufigsten auf. Aber ich vertraue deiner Freundin.«

»Du hast sie ja noch nicht mal kennengelernt.«

»Stimmt, und da fällt mir ein, dass wir das nachholen sollten. Vielleicht kommende Woche?«

»Ich werde sie fragen«, entgegnete Lillian. »Dann kann ich ihr vielleicht auch eines unserer Teleskope zeigen. Immerhin hatte sie gemeint, dass sie sich für Astronomie interessieren würde.«

»Dann haben wir ja wenigstens schon einen Gast für unser Richtfest!« Georg verstummte und sah sie versonnen an. »Du bist wunderschön, mein Kind.«

Lillian errötete. »Nimm mich nicht auf den Arm, Großvater!«

»Das tue ich ganz und gar nicht. Du wirst deiner Großmutter immer ähnlicher. In deinem Alter war sie genauso schön wie du.«

Das war das größte Kompliment, das ihr Großvater ihr machen konnte. Dennoch war ihr immer noch mulmig zumute, denn Lillian war sicher, dass die aufgeblasene Gesellschaft von Kaikoura sicher etwas an ihr auszusetzen haben würde. In Köln war das nicht anders gewesen.

»Ich fresse einen Besen, wenn du nicht mindestens an jedem Finger einen Verehrer hast heute Abend.«

»Dann sollte ich mir wohl überlegen, wie ich den Besen am besten zubereite, damit du ihn auch hinunterbekommst«, entgegnete Lillian. Dann lauschte sie: War das Hufgetrappel?

Als sie zum Fenster eilte, fuhr eine offene Kutsche vor dem Gartenzaun vor. Samantha war da!

»Das ist sie!«, rief Lillian, dann richtete sie noch einmal ihre Haare und strich ihr Kleid glatt.

»Amüsier dich gut«, sagte ihr Großvater, als er sie zum Abschied umarmte. »Und sollte einer der Burschen frech werden, weißt du, was du zu tun hast.«

»Ja, ich werde ihn mit Sterntabellen langweilen, bis er von selbst wieder verschwindet.«

»Und wenn er das dann immer noch nicht tut, solltest du dir die Sache noch mal überlegen, denn wahrscheinlich hast du dann den Mann fürs Leben gefunden.«

Würde sich Jason Ravenfield von Sterntabellen abschrecken lassen?, fragte sich Lillian, während sie mit Mantel und Täschchen zur Tür eilte. Der Kutscher war inzwischen abgestiegen und kam den Weg hinauf. Bevor er die Tür erreichte, trat Lillian ihm entgegen.

»Sie sind Miss Ehrenfels?«, fragte er mit einer leichten Verbeugung, und Lillian staunte nicht schlecht, dass dieser Mann eine Livree trug. Nicht einmal in Köln waren Kutscher wohlhabender Familien so gekleidet gewesen, dort trugen sie meist schwarze Kutschermäntel und Zylinder.

»Ja, die bin ich«, entgegnete Lillian, worauf der Mann auf die Kutsche deutete.

»Miss Carson hat mir aufgetragen, Sie abzuholen. Sie erwartet Sie in der Kutsche.«

Als Lillian über die Schulter des Mannes blickte, winkte ihr Samantha schon fröhlich zu. Ihr Kleid verbarg sie unter einem braunen Taftmantel; Lillian war gespannt, für welches von Mrs Billings Modellen sie sich heute Abend entschieden hatte.

Der Kutscher begleitete sie zu seinem Gefährt, und Lillian stieg ein. Erleichtert stellte sie fest, dass sie allein waren. Keine Eltern, keine Freundinnen.

»Guten Abend, meine Liebe!« Samantha streckte ihr zur Begrüßung die behandschuhten Hände entgegen. »Was für ein wundervolles Kleid! Wo hast du das nähen lassen?«

»Ich habe es gekauft. In einem Laden in der Stadt.« Lillian presste die Lippen zusammen, als ihr wieder einfiel, wie abschätzig Rosie und die anderen geschaut hatten, als sie aus dem Schneidersalon gekommen war.

»In welchem Laden bekommt man so etwas?« Samantha befühlte die Spitze und schob bewundernd die Unterlippe vor. Ihre Bewunderung schien echt zu sein, was den Mut gab, zuzugeben: »Ich habe es aus dem Schneiderladen von Mrs West.«

Samanthas perfekt gezupfte Augenbrauen schnellten nach oben. »Alle Achtung, das hätte ich nicht gedacht«, sagte sie dann. »Aber ich bleibe dabei, dieses Kleid ist wunderschön; vielleicht unterschätze ich Mrs Wests Künste.«

Erleichtert ließ sich Lillian auf dem Sitz zurücksinken. Ich mache mir selbst mehr Angst, als ich haben müsste, dachte sie, während der Kutscher die Peitsche über die Köpfe der Pferde knallen ließ.

»Na, was sagst du?«, fragte Samantha mit leuchtenden Augen, während die Kutsche anruckte. »Mein Vater hat den Kutscher eigens für den Ball angemietet; er möchte, dass ich wie Cinderella zum Ball fahre. Und nebenbei auch noch den Prinzen kennenlerne. Kennst du das Märchen?«

»Bei uns heißt es Aschenputtel«, entgegnete Lillian lächelnd. Samanthas Fröhlichkeit wirkte ansteckend. »Glaubst du denn wirklich, es gibt Prinzen auf dem Ball?«

»Sicher, so einige. Mr Ravenfield zum Beispiel.«

Eine Hitzewelle überlief Lillian. Jason Ravenfield – konnte Samantha Gedanken lesen? Auf jeden Fall schien sie Verlegenheit auf Lillians Gesicht zu sehen, denn sie lächelte breit.

»Er scheint dich sehr zu mögen, jedenfalls hatte ich bei der Teestunde den Eindruck.«

»Er hat versucht, mir peinliche Fragen zu stellen, das lege ich nicht unbedingt als Sympathie aus«, verteidigte sich Lillian rasch, obwohl sie Samantha recht geben musste. Auch sie hatte gespürt, dass Ravenfield Gefallen an ihr fand. Aber seine Gegenwart machte sie mehr als nervös. Nervös auf eine andere Art als in dem Moment, als sie Henare Arana ohne Hemd gesehen hatte – eine Geschichte, die sie Samantha nicht anvertraut hatte, weil sie nicht wollte, dass sie es herumerzählte.

»Wenn ein Mann das tut, mag er dich ganz offensichtlich. Ich bin sicher, dass er heute mit dir tanzen wird. Und dann wird dich mindestens die Hälfte der Mädchen dieser Stadt hassen, weil irgendwie jede ein Auge auf ihn geworfen hat.«

»Du auch?«, fragte Lillian, obwohl Samantha ihr schon einmal beteuert hatte, nichts an Ravenfield zu finden.

»Nein, ich bleibe dabei, er ist nicht nach meinem Geschmack. Außerdem ist er ein Freund meines Vaters, und der liebt seine Freunde viel zu sehr, als dass er sie mit seiner verschwendungssüchtigen Tochter verkuppeln würde.«

Etwa eine Viertelstunde nachdem sie die Stadt verlassen hatten, erreichten sie den Festort. Der »Ballsaal« war eine riesengroße Scheune, vor der schon etliche Kutschen standen. Das Gebäude selbst erinnerte Lillian wieder an die Versammlungshalle der Maori, nur dass die Männer hier keine Baströcke trugen, sondern elegante Anzüge. Nicht nur außen war die Scheune prachtvoll geschmückt, im Innern erwarteten die Gäste riesige Leuchter, Blumenarrangements und wunderschön gedeckte Tische. Die Tanzfläche dazwischen war sehr groß, und bereits jetzt spielte die Kapelle ein paar dezente Melodien, zwischen denen das Stimmgewirr der Anwesenden schwebte.

»Die Scheune wird nicht wirklich als solche genutzt, nicht wahr?«, fragte Lillian, während sie sich staunend umsah.

»Nein, sie ist vor einigen Jahren von den Bellamys gekauft worden«, antwortete Samantha. »Jackson Bellamy ist unser Bürgermeister, wie du sicher schon weißt. Er hat noch mehr Geld als mein Vater und ist noch geiziger als er.«

»Sind deine Eltern ebenfalls hier?« Lillian reckte den Kopf.

»Um mir den Spaß zu verderben?«, entgegnete Samantha lachend. »Nein, sie sind zu Hause geblieben, solche frivolen Partys, wie mein Vater Tanzveranstaltungen zu nennen pflegt, sind nichts für sie. Eigentlich hätte ich mir einen Begleiter suchen sollen, aber als ich ihnen erzählt habe, dass du mit mir auf das Fest gehst, haben sie mich von dieser Aufgabe entbunden.«

Das verwunderte Lillian, denn sie hatte angenommen, dass Samantha von den jungen Männern regelrecht umschwärmt würde.

»Hast du denn wirklich keinen gefunden, der dich begleitet hätte?«

»Sicher hätte ich das, doch das hätte mich verpflichtet, fast den ganzen Abend mit ihm zu verbringen. Und ehrlich gesagt, bin ich dazu noch nicht bereit. Ich will einfach nur tanzen und mich amüsieren. Das solltest du auch tun, angehende Wissenschaftlerin!«

Damit hakte sich Samantha bei Lillian ein und zog sie mit sich. Als sie unterwegs einem Kellner begegneten, der Champagnergläser vor sich hertrug, nahm sie kurzerhand eines und reichte es an Lillian weiter, bevor sie selbst ebenfalls eines nahm.

»Das wirst du vielleicht brauchen«, wisperte sie verschwörerisch. »Nicht alle Burschen, die dich zum Tanzen auffordern, sehen aus wie Jason Ravenfield.«

Mich wird niemand auffordern, sagte sich Lillian ein wenig selbstmitleidig, denn so war es in Köln auch gewesen. Die Jungen hatten nur Augen für Adele gehabt, die alles sichtlich mehr genossen hatte als sie selbst.

Nachdem sie sich ein Stück weit durch die Menge gedrängt hatten, stockte Samantha plötzlich. »Da ist Jack!«

»Welcher Jack?«, fragte Lillian, während sie den Hals reckte.

»Jack Middleton. Wenn ich mich von einem zum Tanz führen lasse, dann von ihm.«

»Und welcher von den vielen Männern ist das?«

»Der Blonde mit dem blauen Gehrock. Eigentlich habe ich es nicht so mit Männern, die meinen Eltern gefallen könnten, aber bei Jack könnte ich glatt darüber hinwegsehen, dass sein Vater eine Handelskompanie besitzt und er eine verdammt gute Partie ist!«

Nach kurzer Suche machte Lillian Samanthas Auserwählten unter den anderen aus. Jack Middleton war wirklich sehr attraktiv, genau die Sorte Mann, die auch Adele gefallen hätte. Doch im Gegenteil zu ihr hätte Adele nie das getan, was Samantha im nächsten Augenblick tat.

»Warte einen Moment hier auf mich, ich bin gleich wieder da.«

Während Lillian das Glas fest umklammert hielt, sah sie Samantha davoneilen, genau in Richtung Jack Middleton. Auf den Bällen, auf die Adele sie mitgenommen hatte, wäre es undenkbar gewesen, dass die Frau auf einen Mann zuging. In Deutschland wurde geduldig gewartet, bis der Auserkorene auf einen aufmerksam oder von irgendwem vorgestellt wurde.

Lillian kam sich ein wenig verloren vor, und fast empfand sie Neid auf Samantha, die keine Scheu hatte, zu dem Burschen zu gehen, ihn anzulächeln und ihn dazu zu bringen, den Kopf nach ihr zu drehen. Nach einer Weile war Samantha noch von anderen umringt, die sie herzlich in Empfang nahmen.

Lillian kam sich vor wie das fünfte Rad am Wagen. Für einen Moment konnte sie die Blicke der anderen Gäste noch ignorieren, doch schließlich bemerkte sie sie doch. Als sie zur Seite blickte, neigte eine Frau gerade den Kopf ein wenig vor, und während sie ihrem Begleiter etwas zuflüsterte, blickte sie unverwandt in Lillians Richtung.

Sie müssen nicht über dich reden, versuchte sie sich zu beruhigen. Hier sind so viele Menschen. Aber das unangenehme Gefühl, dass genau sie Thema des Gesprächs war, war stärker.

»Ah, ist das das Kleid von Mrs West?«, ertönte Rosies Stimme auf einmal in ihrem Nacken.

Lillian wandte sich um. Rosie, in ein grünes Taftkleid gekleidet, das am Ausschnitt mit weißen Rosen verziert war, lächelte sie spöttisch an. Natürlich hatte sie wie immer die Zwillinge Jenny und Josie und auch Maggie im Schlepptau.

»Wie kommst du denn darauf, dass ich es von dort habe?«, fragte Lillian scheinheilig, und kurz zuckte es ihr durch den Sinn, dass Samantha es ihnen erzählt haben könnte. Aber wahrscheinlich erinnerte sich Rosie noch gut daran, dass sie sie aus dem Schneiderladen hatten kommen sehen.

»Welchen Grund hättest du denn sonst, in ihren Laden zu gehen? Bei Mrs Billings warst du ganz sicher nicht, das würde man sehen.« Abschätzig glitt ihr Blick über den Rock. »Kleider von Mrs West sind nur etwas für Huren. Du solltest dir überlegen, ob du wirklich so herumlaufen willst.«

Lillian schoss das Blut ins Gesicht. Verärgert stellte sie fest, dass Rosie diese Reaktion mitbekam und darüber lächelte. Offenbar hatte sie genau das bezweckt.

»Kommt, meine Lieben, suchen wir uns einen anderen Ort, an dem man nicht denkt, wir seien in schlechter Gesellschaft.«

Während sie mit ihren Begleiterinnen davonscharwenzelte, kochte in Lillian der Zorn hoch. Wie konnte es diese Hexe wagen, sie eine Hure zu nennen! Am liebsten wäre sie ihr nachgelaufen und hätte dafür gesorgt, dass sie diese Beleidigung zurücknahm. Doch da waren die vier bei einer Ansammlung von weiteren jüngeren Frauen und ihren Kavalieren angekommen. Dass einige von ihnen zu ihr hinübersahen, war ganz gewiss kein Zufall. Wahrscheinlich tratschte Rosie gerade genüsslich über ihr Kleid.

Auf einmal überkam Lillian das Gefühl, dass auch andere Gäste sie anstarren würden. Schweißtropfen erschienen auf ihrer Stirn, Panik machte sich in ihrer Magengrube breit. Schließlich wusste sie sich keinen anderen Rat, als aus dem Raum zu laufen.

Wahrscheinlich lachten Rosie und die anderen darüber, aber das war ihr egal. Sie konnte nur an das denken, was Rosie ihr an den Kopf geworfen hatte – und stellte fest, dass sie sich noch nie zuvor so hilflos gefühlt hatte.

Wo war Samantha denn bloß, wenn man sie brauchte? Lillian kämpfte mit den Tränen. Adele hätte sie niemals allein gelassen. Und in ihrer Gegenwart hätte auch niemand gewagt, sie zu beleidigen!

Als Lillian endlich eine Tür fand, durch die sie nach draußen schlüpfen konnte, war sie sicher, einen schlimmen Fehler gemacht zu haben. Sie hätte nicht auf dieses Fest gehen sollen! Sie war nun einmal nicht geschaffen für diese Welt. Keines ihrer Bücher lachte über sie, kein Stern machte spöttische Bemerkungen über das, was sie war oder trug.

Erst einige Augenblicke, nachdem sie den Tanzsaal verlassen hatte, wurde ihr klar, dass sie nicht auf der Straße stand, sondern auf dem breiten Weg, der in den Garten führte. Einige Leute, denen es drinnen zu warm war, hatten sich bereits hierherbegeben. Lillian saß in der Falle!

Doch noch einmal zurücklaufen und nach einem anderen Ausgang suchen wollte sie nicht. Mit rasendem Herzen und einem dicken Tränenkloß im Hals machte sie sich auf die Suche nach einem dunklen Plätzchen, an dem sie sich beruhigen und überlegen konnte, was sie jetzt tun sollte.

Fündig wurde sie bei einem Rosenbogen, dessen Blüten einen berauschenden Duft verströmten. Gedankenverloren strich sie über einen der dunkelroten Rosenköpfe, dann blickte sie hinauf zum Himmel, wo der Mond einen Schal aus weißen Wolken angelegt hatte.

Nie wieder werde ich zu so einem oberflächlichen Fest gehen, schwor sie sich, während der Anblick des Himmels ihren Zorn ein wenig linderte und den Kloß in ihrem Hals allmählich auflöste.

»So schnell sieht man sich also wieder.«

Als Lillian herumwirbelte, kam Jason Ravenfield mit einem breiten Lächeln auf sie zu. In seinem dunkelblauen Gehrock, den schwarzen Hosen und dem von einer silbernen Krawatte geschmückten blütenweißen Hemd sah er einfach umwerfend aus, das musste sie zugeben.

Und sie steckte in einem Kleid, von dem Rosie sicher schon verbreitet hatte, dass sie es bei einer Schneiderin gekauft hatte, die einen alles andere als guten Ruf genoss.

»Mr Ravenfield.« Lillian strich sich verlegen den Rock glatt.

»Ah, Sie erinnern sich noch an meinen Namen. Das hätte ich ehrlich gesagt nicht erwartet.«

Sein Ton reizte sie dazu, eine freche Antwort zu geben, doch Lillian beherrschte sich.

»Nun, es soll durchaus vorkommen, dass Frauen genug Verstand haben, um sich gewisse Dinge merken zu können.«

»Daran habe ich bei Ihnen nicht im Geringsten gezweifelt.«

Ravenfield trat vor sie und ehe sie sich versah, ergriff er ihre Hand und beugte sich zu einem formvollendeten Handkuss darüber.

»Sie sind also die Enkelin von Mr Ehrenfels«, sagte er dann, während er offenbar nicht vorhatte, ihre Hand in nächster Zeit wieder freizugeben. »Ich bin immer wieder erstaunt darüber, welche Zufälle das Leben manchmal parat hat.«

Lillian runzelte die Stirn. Dass er wusste, wer sie war, erstaunte sie nicht, denn sie hatte ihm ja ihren Namen in Christchurch genannt. Doch was war mit ihrem Großvater? Er hatte nichts davon erwähnt, dass er den Schafzüchter kannte ...

»Sie fragen sich jetzt sicher, woher ich das alles weiß, nicht wahr?« Ravenfield lächelte sie vielsagend an. »Nun, offenbar hat Ihr Großvater Sie noch nicht ins Vertrauen gezogen. Ich bin der Mann, der den Versuch wagt, Land für das Projekt Ihres Großvaters bei den Maori einzutauschen.«

»Sie?« Lillian entzog ihm jetzt ihre Hand und wich ein Stück zurück.

»Sind Sie darüber so entsetzt?«, fragte Ravenfield ein wenig verwirrt.

»Nein, ich ... ich wünschte nur, ich hätte es gewusst.«

»Nun, jetzt wissen Sie es. Und was Ihren Großvater angeht, so muss ich ihn in Schutz nehmen. Wahrscheinlich weiß er es auch erst seit heute, vielleicht hat er davon erst erfahren, als sie bereits auf dem Weg zum Fest waren. Mr Caldwell und ich hatten eine Vereinbarung, dass er es ihm erst sagen sollte, wenn es so aussieht, als würde der Deal klappen.«

»Der Deal«, wiederholte Lillian ein wenig verwundert, denn Ravenfield sprach von dem Landtausch, als würde es nur um ein paar Unzen Wolle gehen.

»So sagt man gemeinhin bei uns«, gab der Schafzüchter lächelnd zurück.

»Und Großvater bekommt nun sein Land?«

»Die Maori scheinen dem Tausch jedenfalls nicht abgeneigt zu sein. Immerhin erhalten sie gutes Weideland im Austausch gegen ungemütliches bergiges Gelände, das, soweit ich weiß, keine heilige Stätte beherbergt. Ein sehr gutes Geschäft, würde ich sagen.«

Von ihrem Besuch bei den Maori wusste sie, dass diese auf Landbesitz nicht viel Wert legten – es kam ihnen nur darauf an, einen Ort zu haben, an dem ihr Stamm leben und jagen konnte.

»Ich bin sicher, dass Großvater sich freuen wird«, entgegnete Lillian freudig und wäre am liebsten losgelaufen, um ihrem Großvater Bescheid zu geben, doch das wäre unhöflich gewesen.

»Sie sehen übrigens wirklich ganz reizend aus«, sagte er dann, und Lillian entging nicht, dass sich auf seinem Gesicht etwas veränderte. Er wirkte auf einmal nicht mehr spöttisch, sondern ehrlich interessiert. Das trieb ihr unwillkürlich die Röte ins Gesicht.

»Vielen Dank«, entgegnete sie etwas verlegen. »Vielleicht denken Sie anders darüber, wenn Sie wüssten, woher ich das Kleid habe.«

»Sicher von Mrs West, nicht wahr?«

Lillians Augen weiteten sich erschrocken. Offenbar hatte Rosie keine Zeit verloren, es auch wirklich jedem Gast des Festes zu erzählen.

»Geschwätz verbreitet sich anscheinend schnell«, stellte sie bitter fest, worauf er auflachte.

»Da mögen Sie recht haben. Ich habe allerdings nicht gehört, dass das Kleid von unserer skandalösen Schneiderin stammt, ich habe es gesehen. Mrs West ist die beste Schneiderin in der Stadt, keine kann ihr das Wasser reichen. Wenn sie keine Maori wäre, würden ihr die Frauen im Ort sicher längst schon die Tür einrennen.«

»Sie meiden sie, weil sie eine Maori ist?«

»Und weil sie die Unverfrorenheit besessen hat, einer *pakeha* den Mann wegzuschnappen. Albert West war eigentlich mit einer anderen verlobt, aber dann sah er sie, und auch wenn Sie eine Frau sind, müssen Sie doch zugeben, dass Mrs West wirklich eine Schönheit ist.«

»Das ist sie in der Tat«, entgegnete Lillian in Erinnerung an die exotisch geschnittenen Augen und die makellose goldene Haut der Schneiderin.

»West hatte von der ersten Begegnung an nur noch Augen für sie. Wenn sie ihren Schneiderladen eröffnet hätte, ohne ihn zu heiraten, wäre es auch noch was anderes, aber die beiden taten, was ihnen ihre Herzen befohlen hatten. Einen Tag nach der Hochzeit begannen die Frauen, ihren Laden zu boykottieren, und sie hielten auch ihre Töchter dazu an, nicht zu Mrs West zu gehen.«

»Das ist ja furchtbar! Wie kann sie den Laden denn dann halten?«

»Nun, die Frauen der sogenannten feineren Gesellschaft mögen vielleicht zusammenhalten, aber da gibt es immer noch jene, denen es egal ist, ob sie dazugehören oder nicht. Jene, die zugereist sind, jene, die etwas Besonderes sind oder einfach nur genug Geld haben, um es zum Fenster rauszuwerfen. Letztlich sind es so viele, dass sich Mrs West halten kann. Und ich würde Ihnen wirklich raten, bei Ihrem guten Geschmack zu bleiben.«

Als Ravenfields Blick über ihren Körper glitt, hätte sich Lillian am liebsten in einem Mauseloch verkrochen. Gleichzeitig fand sie es aber auch ungeheuer aufregend, so viel Aufmerksamkeit von einem Mann zu bekommen. In Köln hatte es ihr nichts ausgemacht, wenn alle Blicke auf Adele geruht hatten, aber hier ...

»Das habe ich vor«, entgegnete sie. Konnte er nicht endlich aufhören, sie so anzuschauen, dass ihr ganz heiß wurde? »Dann haben die Leute auch weiterhin etwas, über das sie reden können. Bereits jetzt bin ich wohl ein gutes Gesprächsthema.«

Ravenfield zuckte mit den Schultern. »Sie meinen damit sicher Rosie Callahan, oder? Wenn hier jemand die Königin des Geschwätzes ist, dann sie, und das in so jungen Jahren!«

Allmählich bekam Lillian das ungute Gefühl, dass er ihre Gedanken lesen konnte. Und auch ihre Miene. Sie brauchte diesmal nicht zu fragen, woher er es wusste, Ravenfield lieferte ihr die Antwort prompt.

»Das Mädchen, das West sitzengelassen hatte, war die Schwester von Agnes Callahan, der Mutter von Rosie. Rosies Tante. Und die Familie muss natürlich zusammenhalten.«

»Dann werde ich in nächster Zeit wohl einen schlechten Stand bei ihr haben.«

»Sicher werden Sie das«, entgegnete Ravenfield fast schon vergnügt. »Aber wen kümmert's? Die Callahans haben genug Dreck am Stecken, dass man ihnen eine Verleumdung hundertmal mit der Wahrheit heimzahlen könnte. Rosie hatte ihren Spaß, indem sie über das Kleid gelästert hat, aber Sie können Gift darauf nehmen, dass der Großteil der Frauen innerlich grün vor Neid wird angesichts Ihres Kleides. Und Sie werden damit sicher auch einem Großteil der anwesenden Männer den Kopf verdrehen, darauf gehe ich jede Wette ein.«

Für einen Moment sahen sie sich nur an, und Lillian war sicher, dass nicht nur hässliche rote Flecke ihr Gesicht verunzierten; wahrscheinlich würde er auch mitbekommen, wie stark ihr Herz klopfte.

»Wie wäre es, wenn wir den Leuten noch mehr zu reden geben, indem Sie sich bei mir einhaken und mich in den Tanzsaal zurückbegleiten?«

Lillian zögerte. »Und was wird Ihre Begleiterin dazu sagen?«

»Nun, vermutlich gar nichts – weil es keine Begleiterin gibt.«

»Das ist nicht Ihr Ernst, oder?«, platzte es aus ihr heraus, was sie augenblicklich bereute. Es geht dich nichts an, schalt sie sich selbst.

Ravenfield lachte nur kurz auf. »Ich bin ganz ernsthaft, wenigstens die meiste Zeit.«

»Aber ein Mann wie Sie kann doch nicht ohne Begleitung zu einem Ball gehen!«

»Das könnte ich von einer Frau wie Ihnen ebenfalls behaupten.«

Diesmal errötete Lillian nicht, sondern überging das versteckte Kompliment einfach. »Ich bin erst vor einigen Wochen hier angekommen. Woher sollte ich schon einen Begleiter haben?«

»Das stimmt auch wieder. Wobei...« Wieder sah er sie an, diesmal aber musterte er nicht ihren Körper, sondern sah ihr direkt in die Augen. »Eigentlich hätten die Männer schon auf Sie aufmerksam werden müssen.«

Lillian lächelte ein wenig schief, denn der Satz ließ eine entfernte Erinnerung in ihr aufsteigen. Einen ähnlichen Satz hatte Adeles Mutter gebraucht, als sie das letzte Mal bei Adele zu Besuch war. Eigentlich hätten die Männer doch schon um deine Hand anhalten müssen...

Dabei hatte sie geflissentlich übersehen, dass auch um Adeles Hand noch niemand angehalten hatte. Und wenn eine von ihnen heiratete, dann würde es ihre Freundin sein, da war sich Lillian sicher. Doch sie wusste auch, was Adeles Mutter wirklich damit sagen wollte. Dass ein Mädchen, das sich für die Wissenschaft interessiert, nie einen Mann abbekommen und als alte Jungfer enden würde.

»Also«, vertrieb Jason ihre Gedanken und bot ihr erneut seinen Arm an. »Wollen wir? Ich bin sicher, dass den Leuten die Kinnlade herunterfällt, wenn sie uns zusammen sehen.«

Da Lillian immer noch das selbstgefällige Gesicht von Adeles Mutter vor sich sah und sich nichts mehr wünschte, als dass sie sie in diesem Augenblick sehen könnte, hakte sie sich bei Jason ein und ließ sich von ihm zurück in den Tanzsaal führen.

Wie Ravenfield vermutet hatte, erregte ihre Rückkehr einiges

Aufsehen im Tanzsaal. Lillian waren die ungläubigen Blicke der Leute zunächst unangenehm, doch dann schob sich Rosie Callahan in ihr Blickfeld. Ihre Miene wirkte wie vereist – und war das ein grüner Schimmer rings um ihre Nase? War es etwa Zeit für sie, sich die Nase nachzupudern? Offenbar ja, denn als Lillian nach kurzem Wegschauen den Blick wieder in Rosies Richtung wandte, war sie verschwunden.

Dafür erblickte sie im nächsten Augenblick Samantha. Sie lächelte breit und wirkte ausgesprochen zufrieden. Neben sich hatte sie »ihren« Mr Middleton.

»Darf ich bitten?«, fragte Ravenfield plötzlich.

Erst jetzt stellte Lillian fest, dass sie sich mitten auf der Tanzfläche befanden. Ringsherum gruppierten sich andere Paare.

Erwischt!, schoss es Lillian durch den Sinn. Doch da fing auch schon die Musik an, und es blieb ihr nichts anderes übrig, als sich in seine Arme zu schmiegen.

Ein einziges trübes Licht strahlte noch aus der Richtung, in der ihr Haus stand. Weder in Mrs Peters' Haus noch in den benachbarten Gebäuden schien noch jemand wach zu sein.

Eigentlich gehörte es sich nicht, dass eine Dame allein durch die Stadt ging; dennoch hatte sie darauf bestanden, dass Samanthas Kutscher sie auf der Main Street absetzte.

Wider Erwarten war das Fest doch recht schön geworden, nicht zuletzt wegen Ravenfield, der sie insgesamt vier Mal zum Tanzen aufgefordert hatte. Als wäre dies ein Startsignal gewesen, hatten sich auch noch andere junge Männer eingefunden, und niemanden schien es zu stören, dass sie die Enkelin des schrulligen Alten war, der eine Sternwarte bauen wollte. Samantha war ehrlich stolz auf sie, während Rosie und ihre Freundinnen den Eindruck machten, als wollten sie vor Neid platzen.

Jetzt gab es allerdings einiges, worüber sie nachdenken wollte. Dass man über sie reden würde, weil ihr Kleid von Mrs West stammte, war dabei Nebensache. Ravenfields Bemühungen konnten für den Tratsch in der Stadt schon eher ins Gewicht fallen. Wollte er ihr wirklich den Hof machen? Oder war es nur Höflichkeit gegenüber der Enkelin eines Geschäftspartners?

Als sie das Haus betrat, war alles still. Offenbar war ihr Großvater wieder einmal über seiner Arbeit eingeschlafen. Auf Zehenspitzen schlich sie in seine Studierstube. Und richtig, die Arme über ein Buch verschränkt, den Kopf darauf gebettet, lag er halb über seinem Schreibtisch und schnarchte leise vor sich hin. Eine seiner weißen Locken war ihm ins Gesicht gefallen und bewegte sich im Takt seiner Atemzüge auf und ab. Gerührt von dem Anblick, überlegte Lillian, ob sie ihn wirklich wecken sollte. Doch dann kam ihr wieder in den Sinn, dass er vielleicht noch nichts von seinem Glück wusste. Sie konnte sich nicht vorstellen, dass er ihr bewusst Ravenfields Teilhaberschaft an dem Sternwartenbau verschwiegen hatte.

Zunächst berührte sie ganz sanft seine Schulter; als das nichts half, rüttelte sie ihn ein wenig, bis das Schnarchen abebbte. »Großvater, Zeit ins Bett zu gehen.«

Georg stieß ein Murren aus, öffnete dann aber die Augen. Als würde sich der Traum, den er soeben geträumt hatte, nur langsam wieder zurückziehen, sah er sie zunächst verständnislos an, dann murmelte er: »Lilly, bist du wieder da?«

Lillian ließ sich auf den Stuhl neben dem Schreibtisch nieder. »Ja, das bin ich. Und ich glaube, ich habe eine interessante Neuigkeit für dich.«

»Hast du auf dem Fest einen netten Mann kennengelernt?«

»Ich habe Mr Ravenfield getroffen«, antwortete sie. »Und er hat mir ein paar sehr gute Neuigkeiten überbracht.«

Auf einmal war ihr Großvater hellwach. »Ravenfield war auf dem Fest?«

Lillian nickte. »Er ist der geheimnisvolle Gönner, nicht wahr? Der Mann, der sein Land tauschen möchte.«

»Ja, das ist er«, entgegnete ihr Großvater. »Mr Caldwell hat mir ein Telegramm geschickt. Es ist eingetroffen, kurz nachdem du weg warst.«

»Was hat Mr Caldwell geschrieben?«, fragte Lillian, froh darüber, kurz von dem Gedanken über Ravenfields Absichten abgelenkt zu werden.

»Dass wir gute Aussichten haben, das Land zu bekommen. Genaueres soll mir Mr Arana morgen mitteilen.«

»Du lädtst ihn doch diesmal hierher ein, oder?«

»Ich werde wohl nicht anders können«, entgegnete ihr Großvater lächelnd; dann fragte er: »Hat Mr Ravenfield irgendwas erzählt, was ich noch nicht weiß?«

»Im Großen und Ganzen hat er auch nur gesagt, dass die Chancen gut stehen. Er bietet den Maori zum Tausch gutes Land an, und wahrscheinlich wird der Häuptling einschlagen. Wusstest du, dass Caldwell und er ausgemacht haben, ihn erst als den Spender zu benennen, wenn die Sache so gut wie ausgemacht ist?«

»Das habe ich mir gedacht. Caldwell mag ein guter Physiker sein, ein guter Geheimniskrämer ist er jedenfalls nicht. Irgendwas war da im Busch, und man muss schon sagen, dass er ein netter Kerl ist, wenn er uns vor einer Enttäuschung bewahren wollte. Was ja absolut nicht nötig war.«

»Das sehe ich genauso, er hätte uns ruhig sagen können, wer der Gönner war«, pflichtete Lillian ihm bei, doch dann fragte sie sich, ob dieser Abend dann genauso gut verlaufen wäre, wie er es getan hatte. Nicht nur die Geschichte über Rosies Tante hatte sie aufgemuntert, ganz besonders schön war die Nachricht gewesen, dass ihr Großvater bald schon mit dem Bau der Sternwarte beginnen konnte.

Als sie schließlich hundemüde ins Bett fiel, schwirrte ihr

Kopf. Eigentlich hätte sie aufbleiben sollen, um Adele zu schreiben, doch ihr war es jetzt lieber, sich ihren Träumen hinzugeben. Noch einmal über die Tanzfläche zu schweben, in dem Wissen, dass der Bau der Sternwarte schon bald losgehen würde. Hätte ihr Leben eine bessere Wendung nehmen können?

17

Tatsächlich wurde das Land nur ein paar Tage später getauscht, und die Bauarbeiten konnten offiziell beginnen. Lillian begleitete ihren Großvater zum Lagerplatz, wo sich auf Geheiß von Mr Caldwell die Arbeiter eingefunden hatten, um das Baumaterial auf Wagen zu verladen.

»Kaum zu glauben, dass aus all dem mal eine Sternwarte werden soll, nicht wahr?«, fragte Georg seine Enkelin euphorisch.

Lillian nickte. »Aber in ein paar Monaten wird es anders aussehen.«

»So ist es. Und dann werden die Leute, die sich heute die Augen ausgaffen, hoffentlich zahlreich erscheinen und einen Blick durch unser Teleskop werfen.«

Lillian waren die vielen Schaulustigen nicht entgangen. Unter ihnen fanden sich einige Gesichter wieder, die sie vom Ball her kannte. Einige von ihnen sahen aus, als hätten sie sich extra für diesen Anlass fein gemacht.

Auch Rosie war mit ihrer Mutter erschienen. Wahrscheinlich hoffte sie auf neuen Tratsch, den sie verbreiten konnte. Doch auf diesem Gebiet hier fürchtete Lillian sie nicht. Rosie mochte sich vielleicht über Kleider und Schneiderinnen lustig machen, doch von Wissen und Wissenschaft hatte sie keine Ahnung. Natürlich konnte sie auch darüber spotten, doch jeder, der über einen Funken Verstand verfügte, würde erkennen, dass sie sich lächerlich machte, indem sie ihre eigene Dummheit preisgab.

Insgeheim hatte Lillian erwartet, dass auch Jason hier auftauchen würde, doch ihn suchte sie auf dem Lagerplatz vergeblich. Würde er noch kommen, oder hielten ihn seine Geschäfte davon ab?

Auf jeden Fall war Henare Arana da. Mit einem herzlichen Lächeln nahm er Lillian und ihren Großvater in Empfang. »Ein wunderbarer Tag, nicht wahr?«, fragte er, während er Georg die Hand schüttelte und bei Lillian einen Handkuss andeutete.

»Einer der schönsten, die ich in meinem Leben erlebt habe!« Georgs Augen strahlten, und auf einmal wirkte er um mindestens zwanzig Jahre jünger. »Wie lange wird es dauern, bis alles verladen ist?«

»Ein paar Stunden. Wir haben sehr gute Leute angeworben, die sich mit dem Gelände auskennen. Bis zum Abend sollte der Großteil der Ladung unterwegs sein, und ich bin sicher, dass wir morgen schon die ersten Wagen am Bauplatz haben.«

Unter den Arbeitern entdeckte Lillian auch einige Maori. Nachdem sie sie in ihrem Dorf und ihrer traditionellen Kleidung gesehen hatte, erschienen ihr die westlichen Kleider der Arbeiter irgendwie falsch. Bei einigen von ihnen entdeckte sie allerdings Jade- oder Federanhänger, Zeichen, dass sie sich trotz allem zu ihrem Volk zugehörig fühlten.

Ein heranpreschender Wagen riss sie aus ihren Gedanken fort. Als sie sich umsah, entdeckte sie Jason Ravenfield auf dem Kutschbock, und neben ihm saß Mr Caldwell. Die Pferde waren noch nicht ganz zum Stehen gekommen, als der Physiker bereits vom Wagen sprang. Den warnenden Ausruf des Farmers schien er gar nicht zu hören. Mit langen Schritten kam er zu Lillian und Georg und begrüßte beide herzlich.

»Ist das nicht ein toller Anblick? Es geht los, Georg! Es geht wirklich los!«

Als hätte man ihm ein frühzeitiges Weihnachtsgeschenk überreicht, strahlte er den Haufen Stahl und Holz an.

»Ja, mein Freund, es geht los. Du weißt gar nicht, wie erleichtert und glücklich ich darüber bin!«

»Na, was sagen Sie dazu, Miss Lillian?«, wandte sich Caldwell an sie. Aus dem Augenwinkel beobachtete sie, wie Ravenfield die Bremse seines Wagens anzog und nun etwas bedächtiger als der Forscher vom Kutschbock sprang.

»Ich finde es herrlich!«, entgegnete sie lächelnd und errötete, als Ravenfields Blick auf sie fiel.

»Nun müssen wir das gute Stück nur noch hochziehen!«, bemerkte Georg.

»Was aber ein Kinderspiel sein sollte«, setzte Ravenfield hinzu, während er Georg und Lillian grüßend zunickte.

»Ich kann Ihnen gar nicht sagen, wie dankbar wir Ihnen sind, dass Sie den Landtausch ermöglicht haben«, sagte Georg überglücklich und wirkte dabei, als wollte er Jason wie einen verlorenen Sohn freudig in die Arme schließen.

»Es ist mir ein Vergnügen. Immerhin wird man ja nicht jeden Tag Zeuge derart bahnbrechender Neuerungen. Ich danke Ihnen, dass ich daran teilhaben durfte!«

Als nur zwei Tage später die Nachricht eintraf, dass alle Bauteile die Baustelle erreicht hatten, beschloss Georg, in den Busch zu reiten und schon alles dorthinzubringen, was er für den Aufenthalt brauchte.

»Meinst du wirklich, dass wir allein reiten sollen?«, fragte Lillian skeptisch, denn seit ihrem Ritt zum Dorf waren sie nicht mehr im Busch gewesen. »Weißt du denn überhaupt noch den Weg?«

»Ich wäre ein schlechter Seemann, wenn ich vergessen hätte, welche Route wir genommen haben. Auch wenn ich ein alter Mann bin, habe ich mir den Weg dorthin gut eingeprägt.«

»Du vergisst aber, dass wir nicht wirklich auf der Baustelle waren, sondern sie nur von Weitem gesehen haben.«

»Wenn wir dort sind, werden wir schon anhand des Lärms wissen, dass wir richtig sind. Mr Caldwell wird sich bestimmt freuen, wenn ich ihm ein wenig Arbeit abnehme.«

Damit war die Sache entschieden.

Den ganzen Abend über packte Lillian Schlafsäcke und Proviant in den Seesack, außerdem ein paar Töpfe und andere nützliche Dinge, die sie im Lager brauchen würden.

»Willst du denn ab sofort ständig im Lager bleiben oder nur hin und wieder vorbeischauen?«, fragte Lillian, während sie ein paar Kerzen in Papier wickelte, damit sie zwischen all den anderen Gegenständen keinen Schaden nahmen.

»Ich wäre wohl ein schlechter Bauherr, wenn ich mich nur hin und wieder dort blicken ließe. Ich werde also wohl die meiste Zeit auf der Baustelle sein, ebenso wie meine Mitstreiter.«

»Caldwell wird wohl kaum sein Labor so lange allein lassen können.«

»Eben drum. Während er sich um seine Angelegenheiten in Blenheim kümmert, werde ich nach dem Rechten sehen. Wenn er auf der Baustelle bleiben kann, reite ich in die Stadt zurück.«

Eine ungute Ahnung überkam Lillian. »Und was ist mit mir?«

»Du wirst natürlich auf das Haus achtgeben. Jemand muss hier doch nach dem Rechten sehen, oder? Außerdem will ich dich nicht von deinen gesellschaftlichen Pflichten abhalten. Mr Ravenfield möchte dir vielleicht einen Brief schreiben oder dich mal besuchen. Wenn du im Busch bist, ist das unmöglich.«

Lillian schluckte. Dass Ravenfield ihr den Hof machte, schmeichelte ihr zwar, und sie fand ihn auch recht attraktiv. Doch er war ihr auch ein wenig unheimlich, und außerdem ging ihre Arbeit vor.

»Dann soll ich dir also nicht bei der Arbeit helfen?«, fragte sie ein wenig enttäuscht.

»Natürlich sollst du das! Wozu habe ich dich denn ausgebildet? Allerdings wirst du im Moment wenig zu tun haben, denn die Sternwarte wird ja noch gebaut. Selbstverständlich kannst du jederzeit zu mir kommen. Immerhin brauchen wir nur einen halben Tagesritt bis zur Baustelle, das schaffst du sogar mit deiner kleinen Stute.« Georg, der spürte, dass Lillian damit nicht so recht zufrieden war, legte seine Hände versöhnlich auf ihre Schultern. »Keine Sorge, ich will auf deine Arbeit nicht verzichten. Aber schau, ein Lager voller Männer ist doch nichts für eine junge Frau. Später, wenn du dein Zimmer in der Sternwarte hast, wird vieles leichter, dann werden wir sogar dorthin umziehen. Doch jetzt brauche ich dich hier, und obendrein solltest du die Zeit nutzen, um dich ein wenig zu amüsieren. Nachher wirst du nicht mehr viel Zeit dazu haben.«

Sein gewinnendes Lächeln konnte sie nur erwidern. Vielleicht hatte er ja recht.

»Ich werde dich regelmäßig besuchen«, beharrte sie, während sie ihn umarmte.

»Such dir aber einen Begleiter, damit du nicht allein reiten musst«, gab Georg zu bedenken.

»Ich könnte mich von Mr Ravenfield begleiten lassen!«, entgegnete Lillian verschmitzt. »Aber ich glaube, ich wäre eine schlechte Enkelin eines Seemanns, wenn ich den Weg nicht finden würde.«

Am nächsten Morgen brachen sie in aller Frühe auf. Die Stadt lag noch in tiefem Schlummer, der erste Silberstreif am Horizont war noch fern. Hundegebell folgte den beiden Reitern zum Stadtrand. Als sie an Carsons Warenhaus vorbeikamen, blickte Lillian zu den Fenstern von Samanthas Zimmer auf.

Adele hätte ich wahrscheinlich eine Nachricht zukommen lassen, ging es Lillian durch den Kopf. Doch Samantha war nicht der Typ, der über jeden Schritt der Freundin informiert werden wollte. Wenn sie sich wieder zum Tee oder in der Stadt trafen, würde sie ihr von der Baustelle berichten.

Als sie Kaikoura hinter sich ließen, erschien am Himmel ein glühender Feuerstreif, der wie ein Wegweiser wirkte. Eine seltsame Erregung überkam Lillian. Nicht so sehr wegen der Baustelle und der Tatsache, dass der Bau der Sternwarte nun endlich vorangehen konnte. Nein, sie freute sich auch, wieder in die Nähe der Maori zu kommen. Ein Abstecher ins Dorf würde sicher nicht möglich sein, aber die Maori würden da sein, weil sie als Wächter darauf achteten, dass sich niemand ungesehen dem *marae* näherte. Vielleicht würden sie ja einem der wilden Krieger begegnen?

Während sie gen Westen ritten, versuchte Lillian, sich besonders markante Landmarken einzuprägen – für den Fall, dass sie einmal allein zur Baustelle reiten musste. Der Weg an sich schien nicht besonders schwierig zu sein. Die schwer beladenen Wagen hatten eine regelrechte Schneise in den Busch geschlagen. Auch wenn sie sich bemüht hatten, auf dem vorgegebenen Weg zu bleiben, hatten sie doch hier und da Farnwedel abgerissen und Äste abgeknickt, sodass man genau sagen konnte, dass sie hier entlanggekommen waren.

Nach etwa einem halben Tag vernahmen sie Stimmen, die laut durch den Busch hallten. Beim Näherkommen sahen sie, dass die Arbeiter gerade dabei waren, das Holz und die anderen Baumaterialien so zu ordnen, dass sie der Reihe nach verbaut werden konnte. Teile für das Fundament kamen nach vorn, während Teile für den Turm und die Kuppel weiter hinten gestapelt wurden. Das war Caldwells Idee gewesen, der sich neben allem anderen auch den Kopf darüber zerbrochen hatte, wie die Sternwarte am schnellsten errichtet werden konnte.

Erfreut und fast sprachlos ließ Georg seinen Blick über die Baustelle schweifen. All die Jahre voller Enttäuschungen und Misserfolge zogen an seinem inneren Auge vorbei, doch das verbitterte ihn nun nicht mehr. In ein paar Monaten würde die Sternwarte stehen, und dann würde er nicht nur sein Versprechen halten, er würde auch endlich sein Ziel erreichen und vielleicht noch ein paar Jahre sein Werk genießen können.

18

Liebste Adele,

auch wenn noch immer kein Brief von Dir eingetroffen ist, muss ich Dir unbedingt schreiben, denn in den vergangenen Wochen hat sich so einiges ereignet. Auf der Baustelle geht es gut voran, Großvater wirkt um viele Jahre verjüngt, da er voll in seiner Aufgabe aufgeht. Mittlerweile ist das Fundament der Sternwarte errichtet, und die Arbeiter ziehen nun die ersten Wände hoch. Wie gern wäre ich dort, um alles mit eigenen Augen anzusehen, doch Großvater erlaubt es mir nicht. Sicher wunderst Du Dich darüber, denn eigentlich hat er mir in Köln kaum etwas verboten. Aber diesmal ist es etwas anderes. Natürlich schiebt er vor, dass ich auf unser Haus in Kaikoura aufpassen müsse und verletzt werden könnte. Aber eigentlich ist seine Bitte, so lange nicht zur Baustelle zu kommen, bis er es mir erlaubt, unsinnig, denn wann hätte ich mich schon je durch grobe Nachlässigkeit ausgezeichnet? Im Gegenteil, ich war meistens diejenige, die ihn auf der Straße vor vorbeirasenden Kutschen bewahren musste, weil er wieder einmal mit seinem Kopf ganz woanders war.

Wie dem auch sei, ich habe auch ganz andere Nachrichten. Stell Dir vor, habe erst vor Kurzem Blumen von Mr Ravenfield erhalten. Mrs Peters, die zufällig am Zaun stand, als sie geliefert wurden, staunte nicht schlecht über das herrliche Bouquet aus Rosen und einigen Wildblumen, deren Namen ich nicht kenne, die aber wunderbar miteinander harmonierten.

Mir war das natürlich im ersten Moment etwas peinlich, aber insgeheim freute ich mich darüber. Der erste Mann, der sich für mich interessiert, stell Dir vor! Hättest Du das für möglich gehalten? Nun, viel lieber wäre ich natürlich in der Sternwarte, aber vielleicht kann dieser Mr Ravenfield meine Ungeduld ein wenig vertreiben. Er scheint jedenfalls ein sehr netter Mann zu sein.

Wie ist es denn mit Dir, stehen die Bewerber schon Schlange vor Eurem Haus? Beim letzten Mal, als ich bei Euch war, hatte Deine Mutter ja gar nichts anderes im Sinn als Dein Debüt und die Wahl Deines Begleiters.

Schreib mir bitte, sobald Du den Brief bekommst, ja?

Mit innigsten Grüßen,
Deine Lillian

Fast zwei Wochen befand sich Georg nun schon auf der Baustelle. Hin und wieder schickte er Henare vorbei, um Lillian mitzuteilen, dass alles in Ordnung sei. Aber mit jedem Tag, an dem er nicht zurückkehrte, wuchs Lillians Ungeduld. Ihr Großvater hatte sie zwar angewiesen, sich noch nicht auf der Baustelle blicken zu lassen, doch der Wunsch, die entstehende Sternwarte mit eigenen Augen zu sehen, wurde immer größer.

Bevor sie allerdings auf dumme Gedanken kommen konnte, erhielt sie von Jason Ravenfield eine Einladung zum Tee in einem der feinsten Restaurants der Stadt.

Da ihr Großvater nicht anwesend war, entschied sie eigenmächtig, sich mit Ravenfield zu treffen. Was war schon dabei, wenn sie sich zwanglos gegenübersaßen, Kuchen aßen und Tee tranken?

Da das Ballkleid ihr für diesen Anlass zu fein erschien, entschied sie sich für das bessere ihrer beiden Reisekleider. Mit klopfendem Herzen stand sie vor dem Spiegel und schalt sich selbst. Offenbar reichte schon eine simple Einladung zum Tee aus, sie in Aufregung zu versetzen.

Als es an die Tür klopfte, wirbelte Lillian herum. Das ist er, schoss es ihr durch den Sinn. Noch einmal atmete sie tief durch und legte ihre Hand auf den Bauch, um das Flattern in ihrer Magengrube beruhigen. Als dies nichts half, gab sie sich einen Ruck und ging zur Tür.

Ravenfield, der einen eleganten braunen Nachmittagsanzug trug, strahlte sie an. »Ich hoffe, ich bin nicht zu früh dran.«

»Keineswegs«, entgegnete Lillian. »Ich bin gerade fertig geworden.«

Ravenfield musterte sie von Kopf bis Fuß. »Sie sehen wunderhübsch aus, wenn ich mir die Bemerkung erlauben darf.«

Lillian lächelte verlegen. Früher hätte sie einen Mann, der ihr für ein einfaches Reisekleid schmeichelte, gefragt, ob er sie auf den Arm nehmen wollte. Aber auch wenn sie übertrieben waren, fühlten sich Ravenfields Komplimente gut an, einsam wie sie war.

»Ich danke Ihnen«, sagte sie also und hakte sich dann an seinem angebotenen Arm ein.

Lillians Erwartung, dass er sie mit einer Kutsche abholen würde, erfüllte sich nicht. Dafür schien er es sichtlich zu genießen, dass die Leute verwundert dreinschauten, als sie an ihnen vorübergingen. Einige renkten sich beinahe den Hals aus, um ihnen nachzuschauen, stellte Lillian amüsiert fest, und insgeheim wünschte sie sich, dass Rosie sie so sehen könnte.

Das Entree des Kaikoura-Hotels, das sich mitten in der Stadt befand, verströmte eine etwas altertümliche englische Eleganz, die Lillian aber durchaus gefiel. Nachdem er dem Portier kurz zugenickt hatte, führte Jason sie in den Speisesaal, aus dem ihnen der wunderbare Duft frisch gebackenen Kuchens entgegenströmte.

Die Tische waren recht gut gefüllt. Außer den Reisenden, die sich ein wenig vom Vormittag erholen wollten, hatten sich auch zahlreiche Bürger der Stadt hier eingefunden.

»Das Hotel scheint sich großer Beliebtheit zu erfreuen«, bemerkte Lillian, als sie an einem Tisch zwischen exotischen Pflanzen Platz nahmen, die wie ein natürlicher Sichtschutz wirkten.

»Das tut es in der Tat. Die Teestunde hier ist geradezu legendär. Nur die Teestube von Mrs Blake ist eine ernsthafte Konkurrenz; böse Zungen behaupten, dass sich nur deshalb so viele Gäste hier einfinden, weil ihre Teestube ziemlich klein ist.«

»Und was ist an dieser Behauptung dran?«

»Nun, man muss schon sagen, dass Mrs Blake sehr guten Kuchen und hervorragende Sandwiches hat. Aber in ihrer Teestube sitzt man wie auf dem Präsentierteller und wird von draußen von ungeduldigen Wartenden beäugt. Hier können wir so lange beisammensitzen, wie wir wollen.«

Nachdem er Tee und Sandwiches geordert hatte, lehnte sich Jason zurück und musterte Lillian auf eine Weise, die ihr das Blut in die Wangen trieb.

»Nun, haben Sie schon wieder von Ihrem Großvater gehört?«, beendete er schließlich sein Starren. »Er scheint ja wirklich ganz und gar Feuer und Flamme für sein Projekt zu sein.«

»Das ist er in der Tat; er wirkt um viele Jahre verjüngt, wenn es um seine Sternwarte geht. Ich selbst kann es auch kaum abwarten, die Sterne vom Observatorium aus zu betrachten. Wir haben ein paar sehr schöne Teleskope, mit denen man sogar die Ringe des Mars und die Monde des Jupiter sehen kann. Großvater schickt mir regelmäßig Nachrichten über den Fortgang auf der Baustelle, und was er vergisst aufzuschreiben, erzählt mir Mr Arana.«

»Ja, das scheint ein guter Mann zu sein«, entgegnete Jason.

»Soweit man hört, hat er den Häuptling überredet, sein Einverständnis zu dem Landtausch zu geben.«

»Er war uns beim Besuch der Maori eine große Hilfe.«

»Sie waren also dabei?«, wunderte sich Ravenfield.

»Ja, ich hatte meinen Großvater gebeten, mich mitzunehmen. Es waren die aufregendsten Tage, die ich bislang erlebt habe. Die Maori sind faszinierende Menschen, und ich kann es kaum erwarten, wieder auf sie zu treffen.«

Ravenfield blickte ein wenig verwundert drein, doch bevor er etwas sagen konnte, erschien der Kellner mit Tee, Sandwiches und Scones.

Der Duft des Tees erinnerte Lillian an die Besuche bei Adele. Auch dort hatten sie Tee getrunken, den Adeles Vater mit dem Schiff eigens aus Indien hatte bringen lassen. Der Tee vor ihr stand diesem in nichts nach; klar und rotbraun wie ein Granat schimmerte er in der zarten Porzellantasse.

Auch die Scones waren hervorragend. Konnte der Nachmittag noch besser werden? Über ihre Schwärmerei für Tee und Scones hätte sie beinahe übersehen, dass Ravenfield sie ständig und eindringlich musterte.

Lillian wusste nicht, welcher Teufel sie plötzlich ritt, als sie sich selbst fragen hörte: »Was halten Sie eigentlich davon, dass Frauen danach streben, in der Wissenschaft zu arbeiten?«

Ravenfield zog die Stirn kraus, dann setzte er die Tasse ab. »Was meinen Sie damit?«

»Nun, soweit man hört, gibt es immer mehr Frauen, die ein Studium anstreben und sogar beginnen. Es gibt sogar Wissenschaftlerinnen, die Sternkarten verbessert und ein System zur Einordnung der Sterne nach Größe und ihren Spektralfarben entwickelt haben.«

Ravenfield atmete tief durch und schwieg dann eine Weile nachdenklich, was in Lillian ein ungutes Gefühl hervorrief.

»Eigentlich bin ich der Meinung, dass Frauen den Männern

ruhig die Männerarbeit überlassen sollten. Wissenschaft ist nichts für zarte Gemüter.«

Diese Worte entfachten Lillians Kampfgeist, wie immer, wenn jemand die Eignung von Frauen auf männlich beherrschten Gebieten in Zweifel zog.

»Warum sollte Wissenschaft nichts für Frauen sein?«, erkundigte sie sich dennoch freundlich, denn vielleicht hatte Ravenfield seine Bemerkung nicht so gemeint.

»Nun, wie jedermann weiß, ist der Verstand einer Frau eher dazu ausgelegt, eine Familie zu versorgen und zusammenzuhalten. Alles andere wäre wider die Natur und gegen Gottes Plan.«

Lillian meinte, nicht richtig gehört zu haben.

»Und was sagen Sie dann zu Frauen wie Christine Ladd-Franklyn? Oder Williamina Fleming?«

Sie konnte ihm ansehen, dass er mit diesen Namen nichts anfangen konnte, also setzte sie hinzu: »Mrs Ladd-Franklyn hat Aufsätze über Mathematik veröffentlicht, Miss Fleming hat sogar eine Möglichkeit zur Katalogisierung von Sternen ersonnen!«

Ravenfield schien das nicht besonders zu beeindrucken. »Natürlich gibt es Ausnahmen. Einige Frauen mögen vielleicht männliche Eigenschaften haben, aber für die breite Masse gilt das nicht. Sie sind beispielsweise eine Frau, an der ich nichts Männliches finden kann.«

»Eine Frau muss doch keine männlichen Züge haben, um wissenschaftlich arbeiten zu können!«, hielt sie dagegen. »Auch in früheren Zeiten gab es Frauen, die weiblich, aber gleichzeitig intelligent waren.«

»Und dennoch ist der Verstand einer Frau nicht dafür geschaffen, komplexe Überlegungen anzustellen.«

Lillian zog verdutzt die Augenbrauen hoch. Für einen Moment wusste sie nicht, was sie darauf erwidern sollte. Hielt Ravenfield sie für dumm?

»Mr Ravenfield«, sagte sie dann und versuchte, betont ruhig zu bleiben. »Zufällig trage ich mich mit wissenschaftlichen Ambitionen, außerdem bin ich die Assistentin meines Großvaters und hege den Wunsch, das zu bleiben.«

Auf einmal fühlten sich die Scones in ihrem Magen wie Steine an. Sie wusste nicht, warum, aber der Speisesaal erschien ihr plötzlich bedrückend, und das Lächeln, das sich auf Ravenfields Gesicht ausbreitete, wirkte wie eine Provokation.

»Ich denke, Mr Arana ist sein Assistent. Sie glauben doch nicht wirklich, dass Sie eines Tages auf der Sternwarte arbeiten werden?«

Das war zu viel für Lillian. Sie legte die Serviette beiseite und erhob sich. Sie musste jetzt Würde bewahren, schließlich wusste sie sehr gut, dass alle Blicke auf ihr ruhten und ihr Verhalten auf ihren Großvater zurückfallen würde.

»Ich danke Ihnen für die Einladung und das aufschlussreiche Gespräch. Leider muss ich mich jetzt verabschieden, denn es wartet Arbeit auf mich.«

Damit wandte sie sich um und verließ unter Aufbietung all ihrer Beherrschung den Raum. Nur kurz hatte sie die Hoffnung, dass er ihr nachlaufen und ihr erklären würde, dass er alles nicht so gemeint hatte. Doch nur der verwunderte Blick des Portiers folgte ihr, als sie durch die Glastür nach draußen stürmte.

Ein Geräusch schreckte Georg aus seiner Lektüre. In der Annahme, dass einer der Arbeiter etwas von ihm wissen wollte, wandte er sich um und sah einen Mann in der Tür stehen. Sein Gewand schlotterte ihm um den mageren Leib, seine Haare flossen grau und dünn über seine Schultern. Die Tätowierungen auf seinem Gesicht wirkten, als seien sie mit einem Meißel in seine Haut gegraben.

Ein Schauer rann Georg über den Rücken. Schon im Dorf hatte er ihn gesehen, doch er war nicht sicher gewesen, ob es sich um jenen Mann handelte, den er vor so vielen Jahren getroffen hatte.

War es möglich? Er neigte den Kopf, betrachtete den alten Mann in der Tür und suchte in seinem Gesicht nach einem Hinweis, der seinen Verdacht bestätigte.

Und er fand ihn in den Augen, in denen noch dieselbe Klugheit leuchtete, die dort auch schon in seinen jungen Jahren zu finden gewesen war.

»Haere mai«, sagte Georg, während er sich erhob.

»Es ist lange her«, entgegnete der Alte, während er auf ihn zuging und ihm die Hand reichte. »Ich dachte erst, meine alten Augen würden mich täuschen, als ich dich sah. Doch jetzt erkenne ich, dass du es wirklich bist.«

Georg ergriff seine Hand. »Nimm Platz, alter Freund.«

»Du bist also zurückgekommen, um dein Versprechen zu halten?«, fragte der alte Mann, während er sich auf den Stuhl niederließ. All die Jahre, die er in Nachbarschaft mit den Engländern verbracht hatte, hatten sein Englisch verbessert, doch Georg meinte noch immer, den fernen Widerhall der jungen Stimme zu hören, die einst mit ihm gesprochen hatte.

»Ja, so ist es. Wenngleich ich es nicht so halten kann, wie ich es eigentlich wollte. Die Götter waren mir nicht immer gewogen, musst du wissen.«

Der alte Heiler nickte wissend. »Das sind sie bei keinem von uns. Jeder wird eines Tages auf die Probe gestellt.« Er verstummte kurz und blickte geistesabwesend durch das Zelt. »Das Mädchen ist deine Enkeltochter?«

»Ja, das ist sie«, antwortete Georg mit einem wehmütigen Lächeln. »Eines Tages wird sie diesem Haus hier vorstehen.«

»Einem Haus für die Kinder des Lichts«, setzte der Heiler hinzu.

»So ist es.«

»Weiß sie, was du versprochen hast?«

Georg schüttelte den Kopf und krallte die Hand an die Tischkante, als würde ihn eine ungute Erinnerung überkommen. »Nein, sie weiß es nicht. Noch nicht. Aber ich habe alles aufgeschrieben. Alles von damals, und bald schon werde ich es sie wissen lassen. Ich bin sicher, mir bleibt nicht mehr viel Zeit.«

»Bist du krank?«

Georg schüttelte den Kopf. »Nein, nicht mehr als jeder andere alte Mann. Aber ich bin jetzt schon weit über siebzig Jahre auf dieser Welt. Und ich habe die Ahnung, dass ich nicht mehr lange bleiben kann.«

»*Papa* und *rangi* rufen also nach dir.«

»Ja, es scheint fast so.«

»Mir geht es ebenso, auch mich rufen sie. Und jetzt erkenne ich, dass sie mich nur zu einem Zweck noch nicht von dieser Welt gerufen haben: damit ich dich wiedersehe und deine Familie kennenlerne.«

»Ich glaube, das ist auch der Grund, warum ich noch nicht gegangen bin.« Georg blickte sich ein wenig ratlos um. Sein Zelt war nur mit dem Nötigsten ausgestattet, vor allem stapelten sich hier Kisten mit Forschungsmaterial. »Kann ich dir etwas anbieten? Ein wenig Kaffee oder Wasser?«

Der Heiler schüttelte den Kopf. »Nicht nötig. Allerdings würde ich mich freuen, wenn ich hin und wieder zu dir kommen dürfte. Ich möchte gern sehen, wie dein Sternenhaus wächst.«

»Du sollst mir jederzeit willkommen sein«, entgegnete Georg, der sich dennoch ein wenig beklommen fühlte, weil er fürchtete, nicht genug Gastfreundschaft zu zeigen. »Und was ist mit dir? Hast du eine Frau und Kinder?«

»Ich habe zwei Töchter. Meine Frau wurde bei der Geburt der letzten zu den Göttern gerufen. Meine älteste Tochter arbeitet im Haushalt eines *pakeha* in Christchurch. Die Jüngere hat einen Krieger geheiratet und ihm zwei Töchter geschenkt. Beide werden eines Tages sicher gute *tohunga* werden, eine von ihnen unterrichte ich bereits.«

»Du hättest sie mir vorstellen sollen«, sagte Georg, worauf der Heiler lächelte.

»Sie sind ein bisschen schüchtern, und wir hatten kaum Zeit zum Reden. Mir schien, als wärst du nicht sicher, ob ich es auch wirklich bin, habe ich recht?«

»In der Tat, ich wusste es nicht und habe auch nicht zu hoffen gewagt, dass du noch lebst. Aber die Götter sind uns beiden gewogen.«

»Das sind sie tatsächlich, wenigstens in dieser Hinsicht. Und wenn du das nächste Mal zu mir kommst, lernst du meine Enkelinnen kennen. Bis dahin wirst du aber sicher hier genug zu tun haben.«

»Das wird mich nicht davon abhalten, zu dir zu kommen. Vielleicht bringe ich Lillian mit, damit sie deine Enkelinnen kennenlernen kann.«

»Zuvor solltest du ihr aber sagen, was du vor Jahren versprochen hast. Es wird die Dinge leichter machen.«

Auf einmal wurde die Zeltplane zurückgeschoben.

»Entschuldigen Sie, Sir...« Henare erstarrte, als er den Heiler in der Ecke sitzen sah. »Oh, verzeihen Sie, ich wusste nicht, dass Sie Besuch haben.«

»Vielleicht sollte ich wieder gehen«, schlug der Heiler vor, doch Georg schüttelte den Kopf. »Nein, bleib ruhig.« Dann wandte er sich an seinen Assistenten. »Was gibt es denn, Mr Arana?«

Noch immer wirkte Henare vollkommen erschüttert. Sein Blick wanderte immer wieder zu dem Heiler, als befürchte er ein Unheil von ihm. Georg runzelte die Stirn. Warum regte sich der junge Mann so auf?

»Es ist ... eigentlich kann es noch warten, bis Ihr Besuch wieder fort ist.«

»Wenn das so ist, dann tun Sie mir doch bitte den Gefallen und sagen Sie den Arbeitern Bescheid, dass Sie den *tohunga* fortan zu jeder Stunde auf das Gelände lassen sollen. Er und ich werden uns viel zu erzählen haben.«

Henare wirkte über diese Anweisung verwundert, doch er schien froh zu sein, das Zelt verlassen zu dürfen. »In Ordnung, Sir, ich gebe gleich Bescheid.«

Kurz blickte er zu dem Alten in der Ecke, dann verschwand er aus dem Zelt.

»Er scheint ein tüchtiger Bursche zu sein«, bemerkte der Heiler, als sich Henare vom Zelt entfernt hatte.

»Das ist er wirklich. Ich wüsste nicht, was ich ohne ihn tun sollte.«

»Ich wünschte, er würde auch seinen Vater so tatkräftig unterstützen.«

Georg runzelte die Stirn. »Wie meinst du das?« Ein Verdacht keimte in ihm auf, den der Heiler allerdings gleich wieder zerstreute.

»Er ist der Sohn unseres *ariki*. Hat er dir das nicht erzählt?

»Nein, das hat er nicht«, entgegnete Georg. »Warum nicht, frage ich mich. Er ist bei unserem Besuch doch seinem Vater gegenübergetreten. Ich habe nicht gemerkt, dass zwischen ihnen verwandtschaftliche Bande bestehen.«

»Diese Bande sind, wenn überhaupt noch vorhanden, sehr dünn. Henare hat schon vor vielen Jahren beschlossen, ein *pakeha* zu werden. Manchmal passiert das, und besonders in letzter Zeit entscheiden sich viele unserer jungen Männer, in euren Städten zu leben. Doch Henare ist der Sohn eines *ariki*, der gehofft hat, sein Sohn würde eines Tages seinen Platz einnehmen. Auch die Tage des *ariki* sind gezählt, er ist sehr krank.«

»Wirklich? So erschien er mir gar nicht.«

»Weil ich noch immer weiß, welche Kräuter man wo finden kann.« Ein schmerzliches Lächeln huschte über das Gesicht des Heilers. »Doch wenn die Götter ihm gewogen sind, wird er bestenfalls noch ein halbes Jahr auf dieser Erde wandeln. Dann werden *papa* und *rangi* ihn in das Reich der Seelen geleiten.«

»Und danach?«

»Danach wird es sicher Streit wegen der Nachfolge geben. Es gibt derzeit viele ehrgeizige Krieger in unserem Stamm. Sie alle haben sehr unterschiedliche Ziele. Einige treten den *pakeha* gegenüber gemäßigt auf, andere wollen Krieg. Ich fürchte, dass gerade einer von denen die Führung des Stammes übernehmen wird.«

»Aber deine Stimme hat doch auch Gewicht«, wandte Georg ein.

»Nicht mehr so viel wie früher. Die jungen Krieger hören schon jetzt nicht immer gern auf mich. Und meine Enkelin ist noch jung, sie wird die Krieger nicht aufhalten können. Schlimmstenfalls werden sie einen Krieg mit den *pakeha* vom Zaun brechen. Einen Krieg, den wir niemals gewinnen können. Einen Krieg, bei dem wir aber alles verlieren können, zu allererst den Vertrag von Waitangi. Wenn das passiert, werdet ihr, du und deine Enkelin, hier ebenso wenig sicher sein wie alle anderen Weißen. Und wenn es auf eurer Seite erst mal Tote gegeben hat, werden die *pakeha* zurückschlagen – mit schlimmeren Waffen als je zuvor. Dann werden sie unseren Stamm und vermutlich alle Maori ausrotten!«

Schweigen folgte den Worten des Alten. Auf einmal hatte Georg das Gefühl, als würde ihn der Eishauch des Todes streifen. »Das solltest du deinen Leuten genauso sagen«, schlug er vor, während es ihm die Kehle zuschnürte bei dem Gedanken, dass dieses Land wieder in Blut und Chaos versinken könnte.

»Das habe ich ihnen schon so viele Male gesagt. Doch du

weißt, wie junge Männer sind. Sie fühlen sich stark und glauben, dass die Ratschläge der Alten auf Feigheit beruhen. Dass wir Alten, zu denen sie eines Tages mit etwas Glück auch gehören werden, uns lieber am Feuer den Rücken wärmen wollen. Und so beachten sie unseren Ratschlag nicht und schlagen sich lieber die Köpfe an einer Wand blutig.«

Georg wusste nicht, was er dazu sagen sollte. Krieg war eine grauenhafte Vorstellung.

»Wenn der *ariki* stirbt«, begann er vorsichtig. »Werden dann die Vereinbarungen, die wir getroffen haben, noch Bestand haben?«

»Wenn der neue Häuptling weise ist, bestimmt. Doch der einzige junge Krieger, dem ich so viel Verstand zutrauen würde, arbeitet jetzt für dich und schert sich nicht um seinen Vater und seinen Stamm.«

»Du meinst, ich sollte auf Henare einwirken?«

»Das wirst du nicht schaffen. Auch er ist ein junger Mann, vergiss das nicht. Er wird nicht auf dich hören; auf mich hat er auch nicht gehört.«

Der Heiler seufzte, dann erhob er sich und stützte sich schwer auf seinen Stock. Auf einmal schien es, als sei die Last der Jahre noch drückender geworden.

»Bleib gesund, alter Freund, und bleib am Leben, damit wir uns bald wiedersehen können.«

»Dasselbe lege ich dir ans Herz, alter Freund«, entgegnete Georg und sah dem Heiler nach, als dieser das Zelt verließ.

Wütend stapfte Lillian die Straße entlang. Sie brauchte Abstand und Ruhe. Was fiel diesem Kerl eigentlich ein? Wissenschaft ist nichts für Frauen! Sollte sie etwa den ganzen Tag neben dem Herd sitzen und Däumchen drehen? Sollte sie all ihre Notizbücher zugunsten von Kindern und Haus verschimmeln lassen?

Ich hätte es wissen müssen, dass er so denkt. Er ist nicht besser als die anderen Männer, die glauben, dass die Frau lediglich ein Schmuckstück für sie ist, schnaubte sie vor sich hin.

An ihrem Haus angekommen, schritt sie schnurstracks zum Stall, in dem die kleine Stute, die Mr Arana ihr mitgebracht hatte, mutterseelenallein stand. Den Entschluss, davonzureiten, fasste sie nicht nur, weil sie sich abreagieren wollte. Sie wollte Ravenfield auch keine Gelegenheit geben, bei ihr aufzukreuzen. Lieber verbringe ich Tage im Busch, als dass er mir in der nächsten Zeit über den Weg läuft, dachte sie wütend.

»Was bildet sich dieser Schnösel ein?«, schimpfte sie, während sie die Stute sattelte. »Denkt er denn, ich bin wie alle anderen? Da haben Sie sich geschnitten, Mr Ravenfield. Vielleicht können Sie es ja mal bei Rosie versuchen!«

Wie zur Bestätigung schüttelte die Stute mit dem Kopf und stieß ein leises Wiehern aus, als Lillian ihr das Halfter anlegte.

»Du siehst das genauso, nicht wahr, meine Kleine?«

Die Stute schnaufte, worauf Lillian ihr die Mähne tätschelte und sie dann am Zügel nach draußen führte.

Mrs Peters kam zufällig am Gartenzaun vorbei.

»Guten Tag, Mrs Peters!«, rief Lillian und winkte. Die Frau hielt verwundert inne.

»Sind Sie schon wieder von Ihrer Verabredung zurück? Ich habe Sie doch vorhin mit Mr Ravenfield an meinem Haus vorbeigehen sehen.«

»Das war keine Verabredung!«, entgegnete Lillian, froh darüber, dass sie zu weit entfernt war, als dass Mrs Peters ihr die Lüge ansehen konnte. »Mr Ravenfield hatte nur eine Nachricht von meinem Großvater.«

Wahrscheinlich glaubte ihr die Nachbarin kein Wort. Aber das war Lillian egal, wenn sie nur wieder ging.

»Und jetzt wollen Sie zu ihm?«, fragte Mrs Peters weiter, die offensichtlich Lust auf ein kleines Schwätzchen bekommen hatte.

»Ja, Mrs Peters, und ich muss mich beeilen.«

»Ihm ist doch hoffentlich nichts passiert?«

»Nein, Mrs Peters, er möchte mir nur etwas zeigen.«

Lillian atmete erleichtert auf, als sich die Nachbarin verabschiedete und dann ihres Weges zog.

Nachdem sie aus dem Haus noch ein wenig Wegzehrung mitgenommen hatte, führte sie das Pferd durch die Gartenpforte. Eigentlich hatte sie nicht vorgehabt, zur Baustelle zu reiten, doch in diesem Augenblick war sie einfach in rebellischer Stimmung. Bisher hatte ihr Großvater sie noch nie von etwas ausgeschlossen, doch vielleicht stimmte ja, was Ravenfield gesagt hatte. Vielleicht zog er es vor, Henare als seinen Assistenten zu beschäftigen...

Sei nicht kindisch, ermahnte sie sich selbst, als ihr schon Tränen in die Augen schießen wollten. Du kennst deinen Großvater, er würde dir das nie antun. Nicht, nachdem er dich selbst ausgebildet hat!

Wenn ich ihm erzähle, was Ravenfield gesagt hat, wird er Verständnis haben, dass ich gegen sein Verbot verstoßen habe. Vielleicht kann ich sogar ein paar Tage bei ihm bleiben, irgendeinen Platz im Zelt hat er doch sicher.

Eine ganze Zeit lang ließ sie die kleine Stute so schnell laufen, wie sie konnte. Mittlerweile hielt sich Lillian schon sehr gut im Sattel, was zweifelsohne an den Übungsritten lag, die sie in den vergangenen Tagen unternommen hatte. Immer, wenn die Abenddämmerung über der Stadt heraufgezogen war, war sie aus der Stadt zum Strand geritten, um zu beobachten, wie die Sonne hinter der grandiosen Kulisse der Berge versank. Auch jetzt neigte sich die Sonne immer weiter dem Horizont zu. Würde sie es noch vor Einbruch der Dunkelheit schaffen?

Allmählich wurde ihr klar, dass dies nicht der Fall sein

würde. Der Ritt mit ihrem Großvater zur Baustelle hatte gut einen halben Tag in Anspruch genommen. Selbst wenn sie auf einem sehr schnellen Pferd reiten würde, würde sie die Baustelle erst nach Einbruch der Dämmerung erreichen.

Sich die Wegpunkte, die sie sich beim ersten Ritt gemerkt hatte, wieder ins Gedächtnis rufend, lenkte sie ihr Pferd schließlich in den Busch und versuchte, alle Geräusche um sich herum auszublenden. Der Gedanke, dass ihr vielleicht eine Maoriwache begegnen könnte, ließ ihren Puls für einen Moment in die Höhe schnellen, doch dann erinnerte sie sich wieder daran, dass auch beim ersten Ritt hierher niemand aufgetaucht war.

Während die Sonne immer weiter dem Horizont entgegensank und den Himmel mit einem roten Leuchten überzog, kämpfte sich Lillian durch das Gestrüpp. Und wenn ich mich verirre?, ging es ihr ein wenig furchtsam durch den Sinn, denn die Schatten wurden immer länger, und allmählich hatte sie das Gefühl, dass das Licht regelrecht vom Boden fortgesogen wurde.

Als sie von Weitem das Klopfen der Hämmer hörte, stieß sie ein erleichtertes Keuchen aus. Noch eine Weile preschte sie voran, dann brachte sie das Pferd dazu, langsamer zu gehen. Verstohlen spähte sie durch die Baumstämme, doch noch konnte sie nichts von der Sternwarte entdecken. Erst als sie ein Stück näher herangekommen war, erblickte sie das Gerüst, unter dem das Gebäude weiter gewachsen war. Hatte man noch vor zwei Wochen noch nicht so recht erkennen können, was es werden sollte, sah man jetzt deutlich, dass hier ein Turm aus dem Boden wuchs. Ein Turm, von dem aus man die Sterne beobachten würde.

Lillian stieg vom Pferd und band die Zügel an einem Baum fest. Dann ging sie ein paar Schritte auf die Baustelle zu und blickte fasziniert zu dem bereits jetzt recht imposanten Bau auf. Wie lange würde es dauern, bis die große gläserne Kuppel aufgesetzt werden konnte? Nach den Berichten ihres Großvaters wurde sie gerade in Blenheim von Spezialisten gebaut, von Leuten, die eigens von der Nordinsel eingeschifft worden waren.

Der Gedanke, durch das neue Teleskop in den nächtlichen Himmel blicken zu dürfen, ließ den Ärger mit Jason vollkommen in den Hintergrund treten. Lillian versank dermaßen darin, dass sie noch nicht einmal auf ihre nähere Umgebung achtete.

»Miss Ehrenfels!«, rief da jemand erstaunt neben ihr aus.

Lillian fuhr herum und blickte in das Gesicht von Henare Arana. Diesmal trug er kein Jackett über seinem Hemd, stattdessen hatte er die Ärmel hochgekrempelt, und auf seiner Hose prangten Schmutzflecken, als hätte er beim Bau selbst mit angefasst.

»Mr Arana! Schön, Sie zu sehen!«

Verwirrt blickte sie der junge Mann an, dann fragte er: »Was führt Sie hierher? Wollten Sie zu Ihrem Großvater? Ist irgendwas passiert?«

Und ob etwas passiert war, aber angesichts der Sorge in Henares Augen versagte sich Lillian, das zuzugeben.

»Ich wollte mit meinem Großvater sprechen, ist das möglich?«, fragte sie stattdessen und setzte dann hinzu: »Es ist wichtig.«

Henare wirkte immer noch verwirrt, nickte dann aber. »Natürlich. Kommen Sie, ich habe ihn vor ein paar Minuten in sein Quartier gehen sehen.«

»Ich kann es kaum erwarten, zum ersten Mal durch das Teleskop zu schauen«, sagte Lillian, während sie Henare auf einem schmalen Trampelpfad folgte.

»Das geht uns wohl allen so. Auch Mr Caldwell ist schon sehr gespannt.«

»Und Sie?« Lillian lächelte.

»Ich natürlich auch«, gab er zu. »Aber das liegt vielleicht darin begründet, dass ich Maori bin. Wir haben ein sehr enges Verhältnis zur Natur – und vor allem zu den Sternen.«

Irrte sie sich oder verfinsterte sich eine Miene wieder für einen Moment? Bevor sie das nachprüfen konnte, kam er zwei Schritte auf sie zu und blieb genau in einem der letzten Sonnenstrahlen stehen, die durch das Blätterdach fielen.

Das Licht verlieh ihm etwas Anziehendes, und sofort spürte Lillian ein Kribbeln in der Magengrube. Ein Kribbeln, das sie allerdings wieder an Ravenfield und diese verdammte Teestunde erinnerte. Deshalb senkte sie den Blick, bevor er ihr dumme Gedanken eingab.

»Kommen Sie«, sagte er sanft und führte sie an den hohen Holzstapeln vorbei zu dem kleinen Zeltlager, das für die Bauarbeiter errichtet worden war. Dicht an dicht erhoben sie sich aus dem hohen Gras, wie seltsam geformte Pilze. Auf den freien Flächen befanden sich entweder Feuerstellen oder Waschgeschirre. Einer der Männer versuchte sich als Koch; heißer, nach Zwiebeln und Fleisch riechender Dampf, gemischt mit dem Rußgeruch des Feuers, waberte über das Lager hinweg.

Ihr Großvater hauste nicht anders als die anderen, allerdings hatte man ihm zugestanden, ein Zelt allein zu bewohnen, während sich die anderen Männer zu dritt oder gar zu viert ein Zelt teilen mussten.

Verwunderte Blicke trafen Lillian, als sie vor dem Zelt ihres Großvaters stehen blieb.

»Mr Ehrenfels?«, fragte Henare höflich, während er vor dem Zelteingang verharrte.

»Ich bin hier«, ertönte es von der anderen Seite. »Kommen Sie ruhig rein!«

Henare schlug die Plane zurück und bedeutete Lillian, einzutreten.

Ihr Großvater blickte sie mit großen Augen an.

»Lilly! Ist irgendwas nicht in Ordnung?«

»Nein, es ist nichts,«, entgegnete sie. »Ich habe mich nur schrecklich gelangweilt und wollte unbedingt mal sehen, wie es vorangeht.«

»Aber Mr Arana hält dich doch ständig auf dem Laufenden!«

Lillian blickte sich zu dem Angesprochenen um, doch der war mittlerweile vom Zelteingang verschwunden.

»Ja, das tut er, aber Sehen ist besser als Hören, das sagst du doch auch immer.«

Georg schnaufte, dann wurde seine Miene etwas milder. »Na gut. Ich kann verstehen, dass du es nicht ohne deinen alten Großvater aushalten kannst. Ich sollte unbedingt einen Mann für dich finden, der dir die Langeweile vertreibt.«

»Nicht nötig!«, entgegnete Lillian, froh darüber, dass er keine weiteren Erklärungen von ihr forderte. »Ich habe ja dich und bald schon die Sternwarte. Morgen früh musst du mir unbedingt alles zeigen!«

»Aber die Baustelle hast du doch schon gesehen!«, entgegnete Georg lachend.

»Ja, aber da war sie nicht mehr als eine Grube. Jetzt erkennt man schon langsam, was es werden soll, und ich will Adele unbedingt berichten, wie es jetzt aussieht und wie es vorangeht.«

»Hat sie dir denn schon geschrieben?«, fragte Georg, worauf Lillian den Kopf senkte.

»Nein, bisher nicht. Aber das wird mich nicht davon abhalten, ihr auch weiterhin zu schreiben.«

Georg presste die Lippen zusammen, sagte aber nichts weiter, denn er wusste, dass Lillian noch immer davon überzeugt war, dass der Brief kommen würde.

»Also gut, ich werde dich morgen über die Baustelle führen. Aber im Gegenzug muss ich darauf bestehen, dass du danach gleich wieder nach Hause reitest. Ich werde Mr Arana bitten, dich zu begleiten.«

»Ich könnte doch ein Weilchen hier bleiben und dir helfen. Gibt es nicht irgendwelche Dokumente, die du ordnen musst? Notfalls schleppe ich auch Balken oder Werkzeug.«

»Kommt gar nicht infrage!«, entgegnete Georg bestimmt. »Du wirst dir nicht die Hände ruinieren bei dieser harten Arbeit. Wenn die Sternwarte steht, kannst du dich so lange hier aufhalten, wie du willst. Aber jetzt kann ich nicht riskieren, dass dir irgendwas auf den Kopf fällt oder du anderweitig verletzt wirst. Dazu bist du zu kostbar!«

Lillian hätte einwenden können, dass sie alt genug war, um auf sich selbst aufzupassen, doch sie erkannte, dass ihr Großvater keinen Widerspruch dulden würde.

»In Ordnung, Großvater«, sagte sie und umarmte ihn.

19

 Am nächsten Morgen, noch bevor die Arbeiter erwachten, weckte Georg seine Enkelin. »Zieh dich an, wir wollen uns die Baustelle ansehen.«

Als sie, noch immer schlaftrunken, aus dem Zelt kletterte, hob sich der Morgennebel gerade über dem Lager. Im dämmrigen Licht waren die Zelte kaum auszumachen.

Ihr Großvater entzündete eine Laterne und bedeutete ihr dann, ihm so leise wie möglich zu folgen.

»In spätestens einer halben Stunde sind alle auf den Beinen, dann wimmelt es hier nur so von Leuten«, flüsterte er, als sie sich ein wenig von dem Lager entfernt hatten. »Außerdem ist sie im Schein der aufgehenden Sonne am schönsten.«

Nach ein paar Schritten tauchte der Bau vor ihnen auf. Am Horizont erschien das erste goldene Leuchten des neuen Tages, doch noch erreichte es den Bau nicht, der dunkel und trutzig wie ein Bergfried vor ihnen aufragte.

»Warte ein Weilchen«, sagte der Großvater, beinahe mehr zu sich selbst als zu Lillian.

Tatsächlich ergoss sich nicht einmal eine Viertelstunde später das erste rote Sonnenlicht auf die erste Etage der Sternwarte. Lillian hielt den Atem an. Nicht nur, weil das Licht einfach grandios war; auf einmal hatte sie das Gefühl, nur die Augen schließen zu müssen, um den gesamten Bau vor sich zu sehen. In den Fenstern würde sich das Licht spiegeln, und die Glaskuppel würde wie ein Edelstein funkeln. Die Aussicht musste wirklich hervorragend sein, und wenn sie nachts oben im Observatorium wäre, würde nur das Glas sie von den Sternen trennen. Wahrscheinlich werde ich dann keinen anderen Schlafplatz mehr wollen, ging es ihr durch den Kopf.

»Nun, habe ich zu viel versprochen?«, riss ihr Großvater Lillian aus ihren Gedanken.

»Nein, das hast du nicht«, entgegnete Lillian lächelnd. »Es ist wunderschön und wird nur noch von der fertigen Sternwarte zu übertreffen sein.«

»Die fertige Sternwarte wird nicht nur ihren eigenen Rohzustand übertreffen, sondern sämtliche Gebäude in der Gegend. Der Kirchturm von Christchurch wird zwar sicher höher sein, aber wenn das Licht die Kuppel trifft, wird man sie weithin sehen können wie ein Leuchtfeuer.«

»Wollen wir hoffen, dass sie nicht die Schiffe in die Irre führt«, lachte Lillian, worauf Georg den Kopf schüttelte.

»Keine Sorge, das wird sie nicht. Aber vielleicht wird sie den Seeleuten zeigen, dass das Land nicht mehr fern ist. Das wäre doch schön, oder?«

Eine Weile verharrten sie noch vor der Sternwarte, dann sagte Georg: »Komm mit, ich zeige dir den Bauplan der Kuppel. Und nach dem Frühstück reitest du wieder nach Hause, einverstanden?«

Lillian nickte. Was blieb ihr anderes übrig?

Ihr Großvater führte sie in eine provisorisch errichtete Hütte, die Bauhütte, wie er sie nannte. »Ähnlich wie bei unserem Dom zu Hause«, witzelte er, dann holte er ein langes Lederetui hervor, aus dessen Innerem er eine Karte hervorzog.

Diese breitete er auf einem Tisch aus, der so groß war, dass er fast die gesamte Hütte einnahm.

»Die Kuppel wird ein reines Wunderwerk«, erklärte Georg, während seine Augen nur so vor Eifer leuchteten. »Mr Caldwell hat einen Glasbauer aufgetan, der eine neue Art von Verstärkung für das Glas entwickelt hat. So werden wir kaum andere Materialien benötigen, und wir werden später freie Sicht auf alle möglichen Himmelskörper haben.«

Lillian lächelte still in sich hinein. Ihr Traum, den Sternen so nahe wie nie zuvor zu sein, schien sich zu bewahrheiten.

»Wird die Kuppel denn auch eine Luke haben, durch die wir unsere Teleskope richten können?«

»Natürlich! Und ich habe sie gleich etwas größer bauen lassen, denn sicher werden sich die Teleskope in den nächsten Jahrzehnten weiterentwickeln. Ich will nicht, dass meine Nachfolger hier viel umbauen müssen, um ihre modernen Gerätschaften aufstellen zu können.«

Ein Geräusch an der Tür ließ sie innehalten. Henare wollte die Hütte betreten, stoppte dann aber am Eingang und sah sie verwundert an. »Guten Morgen, Sie sind schon auf den Beinen?«

»Meine Enkelin wollte die Baustelle und den Plan der Kuppel sehen. Da kann ich doch unmöglich Nein sagen, immerhin wird sie eines Tages hier arbeiten.«

Lillian errötete, als Henare sie breit anlächelte. »Ich bin sicher, dass sie eine gute Astronomin abgeben wird. Auf jeden Fall wird sie sich von kaum jemandem hereinreden lassen, schätze ich. Ist das richtig, Miss Ehrenfels?«

»Wenn ich einsehe, was ein anderer mir zu sagen hat, werde ich mich schon danach richten. Aber sonst behalte ich mir tatsächlich vor, selbst abzuwägen, was richtig und falsch ist.«

»Das ist meine Lillian!«, rief Georg aus, und als Lillian ihn ansah, erkannte sie den Stolz in seinen Augen. »Aber jetzt wird es wohl Zeit für das Frühstück. Mr Arana, darf ich Sie wohl bitten, meine Enkeltochter nach dem Essen durch den Busch zu geleiten? Sie soll doch wieder heil in Kaikoura ankommen.«

»Sie sind nicht glücklich darüber, dass Sie von der Baustelle fort müssen, nicht wahr?«, fragte Henare, nachdem sie eine Weile schweigend durch den Busch geritten waren.

Als Henare sie ansprach, bemerkte sie erst, dass sie ihre Lippen fest zusammenpresste. »Natürlich bin ich nicht glücklich darüber. Ich kann zwar verstehen, dass mein Großvater mich schützen will, doch ich glaube kaum, dass so viel Schlimmes auf der Baustelle passieren kann. Oder hatten Sie irgendwelche Unfälle in der letzten Zeit?«

»Keine, die nennenswerte Schäden verursacht hätten, doch hin und wieder passiert schon etwas in der Hitze des Gefechts. Und selbst Bagatellunfälle würden Ihren Großvater sicher schrecklich aufregen, wenn Sie davon betroffen wären.«

»In Deutschland haben ich mich auch immer mal wieder verletzt, häufig an Küchenmessern. Glauben sie mir, die sind ebenso gefährlich wie ein paar Nägel.«

Henare lachte auf. »Ja, das kann man nicht von der Hand weisen. Aber ich kann mir vorstellen, dass Ihr Großvater noch einen anderen Grund hat, warum er Sie nicht auf der Baustelle haben will.«

»Und der wäre?«

»Sie würden die Männer ablenken.«

»Wie bitte?« Lillian blickte sich empört um. »Ich bin doch kein Kleinkind, das die Männer mit irgendwelchen Fragen löchert.«

»Eben. Sie sind eine hübsche junge Frau, und ich kann mir gut vorstellen, dass die Unfallrate erheblich ansteigen würde, wenn Sie auf der Baustelle herumliefen.« Als Henare erkannte, dass sie ihre Augenbrauen verwundert zusammenzog, setzte er schnell hinzu: »Die Männer sind teilweise Wanderarbeiter, die während ihrer Jobs nur wenig Gelegenheit haben, eine Frau zu sehen. Ich wollte nicht unverschämt sein, aber es stimmt wirklich. Ihr Aussehen kann einen Mann dazu bringen, Hämmer und Nägel fallen zu lassen, um nur ja einen Blick auf Sie zu erhaschen. Nehmen Sie's bitte als Kompliment.«

Lillian musste zugeben, dass sie solch ein seltsames Kompliment noch nie erhalten hatte.

»Dann werde ich mich bemühen, Sie und Mr Caldwell später nicht von der Forschungsarbeit abzulenken.«

Ein versonnener Ausdruck trat auf Henares Gesicht. »Ich glaube kaum, dass Mr Caldwell sich von Ihnen ablenken lassen würde. Bei mir ist das schon etwas anderes, aber wenn ich will, kann ich sehr professionell sein.«

Diese Worte und der Tonfall, mit dem er sie aussprach, ließen eine Gänsehaut über Lillians Körper wandern, und ehe sie sich's versah, fragte sie: »Was halten Sie von Frauen in der Wissenschaft? Glauben Sie, dass es das Richtige für sie ist?«

»Warum denn nicht?«, entgegnete Henare. »Wie man sieht, können Frauen recht passable Wissenschaftlerinnen abgeben.«

»Aha, wie viele davon haben Sie denn schon getroffen?«

»Eine!« Ein verschmitztes Lächeln huschte über sein Gesicht. »Und die hat mich vollends davon überzeugt, dass auch Frauen genug Wissbegierde in sich tragen, um den Wissenschaften nachzugehen.«

Sagt er das jetzt einfach nur so, oder meint er es ehrlich?, ging es Lillian durch den Kopf.

»Wissen Sie, der Grund, weshalb ich meinen Stamm verlassen habe, war der, dass niemand glaubte, dass ein Maori in den Wissenschaften der Weißen etwas bewirken kann«, setzte er hinzu. »Ich sah das anders, und auch wenn ich zahlreiche Hindernisse zu überwinden hatte, habe ich es doch so weit geschafft, dass ich Assistent eines angesehenen Wissenschaftlers bin. Und wenn ich eines Tages genügend Geld habe, werde ich vielleicht auch studieren. Was ist mit Ihnen, streben Sie auch ein Studium an?«

»Wenn man mich lässt, ganz sicher. In Deutschland war es

unmöglich, einen Platz zu finden, dort hält man Frauen, die studieren wollen, für Suffragetten, die eingesperrt gehören, bis sie sich wieder darauf besinnen, was für Frauen angeblich das Richtige ist.«

»Dann haben Sie vielleicht Glück, dass Sie hier sind. Am Ende werden Sie womöglich sogar eine der bekanntesten Wissenschaftlerinnen Neuseelands.«

Diese Worte ließen Lillian vor sich hinlächeln. Offenbar gab es doch noch Männer, die bereit waren, eine Frau anzuerkennen, anstatt sie hinter den Herd zu verbannen. Den nächsten Gedanken, der ihr kam, verdrängte sie allerdings gleich wieder. Nein, das wäre verrückt. Henare war ein sehr netter Mann, und seine Komplimente streichelten ihre Seele, doch sie war davon überzeugt, dass er sie so freundlich behandelte, weil sie die Enkelin von Georg Ehrenfels war – und nicht, weil er irgendein anderes Interesse an ihr hatte.

Als sie den Busch hinter sich gelassen hatten, verabschiedete sich Henare schließlich. »Also dann, Miss Ehrenfels, bis zum nächsten Freitag, wenn ich Ihnen wieder Neuigkeiten von der Baustelle bringe.«

»Ich werde Ihnen einen Kuchen backen!«, versprach Lillian und winkte ihm zu. Henare erwiderte diese Geste, dann wendete er sein Pferd und ritt davon. Lillian sah ihm noch kurz nach und ließ ihre kleine Stute weitergehen. Bis nach Kaikoura würde sie nicht lange brauchen, dann würde die gähnende Langeweile in ihrem Haus sie wieder überfallen.

In Kaikoura angekommen, fühlte sich Lillian, wie erwartet, schrecklich nutzlos. Lieber wäre sie auf der Baustelle geblieben, hätte Bretter geschleppt und Hämmer zugereicht, doch ihr Großvater hatte nichts davon hören wollen. Immerhin schien Jason Ravenfield keine Anstalten gemacht zu haben, zu ihr zu kommen. Vor der Tür fanden sich weder Blumen noch irgendein Brief.

Gut so, dachte Lillian, dann brauche ich mich wenigstens nicht mehr wie eine Idiotin aufzuführen. Ein wenig enttäuscht war sie aber doch. Ein Mann, der sich von ihren Ansichten abschrecken ließ, war nicht der Richtige, das meinte ihr Großvater auch.

Am Nachmittag beschloss Lillian, zu Samantha zu gehen. Diese würde ihr sicher Vorhaltungen machen, warum sie sich so lange nicht hatte blicken lassen. Doch das würde besser sein, als die Wände anzustarren, dieselben alten Sternkarten durchzugehen und darauf zu warten, dass endlich etwas geschah.

Ein Klopfen riss sie aus ihren Gedanken. Als sie in die Küche eilte, erblickte sie den Postboten. Mit pochendem Herzen öffnete sie. Vielleicht war ja diesmal etwas für sie dabei...

»Guten Tag!«, grüßte sie den Mann in der Uniform der Royal Mail.

»Ah, Miss Ehrenfels«, erwiderte er. »Diesmal haben Sie Glück, es ist was für Sie dabei.« Damit streckte er Lillian einen etwas abgegriffenen Umschlag entgegen. Verwundert nahm sie ihn an sich, und als sie die Handschrift sah, in der ihre Adresse geschrieben war, presste sie freudig erschrocken die Hand auf den Mund.

»Ich hoffe, das ist nichts Schlechtes«, sagte der Briefträger, der ihre Geste mitbekommen hatte.

Lillian drehte den Brief herum und las den Absender. Sie hatte sich nicht getäuscht!

»Nein, nein, nichts Schlechtes. Vielen Dank!«

Der Postbote nickte, dann machte er kehrt und ging zur Gartenpforte. Den Blick starr auf den Umschlag gerichtet, zog sich Lillian in die Küche zurück. Zunächst war sie versucht, den Brief mit bloßen Händen aufzureißen, doch dann beherrschte sie sich und holte ein Messer aus der Küchenschublade. Mit diesem schlitzte sie den Brief vorsichtig auf, zog sein Innenleben mit zitternden Fingern heraus und las.

Meine liebe Lillian,

bitte verzeih mir, dass ich Dir erst jetzt schreibe. Deine Briefe waren wie ein warmer Sommerregen bei mir eingetroffen, und so habe ich eine Weile gebraucht, um sie alle zu lesen. Du kannst Dir vorstellen, wie erschrocken Mama war, als ich die Kiste öffnete und all Deine Briefe darin lagen. Eigentlich wollte sie mich an diesem Nachmittag mit zu den Martins mitnehmen, doch ich konnte mich angesichts meiner zu erledigenden Korrespondenz herausreden.

Was Du schreibst, ist so aufregend, und ich wünschte mir sehr, bei Dir zu sein. Hier in Köln ist alles beim Alten, der Dom reckt noch immer seine Türme in den Himmel und der Karneval strebt seinem Höhepunkt entgegen. Erst letzte Woche war ich auf einem Maskenball, der dazu dienen sollte, mich mit dem Sohn von Dr. Lindström zu verkuppeln, Du weißt schon, der Arzt, den Mama rufen lässt, wenn ihre Migräne zu schlimm wird. Gebracht hat es nichts, der Bursche war nicht an mir interessiert, daran änderte auch mein kostspieliges Kleid nichts, in dem ich wie eine Rosenblüte aussehen sollte. Die ganze Zeit über musste ich daran denken, welche Kommentare Du dazu gegeben hättest. Und natürlich hätte ich darauf bestanden, dass Du mitkommst, denn wahrscheinlich bist Du immer noch die Alte, die nichts mit Bällen und Tanzvergnügen anfangen kann.

Ach, meine liebe Lillian, Du fehlst mir so! Manchmal ertappe ich mich dabei, wie ich beim Klappen der Haustür hoffe, dass Du es bist, die hereingeschneit kommt, mit einer Aktenmappe unter dem Arm und Büchern und tausend Ideen. Ideen, die mich davon ablenken, dass ich in ein, zwei Jahren heiraten muss. Mama und Papa sind fleißiger denn je auf der Suche nach einem passenden Bräutigam, und konnte ich auch den Sohn des Arztes leicht loswerden, so werde ich eines Tages nicht mehr Nein sagen können.

Aber immerhin, ein Gutes hätte die Ehe – ich würde darauf bestehen, meine Hochzeitsreise nach Neuseeland zu machen. Vielleicht lassen wir dann meinen Mann bei den Wilden und erforschen das gesamte Land gemeinsam.

Schreib mir also bald wieder! Ich werde Dir im Gegenzug berichten, welches Gesicht Mama beim nächsten Regenschauer aus Deiner Richtung zieht.

In innigster Liebe,
Deine Adele

Mit einem freudigen Seufzer drückte Lillian den Brief an ihre Brust. Adele ging es gut, und sie hatte sie nicht vergessen! Beinahe andächtig trug sie den Brief in ihr Zimmer und zog aus der Schublade ihres Schreibtisches einige neue Blätter hervor. Breit lächelnd setzte sie sich davor und fing an zu schreiben.

Mit dem Antwortbrief machte sich Lillian noch am Abend auf den Weg zum Postamt. Samantha würde sie morgen besuchen, heute musste erst einmal die Antwort an Adele auf den Weg gebracht werden. Die Post hatte offenbar eine halbe Ewigkeit gebraucht, um die erste Sendung zuzustellen, also wollte sie dafür sorgen, dass dieser Brief sie so schnell wie möglich erreichte.

Auf dem Weg zur Post meinte sie kurz, Jason Ravenfield zu sehen, doch dann erkannte sie, dass es ein anderer Mann war und dass sie ungefährdet weitergehen konnte. Auch Rosie lief ihr über den Weg, würdigte sie aber keines Blickes. Immerhin das hatte der Tanz mit Ravenfield vollbracht – Rosie war so wütend auf sie, dass sie sich nicht einmal mehr die Mühe machte, sie zu verspotten.

Das Postamt war an diesem Nachmittag recht voll, und soweit sie es mitbekam, wollten die meisten Leute Post nach Übersee aufgeben.

Lillian barg ihren Brief an der Brust, als sei er etwas ungeheuer Kostbares, bis sie schließlich an der Reihe war.

»Viel Betrieb heute«, begann sie ein Gespräch mit dem Postangestellten.

»Ja, heute kommt wieder die Fähre nach Christchurch, jetzt wollen sie alle der alten Heimat schreiben.«

»Kann man ihnen nicht verdenken, nicht wahr?«

»Nein, besonders dann nicht, wenn man selbst eine Sendung nach Hause aufgeben will.« Über das Gesicht des Mannes huschte ein Lächeln. »Meine Elsa hat auch Verwandte im guten alten England, pausenlos schreibt sie Briefe, sodass ich mich manchmal frage, ob sie vorhat, eines der Schiffe damit zum Sinken zu bringen. Aber meinetwegen soll sie schreiben, sie hat dann immer besonders gute Laune.«

Gute Laune hatte Lillian nun auch, da sie wusste, dass Adele sie nicht vergessen hatte. Freudig reichte sie ihm den Brief, bezahlte und wünschte dem Mann hinter dem Schalter einen schönen Tag.

Sie hatte das Postamt gerade ein paar Meter hinter sich gelassen, als sie einen Ruf vernahm.

»Miss Ehrenfels!«

Als sie sich doch umwandte, sah sie Henare Arana, der sich gerade an zwei Damen vorbeidrängte und ihnen dabei eine Entschuldigung zumurmelte.

»Miss Ehrenfels!«, rief er erneut und hob die Hand.

Was kann er wollen?, fragte sich Lillian. Immerhin war heute noch nicht Freitag ...

»Was gibt es?«, fragte sie verwundert und registrierte dabei, dass der Mann nicht nur blasser als sonst war, seine Gesten wirken fahrig, als würde er am ganzen Leib zittern.

»Sie müssen nach Hause gehen«, sagte Henare mit ernster Miene.

Lillian erstarrte. Tausend schreckliche Möglichkeiten schossen ihr durch den Sinn, die letztlich alle auf eines hinausliefen. »Geht es um Großvater?«

Der Maori nickte. »Es hat einen Unfall auf der Baustelle gegeben.«

»Ist er verletzt?«

»Ein Gerüst, auf dem er stand, ist zusammengebrochen.«

»Und wie geht es ihm? Ist er am Leben?«

»Ja, er lebt, aber ...«

Mehr brauchte sie nicht zu wissen. Augenblicklich raffte sie ihre Röcke und rannte los, ohne auf Henare oder die erstaunten Blicke der Passanten zu achten. Ihr Herzschlag donnerte ihr in den Ohren. Was, wenn er tot ist? Wenn er so schwer verletzt ist, dass er es nicht geschafft hat? Die Worte des Maori hatten alles offen gelassen.

Doch davor hatte sie zu viel Angst gehabt. Als das Haus vor ihr auftauchte, fühlten sich ihre Beine auf einmal weich wie Butter an. Was würde sie vorfinden?

Am liebsten wäre sie stehen geblieben, doch ihre Beine trugen sie wie von selbst voran, obwohl sie kaum noch Kraft zu haben schienen. Sie passierte das Gartentor, nickte den Männern grüßend zu.

Beim Eintreten bemerkte sie einen seltsamen, beißenden Geruch in der Küche. Karbol. Der Geruch, der auch in Arztpraxen schwebte, die sie bisher glücklicherweise nur selten von innen gesehen hatte.

In der Schlafkammer ihres Großvaters vernahm sie eine Männerstimme, die sie nicht richtig verstehen konnte. Beim Näherkommen verstummte sie, und als sie in die Stube stürmte, beendete der Arzt gerade seine Untersuchung.

Ihr Großvater lag auf dem Bett. Ebenso wie sein Hemd war auch seine Hose schmutzig, eines der Hosenbeine war bis zum Knie zerrissen, Blut klebte an der blassen Haut. Sein weißes Haar war zerzaust, auf seiner Wange breitete sich ein riesiger Bluterguss aus.

»Großvater!«, rief Lillian erschrocken aus.

Eine Welle der Erleichterung überkam sie, als Georg Ehrenfels die Augen aufschlug. »Lillian«, sagte er schwach. »Was machst du denn hier?«

Lillian blickte kurz zum Doktor, der ihr nickend bedeutete, dass sie nähertreten dürfe.

»Mr Arana hat mir Bescheid gegeben, dass es einen Unfall gegeben hat.«

»Ach, das war nur ein kleines Missgeschick, nichts weiter.«

»Missgeschick?« Lillian schüttelte verständnislos den Kopf. »Das Gerüst soll zusammengebrochen sein!«

»Und dabei hat Ihr Großvater wirklich sehr großes Glück gehabt«, mischte sich der Arzt ein und reichte ihr die Hand. »Jonathan Corben. Ich bin der hiesige Arzt.«

Lillian erinnerte sich, den Namen auf einem Schild gelesen zu haben, ohne sich weitere Gedanken darum zu machen.

»Der Doktor wird mich schon wieder zusammenflicken«, meldete sich Georg wieder zu Wort. »Nicht wahr?«

»Sie werden mit dem Bruch eine Weile liegen müssen, Mr Ehrenfels.«

»Bruch?«, rief Lillian entsetzt aus, und auf einmal waren sie wieder da, die ganzen gruseligen Geschichten über ältere Menschen, die an den Folgen von Knochenbrüchen gestorben waren. Das bisschen Erleichterung, das sie gefühlt hatte, verflüchtigte sich augenblicklich wieder.

»Ja, Ihr Großvater hat sich einen Bruch am rechten Unterschenkel zugezogen. Soweit ich es beurteilen kann, nichts besonders Riskantes, doch in seinem Alter heilen die Knochen nicht mehr so gut wie bei einem jungen Menschen.«

Lillian presste erschrocken die Hände vor den Mund. »Und wie lange wird es dauern? Wird er Schäden zurückbehalten?«

»Normalerweise nicht, wenn er sich an die Hinweise hält, die ich ihm geben werde. Natürlich müssen wir das Bein schienen. Und es wird eine ganze Weile dauern, bis wir den Gips wieder abnehmen können. Leider konnte ich noch nicht absehen, worum es ging, als man mich rief. Ich werde jetzt zu meiner Praxis gehen und alles holen, was man für das Schienen eines Knochenbruchs braucht. Leisten Sie ihm am besten ein wenig Gesellschaft, Miss Ehrenfels.«

Lillian nickte und zog sich einen Stuhl ans Bett. Während sie sorgenvoll ihren Großvater betrachtete, eilte der Arzt aus dem Raum.

Tränen stiegen in ihre Augen. Natürlich hätte es noch schlimmer kommen können, doch ein Beinbruch war schon schlimm genug.

»Tja, wie du siehst, kann das Glück eine sehr launische Dame sein.«

Lillian griff nach seiner Hand und hielt sie fest. »Wie konnte das denn nur passieren, Großvater?«

»Das weiß ich nicht, denn wenn ich es gewusst hätte, wäre ich sicher nicht auf diese morsche Latte getreten. Wenn ich wieder auf den Beinen bin, werde ich den Gerüstbauern gehörig die Leviten lesen.« Er streckte die freie Hand aus und streichelte über ihre Wange. »Mach dir keine Sorgen, Lilly, ich bin zäh wie ein Distelbusch. So leicht kriegt mich so ein Bruch nicht unter, da habe ich schon ganz andere Sachen erlebt.«

»Aber nie hast du dir was gebrochen«, hielt Lillian dagegen.

»Nein, das nicht, aber ...« Ein Schatten huschte kurz über sein Gesicht, dann schüttelte er leicht den Kopf, als wollte er ihn vertreiben. »Lassen wir das lieber, sonst werden meine Schmerzen wieder mehr.«

»Tut es denn sehr weh?«, fragte Lillian, die immer noch mit den Tränen rang. Noch nie hatte sie ihren Großvater so verletzlich, so klein erlebt. Er war immer derjenige gewesen, der für alles eine Lösung, für alles einen Rat wusste. Und nun lag er hier, und der Geruch seines Blutes und des scheußlichen Desinfektionsmittels erfüllte das Schlafzimmer.

»Ich komme mir vor, als hätte etwas mein Bein abgerissen«, antwortete Georg ehrlich. »Aber dass du bei mir bist, macht es gleich ein wenig leichter.«

Lillian unterdrückte den Schluchzer, der in ihrer Kehle aufgestiegen war. Immerhin war er der Kranke, der Trost brauchte, und es war ihre Aufgabe, ihn aufzumuntern und ihm nichts vorzuheulen.

Nach einer Viertelstunde kehrte der Doktor zurück, wie sie an den schweren Schritten in der Küche erkannte. Diesmal trug er eine große Tasche bei sich, außerdem eine kleine Schüssel, die er unter den Arm geklemmt hatte.

»So, Mr Ehrenfels, dann wollen wir mal sehen, dass wir Ihr Bein wieder repariert bekommen.« Damit breitete er seine Utensilien auf der Kommode aus.

Lillian krampfte die Hände in ihren Rock, während sie den Blick nicht von ihrem Großvater ließ, der seine Aufmerksamkeit voll und ganz dem Arzt schenkte. »Wenn Sie Hammer und Nägel dabei haben, verspreche ich Ihnen, dass ich sogleich vom Bett springe und wieder loslaufe.«

»Ich glaube kaum, dass wir es mit Nägeln versuchen werden«, erwiderte der Doc im gleichen scherzhaften Ton. »Da wird uns der neuartige Gips, den uns ein findiger Feldscher beschert hat, viel bessere Dienste tun.«

»Kann es sein, dass er eine Gehirnerschütterung hat?«, schaltete sich Lillian besorgt ein, während der Arzt begann, alles für die Schienung vorzubereiten. Dazu gehörte auch das Anrühren der Gipsmasse, die einen seltsam staubigen Geruch im Zimmer verbreitete.

»Die hat er auf jeden Fall. Und so weit ich es fühlen konnte, auch eine Quetschung an den Rippen. Wir können von Glück sagen, dass er sich die nicht auch gebrochen hat. Wie leicht hätte sich ein Stück in seine Lunge bohren können.« Der Arzt verstummte, obwohl Lillian hätte schwören können, dass er noch etwas anderes sagen wollte. Nachdem er eine Weile mit den Schienen herumhantiert hatte, wandte er sich an Lillian: »Wenn Sie mir vielleicht ein wenig zur Hand gehen könnten?«

Während sie das tat, wurde ihr ganz flau zumute. Nie hatte sie ihren Großvater krank gesehen, und nun musste er bemuttert werden wie ein kleines Kind. Der Arzt ließ sich mit seiner Schiene Zeit, zwischendurch prüfte er durch Abtasten, ob die beiden Knochenhälften auch richtig aufeinander saßen. Als er die in Gips getauchten Verbände, die die Schiene halten sollten, endlich anlegte, waren Lillians Hände schon ganz steif vom Festhalten. Da sie sich aber bestmöglich um ihren Großvater kümmern wollte, ignorierte sie die Taubheit und das Verkrampfen ihrer Rückenmuskeln, bis der Arzt fertig war. Danach untersuchte er Georg, der keinen einzigen Mucks von sich gegeben hatte, erneut und bat Lillian dann, die Schlafstube zu verlassen.

Als sie aus der Kammer in die Küche trat, sah sie Henare an der Tür stehen. Voller Sorge, als ginge es um seinen eigenen Großvater, sah er sie an.

»Wie geht es ihm?«

»Er hat einen Beinbruch und zahlreiche Prellungen. Der Arzt meinte, dass seine Rippen ein wenig gequetscht sein könnten, aber das würde sich von allein wieder geben, wenn er nur liegt und sich nicht unnötig bewegt.«

Henare nickte, wirkte aber nicht besonders erleichtert. »Ich mache mir schreckliche Vorwürfe«, gestand er Lillian. »Ich hätte ihn davon abhalten sollen, dort hinaufzusteigen. Aber er wollte sich unbedingt anschauen, wo die Kuppel aufgesetzt werden sollte.«

Lillian lächelte ihm aufmunternd zu. »Wenn sich mein Großvater etwas in den Kopf gesetzt hat, führt er es durch, egal, ob man ihn davon abhalten will. Und eigentlich hätte das Brett ja halten sollen.«

»Ich werde herausfinden, wie es dazu kommen konnte. Wenn Sabotage dahintersteckt, werden die Schuldigen zur Rechenschaft gezogen.«

»Glauben Sie, dass jemand meinen Großvater auf diese Weise stoppen will?«, fragte Lillian erstaunt. »Bisher haben die Leute ihn nur für einen gutmütigen Spinner gehalten und belächelt. Warum sollten sie ihm etwas antun?«

»Ich weiß es nicht«, entgegnete Henare, und etwas Finsteres schlich sich in seinen Blick. »Möglicherweise gibt es ja irgendjemanden, dem der Bau nicht gefällt.«

Wer sollte das sein? Einer von Jasons Leuten etwa? Einige Männer mochten vielleicht ein Problem mit den Maori haben, aber ihr Großvater war ja kein Maori. Und dass die Maori selbst Interesse am Scheitern des Projekts hatten, konnte sie sich ebensowenig vorstellen.

»Jedenfalls bin ich heilfroh, dass das Gerüst darunter ihn aufgefangen hat. Nicht auszudenken, wenn er den Abhang hinuntergestürzt wäre.«

Ein eisiger Schauer kroch bei dieser Vorstellung an Lillians Rückgrat entlang. Wenn dem so gewesen wäre, hätte sie wohl jetzt ihren Großvater beweinen müssen, anstatt sich um ihn Sorgen zu machen.

»Mein Großvater ist auch der Meinung, dass es nichts bringt, sich um Dinge zu sorgen, die nicht geschehen sind. Sein Schutzengel mag vielleicht einmal versagt haben, aber ein zweites Mal wird es nicht geschehen.«

Henare sah Lillian eindringlich an. Bevor er allerdings etwas sagen konnte, tauchte hinter ihnen Dr. Corben auf.

»Das Mittel, das ich Ihrem Großvater gegeben habe, wirkt. Er müsste jetzt ein paar Stunden schlafen.«

»Vielen Dank, Herr Doktor.« Lillian reichte ihm die Hand und bemerkte erst jetzt, wie schwer ihre Glieder waren. Noch immer war die Anspannung da, doch während sie sich auflöste, verwandelte sie sich anscheinend in Blei, das sich in ihren Armen und Beinen festsetzte.

»Nichts zu danken. Sollte Ihr Großvater Schmerzen haben oder irgendeine Veränderung an seinem Bein eintreten, die Ihnen nicht geheuer vorkommt, rufen Sie mich bitte. Ansonsten schaue ich morgen früh wieder nach ihm.«

Lillian bedankte sich erneut und begleitete ihn dann bis zur Gartenpforte. Die Arbeiter, die ihren Großvater ins Haus getragen hatten, waren mittlerweile verschwunden; wahrscheinlich hatte Henare sie weggeschickt. Er selbst trat jetzt ebenfalls vor die Haustür.

»Ich sollte jetzt gehen«, sagte er ein wenig verlegen. »Ihr Großvater braucht Ruhe und Sie auch.«

Aus irgendeinem Grund, den sie selbst nicht kannte, war sie beinahe versucht, ihn zu bitten, noch ein Weilchen zu bleiben. Doch dann nickte sie und reichte ihm die Hand. »Vielen Dank für alles, Mr Arana. Wenn Sie mögen, besuchen Sie meinen Großvater doch morgen oder übermorgen, er wird sich freuen.«

»Das mache ich«, versprach Henare, dann wandte er sich um und ging zur Gartenpforte.

Während Lillian ihm nachsah, wünschte sie sich insgeheim, dass er sich umwenden und sie noch einmal ansehen würde. Doch der Maori schaute stur geradeaus, offenbar in Gedanken schon wieder bei der Baustelle oder einer Nachricht an Mr Caldwell, denn den musste er von dem Unfall ebenfalls in Kenntnis setzen.

Die ganze Nacht über wachte sie am Bett ihres Großvaters. Ihre Lider waren mittlerweile ebenso schwer wie ihre Arme und Beine, doch ihr rasender Verstand hielt sie davon ab, sich einfach dem Schlaf zu ergeben. Auch wenn das Schmerzpulver, das der Arzt auf dem Nachttisch zurückgelassen hatte, gut wirkte und ihr Großvater tief und fest schlief, fand sie einfach keine Ruhe. Während sie sein Gesicht betrachtete, auf dem weitere Blutergüsse zutage getreten waren, gingen ihr allerlei schreckliche Bilder durch den Kopf. Sie hatte wieder den Tag vor sich, als ihre Eltern mit dem Zug verunglückt waren – die einzig greifbare Erinnerung, die sie von ihnen noch hatte –, und ohne es zu wollen, stellte sie sich immer wieder vor, wie ihr Großvater vom Gerüst stürzte.

Als ihr die Bilder zu viel wurden, schüttelte sie den Kopf und erhob sich von ihrem Stuhl. Frische Luft, dachte sie. Ich brauche frische Luft, damit ich die Nacht überstehe. So leise, wie es auf den knarzenden Bodendielen möglich war, schlich sie nach draußen. Nur für ein paar Minuten, sagte sie sich, denn sie wollte ihren Großvater nicht aus den Augen lassen. Noch hatte sich nichts Ungewöhnliches getan, doch wenn er wach wurde, wollte sie an seiner Seite sein und ihn beruhigen.

Die Abendluft war angenehm kühl und roch würzig nach Erde und Meerwasser. Aus der Ferne klang das Rauschen des Meeres an ihr Ohr.

Lillian verschränkte die Arme vor der Brust und blickte zum Himmel, an dem eine blasse Mondsichel erschienen war. Deren Licht reichte nicht aus, um die anderen Gestirne zu überstrahlen, gleichberechtigt sorgten sie dafür, dass nächtliche Wanderer ihren Weg fanden.

Was für ein Tag! Und dabei hatte alles so gut angefangen. Adeles Brief war ihr wie ein Zeichen des Himmels erschienen – dem dann die Katastrophe gefolgt war.

Wie hatte es nur so weit kommen können?, fragte sie sich

wieder, doch sie wusste, dass sie darauf keine Antwort erhalten würde. Allerdings würde ihr Großvater jetzt noch eindringlicher darauf bestehen, dass sie nicht mehr zur Baustelle ritt. Die kommenden Wochen würde sie ohnehin damit verbringen müssen, ihn zu pflegen. Aber selbst wenn er wieder auf den Beinen war, würde sie die Sternwarte wohl erst wieder zu Gesicht bekommen, wenn sie fertig gebaut war.

Nun gut, das war jetzt Nebensache. In den Nachbarhäusern waren die Lichter längst verloschen. Fröstelnd kehrte Lillian ins Haus zurück, setzte sich auf den Stuhl neben dem Bett, in dem ihr Großvater leise seufzend atmete, und ließ sich schließlich doch von den Armen des Schlafs umfangen.

20

Lillian erwachte, als etwas gegen ihren Arm tippte. Erschrocken fuhr sie auf und sah sich einen Moment lang verwirrt um, doch dann fiel ihr wieder ein, dass sie noch immer in der Schlafstube ihres Großvaters saß, genau auf dem Stuhl, auf den sie sich nach ihrem kleinen Rundgang ums Haus wieder gesetzt hatte.

»Lilly, Liebes«, vernahm sie die Stimme ihres Großvaters. Er war es auch gewesen, der sie angestupst hatte. »Was suchst du denn hier?«

Seine Stimme klang schwach und trocken. Als Lillian zur Seite blickte, sah sie Schweißperlen auf seiner Stirn. Augenblicklich wollte sie aufspringen, doch Georg hielt sie zurück.

»Du hättest schlafen gehen sollen. Wegen einem alten Mann schlägst du dir die Nacht um die Ohren, wo du doch lieber etwas tun solltest, um weiterhin so schön zu bleiben, wie du bist.«

Lillian ignorierte das Kompliment. »Wie geht es dir, Großvater? Fehlt dir etwas? Hast du Schmerzen oder Fieber?«

»Mir ist schrecklich warm und der Gips bringt mich um«, gestand er. »Wenn du ein bisschen das Fenster öffnen könntest, damit frische Luft reinkommt? Und etwas zu trinken wäre schön.«

»Natürlich, Großvater«, entgegnete Lillian, während sie sich erhob und zum Fenster eilte. Sorge brannte in ihr. Sie wusste, dass ihr Großvater gerne untertrieb, wenn es um sein eigenes Wohlbefinden ging. Nie gab er zu, wenn er Sorgen hatte, selbst wenn es offensichtlich war. Und wenn er mal ein Wehwehchen hatte, tat er es mit einer lässigen Handbewegung ab.

»Soll ich vielleicht doch lieber Dr. Corben holen?«

»Nein, ich glaube, das wird nicht nötig sein. Hol mir einfach ein bisschen Wasser. Man kann nicht erwarten, dass ein Mann, der von einem Baugerüst gefallen ist, am nächsten Tag singt und tanzt, oder?«

Lillian schüttelte den Kopf und begab sich dann in die Küche, wo sie einen Becher Wasser eingoss. Ihr Großvater hatte recht, man durfte von ihm nicht erwarten, dass es ihm gut ging. Auch hatten Verletzungen es manchmal so an sich, dass die Schmerzen nach einem Tag noch schlimmer wurden. Dennoch hätte sie am liebsten den Arzt geholt.

»Bist du sicher, dass sich Dr. Corben dein Bein nicht noch mal ansehen soll?«, hakte sie nach, als sie ihm das Wasser brachte.

»Ach was. Ich bin sicher, dass er sich ohnehin im Laufe des Tages wieder blicken lassen wird. Mein Bein schmerzt, meine Rippen auch, und mein Schädel fühlt sich an, als würde er jeden Augenblick explodieren. Aber das ist nichts, was sich der Arzt ansehen müsste. Jedenfalls nicht gleich.«

Lillian sah ihn noch eine Weile besorgt an, doch auch das konnte ihn nicht umstimmen.

»Erzähl mir lieber, wie es unserem guten Mr Ravenfield geht. Hat er dir wieder Blumen geschickt?«

Lillian schüttelte errötend den Kopf. »Nein, bisher nicht. Aber ich habe ihn seit unserem Streit auch nicht wiedergesehen.«

»Streit?«, wunderte sich Georg, und Lillian fiel ein, dass sie ihm gar nichts davon erzählt hatte.

Also holte sie es nach, obwohl sie immer noch befürchtete, ihr Großvater würde sie auslachen. Georg nickte zu ihren Schilderungen, schob zwischendurch die Unterlippe vor, dann brummte er kurz.

»Nun, ich bin sicher, dass er sich schon bald wieder blicken lassen wird. Immerhin ist er ein Gentleman, und ich halte ihn für keinen Dummkopf.«

Wirklich?, fragte Lillian im Stillen spöttisch. Irgendwie hatte er auf sie leider genau diesen Eindruck gemacht. Doch ihrem Großvater zuliebe schwieg sie. Sie hatte schon mitbekommen, dass er sich Hoffnung auf einen netten Schwiegerenkel machte. Ravenfield gefiel ihm nicht nur deshalb gut, weil er vermögend war und großzügig das Land zur Verfügung gestellt hatte. Er mochte ihn auch, weil er galant, freundlich und offen war.

Doch sie selbst hatte von Anfang an ein komisches Gefühl gehabt, was Ravenfield anging. Schon in Christchurch war er ihr zu ... ja, zu frech vorgekommen. Zu unverschämt. Außerdem fühlte sie sich mittlerweile sehr zu Henare hingezogen. Nicht nur, dass er viel zu erzählen hatte und überaus freundlich war, bei ihm hatte sie auch das Gefühl, dass er sie verstand. Wenn sie mit ihm redete, war es, als würde sie ihn schon lange kennen.

Doch war sein Herz überhaupt noch frei? Und waren ihre Gefühle für ihn vielleicht nur eine Schwärmerei? Woher sollte sie denn wissen, wie es sich anfühlte, verliebt zu sein?

Verwirrt begann sie, das Bettzeug des Großvaters zu richten, denn der Arzt würde sicher jeden Moment kommen und nach ihm sehen. Dabei wollte ihr das Bild Henares, wie er sie durch den Busch begleitet und sich mit ihr unterhalten hatte, nicht aus dem Sinn gehen.

Ein paar Stunden nachdem Dr. Corben nach Georg gesehen und einigermaßen zufrieden mit seinem Zustand gewesen war, klopfte es an die Tür. Lillian hatte ihren Großvater gerade dazu bewegt, etwas von der Suppe zu kosten, die sie ihm gekocht hatte. In der Annahme, dass es Mrs Peters wäre, die mittlerweile von dem Missgeschick gehört hätte, eilte sie schnell in die Küche.

Doch zu ihrer großen Überraschung stand eine fremde Frau vor der Tür. Nun ja, ganz unbekannt war sie ihr eigentlich nicht, Samantha hatte ihr Mrs Blake schon einmal gezeigt. Doch bisher hatte sie sie weder kennengelernt noch ein Gespräch mit ihr geführt, weshalb es doch recht zutreffend war, sie als Fremde zu bezeichnen.

Lillian strich sich die Schürze glatt und öffnete dann. »Guten Tag, was kann ich für Sie tun?«

Die Frau, die ein elegantes schwarzes Kleid trug, räusperte sich ein wenig verlegen, setzte dann aber ein gewinnendes Lächeln auf. »Entschuldigen Sie, wenn ich störe, sicher kennen Sie mich nicht und fragen sich, was ich hier zu suchen habe.«

»Sie sind Mrs Blake, nicht wahr?«, entgegnete Lillian ebenfalls freundlich lächelnd. »Die Inhaberin der Teestube.«

Dass sie sie kannte, machte die Besucherin zunächst ein wenig stutzig, doch dann wich das Erstaunen der Erleichterung. »Sie müssen Mr Ehrenfels' Enkelin sein. Lillian, nicht wahr?«

Jetzt war es Lillian, die staunte. Ihr Großvater hatte nie erwähnt, dass er in Mrs Blakes Teestube gewesen war. Woher kannte Mrs Blake sogar ihren Namen?

Schon im nächsten Augenblick fiel bei Lillian der Groschen. Sie hatte wieder vor sich, wie beschwingt und gut gelaunt ihr Großvater zuweilen von Spaziergängen durch die Stadt zurückgekehrt war. Konnte es sein, dass er immer dann einen Abstecher zu Mrs Blake gemacht hatte?

Lillian hatte noch gut Samanthas Bemerkung in den Ohren, dass ihr Kuchen und der Tee wahre Wunder wirken würden.

Dass sich ihr Großvater für eine Frau interessierte, grenzte tatsächlich an ein Wunder. War es möglich...

»Ja, ich bin die Enkelin«, antwortete Lillian rasch, als die

Frau ihr einen abwartenden Blick zuwarf. »Ich fürchte allerdings, dass mein Großvater unpässlich ist. Gestern ...«

»... gab es einen Unfall auf der Baustelle«, beendete Mrs Blake den Satz für sie und fügte, bevor Lillian nachfragen konnte, hinzu: »Mr Arana hat es mir erzählt, als er heute Morgen seinen Tee bei mir getrunken hat.«

Ja, natürlich. Henare hatte die berühmte Teestube sicher auch schon seit Längerem entdeckt.

»Ihr Großvater war hin und wieder bei mir«, setzte Mrs Blake hinzu, »und ich muss sagen, dass ich ihn ... sehr sympathisch fand.« Irrte sich Lillian oder errötete die Frau unter ihrem zarten Hutschleier? »Aus diesem Grund war es mir einfach ein Bedürfnis, nachzufragen, wie es ihm geht.«

Lillian besann sich auf ihre Pflichten als Hausherrin: »Kommen Sie doch herein, Mrs Blake.«

Die Teestubenbesitzerin nickte ihr dankend zu und trat dann in die Küche. Sie hatte eine ganz besonders anmutige Art, sich zu bewegen; kein Wunder, dass sogar Lillians Großvater angesichts von so viel Weiblichkeit weich geworden war.

Nachdem sie einen Moment unschlüssig am Küchentisch gestanden hatte, sagte Lillian: »Ich werde nachsehen, ob er wach ist, und dann mache ich uns allen einen Kaffee. Nehmen Sie doch solange Platz.«

Mrs Blake lächelte freundlich, als sie sich auf einem der Küchenstühle niederließ. Bevor Lillian in dem Gang verschwand, musterte sie die Frau noch einmal. Was mochte ihr Großvater mit ihr zu tun haben?

Nun, sie würde es gleich erfahren.

Georg saß in seinem Bett, die Nase in einem seiner Bücher, deren Ledereinbände vom vielen Aufschlagen und Festhalten wie Speckschwarten glänzten.

»Ist die Post gekommen?«, fragte er und blickte auf.

»Nein, du hast Besuch.«

Georgs Augenbrauen schnellten in die Höhe. »Besuch? Ist es Mr Arana?«

»Nein, es ist eine Frau. Mrs Blake, die Inhaberin der kleinen Teestube auf der Main Street.« Zum ersten Mal, solange sie sich erinnern konnte, sah Lillian ihren Großvater erröten. »Offenbar kennst du die Dame, sie hat das jedenfalls angedeutet.«

»Ja, ich kenne sie«, gab er zu. »Ich war einige Male in ihrer Teestube, und wir haben uns sehr nett unterhalten.«

Die Miene, die er dabei zog, sprach Bände. Einerseits wirkte er ein wenig peinlich berührt, andererseits war sein Blick voller Freude.

»Möchtest du sie sehen oder soll ich sie wieder wegschicken?«

»Nein, nein, lass sie ruhig, schick sie rein. Ich erkläre dir nachher, was es mit ihr auf sich hat.«

Mit einem Lächeln schüttelte Lillian seine Kissen auf, nahm die Bücher von der Bettdecke und glättete diese anschließend. »Soll ich dir auch noch die Haare kämmen?«, fragte sie ein wenig spöttisch, worauf ihr Großvater fahrig nach seinen Haaren griff und dann auch noch den Bart glättete.

»Nein, nein, alles in Ordnung. Als Kranker darf man ruhig ein wenig zerzaust aussehen, sonst wird man womöglich noch für einen Simulanten gehalten.«

Als Lillian in die Küche zurückkehrte, erhob sich Mrs Blake. »Wenn es ungelegen ist, komme ich gern ein anderes Mal wieder.«

»Nein, kommen Sie ruhig, mein Großvater freut sich, dass Sie da sind.«

Lillian führte Mrs Blake durch den Gang zum Zimmer ihres Großvaters. Als sie ihm die Besucherin ankündigte, trat ein Leuchten in seinen Blick. Mrs Blake trat an sein Bett und reichte ihm die Hand. Obwohl er sich kaum aufrichten konnte, ließ es sich Georg nicht nehmen, ihr einen Handkuss zu geben. Keiner von ihnen sagte zunächst etwas; befangen wie zwei sehr junge Leute, die gerade begonnen hatten, füreinander Gefühle zu entwickeln, sahen sie sich an.

Vielleicht sollte ich sie besser allein lassen, dachte Lillian und verkündete dann: »Ich werde mal zurück in die Küche gehen und uns Kaffee kochen.«

»Das ist eine gute Idee, Lillian!«, entgegnete Georg, ohne den Blick von seiner Besucherin abzuwenden.

Bevor sie sich diskret zurückzog, warf Lillian noch einen kurzen Blick auf Mrs Blake. So, wie ihr Großvater sie ansah, musste er doch einiges für sie empfinden. Und sie für ihn. Aber vielleicht deute ich da auch zu viel hinein, sagte sie sich und setzte dann das Kaffeewasser auf.

21

 Am nächsten Morgen, nachdem sie ihren Großvater versorgt hatte, überbrachte ihr der Laufbursche des Telegrafenamtes einen Umschlag, den Lillian sogleich ins Zimmer des Großvaters trug.

»Was gibt es denn?«, fragte er und bedeutete Lillian, dass sie den Umschlag aufschlitzen sollte.

Lillian zog den Zettel hervor, und nachdem sie ihn kurz studiert hatte, reichte sie ihn mit einem strahlenden Lächeln an ihren Großvater weiter.

»Sie kommt! Die Kuppel wird bald geliefert!«

»Das sind ja hervorragende Nachrichten!«, entgegnete Georg, überflog das Schreiben noch einmal und strahlte seine Enkelin an. »Du musst unverzüglich Mr Arana Bescheid geben!«

»Aber ich kann dich doch nicht...«

»Mich nicht allein lassen?«, fiel Georg ihr lachend ins Wort. »Ich habe mir doch nur das Bein gebrochen! Mrs Peters wird bestimmt gern nach mir sehen. Und Mrs Blake wollte mich heute Abend nach der Arbeit auch besuchen, du siehst also, ich bin in guten Händen.«

Die Aussicht, zur Baustelle zu reiten und mit Henare zu sprechen, ließ ihr Herz erwartungsvoll klopfen. Doch konnte sie ihren Großvater wirklich allein lassen?

»Nun mach schon, Lillian!«, forderte Georg sie auf. »Sonst ist die Kuppel eher da, als sie auf der Baustelle Bescheid wissen. Wen außer dir sollte ich denn sonst schicken?«

Lillian nickte und machte sich sogleich an die Vorkehrungen für ihren Ritt.

Nachdem sie Mrs Peters gebeten hatte, nach ihrem Großvater zu sehen, sattelte sie ihre Stute und holte eine kleine Wegzehrung aus der Küche.

»Und du kommst wirklich zurecht?«, fragte sie, als sie noch einmal nach ihrem Großvater sah.

»Du bist ja immer noch hier!«, entgegnete Georg mit gespielter Entrüstung. »Ich glaube, ich höre den Transport schon rumpeln.«

»Keine Sorge, ich bin schneller«, entgegnete Lillian, gab ihm noch einen Kuss und machte sich dann auf den Weg.

Sie erreichte den schützenden Busch, noch bevor die Mittagshitze einsetzte. Den Wundern der Pflanzen- und Vogelwelt schenkte sie diesmal allerdings nur wenig Beachtung, denn ihre Gedanken waren bereits bei der Sternwarte und bei Henare.

Dieser hatte auf der Baustelle das Kommando übernommen und überwachte die Arbeiten wahrscheinlich genauso streng wie Georg selbst.

An der Sternwarte angekommen, machte sich Lillian sogleich auf die Suche nach dem Maori. Sie fand ihn zwischen einigen Arbeitern, mit denen er etwas besprach. Worum es ging, bekam Lillian nicht mehr mit, denn kaum hatten die Arbeiter sie entdeckt, machten sie Henare auf sie aufmerksam.

»Das ist erst mal alles«, sagte er daraufhin zu seinen Männern und wandte sich ihr zu.

»Guten Morgen, Miss Ehrenfels, was führt Sie zu mir?« Besorgnis schlich in seinen Blick. »Ist etwas mit Ihrem Großvater?«

»Nein, es geht ihm den Umständen entsprechend gut. Ich habe hier etwas für Sie, das Sie sicher freuen wird.« Damit reichte sie ihm das Telegramm. »Großvater bittet Sie, dabei zu sein, wenn sie nach Kaikoura gebracht wird. Um sicherzugehen, dass auch ja keine Scheibe zu Bruch geht.«

»Ich glaube kaum, dass die Kuppel in einem Stück geliefert wird, das wäre selbst für die besten Pferde zu schwer. Wahrscheinlich wird man die Einzelteile zunächst nach Kaikoura bringen und dann zur Baustelle, wo sie dann, wenn es so weit ist, zusammengesetzt und verbaut werden. Wahrscheinlich soll ich in die Stadt kommen, um sicherzustellen, dass alles vollzählig ist.«

»Dann wissen Sie also, aus wie vielen Teilen die Kuppel bestehen soll?«

Henare nickte. »Aus genau dreihundertzweiundfünfzig Teilen, sofern nicht einige schon vorher montiert werden. Was ich ehrlich gesagt inständig hoffe.«

»Mein Großvater ist die Baupläne genauestens mit Ihnen durchgegangen, nicht wahr?«

»Ja, das ist er. Da es Mr Caldwell nicht möglich ist, ständig auf dem Bau zu sein, bin ich nach Ihrem Großvater derjenige, der wirklich jede Einzelheit der Sternwarte kennt.«

»Bei Mr Caldwell ist das nicht der Fall?«, wunderte sich Lillian.

»Natürlich weiß Mr Caldwell über die wichtigsten Dinge Bescheid, aber einige Informationen hat er von vornherein mir überlassen, weil er weiß, dass ich in seinem Sinne handeln werde.«

Offenbar schien nicht nur ihr Großvater große Stücke auf Henare zu halten.

»Passen Sie nur auf, dass mein Großvater Sie nicht abwirbt, bei all dem Wissen, das Sie besitzen«, bemerkte Lillian spöttisch, worauf der Maori auflachte. »Ihr Großvater hat mir bereits das Angebot gemacht, für ihn zu arbeiten. Und ich muss sagen, dass mich die Astronomie wirklich sehr interessiert.« Henare lächelte sie breit an, dann fügte er hinzu: »Sie sehen, so schnell werden Sie mich nicht wieder los.«

Bei ihrer Rückkehr am späten Abend fand sie zwar keine Mrs Blake vor, allerdings meinte sie, noch eine Spur ihres Parfüms in der Luft zu riechen.

»Lillian, bist du das?«, fragte ihr Großvater aus seinem Zimmer.

»Ja, Großvater. Ich komme gleich, brauchst du etwas?«

»Vielleicht könntest du mir einen Kaffee kochen. Und natürlich will ich alles über die Baustelle hören.«

Wenig später trat Lillian mit zwei Tassen dampfenden Kaffees durch die Tür. Kein Buch lag auf dem Schoß ihres Großvaters; entweder hatte er sie beiseitegelegt oder andere Zerstreuung gefunden. Letzteres war wahrscheinlich, denn Lillian entdeckte Kuchenkrümel auf der Bettdecke. Offenbar hatte Mrs Blake ihm etwas von ihren Köstlichkeiten mitgebracht.

»So, und nun erzähl mir, wie es vorangeht«, verlangte er, nachdem er einen Schluck Kaffee getrunken hatte.

»Sehr gut. Mr Arana meint, dass die Kuppel schon bald aufgesetzt werden könnte, wenn sie denn erst einmal da ist.«

»Das sind wirklich gute Nachrichten! Und er ist auch ein guter Junge.« Prüfend glitt sein Blick über ihr Gesicht, doch Lillian versteckte sich hinter ihrer Kaffeetasse.

Bevor er weitersprechen konnte, klopfte es allerdings an der Haustür. Wer konnte so spät noch zu ihr wollen?

Lillian erhob sich und ging nach draußen. Als sie die Tür öffnete, sah sie sich plötzlich Jason Ravenfield gegenüber.

»Guten Abend, Lillian, darf ich reinkommen?«, fragte er lächelnd.

Was will er hier?, fragte sich Lillian, während sie der Höflichkeit halber nickte und beiseitetrat, um ihn einzulassen. Ihr Großvater lag nun schon eine Woche im Bett, für einen Krankenbesuch war es reichlich spät. Oder hatte Ravenfield erst jetzt davon erfahren? Seit ihrem Streit hatten sie sich nicht mehr gesehen.

»Was führt Sie her?«, fragte Lillian kühl.

»Ich habe erst heute von dem Missgeschick Ihres Großvaters erfahren«, antwortete er und senkte ein wenig verlegen den Blick. »Tut mir leid, ich wäre früher gekommen, wenn ich es gewusst hätte.«

»Schon gut«, entgegnete Lillian. »Ich hatte leider keine Zeit, Sie zu benachrichtigen.«

»Und ich bin auch aus einem anderen Grund hier«, setzte Ravenfield hinzu, während er sie eindringlich ansah. »Ich wollte mich für den Wortwechsel entschuldigen. Es stand mir nicht zu, Ihre Ziele in Zweifel zu ziehen. Bitte, verzeihen Sie mir.«

Lillian versuchte herauszufinden, ob er es ehrlich meinte, doch obwohl seine Miene versöhnlich wirkte, konnte sie seine Absicht nicht daraus ersehen.

»Großvater ist in seinem Zimmer«, erwiderte sie schließlich. »Ich sage ihm Bescheid.«

Als sie sich umwandte, ergriff Ravenfield ihre Hand.

»Bitte, Lillian, ich meine es ernst. Verzeihen Sie mir?«

»Mir wird wohl nichts anderes übrig bleiben, wenn ich meine Hand zurück haben will, oder?« Lächelnd macht sich Lillian los und ging dann zu ihrem Großvater.

»Wer ist denn da?«, fragte er; offenbar hatte er Bruchstücke des Gesprächs mitbekommen.

»Mr Ravenfield möchte dir einen Besuch abstatten«, erklärte Lillian, während sie die Bettdecke ein wenig aufschüttelte und ihrem Großvater half, sich im Bett zurechtzusetzen.

»Dann kommt er also nicht, um dich zu sehen?«

Lillian presste die Lippen zusammen. »Er sagte, er kommt wegen dir. Soll ich ihn reinschicken?«

»Ja, mach nur, Kind. Ich werde ihn fragen, was mit ihm nicht stimmt, wenn er den Besuch bei einem alten, kranken Mann dem Besuch bei meiner schönen Enkelin vorzieht.«

»Nein, Großvater, bitte nicht! Ravenfield entscheidet selbst, wen er treffen will, und wenn es nach mir geht, braucht er mich nicht zu besuchen.«

»Aber es war doch nicht zu übersehen, dass er dir den Hof macht.« Georg griff nach der Hand seiner Enkelin. »Ich weiß, dass du sehr pflichtbewusst bist und dass du dir nie viel aus den Dingen gemacht hast, die andere Mädchen in deinem Alter interessieren. Doch vielleicht solltest du dich zwischendurch ganz einfach mal amüsieren, wie es andere tun. Wie lange hast du dich schon nicht mehr mit Samantha getroffen?«

»Seit dem Ball. Aber wir sind keine wirklichen Freundinnen, eher Bekannte.«

»Und sie war die Einzige, die dich wegen deines Kleides nicht schief angesehen hat. Lass dieses Band nicht abreißen, es ist schon schlimm genug...«

Georg stockte plötzlich, doch Lillian wusste, worauf er hinauswollte.

»Adele ist immer noch meine beste Freundin!«

»Und diese Samantha könnte ebenfalls eine Freundin werden, wenn du es zulässt. Ich weiß, dass du viel zu tun hast, aber denk zwischendurch auch mal an dich, du bist doch noch so jung.«

Lillian senkte nachdenklich den Kopf.

»Jetzt solltest du Mr Ravenfield vielleicht hereinbitten; es wäre unhöflich, ihn noch länger warten zu lassen.« Georg tätschelte ihre Hand. Lillian nickte und trat nach draußen.

Jason hatte es sich auf einem Küchenstuhl bequem gemacht und wirkte ziemlich zerknirscht. Ob er es wohl ehrlich gemeint hatte mit seiner Entschuldigung?

»Mein Großvater kann Sie jetzt empfangen.«

Schweigend schloss sich Ravenfield ihr an und betrat wenig später das Krankenzimmer.

»Mr Ravenfield, es ist mir eine Freude, Sie zu sehen«, begrüßte Georg den Farmer mit ausgestreckten Armen, als wollte er ihn an seine Brust drücken. »Was führt Sie zu mir, mein Freund?«

»Ich wollte sehen, wie es Ihnen geht. Ich habe schlimme Geschichten gehört.«

Lillian zog für Ravenfield einen Stuhl heran; sie selbst blieb im Hintergrund stehen.

»Nun, ich will den Erzählern nicht vorwerfen, dass sie die Unwahrheit sprechen, denn in dem Augenblick, als das Gerüst unter mir weggebrochen ist, dachte ich schon, es sei aus mit mir. Aber dann wurde ich gerettet, und es hat sich wieder einmal bewahrheitet, dass Unkraut nicht so schnell vergeht.«

»Immerhin scheinen Sie Ihren Humor behalten zu haben, das ist gut. Wenn ich irgendwas für Sie tun kann, lassen Sie es mich bitte wissen.«

»Das werde ich, allerdings bin ich hier bei meiner Enkelin in den besten Händen. Sie mag gar nicht von meiner Bettkante weichen, obwohl sie doch ein wenig Ruhe und Freude verdient hätte.«

Als Ravenfield sie ansah, senkte Lillian den Blick. Großvater, dachte sie, du wolltest doch nichts sagen!

»Das Verhalten Ihrer Enkelin ist wirklich lobenswert«, erwiderte der Schafzüchter schließlich. »Vielleicht habe ich etwas für sie, das sie ein wenig aufmuntert.« Ravenfields Augen leuchteten plötzlich vor Eifer. »Ich habe vor, in den nächsten Wochen einmal nach Christchurch zu fahren, um dort ein paar Dinge einzukaufen. Vielleicht möchten Sie mich begleiten? Natürlich nur, wenn es Ihrem Großvater besser geht und Sie eine Anstandsdame haben, die mitkommen kann.«

Lillian schnappte nach Luft, als sie erkannte, dass er wahrscheinlich nur deswegen hergekommen war.

»Was sagen Sie dazu?« Abwartend blickte Ravenfield zwischen Lillian und ihrem Großvater hin und her.

»Nun, was mich angeht, hätte ich nichts dagegen, wenn Lillian Sie begleiten würde«, sagte Georg nach einer Weile. »Allerdings sollten wir die Entscheidung meiner Enkelin überlassen.«

Während er sie ansah, hob er aufmunternd die Augenbrauen. Lillian aber wünschte sich insgeheim, er hätte Nein gesagt. Noch vor ein paar Wochen hätte ihr Herz vor lauter Vorfreude gerast, doch mittlerweile fragte sie sich, ob es gut wäre, mit Ravenfield irgendwo hinzufahren. Doch vielleicht fand sie wirklich jemanden, der die Anstandsdame spielte ...

»In Christchurch habe ich übrigens eine Bekannte, die sich ebenso wie Sie für die Wissenschaften interessiert. Die Dame ist zwar eher Naturkundlerin, aber sie besitzt den gleichen Enthusiasmus wie Sie. Außerdem würde ich der Sternwarte gern ein paar Gerätschaften spendieren.« Jetzt blickte er zu Georg, der überrascht die Augenbrauen hochzog. »Wenn Sie mir eine Liste mit dem, was Sie noch brauchen, geben könnten, würde ich es in Christchurch bestellen, ich kenne da einen Händler.«

»Nun ... da wäre vielleicht etwas, was Sie für mich besorgen könnten«, antwortete Georg, der, wie Lillian wusste, nie geneigt war, ein Geschenk auszuschlagen, wenn es seinen Forschungen diente. »Allerdings möchte ich betonen, dass Sie mit der Bereitschaft, Ihr Land zu tauschen und uns zur Verfügung zu stellen, schon mehr als genug getan haben.«

Ravenfield winkte ab. »Man kann nie genug für die Wissenschaft tun.«

»Nun, wenn Sie das so sehen ... Lillian, bring mir doch bitte mal die Feder und etwas Papier.«

Als seine Enkelin mit dem Gewünschten zurückkehrte, schrieb er ein paar Dinge auf, unter anderem Linsen und ein Okular sowie Ersatzteile für das Teleskop, das bereits vor der Abreise schadhaft gewesen war, das Georg aber unter keinen Umständen hatte zurücklassen wollen.

»Es sind nur paar Kleinigkeiten, die allerdings sehr wichtig sind«, erklärte er, als er das Blatt an Ravenfield weiterreichte.

Ein freudiges Strahlen huschte über Jasons Gesicht. »Ich werde alles besorgen, was Sie brauchen.« Damit wandte er sich an Lillian. »Also, geben Sie mir Bescheid, wann es für Sie passt?«

22

Die Wochen vergingen. Während auf der Baustelle daran gearbeitet wurde, die Kuppel zu befestigen, kam auch Georg langsam wieder auf die Beine. Dr. Corben wechselte schließlich seinen Gips und erlaubte ihm, täglich ein paar Schritte auf Krücken zu machen. Das besserte seine Stimmung merklich, und schon bald machte er sich Hoffnungen, wieder zur Sternwarte reiten zu können.

Zwischendurch stattete ihnen Samantha, die natürlich von dem Unfall gehört hatte, einen Besuch ab. Unter dem Arm hatte sie einen Korb mit Waren aus dem Laden ihres Vaters, den sie mit den besten Empfehlungen ihrer Eltern abgab. Lillian überkam dabei ein ziemlich schlechtes Gewissen, denn bei den vielen Dingen, die sie zu erledigen hatte, war sie nicht ein einziges Mal dazu kommen, Samantha und ihre Eltern zu besuchen.

»Mach dir nichts draus«, beruhigte Samantha sie. »Du hast im Moment Wichtigeres zu tun, als auf Teegesellschaften herumzusitzen. Wenn dein Großvater wieder richtig auf den Beinen ist, treffen wir uns sicher wieder häufiger.«

»Vielleicht solltest du Mr Ravenfield Bescheid geben, dass du jetzt bereit bist für die kleine Reise«, eröffnete ihr Großvater Lillian eines Morgens beim Frühstück.

Lillian verschluckte sich beinahe an ihrem Kaffee. In den vergangenen Wochen hatte sie sich keine weiteren Gedanken um die Fahrt mit Ravenfield gemacht, ja, sie hatte nicht einmal Anstalten gemacht, sich eine Anstandsdame zu suchen. Und wen hätte sie auch bitten sollen? Mrs Peters vielleicht?

»Du guckst so erschrocken, willst du nicht mehr mit ihm fahren?«

»Doch ... ich meine ...« Lillian erinnerte sich wieder daran, dass Ravenfield ihr die Forscherin vorstellen wollte.

»Dann sollten wir ihm am besten eine Nachricht zukommen lassen, meinst du nicht?«

»Ja, natürlich«, entgegnete Lillian. »Und ich werde Mrs Peters fragen, ob sie mitkommen und die Anstandsdame spielen kann.«

»Brauchst du die wirklich?«, fragte ihr Großvater.

»Natürlich, denn ich bin eine anständige Frau!«, entgegnete Lillian, merkte aber, dass ihr Großvater sie auf den Arm nehmen wollte, denn natürlich begrüßte er es sehr, wenn sie die Anstandsregeln einhielt.

Leider konnte Mrs Peters nicht mitkommen, und da schließlich der Reisetermin vor der Tür stand und sie auch keine andere Anstandsdame fand, nahm sich Lillian vor, mit Ravenfield allein zu fahren. Was sollte schon passieren? Ravenfield mochte vielleicht veraltete Ansichten haben, aber bisher war er immer höflich und anständig gewesen.

Nachdem sie die ganze Nacht über vor Aufregung kein Auge zugetan hatte, huschte Lillian noch vor Sonnenaufgang in die Küche, um das Frühstück für ihren Großvater zu bereiten und für die Frauen, die auf ihn achtgaben, genaue Instruktionen zu hinterlassen.

Wohl war ihr nicht bei dem Gedanken, ihn so lange allein zu lassen, aber die Aussicht, in Christchurch mit einer Wissenschaftlerin zu sprechen und außerdem noch zu sehen, wo die

Linsen für das Teleskop hergestellt werden sollten ... das alles erschien ihr sehr verlockend.

Kurz vor sechs Uhr erschien Ravenfield dann auch, mit Mrs Peters im Schlepptau. Lillian gab ihr kurz ein paar Instruktionen und ging dann ins Zimmer ihres Großvaters, um sich von ihm zu verabschieden.

»Übermorgen bin ich wieder da, voraussichtlich am Nachmittag«, versprach sie. »Mach solange keine Dummheiten.«

Georg deutete mit einem spöttischen Lächeln auf sein eingegipstes Bein. »Welche Dummheiten sollte ich wohl auf meinen Krücken machen, außer vielleicht Mrs Peters in den Hintern zu kneifen?«

»Großvater, das wirst du ...«

»War nur ein Scherz«, beschwichtigte Georg sie. »Ich werde mich natürlich tadellos benehmen. Außerdem kriege ich das mit den Krücken nicht hin, da würde ich umkippen.« Damit zog er sie an sich und küsste sie. »Viel Spaß in Christchurch, und pass auf dich auf.«

Draußen wurde sie bereits von Jason erwarte. »Nun, sind Sie bereit für das Abenteuer?«

»Und ob ich das bin!«, entgegnete Lillian und blickte sich dann noch einmal nach dem Haus um, während der Wagen anruckte.

Nach einer Übernachtung in einer kleinen Mission in der Nähe von Christchurch, in der sie äußerst freundlich aufgenommen worden waren, erreichten sie in den Mittagsstunden des folgenden Tagen die Hafenstadt. Das rege Treiben und die im Hafen einlaufenden Schiffe erinnerten Lillian an ihren ersten Tag hier, und sie konnte fast nicht glauben, dass nicht einmal zwei Monate seitdem vergangen waren. Wie viel hatte sich seither verändert! Wenn der Unfall ihres Großvaters nicht gewesen wäre, hätte sie behaupten können, dass ihr Leben momentan perfekt war.

»Der Laden ist dort hinten«, sagte Ravenfield, als sie die Main Street hinauffuhren. »Vielleicht sollten Sie mit der Frau des Inhabers sprechen, sie begeistert sich ebenso für die Wissenschaft wie Sie.«

Zu Lillians großem Erstaunen schien sich Ravenfield seit ihrem Streit vollkommen verändert zu haben. Er verhielt sich äußerst höflich und liebenswürdig, wobei Lillian es allerdings auch tunlichst vermied, irgendwelche heiklen Gesprächsthemen anzuschneiden.

»Das würde ich liebend gern«, entgegnete sie, während sie neugierig den Hals reckte. Wie würde wohl ein Laden aussehen, in dem man Zubehör für Teleskope kaufen konnte?

Zu ihrem großen Erstaunen entpuppte sich das Geschäft als Brillenmacher, der seinen Kunden auf Wunsch auch andere Dienste bot als das Herstellen von Sehhilfen.

»Überrascht?«, fragte Jason, als er ihren Blick bemerkte.

»Ziemlich. Allerdings wäre es dumm gewesen, jemanden zu erwarten, der nur Linsen verkauft.«

»Nun, gewissermaßen tut das Mr Shirley. Linsen für die Augen unterscheiden sich nur wenig von Linsen für optische Geräte. Er stellt nebenbei auch Ferngläser her, die besten, die man hier bekommen kann.«

Damit zog Jason die Bremse seines Wagens an und half Lillian beim Absteigen.

Als sie eintraten, passte Mr Shirley gerade einem Kunden eine Nickelbrille an. Der gute Mann musste sehr weitsichtig sein, denn die Linsen vergrößerten seine Augen auf eine fast groteske Weise. Während sich Lillian das Lachen verkneifen musste, fragte sie sich, ob seine Ehefrau ihn wiedererkennen würde. Aber wahrscheinlich war seine Frau schuld daran, dass er hier saß, denn ein Mann, der nicht mehr richtig sah, konnte im Haus erheblichen Schaden anrichten. Lillian selbst konnte ein Lied davon singen, denn auch vor ihrem Großvater war fast nichts sicher, wenn er seine Brille verlegt hatte.

Mrs Shirley arbeitete im Geschäft ihres Mannes mit; da Jason allerdings ein guter Bekannter zu sein schien, ließ sie sich dazu überreden, Lillian Frage und Antwort zu stehen. Während die Männer das Geschäftliche besprachen, gingen die beiden Damen nach oben. Mrs Shirley führte Lillian in ihren Salon, der recht einfach, aber gediegen eingerichtet war. »Setzen Sie sich, meine Liebe. Zufällig habe ich gerade frischen Tee gekocht.«

»Sie müssen wissen, dass Mr Ravenfield ein sehr geschätzter Kunde unseres Hauses ist«, erklärte sie, als sie mit den Teetassen und der Kanne wieder zurückkehrte. »Die Ferngläser für seine Farm lässt er ausschließlich hier anfertigen. Leider benötigt er noch keine Brille, die hätten wir ihm sonst auch verkauft.«

Lillian nickte und probierte dann von dem Tee. Er war köstlich.

»Wie sind Sie eigentlich an Mr Ravenfield geraten?«, fragte die Frau des Brillenmachers weiter.

»Ich habe ihn in Christchurch kennengelernt, kurz nachdem mein Großvater und ich hier angekommen sind.«

»Sie stammen aus Deutschland, nicht wahr? Ihr Name klingt jedenfalls danach.«

Lillian nickte, worauf Mrs Shirley weiterfragte: »Was hat Sie aus Ihrer Heimat fortgetrieben? Gibt es etwa schon wieder Krieg?«

»Nein, glücklicherweise nicht«, antwortete Lillian. »Mein Großvater erbaut in der Nähe von Kaikoura eine Sternwarte. Davon hat er schon immer geträumt, seit er das Land als Seemann kennengelernt hat.«

Das brachte Mrs Shirley dazu, ihre Tasse sogleich abzustellen, als fürchte sie, sie vor lauter Aufregung fallen zu lassen.

»Das ist ja höchst interessant. Und jetzt bestellt Ihr Begleiter gerade Linsen für die Teleskope, ist das richtig?«

Lillian nickte, ehrlich überrascht, dass die Frau mit ihrer Vermutung direkt ins Schwarze getroffen hatte. »Ja, das tut er. Und ich hoffe, Ihr Mann erschreckt sich nicht allzu sehr, wenn er die anderen Posten auf der Liste sieht. Mein Großvater hat sehr genaue Vorstellungen von dem, was er braucht.«

»Ihr Großvater scheint ein außerordentlich faszinierender Mann zu sein.«

»Das ist er. Und ich habe unbedingt vor, in seine Fußstapfen zu treten.« Wenn Mrs Shirley schon nicht mit dem Wesentlichen anfangen wollte, würde eben Lillian den Anfang machen. »Ich arbeite bereits jetzt als seine Assistentin, und wenn es mir möglich ist, werde ich ein Studium anstreben. Astronomie ist ein wirklich sehr aufregendes Thema.«

»Das glaube ich Ihnen gern! Als Kind habe ich mich immer gefragt, ob es möglich wäre, die Sterne von Nahem zu betrachten.« Mrs Shirleys Blick schweifte in die Ferne, als könnte sie sich selbst als Kind sehen, das angestrengt den Kopf in den Nacken legte. »Als ich erfuhr, dass es so etwas wie Teleskope gab, wollte ich selbst welche bauen. Alles, was mit Linsen zu tun hatte, faszinierte mich. Doch in England gab es keinen Bedarf an weiblichen Linsenschleifern.«

»Und was haben Sie dann getan?«

»Mir einen Brillenmacher als Mann gesucht«, entgegnete sie leichthin, allerdings wenig ernst gemeint, wie Lillian an ihrem Lächeln erkannte. »Sagen wir es einfach so, es war glückliche Fügung. Wir trafen uns, erkannten, dass wir dieselben Interessen hatten, und haben schließlich geheiratet. Als abzusehen war, dass Norman mit seinem Handwerk in England nicht richtig Fuß fassen könnte, sind wir nach Neuseeland gezogen. Und wir haben es nicht bereut.«

»Wollen Sie denn nicht selbst das Handwerk erlernen? Oder

irgendetwas Wunderbares, Bahnbrechendes bauen?«, fragte Lillian nach.

»Mittlerweile nicht mehr. Ich führe ein glückliches Leben, mein Mann baut mir jede optische Gerätschaft, die ich mir wünsche, und die Arbeit im Laden macht Spaß. Mehr kann sich eine Frau doch gar nicht wünschen.«

Damit hob sie die Teetasse wieder an die Lippen.

Lillian wusste nicht, was sie davon halten sollte. Diese Frau hatte vielleicht ihre jugendlichen Träume mit ihr gemeinsam, doch warum verließ sie sich jetzt so auf ihren Mann?

»Und was ist aus Ihrem Traum geworden, selbst optische Geräte zu bauen?«

»Das habe ich ja nun nicht mehr nötig«, entgegnete Mrs Shirley lachend. »Nein, mein Mann kann das wesentlich besser. Und ich bin mit meinem Leben zufrieden.«

Lillian wollte das nicht bezweifeln, doch wie um alles in der Welt kam Ravenfield nur darauf, dass diese Frau so sein sollte wie sie?

Oder, und der Gedanke verursachte ihr ein unangenehmes Drücken in der Magengegend, sollte diese Frau sie zu der Einsicht führen, dass alles, was sie zum Glück brauchte, ein Ehemann war, der für sie sorgte?

Als sie schließlich wieder aufbrachen, war Lillian ein bisschen enttäuscht. Mrs Shirley war nett gewesen, aber sie war keineswegs eine Gleichgesinnte. Werde ich vielleicht auch so enden, wenn ich erst einmal verheiratet bin?, fragte sich Lillian besorgt, schüttelte dann aber energisch den Kopf. Nein, ich werde meinen Traum, Astronomin zu werden, wahr werden lassen.

»Und, wie hat Ihnen das Gespräch mit Mrs Shirley gefallen?«, fragte Jason gut gelaunt, beinahe eine Spur zu fröhlich.

»Es war sehr nett«, antwortete Lillian höflich und versagte es sich, darauf hinzuweisen, dass diese Frau und eine Wissenschaftlerin ungefähr so viel gemeinsam hatten wie Äpfel mit einem Wassereimer. »Fahren wir jetzt wieder zur Mission zurück?«

Ravenfield wirkte überrascht. »Ich hatte damit gerechnet, dass Sie noch ein wenig die Läden in der Stadt unsicher machen wollen.«

»Nein, eigentlich nicht«, entgegnete Lillian, noch immer ein wenig konsterniert von dem enttäuschenden Gespräch. »Im Moment brauchen wir jeden Penny für die Sternwarte, und ich habe mir erst vor Kurzem ein Kleid gekauft.«

»Und wenn ich Ihnen eines schenke?«

Lillian schüttelte den Kopf. Vielleicht ohrfeige ich mich später dafür, dachte sie, doch im Moment war sie nicht bereit, ein solches Geschenk von Ravenfield anzunehmen.

»Vielen Dank für das Angebot, aber wissen Sie, ich möchte meinen Großvater nicht allzu lange allein lassen. Er ist bei unserer Nachbarin zwar in guten Händen, aber mir wäre wohler, wenn wir so bald wie möglich zurückkehren könnten. Es sei denn, Sie haben noch etwas vor.«

Ravenfield sah sie an, als verstünde er die Welt nicht mehr. Anstatt mit Charme und Witz zu reagieren, verhärteten sich seine Züge plötzlich.

»Ich muss noch bei der Woolcompany vorbeischauen«, sagte er ein wenig verärgert. »Deshalb mein Vorschlag mit dem Einkauf.«

»Ich kann auch sehr gern auf Sie warten. Hier in der Stadt gibt es so viele interessante Dinge zu sehen.«

Ravenfield nickte und half ihr dann auf den Wagen. Bis sie die Woolcompany erreicht hatten, sprach er kein einziges Wort.

»Meine Besprechung wird ungefähr eine Stunde dauern«, bemerkte er knapp, als sie vor dem strahlend weißen, dreistöckigen Gebäude haltmachten.

»Ich werde mich zu beschäftigen wissen«, erklärte Lillian.

Ravenfield nickte nur und verschwand dann im Gebäude.

Lillian war sicher, dass sie ihn verärgert hatte, aber sie hielt es für richtig, ihm zu zeigen, dass sie kein gewöhnliches Mädchen war, das auf glückliche Zufälle hoffen musste, um wenigstens in die Nähe ihres Traumes zu kommen. Deutlicher denn je merkte sie nun, dass sein Verhältnis zu ihr seit dem Gespräch im Hotel deutliche Risse bekommen hatte. Und irgendwie beschlich sie auch immer mehr das Gefühl, dass sie nicht mit ihm hätte fahren sollen.

Es sind ja nur knapp zwei Tage bis nach Hause, sagte sie sich, und innerlich freute sie sich schon wieder auf ihr warmes Bett in der Mission. Um nicht die ganze Zeit wie bestellt und nicht abgeholt auf dem Kutschbock zu sitzen, kletterte sie vom Wagen und schlenderte die Straße hinunter.

Die Läden, die es hier zu sehen gab, waren wirklich sehr schön. Wenn sie mit Adele oder Samantha unterwegs gewesen wäre, hätten sie bestimmt den einen oder anderen betreten und sich gestattet, von einem hübschen Hut oder einem Paar weicher Handschuhe zu träumen. Doch hier war sie allein, und was sie Ravenfield gesagt hatte, stimmte – sie hatte kein Geld für irgendwelchen Luxus. Außerdem hatte sie erkannt, dass ihr die Wissenschaft tatsächlich wichtiger war als ein Mann. Erst recht als ein Mann, der kein Verständnis für ihre Leidenschaft hatte.

Sie wusste nicht, ob die Stunde bereits um war, doch als sie zurückkehrte, wartete Jason bereits auf dem Kutschbock. Seine Miene war noch immer finster. Lag das noch immer an ihr oder war sein Gespräch nicht gut verlaufen?

»Wie ich sehe, sind Sie eisern geblieben«, stellte Ravenfield fest, als Lillian wieder zu ihm auf den Kutschbock kletterte. Er bemühte sich um ein Lächeln, doch es glückte ihm nicht besonders gut.

»Ich meine immer, was ich sage. Bitte entschuldigen Sie,

wenn ich Sie verärgert habe, aber mir steht nicht der Sinn nach vielen Kleidern. Die werde ich bei der Arbeit kaum gebrauchen können.«

»Dann ist es Ihnen weiterhin ernst damit, dass Sie der Wissenschaft nachgehen wollen?«

»Ja, das ist mein voller Ernst. Das Gespräch mit Mrs Shirley hat mich nur darin bestätigt.« Lillian entging nicht, dass ein Blitzen durch Ravenfields Augen ging. Soll er doch enttäuscht sein, dachte sie. Ich werde jedenfalls in der Sternwarte arbeiten, sobald sie aufgebaut ist.

In der Mission, die sie kurz vor Sonnenuntergang erreichten, wurden sie erneut herzlich aufgenommen. Lillian war sehr angetan von der Freundlichkeit des Reverends und seiner Haushälterin, die sie versorgten, als wären sie ihre eigenen Kinder. Wenn ich mit Großvater nach Christchurch reise, werde ich ihn dazu überreden, hier zu übernachten, sagte sich Lillian, während sie sich in die Federn kuschelte; wenig später war sie eingeschlafen.

Am nächsten Morgen wurde sie wach, als sie jemanden auf dem Gang vor ihrem Zimmer rumoren hörte. Offenbar war Ravenfield schon auf den Beinen. Am Abend zuvor war er sehr wortkarg gewesen, doch seine Miene hatte sich nach und nach wieder ein wenig aufgehellt.

Nach einem kräftigen Frühstück und herzlichen Abschiedsworten machten sie sich auf den Weg nach Kaikoura. Der Himmel war strahlend blau, und während sie den Blick über den Horizont schweifen ließ, fragte sich Lillian, ob man die Glaskuppel der Sternwarte von hier aus würde sehen können.

Gegen Mittag legten sie eine kurze Rast ein. Die Haushälterin hatte ihnen ein üppiges Proviantpaket mitgegeben, dessen Inhalt sie mit Appetit verzehrten; anschließend tränkte Jason die Pferde in einem nahe gelegenen Bach. Lillian legte sich derweil auf die Decke, die Jason auf dem Gras ausgebreitet hatte, und schaute in den Himmel. Vereinzelte Wolken schwebten wie Federn über das ansonsten makellose Blau. Die Ruhe ringsum verleitete sie dazu, die Augen zu schließen und sich vorzustellen, wie es wäre, wenn sich über ihr der Sternhimmel ausbreiten würde, unzählige Sterne und dazwischen das Band der Milchstraße...

Ein Schatten über ihrem Gesicht ließ sie aufschrecken. Wie lange mochte Ravenfield sie schon beobachtet haben?

»Entschuldigen Sie bitte«, sagte Lillian, während sie sich wieder erhob. »Ich hoffe, ich bin nicht weggenickt.«

Ravenfield schüttelte den Kopf. »Nein, aber Sie sind sehr schön, wenn Sie schlafen. Fast wie eine Prinzessin.«

Das Kompliment überraschte Lillian. »Vielen Dank«, sagte sie, während ihr das Blut in die Wangen schoss.

»Wollen wir weiter?«, fragte Jason, nachdem er sie noch einen Moment lang angesehen hatte.

»Natürlich.« Er reichte ihr galant die Hand und half ihr auf.

Rasch räumten sie die Decke und die Reste des Picknicks auf, dann schirrte Ravenfield die Pferde wieder ein.

Kaum war auch sie wieder auf dem Wagen, lehnte sich Ravenfield zurück und sah sie an. Lillian fragte sich zunächst, was das sollte, doch plötzlich beugte er sich vor. Bevor sie darauf reagieren konnte, legten sich seine Hände um ihre Taille und zogen sie dicht an seine Brust.

Lillian stemmte die Hand gegen seinen Oberkörper, was ihm ein raues Lachen entlockte.

»Komm schon«, raunte er in einem Tonfall, der ihr einen Schauder über den Rücken jagte. »Du musst anscheinend erst mal sehen, wie es mit einem Mann ist, dann wirst du deine Wissenschaft vergessen.«

Lillian wollte etwas erwidern, doch da presste er seine Lippen bereits auf ihre und drang mit seiner Zunge in ihren Mund. Seine Hände wanderten dabei zu ihren Brüsten und umklammerten sie grob.

Erschrocken stemmte sich Lillian gegen ihn. Die plötzlich aufwallende Angst mobilisierte ihre Kräfte.

Eine Weile schaffte er es noch, sie festzuhalten, dann gelang es ihr, sich loszumachen.

»Sind Sie verrückt geworden?«, fuhr sie ihn an. Bevor er noch einmal nach ihr greifen konnte, schnappte sich Lillian ihre Tasche und sprang vom Wagen.

»Was ist denn?«, fragte er, doch Lillian hörte nicht auf ihn. Sie wollte nur weg von ihm, fort von seinen Händen und seinem drängenden Mund.

»Lillian, warten Sie doch!«, rief er ihr nach, doch sie wollte nicht hören. Mit langen Schritten und der Tasche in ihrer Hand eilte sie um den Wagen herum und stapfte dann den Weg voran.

Ravenfield würde sie auf diese Weise nicht entkommen, wenn er es sich in den Kopf gesetzt hatte, sie weiterzuverfolgen, aber wenn er versuchte, sie wieder in seinen Wagen zu bekommen, würde sie sämtliche Kräfte aufbieten, um sich gegen ihn zu wehren.

Eine ganze Weile war es still hinter ihr. Lillian versagte sich allerdings, sich nach dem Wagen umzuschauen. Wenn Ravenfield schockiert war, geschah ihm das ganz recht. Sollte er doch an dem Platz, wo er war, Wurzeln schlagen!

Doch den Gefallen tat er ihr nicht. Wenig später klatschte die Peitsche über den Köpfen der Pferde, und der Wagen rollte heran.

»Lillian, steigen Sie wieder ein!«, tönte es hinter ihr, doch Lillian wandte sich nicht um. Obwohl sie ihm zu Fuß nicht entkommen konnte, schritt sie trotzig voran.

»Lillian!«

»Fahren Sie allein zurück!«, entgegnete sie trotzig. »Ich komme ohne Sie zurecht.«

»Es sind noch fünf Meilen bis nach Kaikoura.«

»Das macht mir nichts aus!«

Ravenfield trieb die Pferde noch ein Stück weiter, hielt dann an und sprang vor ihr auf den Weg.

Lillians Herz begann zu rasen. Fest umklammerte sie ihre Tasche, bereit, sich damit zu verteidigen.

Ravenfield stemmte die Hände in die Seiten. »Lillian, bitte, seien Sie vernünftig! Was sollen die Leute denken, wenn ich allein in die Stadt zurückkehre?«

»Dass Sie mich unterwegs ausgesetzt haben? Es ist mir egal, was die Leute denken!«

»Und Ihr Großvater?«

Lillian kochte vor Wut. »Ich werde meinem Großvater erzählen, was Sie getan haben. Sie können sicher sein, dass er das nicht auf sich beruhen lässt. Und jetzt lassen Sie mich vorbei und verschwinden Sie!«

Ravenfield funkelte sie wütend an, und Lillian fiel es immer schwerer, ihn unerschrocken ansehen. Aber schließlich trat er schnaufend beiseite.

»Also gut, wie Sie wollen«, sagte er leise. »Ich fahre langsam voran und warte eine Weile an der nächsten Biegung. Wenn Sie es sich überlegt haben, können Sie wieder einsteigen.«

»Sparen Sie sich die Mühe!«, versetzte Lillian giftig und stapfte dann trotzig voran.

Erst am Abend kam Lillian zu Hause an. Angesichts ihrer brennenden Füße war sie zwischendurch versucht gewesen, sich selbst zu verfluchen. Dann aber hatte ihr Stolz gesiegt. Mit einem Mann, der sie zwang, ihn zu küssen, und der die Finger nicht von ihr lassen wollte, obwohl sie Nein gesagt hatte, wollte sie nicht auf einem Wagen sitzen. Sie wollte überhaupt nichts mehr mit ihm zu tun haben, nie mehr!

Der Gedanke, dass er aus Rache eine andere Variante der Geschichte erzählen könnte, machte ihr zwar ein wenig Angst, doch sie vertraute darauf, dass ihr Großvater ihr glauben würde.

Müde und mit knurrendem Magen schleppte sie sich den Weg hinauf und knöpfte dabei den Kragen ihres Kleides auf.

»Ah, Miss Ehrenfels, da sind Sie ja wieder!«, ertönte es da von der Seite.

Mrs Peters! Die hatte Lillian ganz vergessen. Aber natürlich, sie hatte sie ja gebeten, nach ihrem Großvater zu sehen!

»Guten Abend, Mrs Peters, schön, Sie zu sehen«, antwortete sie erschöpft. »Wie geht es Großvater?«

»Sehr gut, er hat sich allerdings schon gefragt, wo Sie bleiben.«

»Der Weg zurück hat ein wenig länger gedauert«, antwortete Lillian. »Aber mir geht es gut, und nun bin ich wieder hier. Vielen Dank, dass Sie nach ihm gesehen haben!«

Ohne eine Entgegnung der Frau abzuwarten, schlüpfte sie durch die Haustür. Am liebsten hätte sie sich erst einmal auf einen Küchenstuhl sinken lassen; da sich ihr Großvater aber schon Sorgen um sie gemacht hatte, ging sie erst einmal zu ihm.

Georg lag schlafend auf dem Bett, die Hand auf einem Buch, das er gelesen hatte.

Vorsichtig rüttelte sie ihn an der Schulter. »Großvater, ich bin wieder zurück.«

»Lillian?«, fragte er ein wenig verwirrt, weil sie ihn aus dem Schlaf gerissen hatte. Doch dann kam er wieder zu sich. »Gott sei Dank, du bist zurück!« Georg schloss sie in seine Arme. »Ich habe mir schon Sorgen gemacht.«

»Ach was, Großvater, mir geht es gut«, antwortete Lillian.

»Und warum kommst du erst jetzt? Ich denke, Mr Ravenfield wollte schon vor Stunden zurück sein!«

Lillians Miene versteinerte. »Ich habe darauf verzichtet, dass er mich nach Hause bringt, und bin das letzte Stück gelaufen.«

Georg zog verwundert die Stirn kraus. »Du bist von Christchurch bis hierher gelaufen?«

»Nicht ganz, ungefähr fünf Meilen von hier hat er ...«

Röte schlug ihr ins Gesicht.

»Was hat er?«, hakte Georg nach.

»Er hat mich geküsst, gegen meinen Willen. Ich musste mich richtig gegen ihn zur Wehr setzen. Und dann bin ich von seinem Wagen gesprungen und den Rest des Weges zu Fuß gegangen.«

»Er hat was getan?« Für einen Moment wirkte Georg, als wollte er aus seinem Bett springen, doch dann entsann er sich wieder, dass er ein Bein im Gips hatte.

»Wir waren auf dem Rückweg, und soweit ich weiß, habe ich ihm keinen Anlass dazu gegeben, doch plötzlich bedrängte er mich und hat mich geküsst. Bevor er auf weitere Dummheiten kommen konnte, bin ich abgestiegen. Glücklicherweise konnte er mich ja nicht dazu zwingen, weiter mit ihm zu fahren.«

»Dieser verdammte Mistkerl!«, brummte Georg. »Dem werde ich die Leviten lesen, wenn ich wieder auf den Beinen bin.«

»Nein, Großvater, lass es. Mr Ravenfield ist wichtig für die Sternwarte. Ich werde mich nicht mehr mit ihm treffen, und damit hat sich die Sache erledigt. Er ist nicht der Richtige für mich, das war mir eigentlich schon die ganze Zeit klar, und wahrscheinlich sieht er es inzwischen ebenso.«

Lillian konnte nicht verhindern, dass doch ein wenig Bitterkeit in ihren Worten mitschwang. Es hatte durchaus auch seine schönen Seiten gehabt, sich von Ravenfield den Hof machen zu lassen; sie hatte sich wie ein neuer Mensch gefühlt. Doch jetzt war ihr klar, dass sie noch nicht dazu bereit war, einem Mann das zu geben, was Ravenfield wollte.

»Nun gut, wenn du meinst«, lenkte ihr Großvater ein. »Momentan kann ich ja nur auf Krücken laufen und das nicht mal lange. Aber noch einmal braucht er sich hier nicht blicken zu lassen.«

»Wenn es um die Sternwarte geht, werde ich ihn hereinlassen, Großvater, das weißt du. Aber ich verspreche dir, ich werde mich nie wieder von ihm einladen oder zum Tanz auffordern lassen. Dafür soll er sich eine andere suchen, es gibt genug Mädchen in Kaikoura.«

Damit gab sie ihrem Großvater einen Kuss und stapfte dann in ihr Zimmer zurück. Als sie sich im Spiegel betrachtete und sah, dass sie in ihrem Kleid wie eine Landstreicherin aussah, brach sie in Tränen aus.

Nie wieder werde ich mich von einem Mann so hinters Licht führen lassen, schwor sie sich stumm.

23

 Zwei Tage später, als sie gerade in der Küche stand, um das Mittagessen zu kochen, rief Georg: »Lillian, mein Kind, hast du einen Moment Zeit?«

Lillian ging in sein Zimmer und blickte besorgt auf den Buchstapel, der auf seinen Knien lag.

»Sind dir die Bücher zu schwer? Ich nehme sie herunter, damit sie dein Bein nicht so sehr belasten.«

»Das ist lieb von dir, aber deshalb habe ich nicht nach dir gerufen. Laut den Tabellen soll nächste Woche eine Mondfinsternis stattfinden. Ich werde sie nicht beobachten können, aber du kannst es.«

»Ich? Aber das habe ich noch nie ohne dich gemacht!«

»Diesmal musst du es, fürchte ich. Ich könnte natürlich darauf bestehen, in einer Sänfte nach draußen getragen zu werden. Aber ich glaube, die Träger kannst du eher dafür gebrauchen, dass sie dir das Teleskop und alle Gerätschaften für die Beobachtung an die richtige Stelle tragen.«

»Die richtige Stelle?«, wunderte sich Lillian. »Was meinst du damit?«

»Es gibt zwischen unserer Stadt und dem Maori-Dorf einen Platz, den sie als heiligen Ort ansehen.«

»Du meinst das Gebiet, vor dem wir gestanden haben?«

»Nein, es gibt noch einen weiteren Ort. Einen, der nicht zur Sprache gekommen ist, weil ich nie gewagt hätte, dort die Sternwarte zu errichten. Aber er wäre ideal dafür.«

»Und was ist das für ein Ort?«

»Es gibt dort einen Steinkreis und einen verzierten Stein in der Mitte. Du solltest Mr Arana danach fragen, er wird dich sicher dorthin führen können. Und wahrscheinlich ist er auch ein guter Assistent und gute Gesellschaft für dich.«

Bei den letzten Worten schoss Lillian das Blut in die Wangen. Natürlich würde sie es ihrem Großvater gegenüber nicht zugeben, doch tatsächlich konnte sie sich keine bessere Gesellschaft vorstellen als den Maori.

»Ich werde ihn fragen«, entgegnete sie. »Allerdings müsste ich dazu ins Lager reiten, und ich weiß nicht, ob du es so lange allein aushältst.«

Ein verschmitztes Lächeln huschte über sein Gesicht. »Wenn du vorher noch einen kurzen Abstecher zu Mrs Blake machen würdest, bräuchtest du dir darum keine Sorgen zu machen.« Ihr Großvater zwinkerte ihr zu. »Ich glaube, sie würde mir mit Freuden meinen Tee bringen und vielleicht auch etwas von ihrem Kuchen. Von der angenehmen Gesellschaft mal ganz abgesehen. Wenn du zur Baustelle reitest, lässt sie sich hin und wieder auch blicken.«

»Dann habt ihr euch also ...?«

»Verwundert dich das? Auch wenn ein Mensch alt wird, bleibt er ein Mensch. Catherine ist die erste Frau seit deiner Großmutter, zu der ich mich hingezogen fühle, und sie empfindet wohl Ähnliches für mich. Auch wenn sie ein paar Jahre jünger ist als ich.«

»Fast zwanzig Jahre, würde ich schätzen«, entgegnete Lillian, die erneut die elegante Erscheinung der Teestubenbesitzerin vor Augen hatte.

»Im Leben jedes Menschen gibt es einen Zeitpunkt, in dem das Alter nicht mehr zählt, sondern nur noch der, der du bist.«

»Und warum hast du mir nichts davon gesagt?« Lillian schüttelte den Kopf. »Nicht einmal dann, als sie dich hier besucht hat, obwohl du gemerkt haben musst, dass ich Lunte gerochen hatte? Wärst du nicht von dem Baugerüst gestürzt, hätte ich es wahrscheinlich nie erfahren.«

»Eines Tages gewiss«, gab Georg zurück. »Spätestens dann, wenn wir beide unsere Verlobung bekannt gegeben hätten.«

»Großvater!« Bevor sie fortfahren konnte, merkte Lillian, dass er sich einen Spaß mit ihr erlaubte.

»Keine Sorge, Liebes, aus dem Alter sind wir beide raus. Aber wir schätzen die Gesellschaft des anderen, reden miteinander, und sie füttert mich mit Kuchen. Das ist mehr, als ich mir nach dem Tod meiner Frau hätte wünschen können.«

So glücklich wie jetzt hatte ihr Großvater schon lange nicht mehr dreingeschaut. Warum sollte sie ihm dieses Glück nicht gönnen? Wie sie gesehen hatte, fiel es nicht gerade vom Himmel. Würde sie wohl eines Tages auch jemanden finden, der ihr ein solches Lächeln aufs Gesicht zauberte?

»In Ordnung, ich werde ihr Bescheid sagen. Und ich werde Mr Arana fragen, ob er bereit wäre, mich zu begleiten.«

Georg drückte ihr die Hand, und Lillian wusste nicht, ob sein Dank der Tatsache galt, dass sie die Mondfinsternis ansehen würde, oder ihrer Toleranz gegenüber seiner neuen Liebe.

Noch bevor die Sonne ihren mittäglichen Höchststand erreicht hatte, machte sich Lillian auf den Weg zur Baustelle. Wenn sie am kommenden Morgen zurückreiten wollte, musste sie sich sputen – und sich vor allem kurz fassen. Angst, in der Nacht zu reiten, hatte sie nicht, bei all ihren Ausritten war ihr nicht einmal ein Maoriwächter entgegengetreten. Auch die Tiere stellten keine Bedrohung dar. Da die Mondfinsternis schon bald stattfinden würde, musste sie noch einige Vorbereitungen treffen.

Bevor sie den Weg in den Busch einschlug, machte sie noch einmal vor der Teestube halt.

Mrs Blake begrüßte sie mit einem freundlichen Lächeln,

doch etwas in ihren Augen war anders als bei ihrem letzten Zusammentreffen.

Nachdem Lillian ihr Anliegen vorgebracht hatte, ergriff Mrs Blake das Wort. »Ich sehe sehr gern nach Ihrem Großvater. Aber es gibt etwas, was ich Sie fragen muss.«

Lillian runzelte die Stirn.

»Wie ich weiß, waren Sie vor Kurzem mit Mr Ravenfield in Christchurch.«

»Ja, Sie haben doch nach meinem Großvater gesehen.«

»Nun, gibt es Gerede in der Stadt.«

»Gerede?«

»Die Leute erzählen sich, dass Jason Ravenfield damit prahlt, Sie verführt zu haben.«

Lillians Augen weiteten sich. Auf einmal hatte sie das Gefühl, als hätte ihr jemand ins Gesicht geschlagen. »Das ist eine faustdicke Lüge! Er hat mich bedrängt und ich habe ihn in die Schranken gewiesen.«

Mrs Blake sah ihr prüfend in die Augen, dann nickte sie. »Wie ich sehe, ist es das. Aber Sie sollten vorsichtig sein. Ravenfield ist ein sehr einflussreicher Mann. Er kann Sie und Ihren Großvater ziemlich schnell in Misskredit bringen.«

»Aber warum?«, fragte Lillian, während es in ihrer Magengrube unangenehm zu flattern begann. »Was habe ich ihm getan? Er war es doch, der gegen jeden Anstand verstoßen hat!«

»Das ist richtig, allerdings verträgt er es offenbar nicht, abgewiesen zu werden. Was meinen Sie, warum er in seinem Alter noch alleinstehend ist? Keine Frau hält es länger mit ihm aus. Ich wünschte, ich hätte es Ihnen schon vorher sagen können, doch dass Ravenfield gewisse Absichten Sie betreffend hatte, habe ich erst von Ihrem Großvater erfahren.«

Lillian war auf einmal furchtbar übel. Wie konnte es dieser Mistkerl nur wagen?

»Und was soll ich jetzt tun?«

»Am besten gehen sie ihm aus dem Weg und verhalten sich so unauffällig wie möglich. Dass Gerüchte herumfliegen, können Sie nicht verhindern, aber Sie können durch tadelloses Benehmen dagegenwirken. Ich werde tun, was ich kann, um dieses Gerücht zu entkräften.«

Prüfend blickte Mrs Blake Lillian noch einmal in die Augen. »Und Sie haben ihm wirklich keinen Anlass gegeben?«

»Ich bin vom Wagen gesprungen«, entgegnete Lillian. »Ich bin fünf Meilen zu Fuß gelaufen, um nach Hause zu kommen. Das sieht in meinen Augen nicht so aus, als würde ich darauf erpicht sein, von einem Mann belästigt zu werden, oder?«

»Ist ja schon gut!« Ein Lächeln flammte auf Mrs Blakes Gesicht auf. »Mr Arana wird Sie bei der Beobachtung der Mondfinsternis unterstützen?«

»Ich wollte ihn fragen«, entgegnete Lillian, noch immer verwirrt über Mrs Blakes Offenbarung.

»Bei ihm brauchen Sie nichts zu befürchten. Er ist ein sehr anständiger Junge.«

»Ich weiß.« Lillian versuchte sich an einem Lächeln, das ihr aber nicht besonders gut gelang.

»Keine Sorge, das bekommen wir wieder hin. Ravenfield wird sich eine andere suchen, und irgendwann werden sich die Wogen wieder glätten.«

»Das ist sehr freundlich von ihnen«, entgegnete Lillian.

»Mögen Sie vielleicht ein bisschen Kuchen mitnehmen?«, fragte Mrs Blake nun aufmunternd. »Der Weg zur Baustelle ist sicher recht lang, da könnte es sein, dass Sie unterwegs der Hunger überfällt.«

Lillian war sicher, dass sie in den nächsten Stunden überhaupt nichts hinunterbekommen würde. Das Gerücht, das Ravenfield in die Welt gesetzt hatte, lag ihr schon schwer genug im Magen.

»Das ist sehr nett von Ihnen, aber ich glaube, ich muss später darauf zurückkommen. Jetzt muss ich erst einmal zur Baustelle, ich will noch heute Abend wieder zurück sein.«

Mrs Blake nickte mit einem gütigen Lächeln. »In Ordnung, ich werde Ihnen ein Stück reservieren. Ich wünsche Ihnen eine gute Reise, und wenn Sie Ravenfield begegnen, ignorieren Sie ihn einfach.«

Leichter gesagt, als getan, dachte Lillian wütend, als sie die Teestube wieder verließ. Aus dem Augenwinkel bemerkte sie, dass ein paar Leute die Köpfe zusammensteckten, als sie sie sahen. Lillian versagte es sich, in Tränen auszubrechen, stieg auf ihr Pferd und ritt los.

Auf der Baustelle angekommen, musste sie sich zu Henare durchfragen, denn draußen fand sie ihn nicht. Die Arbeiter sagten ihr, dass sie ihn in seinem Zelt finden würde, also begab sie sich dorthin. Während des Ritts hatte sie, sobald sie die Stadt hinter sich gelassen hatte, laut über Ravenfield und ihre eigene Dummheit geschimpft. Befreit fühlte sie sich nicht, aber immerhin hatte sie es geschafft, nicht in Tränen auszubrechen.

Henare hatte den Eingang des Zeltes aufgeschlagen gelassen. Hinter einem alten Schreibtisch brütete er über Bauplänen und Akten.

»Verzeihen Sie, Mr Arana, darf ich stören?«

»Miss Ehrenfels!« Überrascht blickte er auf. Und da war noch etwas anderes in seinem Blick. »Was führt Sie hierher?«

Zunächst wusste Lillian nicht, wie sie anfangen sollte. Verlegen zupfte sie an ihren Ärmeln, dann fasste sie sich schließlich ein Herz.

»Mein Großvater möchte, dass ich die Mondfinsternis beobachte und Notizen dazu mache. Dazu brauche ich Ihre Hilfe.«

Henare sah sie verwundert an. »Brauchen Sie jemanden, der Ihr Teleskop trägt? Vielleicht kann Mr Ravenfield einspringen.«

Diese Bemerkung stieß Lillian vor den Kopf. Was war los? Warum wies er sie ab? Natürlich hatte sie mitbekommen, dass die Beziehung zwischen ihm und Ravenfield nicht besonders gut war, doch dafür konnte sie doch nichts. Oder hatte sie Henare einfach nur auf dem falschen Fuß erwischt?

»Ich glaube kaum, dass Mr Ravenfield mir helfen könnte«, fuhr sie fort und zwang sich, so ruhig wie möglich zu bleiben, obwohl sie Henare am liebsten an den Ohren gezogen hätte. Die letzten Worte waren heftiger aus ihrem Mund gekommen, als sie es gewollt hatte, doch immerhin hob Henare nun den Kopf.

»Mein Großvater meinte, dass es einen besonders guten Ort für die Beobachtung gäbe. Eine Lichtung in der Nähe des *marae*. Innerhalb eines Steinkreises ...«

»Das ist heiliger Boden für die Maori.«

»Ja, ich weiß, aber er meinte, dass Sie mir vielleicht helfen könnten, die Erlaubnis zu bekommen, ihn zu betreten.« Lillians Stimme erstarb. Henare machte keine Anstalten, einzulenken.

»Ich fürchte, da kann ich Ihnen nicht helfen«, bestätigte er ihr schließlich, was sein Gesichtsausdruck ihr bereits gesagt hatte. »Außerhalb von Kaikoura gibt es sicher Flecken, die ebenso geeignet sind.« Wieder wandte er sich seinem Papier zu.

Wenn mein Großvater ihn gefragt hätte, wäre er dann genauso abweisend gewesen?, dachte sie traurig.

»Was ist los mit Ihnen, Henare?«, fragte Lillian kleinlaut, während sie gegen ihre Tränen ankämpfte. »Sie sind doch der Assistent meines Großvaters. Wollen Sie denn, dass er mit seiner Arbeit scheitert? Er würde sicher noch ein Stück schneller genesen, wenn ich ihm die Ergebnisse der Finsternis bringen könnte.«

»Ich glaube kaum, dass es von mir abhängt, ob Sie den Mond beobachten oder nicht. Meinetwegen reiten Sie zum *marae* und sprechen dort mit dem *tohunga*. Er wird Ihnen bestimmt die Erlaubnis geben.«

Damit wandte er sich wieder seinen Unterlagen zu.

Lillian stand zunächst ratlos da, hoffte darauf, dass er es sich doch noch einmal überlegen würde. Doch Henares Blick blieb an das Papier geheftet, als warte er nur darauf, dass sie endlich verschwand. Erneut fragte sie sich, was nur in ihn gefahren sei – bis es ihr plötzlich dämmerte.

»Außerdem, wenn Sie erst mal Mr Ravenfields Frau sind, werden Sie ohnehin nicht mehr viel Zeit für die Sternwarte haben«, sagte Henare, ohne richtig aufzublicken.

»Wer sagt denn, dass ich seine Frau werde?«, brauste Lillian auf. »Ich kann mir schon denken, was Ihnen zu Ohren gekommen ist. Doch ich sage Ihnen, als Mr Ravenfield und ich nach Christchurch gefahren sind, ist nichts passiert. Als er zudringlich wurde, habe ich ihn in die Schranken gewiesen. Und Sie können mir glauben, dass ich bestimmt nicht wieder allein mit ihm bleibe.«

Damit stampfte sie wütend aus dem Zelt. Sollte er sich seinen heiligen Ort doch sonst wohin stecken! Sie würde einen anderen Platz finden, von dem aus sie die Finsternis beobachten konnte. Und wenn sie nirgends etwas fand, würde sie eben auf das Baugerüst klettern.

Sie wollte gerade ihr Pferd ableinen, als hinter ihr ein Ruf ertönte.

»Miss Ehrenfels!«

Als Lillian sich umwandte, eilte Henare mit langen Schritten auf sie zu. Ich sollte auf der Stelle aufs Pferd steigen und davonreiten, dachte sie trotzig, doch sie brachte es nicht über sich.

»Was?«, fragte sie kühl, während sie den Knoten in der Leine löste und die kleine Stute herumzog.

»Bitte verzeihen Sie mir mein Benehmen«, antwortete Henare zerknirscht. »Natürlich möchte ich Ihren Großvater unterstützen – und auch Sie. Ich weiß gar nicht, was da über mich gekommen ist...«

»Sie haben das Geschwätz über mich und Ravenfield gehört«, lieferte sie ihm die Erklärung. »Glauben Sie denn wirklich, ich hätte so wenig Anstand im Leibe? Sie können mir glauben, es ist nichts passiert. Und ich bin auch nicht sicher, ob ich ihn jemals wiedersehen will.«

Diese Worte schienen Henare tatsächlich zu freuen.

»Ich bitte nochmals um Verzeihung, Miss Ehrenfels.«

Lillian bemühte sich, keine Miene zu verziehen. Ich habe mir nichts zuschulden kommen lassen, sagte sie sich. Und was ich privat tue, geht ihn nichts an, denn hier stehen die Arbeit und Großvaters Vorhaben im Vordergrund. »Also gut, werden Sie mir helfen?«

»Natürlich.« Ein Lächeln huschte über Henares Gesicht. »Ich glaube schon, dass wir an den heiligen Ort gehen können. Der *tohunga* des Stammes lässt sich des Öfteren hier blicken, Ihr Großvater hatte sich vor Kurzem erst mit ihm unterhalten.«

Großvater hatte mit dem Schamanen gesprochen? Lillian versagte es sich, diese Frage laut zu stellen. Gleichzeitig wunderte sie sich darüber, dass er ihr nichts davon erzählt hatte. Was hatte der Heiler von ihm gewollt?

Wieder geisterte ihr durch den Sinn, wie sich die beiden Männer bei ihrem Besuch im Dorf angesehen hatten. Wollte der *tohunga* sein Wissen mit ihrem Großvater austauschen?

»In Ordnung, dann sprechen Sie doch bitte mit ihm«, sagte sie, nun schon wieder deutlich freundlicher. Etwas an Henare machte es ihr unmöglich, ihm lange böse zu sein. »Wir werden eines der neuen Teleskope nehmen, ein kleines, das sich leicht aufstellen lässt.«

»Warum denn kein größeres? Wenn ich Sie schon begleite, kann ich auch das schwerere Teleskop tragen.«

Jetzt musste Lillian breit lächeln. Hätte ich das Teleskop tatsächlich allein geschleppt?, fragte sie sich, und die Antwort war klar: Ja, natürlich! Schon allein aus Trotz! Vielleicht wäre ich sogar an Henares Zelt vorbeigelaufen, nur damit er sieht, dass ich es auch allein schaffe.

»Ein kleines Teleskop wird reichen«, entgegnete Lillian schließlich.

»Aber durch das Teleskop hat man das Gefühl, direkt vor ihm zu stehen, nicht wahr?«, setzte er lächelnd hinzu.

Lillian nickte ihm zu und stieg dann auf die kleine Stute. »Also dann, übermorgen, vier Uhr am Nachmittag? Immerhin haben wir bis zu dem heiligen Ort ein gutes Stück Weg vor uns, nicht wahr?«

Henare nickte zustimmend. »Ich werde da sein – mit der Erlaubnis, den heiligen Ort zu betreten.«

24

Am Tag der Mondfinsternis war Lillian das reinste Nervenbündel. Sie wusste selbst nicht, warum. Es war nicht das erste Mal, dass sie eine Finsternis beobachtete. Auch wenn ihr Großvater dabei gewesen war, hatte sie früher oftmals eigenständig Notizen über das Verhalten des Erdtrabanten gemacht. Doch nun kam sie sich vor, als wäre sie eine blutige Anfängerin. Immer wieder blätterte sie durch alte Aufzeichnungen, stand dann auf, marschierte durch ihr Zimmer und blieb schließlich vor dem Spiegel stehen, wo sie sich anschaute und zu sich selbst sprach.

»Du wirst es schon hinbekommen. Immerhin hast du dir das doch immer gewünscht. Später wirst du auch allein arbeiten müssen, also sieh diese Finsternis als Fingerübung an.«

Aber als sie kurz vor ihrem Aufbruch noch einmal vor dem Spiegel stand und dort ihr Reitkleid zurechtzupfte, wusste sie auf einmal, woher die Unruhe kam. Es war nicht die Furcht, bei den Beobachtungen und Aufzeichnungen zu versagen – der Gedanke, mit Henare allein auf dieser Lichtung zu sein, beunruhigte sie ein wenig.

Er ist nicht wie Ravenfield, redete sie leise auf sich ein. Er wird ganz sicher nichts versuchen, wie der Schafbaron es getan hat. Aber ein wenig Unsicherheit blieb dennoch.

»Lillian!«, riss der Ruf ihres Großvaters sie aus ihren Gedanken.

»Ich komme, Großvater!«, entgegnete Lillian, und nach einem kurzen prüfenden Blick in den Spiegel verließ sie ihr Zimmer. Ihr

Großvater hatte sich im Bett aufgesetzt und es irgendwie hinbekommen, sich ein Kissen in den Rücken zu schieben, sodass er besser aus dem Fenster schauen konnte.

»Du hast dich ja richtig zurechtgemacht«, bemerkte er, als sein Blick auf sie fiel. »Dabei willst du doch nur den Mond anschauen.«

»Aber ich werde durch die Stadt reiten müssen«, entgegnete Lillian. »Ich will nicht, dass die Leute mich für liederlich halten.«

Da Georg sein Zimmer nicht verlassen konnte und in letzter Zeit auch keinen Besuch erhalten hatte, wusste er natürlich noch nichts von dem Gerede in der Stadt. Und Lillian hatte auch noch nicht den Mut gefunden, ihm davon zu erzählen. In seinem Zustand wollte sie ihn so wenig wie möglich aufregen – und so nahm sie sich vor, auch Henare zu bitten, ihrem Großvater gegenüber keine Bemerkung in dieser Richtung zu machen.

»Die Person, die dich liederlich nennt, bring mir her, und ich ziehe ihr eins mit meinem Stock über!« Georg deutete auf den Wanderstock, den ihm Henare kurz nach dem Unfall gebracht hatte, in der Hoffnung, dass er schon bald wieder würde laufen können.

»Das wirst du schön bleiben lassen«, entgegnete sie und zupfte an seinem Kissen herum, damit er ihr Gesicht nicht sah. »Der Arzt hat gesagt, dass du dich schonen sollst – besonders dann, wenn dein Knochen wieder frisch zusammengeheilt ist.«

Ihr Großvater lächelte versonnen in sich hinein und schwieg eine Weile, bis Lillian sagte: »Mr Arana müsste so gegen vier Uhr hier ankommen, dann sind wir gegen Mitternacht beim Felsvorsprung.«

»Der heilige Ort«, brummte Georg in sich hinein. »Und er will den *tohunga* wirklich bitten?«

»Er hat es mir versprochen, und ich bin sicher, dass er es schafft.«

Wieder schwieg ihr Großvater, diesmal drehte er sich aber zur Seite, damit er sie ansehen konnte. »Du errötest«, stellte er dann beinahe schadenfroh fest, als hätte er sie bei etwas Verbotenem erwischt. »Du scheinst Mr Arana zu mögen.«

»Ich...«

Georg griff nach ihrer Hand und legte sie sich an die stoppelige Wange. »Ich weiß, was mit dir los ist. Ich habe schon bei unserem Ritt zum *marae* gesehen, dass er dich mag. Dieses Gefühl scheinst du zu erwidern.«

Lillian brachte es nicht über sich, ihm die Hand zu entziehen, obwohl sie es gern getan hätte. »Natürlich mag ich ihn. Aber...«

»Du sollst wissen, dass ich jede deiner Entscheidungen so gutheiße, wie du sie triffst. Doch solltest du Ravenfield nicht mehr wollen, sag es ihm gleich. Er ist ein wichtiger Verbündeter in unserem Vorhaben, vergiss das nicht.«

Er ist ein Wüstling, dachte Lillian grimmig, doch sie nickte. »Ja, Großvater, ich denke daran. Aber bisher bin ich weder Ravenfields Braut noch mehr als eine normale Bekannte für Mr Arana. Du weißt, dass mir die Wissenschaft sehr wichtig ist.«

»Und wahrscheinlich wäre für dich am besten ein Mann, der deine Leidenschaft versteht und vielleicht auch teilt.«

Lillian wollte ihn schon dafür zurechtweisen, dass er ihr Henare regelrecht empfahl. Doch im richtigen Augenblick klopfte es an die Tür. Lillian blickte auf die kleine Uhr auf dem Sekretär ihres Großvaters. Viertel vor vier. Henare war entweder überpünktlich oder...

Der Gedanke, dass jemand anderes vor der Tür stehen könnte – Ravenfield –, jagte ihr einen eisigen Schauer über das Rückgrat. Würde er wirklich die Frechheit haben, hier aufzutauchen?

Als sie durch die Küche eilte und dabei einen Blick aus dem Fenster warf, stellte sie zu ihrer großen Erleichterung fest, dass es doch Henare war, der den Weg hinaufkam. Lillian versagte sich allerdings, die Tür aufzureißen, als hätte sie die ganze Zeit über sehnsüchtig auf ihn gewartet.

Noch einmal strich sie ihren Rock und ihre Jacke glatt und wartete, bis er klopfte. Dann ließ sie drei Atemzüge verstreichen und öffnete.

»Ah, Mr Arana, kommen Sie doch rein.«

Henare zog den Hut vom Kopf und lächelte sie an. »Ich bin ein bisschen früher gekommen, falls Sie Hilfe mit Ihrem Gepäck brauchen.«

Lillian reichte ihm die Hand und errötete ein wenig, als Henare sich vorbeugte und ihr einen Kuss auf den Handrücken hauchte.

Einen Moment lang sahen sie sich in die Augen, dann entgegnete Lillian. »Ich habe nicht viel mitzunehmen. Nur das Nötigste; die Ausrüstung ist schon schwer genug.«

»Haben Sie das Teleskop hier oder müssen wir es von der Baustelle holen?«

»Mein Großvater wird doch nicht seine wertvollen Instrumente auf der Baustelle deponieren!«, entgegnete Lillian in gespielter Entrüstung. »Ich habe das Teleskop schon in eine Kiste verpackt, außerdem alles, was wir für die Beobachtung brauchen.«

»Auch Proviant? Oder wollen Sie meinem Jagdglück vertrauen?«

Lillian setzte einen skeptischen Blick auf. »Ich glaube, wir sollten lieber etwas mitnehmen. Möglicherweise verstecken sich die Muttonbirds oder die anderen Vögel.«

Henare lachte auf. »In Ordnung, dann sorgen Sie für den Proviant und ich sorge für die Gerätschaften. Aber vorher würde ich gern Ihrem Großvater meine Aufwartung machen. Wenn er denn schon wach ist.«

»Sie glauben doch wohl nicht, dass er schläft, wenn seine Enkelin aufbricht, um eine Mondfinsternis zu erforschen!«

An der Tür von Georgs Schlafzimmer angekommen, machten sie halt, und Lillian klopfte.

»Kommt rein!«, rief er fröhlich.

»Ah, Henare, mein Junge!«, rief Georg, als der Maori eintrat. »Seien Sie gegrüßt! Ich freue mich sehr, dass Sie meine Enkelin bei ihrer wichtigen Aufgabe unterstützen.«

»Das tue ich sehr gern«, entgegnete er und warf Lillian einen kurzen Blick zu, als wollte er herausfinden, ob sie ihrem Großvater etwas von dem Streit erzählt hatte. »Und ich habe auch die Erlaubnis erhalten, den heiligen Ort zu betreten. Das Einzige, was sich der *tohunga* ausgebeten hatte, ist, dass er sich für ein paar Momente den Mond durch das Teleskop ansehen kann.«

»Das kann er gern tun«, entgegnete Lillian lächelnd. »Meinetwegen kann er sogar bleiben, bis die Finsternis vorüber ist.«

»Das wird er sicher nicht wollen«, entgegnete Henare schmunzelnd. »Er möchte nur wissen, wie die *pakeha* es anstellen, dass der Mond ihnen ihre Geheimnisse verrät.«

»Nun, genau genommen tut er das nicht wirklich«, entgegnete Georg, während er sich mit Lillians Hilfe im Bett zurechtsetzte. »Wir versuchen, ihm durch Beobachtung seine Geheimnisse zu *entlocken*. Aber wer weiß, vielleicht ist es uns eines Tages möglich, zum Mond zu reisen. Ganz wie es dieser Franzose in seinen Romanen schreibt.«

»Aber das sind doch nur Romane!«, entgegnete Henare lachend; offenbar war er mit den Werken Jules Vernes vertraut.

»Auch das Fliegen war einst nur etwas, was in einer Geschichte niedergeschrieben wurde. Kennen Sie die Sage vom Ikarus?«

»Der der Sonne zu nahe kam, die seine Flügel schmelzen ließ.«

Georg lächelte. »Wie ich sehe, sind Sie sehr belesen. Ja, genau den Ikarus meinte ich, und man könnte denken, nach der Geschichte hätte nie wieder jemand versucht, in luftige Höhen aufzusteigen. Dennoch haben Wissenschaftler versucht, Flugapparate zu bauen, manche mit mehr, manche mit weniger Erfolg. Mittlerweile haben die Brüder Montgolfier bewiesen, dass man die Luft erobern kann, und es gibt außerdem Bestrebungen, Flugapparate zu bauen, die den Entwürfen Leonardo da Vincis ähneln. Bestimmt wird der Mensch eines Tages wie ein Vogel fliegen – und wenn das erst einmal geschafft ist, ist es kein weiter Weg mehr bis zum Mond. Der Mensch hat sich seit seiner Schöpfung als sehr erfindungsreich erwiesen.«

Ein Hauch von Wehmut zog über Georgs Gesicht. Dass Menschen den Mond betraten und ihm vor Ort seine Geheimnisse entlockten, würde er wahrscheinlich nicht mehr miterleben. Aber vielleicht würde es Lillian vergönnt sein ... »Nun, wie dem auch sei, ihr beide habt keine Zeit zu verlieren, die Finsternis soll nach Mitternacht beginnen, da solltet ihr besser losreiten und nicht dem Gerede eines alten Mannes lauschen.«

»Ach Großvater, stell dein Licht doch nicht immer unter den Scheffel«, entgegnete Lillian und küsste ihm dann die Stirn. »Ich kenne keinen Menschen, der deinen Geschichten nicht gern lauscht.«

»Doch doch, solche Menschen gibt es auch, wie du weißt. Aber glücklicherweise halten sie sich von meinem Haus fern.«

Lillian führte Henare zu den beiden Kisten, in denen sie alles Nötige verstaut hatte. »Ich hoffe, es ist nicht zu viel.«

Henare schüttelte den Kopf. »Es wird schon irgendwie gehen. Am besten, Sie nehmen die kleinere auf Ihre Stute und ich die große auf den Rücken meines Pferdes.«

»Einverstanden.«

»Und dass Sie mir gut auf meine Enkelin achtgeben, Mr Arana!«, rief Georg ihnen nach, als sie das Haus verließen.

»Keine Sorge, Mr Ehrenfels, bei mir ist sie in den besten Händen!«

»Mach's gut, Großvater«, verabschiedete sich Lillian schließlich. »Ich habe Mrs Peters gebeten, dreimal am Tag nach dir zu schauen.«

»Mach dir keine Sorgen, sie wird nicht die Einzige sein, die sich um mich kümmert.«

»Du meinst, Mrs Blake?«

»Ich hoffe doch schwer darauf, dass sie sich hier blicken lässt. Ich habe ihr beim letzten Besuch von der Mondfinsternis erzählt, und da nicht anzunehmen war, dass ich dich begleiten kann, wird sie sicher vorbeischauen.«

»Nun gut, wenn das so ist... Wir sind so schnell wie möglich wieder da.«

Damit umarmte sie ihn und begab sich dann zu Henare, der gerade dabei war, das Gepäck auf den Pferden zu befestigen.

Nachdem sie ein paar Stunden geritten waren, bedeutete Henare Lillian, leise zu sein. Angespannt hielt er nach etwas Ausschau. Lillian fragte sich, ob er wieder mit Wachposten rechnete, doch schließlich deutete er zur Seite. »Reiten wir dorthinein. Es ist eine Abkürzung.«

Der Weg, der unter Lianen und anderem Gewächs kaum auszumachen war, erschien Lillian nicht besonders vertrauenerweckend. Aber wenn Henare meinte...

»Sieht ziemlich zugewachsen aus«, bemerkte sie, als sie sich durch das Blattwerk schlängelten. »Sind Sie sicher, dass wir am anderen Ende wieder herauskommen werden?«

»Aber natürlich! Ich bin diesen Weg erst vor Kurzem geritten. Er ist nicht ganz einfach, aber dadurch sparen wir uns gut eine Stunde Ritt. Das dürfte doch in Ihrem Sinne sein, oder nicht?«

»Aber sicher doch, je eher wir da sind, desto mehr Zeit haben wir für die Vorbereitung. Außerdem können wir vorher noch etwas essen und müssen uns nicht gegenseitig durch unsere Mägen anknurren.«

»Das ist wohl wahr. Also gut, vertrauen Sie mir. Ich werde voranreiten und den Weg so frei wie möglich zu halten.«

»Und wenn wilde Tiere hinter uns auftauchen?«, bemerkte Lillian scherzhaft, wohl wissend, dass auf Neuseeland kaum gefährliche Tierarten lebten.

»Ich glaube, ich kann es sehr gut mit einer Weta oder einem Kiwi aufnehmen, und wenn es Fledermäuse sind, verwirre ich sie einfach mit einem Pfiff.«

Nachdem sie sich nach einer Weile über unebenen Boden und durch dichtes Gestrüpp gekämpft hatten, lichtete sich das Grün rings um sie ein wenig, und die Strahlen der Abendsonne berührten endlich wieder den Boden.

Es war beinahe so, als wäre dieser zugewucherte Durchgang ein Portal in eine andere Welt. Über sich vernahm Lillian ein Flattern, doch als sie aufsah, waren die Vögel bereits fort. Die Landschaft wirkte auf einmal vollkommen verändert. Offenbar hatte Henare recht: Das hier musste eine Abkürzung sein.

»Warum sind wir diesen Weg nicht schon beim letzten Mal geritten?«, sprach Lillian den Gedanken, der ihr durch den Kopf ging, laut aus.

»Weil wir damit über heiligen Boden geritten wären, ohne vorher eine Erlaubnis dafür eingeholt zu haben. Sie können sicher sein, dass wir beobachtet werden; jeder Vogelruf könnte das Signal eines Wächters sein. Aber diesmal haben wir die Erlaubnis, und so wird sich uns niemand entgegenstellen.«

Nach etwa zwei weiteren Stunden, in denen die Sonne allmählich hinter dem Horizont verschwand, kam Lillian die Gegend wieder bekannter vor. Hier waren sie vor ein paar Wochen entlanggeritten, nachdem sie das Dorf verlassen hatten.

»Wie weit ist es noch?«, fragte sie, während sie den Hals reckte. Von einem heiligen Platz war noch nichts zu sehen, auch schien sich der Wald vor ihnen nicht so bald zu lichten.

»Vielleicht anderthalb Stunden. Dann sollten wir auf eine Felsenklippe kommen.« Lillian hatte schon bemerkt, dass das Gelände hier wieder merklich anstieg.

»Ich hoffe, mein Großvater hatte den Platz richtig in Erinnerung und er ist jetzt nicht von Bäumen überwuchert.«

»Ich glaube nicht, dass das der Fall ist«, entgegnete Henare, während er sich wachsam umsah. »Die Maori pflegen ihre heiligen Plätze gut. An diesen Orten ist es wichtig, einen guten Blick zum Himmel zu haben, denn nur so kann man Kontakt zum Erdenvater *rangi* aufnehmen.«

Nachdem sie noch eine Weile geritten waren und die Sonne vollständig hinter dem Horizont verschwunden war, tat sich vor ihnen eine Lichtung auf. Ob es der erwartete Felsvorsprung war, konnte Lillian nicht gleich erkennen, denn die Dämmerung verschluckte mittlerweile schon viele Einzelheiten dieses Platzes. Henare, der sich hier offenbar bestens auskannte, hielt ihr Pferd an den Zügeln zurück.

»Warten Sie am besten hier, bis ich Licht gemacht habe. Sie wollen doch nicht in die Tiefe stürzen, oder?«

»Das hatte ich eigentlich nicht vor«, entgegnete Lillian ein wenig unruhig, während sie besänftigend den Hals der kleinen Stute streichelte und dann aus dem Sattel stieg.

Henare, der ebenfalls abgestiegen war, ging ein paar Schritte voran und entzündete schließlich eine Lampe, die er auf einen Stein stellte. Der Lichtschein reichte zwar noch nicht weit, doch er markierte immerhin den Bereich, auf dem man sich ungefährdet bewegen konnte.

Nachdem Henare weitere Lampen und einige Fackeln entzündet hatte, erkannte Lillian einen Steinkreis. Fasziniert näherte sie sich den Steinen.

»Sie sollten nicht weiter als bis zum äußeren Bogen gehen«, erklärte Henare, während er zu seinem Pferd zurückkehrte, um die Kiste loszubinden. »Dahinter ist zwar noch ein Stück Fels, aber es ist sicherer, wenn Sie im Kreis bleiben.«

Wie mochte es hier wohl aussehen, wenn die Maori eines ihrer Rituale abhielten?, ging es Lillian durch den Sinn, während sie neben der Laterne in der Mitte stehen blieb und den Kopf in den Nacken legte.

Trotz des Lichts waren die Sterne hier sehr gut zu erkennen. Ob ihr Großvater sie von hier aus auch beobachtet hatte? Das Kreuz des Südens prangte direkt über dem Felsen, und etwas weiter am Rand konnte Lillian den Schlangenträger erkennen, der auch von Europa aus zu sehen war – allerdings andersherum, als es hier der Fall war.

»Wo möchten Sie das Teleskop aufgebaut haben?«, riss Henare sie aus ihren Gedanken.

»Am besten hier in der Mitte, hier haben wir die beste Sicht. Der Mond wird doch hier entlangziehen, nicht wahr?« Lillian beschrieb mit dem rechten Arm einen Bogen oberhalb der Felsenkante.

»Natürlich wird er das! Sonst hätte Ihr Großvater diesen Platz nicht für Sie ausgesucht, oder?«

Schweigsam bauten sie das Teleskop auf, und Lillian errichtete mit den Kisten einen behelfsmäßigen Tisch, auf dem sie ihre Notizen machen konnte.

»Wann wollte der *tohunga* kommen?«, fragte sie, nachdem sie das Teleskop noch einmal überprüft hatte.

»Er hat mir keine Zeit genannt, aber er wird wahrscheinlich auftauchen, bevor der Mond vollständig in den Schatten eingetreten ist.«

»Dann beobachtet er ihn also auch.«

»Natürlich tut er das. Er schaut sich bei allen möglichen Gelegenheiten den Mond an, das gehört zu seiner Arbeit.«

»Und was liest er aus dem Mond?«

»Günstige Zeiten für alle Arbeiten des Stammes. Zum Beispiel erkennt er am Lauf des Mondes, wann die beste Zeit ist, mit der Aussaat zu beginnen. Paaren sagt er voraus, wann es günstig ist, ein Kind zu zeugen.«

Lillian stieß ein Kichern aus. So eine Vorstellung hätte in Köln wohl für einiges Stirnrunzeln gesorgt. »Ich nehme an, er hat damit Erfolg?«

»Jedes Paar konsultiert ihn, besonders dann, wenn sich der erwünschte Kindersegen nicht schnell einstellt. Und wie Sie sehen, sind wir noch nicht ausgestorben.« Henare lachte leise, und Lillian war nur froh, dass es zu dunkel war, um ihn sehen zu lassen, dass sie errötete.

Nach einem kleinen Imbiss aus ihrem Proviant setzten sie sich nebeneinander auf zwei Felsen und blickten zum Himmel hinauf. Der Mond war inzwischen aufgegangen, doch noch war von der Finsternis nicht viel zu sehen. Lediglich an einem seiner Ränder wirkte er ein wenig angefressen, wie ein großer Käse, über den sich die Mäuse hergemacht hatten.

»Eigentlich ist es zutiefst unschicklich, was ich hier tue«, begann Lillian schließlich übermütig. »Jedenfalls würde man das in Deutschland so sehen.«

»Was denn?«, fragte Henare, der auf seinem Platz mehr lag als saß.

»Dass ich allein mit einem Mann an einem heidnischen Ort bin. Zumindest eine Anstandsdame wäre hier angebracht gewesen.«

»Aber Sie sind nicht in Deutschland«, hielt Henare schmunzelnd dagegen. »Hier läuft das Leben ein wenig anders.«

»Aber die Anstandsregeln sind ebenfalls streng, nicht wahr?«

Sie sahen sich tief in die Augen, dann seufzte Lillian auf. »Haben Sie eigentlich tatsächlich geglaubt, zwischen mir und Ravenfield wäre etwas vorgefallen?«, fragte sie, auch auf die Gefahr hin, dass sie damit vielleicht diesen wunderbaren Moment zerstörte.

»Für einen Augenblick schon«, gab Henare zurück. »Immerhin hat er Ihnen den Hof gemacht, und das, was er verbreitet hat...«

»Sie glauben also alles, was ein abgewiesener Verehrer behauptet?«

»Er wirkte ganz und gar nicht so, als wäre er abgewiesen worden.«

»Ja, weil ihn sein Stolz davon abgehalten hat, zuzugeben, dass ich mich gegen ihn zur Wehr gesetzt habe.«

»Haben Sie denn keine Gefühle für ihn?«, fragte Henare weiter, wobei seine Stimme fast schon besorgt klang.

»Ich gebe zu, in der ersten Zeit war ich mir nicht sicher«, antwortete Lillian, ohne den Blick von den Sternen abzuwenden. »Doch das war in dem Augenblick vorbei, als ich ihn fragte, was er von Frauen in der Wissenschaft hält.«

»Lassen Sie mich raten: Er hält nichts davon.«

Lillian nickte. »Er hat mich einer Bekannten vorgestellt, die einst vorhatte, Linsenschleiferin zu werden. Diese Frau hat alles für ihren Mann aufgegeben und ist nun zufrieden damit, ihm hier und da in seinem Laden auszuhelfen.«

»Das mag für einige Frauen durchaus befriedigend sein.«

»Und unzufrieden sah diese Frau auch nicht aus. Aber für mich wäre das nichts. Natürlich weiß ich, dass ich eines Tages heiraten werde, doch ich wünsche mir einen Mann, der mich unterstützt und mir hilft, meinen Traum zu verwirklichen.«

»Sie werden solch einen Mann finden, da bin ich mir ganz sicher.«

»Ravenfield wird versuchen, unserem Projekt zu schaden. Mein Großvater hat nicht davon gesprochen, weil ihm mein Wohl wichtiger ist als irgendwelche astronomischen Geräte, doch wahrscheinlich wird Ravenfield sein Angebot zurückziehen, Ersatzteile für die Teleskope zu kaufen.«

»Ihr Großvater wird einen anderen Gönner finden. Mr Caldwell hat viele Kontakte, und wenn sich erst einmal herumgesprochen hat, dass es hier eine Sternwarte gibt, werden die wissenschaftsinteressierten gut betuchten Bürger der gesamten Süd- und Nordinsel hierherströmen. Man wird sich darum reißen, Ihrem Großvater unter die Arme zu greifen.«

»Aber mein Ruf ist für die nächste Zeit ruiniert.«

»Das glaube ich nicht. Gerüchte kommen wie der Sturm und gehen auch schnell wieder. In ein paar Wochen werden die Leute etwas anderes gefunden haben, über das sie sich die Mäuler zerreißen können.«

Das bezweifelte Lillian, aber sie wollte diesen Augenblick nicht zerstören. Auch sie vertiefte sich nun wieder in den Anblick der Lampen und versuchte, ihre schwirrenden Gedanken in den Griff zu bekommen.

Als der Mond fast über ihnen stand, war die Mondfinsternis schon recht weit fortgeschritten. Nur noch etwa eine halbe Stunde, dachte Lillian, während sie mit sicherer Hand Notizen machte und dann wieder durch das Fernrohr sah. Dann wird die Finsternis vollkommen sein. Jedenfalls aus astronomischer Sicht, denn bereits jetzt zeichnete sich ab, dass der Mond für das Auge des Betrachters nicht vollkommen verschwinden würde. Normalerweise war der Mond auch bei totaler Finsternis noch zu erkennen, als dunkelrotbraune Scheibe. Bei diesem Mond war das anders. Schon als er in den Erdschatten eingetreten war, zeigte sich das, und je weiter die Finsternis fortschritt, desto klarer wurde Lillian, dass sie es mit einem ganz besonderen Ereignis zu tun hatte. Ein Blutmond, sagte sie sich, während ihr Puls in die Höhe schnellte. Wie schade, dass Großvater ihn nicht richtig beobachten kann!

Nachdem sie erneut etwas niedergeschrieben hatte, blickte sie zu ihrem Begleiter.

Henare wirkte auf einmal ein wenig blass.

»Was ist mit Ihnen?«, fragte Lillian besorgt. »Ist Ihnen nicht gut?«

»Der Mond ist rot«, entgegnete Henare.

»Ja, ein sehr seltenes Ereignis. Man nennt das bei uns Blutmond.«

»Kennt Ihr Volk Geschichten über diesen Blutmond?«

»Er wurde in früheren Zeiten als Unglücksbringer angesehen. Manche abergläubischen Leute glauben noch heute, dass einem Blutmond Kriege und Katastrophen folgen.«

»Auch für mein Volk ist ein roter Mond kein gutes Zeichen«, sagte Henare, während er den Blick nicht von dem rot glimmenden Gestirn ließ. »Aotearoa ist ein Land, das oft von Erdbeben heimgesucht wird. Manche behaupten, dass in früheren Zeiten viele Erdbeben mit einem roten Mond in Verbindung gestanden hätten.«

Lillian zog die Augenbrauen hoch. Trotz des Aberglaubens der Europäer war bei einem Blutmond nur selten etwas Schlimmes passiert, was nicht auch zu anderen Zeiten passiert wäre. Katastrophen und Kriege gab es auch ohne eine totale Mondfinsternis zuhauf, und es hatte sich auch herausgestellt, dass Sonnenfinsternisse keine Unglücksboten waren, wie die Menschen zuweilen noch immer glaubten.

Doch Henare wirkte ernsthaft beunruhigt.

»Meinen Sie wirklich, es könnte etwas passieren?«, fragte sie, worauf er noch eine Weile zum Mond aufblickte und dann den Kopf schüttelte.

»Ich weiß es nicht. Niemand kann Erdbeben vorhersagen, nicht einmal die Weisen der Maori.«

»Vielleicht gelingt es eines Tages des Wissenschaft«, entgegnete Lillian. »Viele Dinge, die nicht für möglich gehalten wurden, hat sie bereits bewerkstelligt, und wir stehen noch am Anfang.«

»Ja, das hoffe ich, denn die Menschen hier, besonders die Weißen, haben viel zu verlieren. Die Maori, die schon seit Jahrhunderten auf dieser Insel leben, haben gelernt, sich vor seinem Wüten zu schützen. Aber die *pakeha* könnte es unvorbereitet treffen.«

Diese Worte beunruhigten Lillian nun doch ein bisschen, denn sie hatte von verheerenden Erdbeben gelesen und wusste, dass diese keinen Stein auf dem anderen lassen würden. Aber meist waren diese Unglücke doch wohl passiert, wenn kein roter Mond am Himmel stand.

»Bei den Maori gibt es übrigens eine hübsche Geschichte über den Mondmann.«

»Den Mondmann?«, fragte Lillian amüsiert, nachdem sie ein paar Notizen gemacht hatte.

»Ja, über den Mondmann. Er verliebte sich eines Tages unsterblich in ein Menschenmädchen, das jeden Abend vor seinem Haus stand und zum Mond hinaufblickte. Seine Liebe ging schließlich so weit, dass er beschloss, für sie menschliche Gestalt anzunehmen. Kaum war er jedoch auf der Erde und wollte sich dem Mädchen nähern, da stellte er fest, dass die Eltern des Mädchens ihre Tochter bereits einem anderen versprochen hatten. Dennoch näherte er sich ihr, und die beiden verliebten sich. Allerdings konnte sich das Mädchen nicht gegen den Willen seiner Eltern stellen. Als sie sich zum letzten Mal trafen, wurden sie von ihrem Bräutigam beobachtet. Rasend vor Wut stellte er die beiden und erschlug das Mädchen. Den Mondmann allerdings bekam er nicht zu fassen. Unfähig, seiner Geliebten zu helfen, und außer sich vor Trauer, färbte er sich am Himmel blutrot, um den Menschen das Unrecht zu zeigen. Seitdem glauben die Menschen hier, dass ein blutroter Mond Unglück verheißen würde, für die Menschen und für die Liebe.«

Kaum hatte Henare seine Geschichte beendet, raschelte es hinter ihnen. Zunächst war in der Dunkelheit nichts zu erkennen, doch als er näher trat, fiel ein Lichtschein auf das Gesicht des alten Schamanen.

Lillian, die ganz versunken in die Erzählung gewesen war, blickte ihn zunächst verwirrt an, doch dann erinnerte sie sich, dass er herkommen und mit ihnen den Mond ansehen wollte.

»*Haere mai*«, sagte Henare mit einer kleinen Verbeugung, »Wir hatten dich eigentlich eher erwartet.«

»So ist es eben mit dem Alter, manchmal findet es die Wege schlechter als die Jugend.«

Bei dem Schalk, der in seinen Augen blitzte, vermutete Lillian, dass er sie schon seit einer Weile beobachtet hatte. Hatte er mitbekommen, wie Henare ihr die Geschichte von dem Mondmann erzählt hatte?

»Ihr habt den Blutmond gesehen?«, fragte er und blickte dann nach oben. Noch immer leuchtete das verschattete Stück rot, doch der Mond war bereits wieder dabei, sich ins Licht zurückzukämpfen.

»Ja, das haben wir«, antwortete Lillian, während sie sich erhob. »Möchten Sie vielleicht einmal durch das Teleskop schauen? Sie können dann jeden Krater erkennen.«

Ein versonnenes Lächeln huschte über das Gesicht des Alten. »Gern. Meine Augen sind zwar noch nicht vollends getrübt, doch auch wenn ich ein junger Mann wäre, würde ich den Mond mit bloßem Auge nicht so gut sehen wie durch ihre Gerätschaften.«

Ein wenig ungelenk beugte er sich über das Teleskop, kniff ein Auge zusammen und spähte mit dem freien Auge durch das

Okular. Dabei bewegten sich seine Lippen, als würde er irgendwelche Zauberformeln murmeln.

Als er sich wieder aufrichtete, war seine Miene rätselhaft. »Ein roter Mond ist ein Omen. Etwas wird in der nächsten Zeit geschehen, etwas, was das Leben aller Menschen hier verändern wird.«

»Sie glauben also auch, dass es zu einem Unglück kommen wird?«

»Es hat schon vorher Anzeichen für Veränderungen gegeben«, antwortete er ausweichend. »Allerdings kann niemand sagen, wie diese Veränderungen aussehen werden. Ob es ein Unglück sein wird ... Wir müssen uns auf den Willen von *papa* und *rangi* verlassen.«

Als der Mond den Erdschatten wieder verlassen hatte, verabschiedete sich der alte Heiler, und Lillian und Henare nutzten den Rest der Nacht, um noch ein wenig Schlaf zu bekommen.

Als sie am Morgen wieder erwachten, war das Erste, was Lillian wieder einfiel, die Geschichte von dem Mondmann. Was für eine schöne und gleichzeitig traurige Erzählung! Sie war sicher, dass sie Adele gefallen würde. Ebenso wie die Schilderung der Finsternis, obwohl Adele Mond und Sterne lieber als Schmuckstücke des Himmels ansah und nicht so sehr als Forschungsobjekte.

Nachdem sie die Reste des Proviants verzehrt hatten, machten sie sich auf den Heimweg. Die meiste Zeit über schwiegen sie, doch immer wieder schweifte Lillians Blick zu Henare. Dieser schien das zu spüren, denn er wandte den Kopf zur Seite und lächelte.

Lillian wusste nicht, wieso, doch sie hatte das Gefühl, dass die Nacht unter dem Blutmond ein Band zwischen ihnen geknüpft hatte. Natürlich nur ein Freundschaftsband, jedenfalls versuchte sie sich das einzureden, obwohl sie wusste, dass da noch etwas anderes war. Und auf einmal wurde es ihr klar: Henare verstand sie und war in seiner Art anders als andere Männer. Und vollkommen anders als Ravenfield. Offenbar hatte ihr Herz das schon eine ganze Weile gewusst; ihr Verstand hatte es nur ignoriert.

Gegen Mittag erreichten sie den Waldrand.

»Kommen Sie nicht mit in die Stadt?«, fragte Lillian verwundert, als Henare sein Pferd zügelte.

»Ich fürchte, ich muss wieder zur Baustelle zurück«, entgegnete er. »Aber wir sehen uns ja in ein paar Tagen wieder. Passen Sie so lange gut auf Ihren Großvater auf.«

»Das mache ich«, entgegnete sie, winkte ihm noch einmal zu und ritt dann in Richtung Stadt.

25

Bei ihrer Rückkehr stand ein Pferd neben ihrem Gartenzaun, das sie gleich erkannte: Auf diesem Tier war Caldwell mit ihnen zum Maori-Dorf geritten. Als der Vierbeiner sie bemerkte, wandte er den Kopf und schnaufte leise.

Lillian zögerte einen Moment. Was hatte Caldwell hier zu suchen? Wollte er sich nur erkundigen, wie es seinem Geschäftspartner ging? Ein merkwürdiges Gefühl überkam sie auf einmal. Eigentlich war nichts dabei, dass Caldwell hier war, doch warum hatte er sie vorher nicht informiert? Sie hätte ihm einen besseren Empfang bereiten können als ihr Großvater.

Du erfährst es nicht, wenn du nicht hineingehst, sagte sie sich und öffnete dann die Gartenpforte. Sie hatte die Haustür schon fast erreicht, da kam ihr der Physiker auch schon entgegen.

»Miss Ehrenfels.« Er deutete eine kleine Verbeugung an. »Sie sind also zurückgekehrt.«

»Ja, vor ein paar Minuten.« Lillian blickte den Mann verwirrt an. Etwas an seiner Miene gefiel ihr ganz und gar nicht. Gab es ein Problem auf der Baustelle?

»Ihr Großvater erzählte mir, dass Sie sich den Blutmond ansehen wollten. Ich hoffe, Sie haben sich viele Notizen gemacht. So ein Ereignis findet ziemlich selten statt, und meist kann man nicht einmal vorhersehen, wann sich der Mond richtig rot färbt.«

»Ich bin sicher, dass meine Aufzeichnungen ausreichend

sind.« Lillian fühlte, wie sie sich verkrampfte. »Was führt Sie zu uns, Mr Caldwell?«

»Ich wollte Ihrem Großvater nur einen kurzen Besuch abstatten. Ich habe mir schon gedacht, dass Sie an seiner Stelle die Beobachtung durchführen würden. Mr Arana war bei Ihnen, nicht wahr?«

»Ja, er war so freundlich, mich zu begleiten«, entgegnete Lillian, während ihr Unwohlsein wuchs und wuchs. War da ein merkwürdiger Unterton in seiner Stimme? Aber warum? Passte es ihm nicht, dass Henare sie unterstützt hatte? Immerhin würden die Erkenntnisse auch ihm zugutekommen ...

»Wissen Sie, wohin er jetzt geritten ist?«

»Wieder zurück zur Baustelle, jedenfalls sagte er mir das.«

»In Ordnung, dann will ich Sie nicht länger aufhalten.«

Mit einer kleinen Verbeugung verabschiedete sich Caldwell und ging zu seinem Pferd. Lillian blickte ihm verwundert nach. Was war denn los mit ihm?

Ihr Großvater würde es ihr sicher sagen können.

Als sie das Zimmer ihres Großvaters betrat, verdichtete sich ihre düstere Vorahnung. Ein Schatten schien sein Bett zu umgeben, seine Miene war finster. Hatte Caldwell schlechte Nachrichten gebracht?

»Großvater, geht es dir gut?«, fragte Lillian, worauf Georg nickte.

»Es geht einigermaßen.« So kühl, wie seine Stimme klang, musste wirklich etwas geschehen sein. »Wie war die Beobachtung des Mondes?«

»Es war ein Blutmond, Großvater!«, antwortete sie, doch jegliche Euphorie war plötzlich verschwunden. »Ich wünschte, du hättest ihn sehen können. Ich habe die Phasen aufgezeichnet und Notizen gemacht. Der heilige Ort der Maori ist einfach herrlich und bestens geeignet für solche Beobachtungen!«

Anstatt sich mit ihr zu freuen, presste Georg die Lippen zusammen.

»Warum war Mr Caldwell denn hier? Wollte er dich besuchen?«

»Er kam, um mir von einem Gerücht zu erzählen, das in der Stadt kursiert. Ravenfield behauptet, dich verführt zu haben.«

Lillian ließ sich auf den Stuhl neben dem Bett sinken. Offenbar kochte die Gerüchteküche wirklich auf großer Flamme.

»Aber Großvater, ich habe dir doch erzählt, was er getan hat! Wie kannst du glauben, was Ravenfield oder die Leute sagen?«

»Ich glaube ihnen ja nicht«, entgegnete er und ballte die Fäuste. »Ich würde diesem elenden Hundesohn am liebsten den Hosenboden strammziehen!«

Lillian blickte ihren Großvater überrascht an. Dann zürnte er also nicht ihr?

»Ich weiß, ich habe dich ermutigt, mit den jungen Leuten in der Stadt in Kontakt zu treten. Und gewiss hätte ich es auch gebilligt, wenn du dich mit ihm verlobt hättest, aber jetzt ... Jetzt ärgere ich mich fast, dass ich dich geradezu gedrängt habe, mit ihm zu fahren.«

»Du hast keine Schuld daran«, beruhigte Lillian ihn. »Ich bin letztlich mit ihm gefahren, weil ich geglaubt habe, dass er mir ein freundliches Angebot gemacht hätte. Und weil ich weiß, wie dringend du neue Linsen für das alte Teleskop benötigst. Alles, was danach geschehen ist ... nun, ich habe es nicht herausgefordert und meine Ehre nach Kräften verteidigt. Und ich werde mich für immer von ihm fernhalten.«

Georg seufzte. »Wenn das so einfach wäre ...«

»Warum?«, wunderte sich Lillian.

»Ravenfield will uns die finanzielle Unterstützung entziehen.«

Entsetzt schüttelte Lillian den Kopf. »Was? Das kann nicht sein Ernst sein!«

»Und das ist noch nicht alles. Er muss mitbekommen haben, dass du dich mit Mr Arana gut verstehst. Er verlangt, dass wir ihn entlassen.«

»Aber das kann er unmöglich verlangen! Seit wann hat dieser Kerl darüber zu bestimmen, wen ihr beschäftigt?«

»Das habe ich Mr Caldwell auch gesagt. Wir alle wissen, dass er kein Recht dazu hat. Allerdings hat er damit gedroht, auch unsere Vereinbarung über das Land rückgängig zu machen.«

Zunächst wollten diese Worte gar nicht in ihren Verstand eindringen, doch als sie es taten, schnürte unbändige Wut Lillian die Kehle zu. »So ein verfluchter Mistkerl!« Lillian sprang von ihrem Platz auf und begann, wütend im Zimmer umherzugehen. Das kann doch nicht wahr sein!, sagte sie sich immer wieder. Das ist doch nicht möglich! Kann er denn nicht einsehen, dass ich ihn nicht will? Kann er mich nicht einfach in Ruhe lassen?

»Ich fürchte, du wirst dich ein wenig diplomatischer verhalten müssen«, sagte Georg und klang dabei unendlich müde.

»Niemals!«, zischte Lillian wütend. »Dieser Mann hätte um ein Haar meine Ehre beschmutzt. Eigentlich sollte er froh sein, dass ich ihn nicht vor den Richter bringe.«

»Das würde alles nur noch schlimmer machen«, entgegnete ihr Großvater. »Die Leute werden nicht auf unserer Seite sein, immerhin sind wir Fremde und gelten wegen der Sternwarte ohnehin schon als Spinner.«

»Aber ich denke nicht daran, nur wegen ihm Henare nicht mehr wiederzusehen. Er hat mir bei der Beobachtung der Mondfinsternis sehr geholfen und arbeitet für dich, wie soll ich es vermeiden, ihn zu sehen? Etwa Reißaus nehmen, sobald er um die Ecke biegt?«

»Ich fürchte, dass Mr Caldwell das auf anderem Wege regeln wird.«

Lillian fragte sich zunächst, was er tun wollte, doch dann fiel bei ihr der Groschen. »Nein!«, presste sie hervor und erbleichte.

Georg senkte den Kopf. »Doch, ich fürchte schon. Er wird ihn entlassen. Es ist die einzige Möglichkeit...«

»Nein!«, rief Lillian noch einmal, und nun konnte sie die Tränen nicht mehr zurückhalten. »Er darf ihn nicht entlassen! Nicht aus diesem Grund. Wovon soll er denn leben?«

»Er wird ein gutes Empfehlungsschreiben erhalten und sicher woanders eine neue Stelle finden. Mr Caldwell hat Kontakte auf der Nordinsel.«

»Nein!«, fuhr Lillian ihren Großvater an. »Das ist Unrecht, und das weißt du auch. Großvater, du musst ihm das ausreden. Wenn es sein muss, rede ich nicht mehr mit ihm, aber er darf nicht entlassen werden, denn er hat sich nichts zuschulden kommen lassen.«

»Lillian!«

»Großvater!« Ohne es zu wollen, klang Lillians Stimme auf einmal geradezu drohend, was Georg erschrocken dreinblicken ließ, denn diese Seite kannte er von seiner Enkelin noch nicht.

»Lillian, hör mir zu!«, flehte er. »Es ist doch nur für die Dauer des Baus. Wenn die Sternwarte fertig ist, wird alles anders.«

»Was denn? Kann Ravenfield euch das Land dann nicht mehr wegnehmen? Bekomme ich das Land dann als Brautgeschenk von ihm, weil du als Nächstes gezwungen wirst, mich mit ihm zu verheiraten?«

Mit einer fahrigen Bewegung wischte sich Lillian die Tränen aus dem Gesicht und sah ihren Großvater böse an.

»Ich wünschte, du wärst nie auf die Idee gekommen, hierherzugehen. Dann hätten wir unser Leben in Köln noch, Adele wäre noch da und ich müsste mich nicht mit einem Mann herumschlagen, der es sich in den Kopf gesetzt hat, mich zu erobern, obwohl ich ihn nicht will!«

»Aber Lillian, ich konnte nicht anders. Ich habe ein Versprechen gegeben, und ich muss es einhalten. Es geht um das Heil meiner Seele.«

»Denkst du auch mal an meine Seele?«

Ihr Großvater öffnete den Mund, doch kein Ton kam heraus.

Auf einmal war es Lillian unerträglich, hier zu sein. Sie stürmte aus dem Zimmer.

»Wo willst du denn hin?«, tönte die Stimme ihres Großvaters hinter ihr her.

»Raus!«, entgegnete Lillian, dann schlug sie die Haustür hinter sich zu.

Während sie die Straße entlang in Richtung Stadtrand stapfte, schossen ihr allerlei Verwünschungen durch den Kopf, und sie fragte sich, ob die Maori nicht auch einen Fluch für solche Fälle hatten. Am liebsten wäre sie zur Baustelle geritten, doch Caldwell war gewiss eher da als sie. Wahrscheinlich würde sie genau dann ankommen, wenn Henare gerade gefeuert wurde. Sie würde ihm nicht in die Augen sehen können, denn schließlich trug sie die Schuld an der ganzen Sache. Niemals hätte sie sich von Ravenfield einwickeln lassen dürfen!

Als schließlich die Verwünschungen nicht halfen, kauerte sie sich ins Gras und begann zu schluchzen.

Zwei Stunden später kehrte sie zurück. Der Zorn in ihrer Brust war ein wenig abgeebbt, ihre Seele fühlte sich merkwürdig dumpf an. Wie konnte Ravenfield sie nur so erpressen! Was war mit Caldwells Einfluss, konnte er nicht irgendwas tun?

Das Schlimmste war, dass Henare Ravenfields Zorn abbekam, obwohl sich die beiden nie begegnet waren! Wie konnte ein Mensch nur so rachsüchtig sein!

Obwohl sie noch immer wütend war, sagte sie sich allerdings, dass ihr Großvater sie brauchte.

Als sie durch die Tür trat, hörte sie als Erstes lauten, rasselnden Atem.

Lillian schrie auf, als sie ihren Großvater zusammengekrümmt neben dem Bett liegen sah. Offenbar hatte er versucht, aus dem Bett zu kommen, war mit den Krücken abgerutscht und gestürzt.

Erschrocken eilte sie zu ihm.

»Großvater«, rief sie ihn zitternd und strich über sein Haar. »Großvater, was ist passiert?«

Als sie es schaffte, ihn ein wenig herumzudrehen, sah ihr Großvater sie verwirrt an. Seine Lippen formten ein Wort, doch verstehen konnte sie es nicht.

Der Doktor!, schoss es ihr durch den Sinn. Sie musste den Arzt holen! Nur, wie sollte sie ihren Großvater wieder ins Bett bekommen?

Da ihr Großvater noch immer nicht richtig zu sich kam, zog sie kurzerhand die Decke vom Bett und breitete sie vorsichtig über ihn.

»Bleib ruhig, Großvater, ich bin gleich wieder bei dir.«

Georg stöhnte leise, doch Lillian bezweifelte, dass er sie verstanden hatte.

So schnell sie konnte, lief sie aus dem Haus. Sie hätte auch die kleine Stute nehmen können, doch das Satteln und Aufzäumen hätte wertvolle Minuten gekostet – Zeit, die sie nicht hatte.

Als sie um die Ecke auf die Main Street bog, entging sie nur haarscharf dem Zusammenprall mit zwei Männern, die gerade die Straße überqueren wollten.

»He, pass doch auf!«, tönte es wütend hinter ihr her, doch Lillian nahm die Worte kaum wahr. Hinter einem Pferdefuhrwerk, das recht rasch an den Häusern vorbeipreschte, stürmte sie über die Straße. Aus dem Augenwinkel heraus sah sie, wie einige Frauen die Köpfe zusammensteckten, doch das war Nebensache.

Bei der Praxis von Dr. Corben angekommen, stürmte Lillian die Treppe hinauf, wich einer Frau aus, die das Haus gerade verließ, und stürmte dann ins Wartezimmer. Die vier Patienten, die dort auf den Stühlen saßen, sahen sie erstaunt an. Gewiss würden sie nicht begeistert sein, doch der Zustand ihres Großvaters beunruhigte sie so sehr, dass sie allen Anstand vergaß und schnurstracks zum Behandlungszimmer eilte.

Der Arzt, der gerade dabei war, einem älteren Herrn die Brust abzuhorchen, blickte empört auf.

»Dr. Corben, bitte entschuldigen Sie die Störung, aber meinem Großvater geht es nicht gut«, rief Lillian, während ihre Wangen zu glühen begannen. »Er ist aus dem Bett gefallen, und es geht ihm ziemlich schlecht.«

Sogleich erhob sich der Arzt, wandte sich an seine Frau, die ihm in der Sprechstunde half, und gab ihr die Anweisung, die wartenden Patienten noch ein Weilchen zu vertrösten. Dann griff er nach seinem Arztkoffer und folgte Lillian nach draußen. Auf dem Weg zu ihrem Haus ließ er sich noch einmal kurz alle Symptome ihres Großvaters schildern. Besorgt bemerkte Lillian, dass sich seine Miene verfinsterte.

»Was könnte das sein?«, fragte sie schließlich, als sie um die Ecke in ihre Straße einbogen.

»Schwer zu sagen, solange ich den Patienten nicht direkt vor mir habe.«

»Könnte es mit der Gehirnerschütterung zusammenhängen, die er beim Sturz erlitten hat?«

»Möglicherweise. Aber wie gesagt, ich muss Ihren Großvater untersuchen.«

Im Haus angekommen, eilte der Arzt sogleich in Georgs Zimmer, während Lillian in der Küche blieb und dort eine Schüssel mit Wasser füllte, damit sich der Arzt die Hände waschen konnte. Dabei bemerkte sie, dass ihre eigenen Hände wie die einer sehr alten Frau zitterten.

Was soll ich tun, wenn er stirbt?, fragte sie sich, während sie ihr Gesicht in der Waschschüssel betrachtete. Ich habe doch nur ihn. Und was wird aus der Sternwarte? Ich kann sie doch unmöglich allein weiterbauen ...

Da der Arzt sie nicht darum gebeten hatte, dem Zimmer fernzubleiben, und weil er sicher Hilfe benötigte, um ihren Großvater wieder ins Bett zu hieven, trug Lillian die Schüssel ins Schlafzimmer und stellte sie auf der Kommode neben der Tür ab. Der Arzt beugte sich über seinen Patienten und zog ihm die Augenlider doch. Als er Lillian gewahrte, blickte er auf.

»Würden Sie mir helfen, ihn wieder ins Bett zu legen?«

Während der Arzt ihn unter den Armen packte, nahm Lillian die Füße. Nach einer Weile gelang es, ihn wieder auf die Matratze zu legen.

Ihn so hilflos daliegen zu sehen, brach Lillian fast das Herz, und sie musste die Hand vor den Mund pressen, damit sie nicht in Tränen ausbrach.

Der Arzt knöpfte nun Georgs Hemd auf und begann, ihn abzuhorchen. Anschließend fühlte er seinen Puls, drückte an seinen Schläfen herum und überprüfte erneut die Augen, bevor er noch einmal nach dem Herzschlag horchte.

Schließlich richtete sich Dr. Corben wieder auf und legte das Stethoskop beiseite. »Ihr Großvater hat entweder eine Hirnblutung oder einen leichten Schlaganfall erlitten«, konstatierte er. »In ersterem Fall haben wir Glück, denn wenn der Körper das Blut abgebaut hat, wird er sich wieder erholen. Aber wenn es ein Schlaganfall war ...«

»Gibt es keine Methode, um das genau festzustellen?«

»Nein, ich fürchte, wir werden abwarten müssen. Ich nehme aber an, dass sich bei seinem Beinbruch ein Blutgerinnsel gebildet hat, das in irgendeiner kleinen Ader stecken geblieben ist.«

»Lillian«, ertönte Georgs schwache Stimme hinter ihm. »Wo bist du?«

Nachdem sie einen kurzen Blick mit dem Arzt gewechselt hatte, trat sie neben ihren Großvater und ergriff seine Hand.

»Hier bin ich, Großvater«, antwortete sie, mit den Tränen ringend. »Es wird alles gut.«

»Er spricht recht deutlich«, sagte Dr. Corben aus dem Hintergrund. »Wenn wir Glück haben, ist es nicht allzu schlimm.«

Lillian überhörte seine Worte, während das Bild ihres Großvaters hinter einem Tränenschleier verschwand.

»Was ist passiert?«, fragte Georg ein wenig verwirrt.

»Du bist aus dem Bett gefallen«, antwortete Lillian, während sie um Beherrschung kämpfte. »Es tut mir leid, dass ich einfach so weggelaufen bin.«

»Du bist weggelaufen?« Sein Blick wanderte ins Leere, als gäbe es hinter ihr irgendwas zu sehen.

»Am liebsten würde ich ihn ins Krankenhaus bringen, allerdings sind bei uns alle Betten belegt, und so muss ich Sie wohl bitten, heute Nacht genau auf ihn achtzugeben.«

»Das mache ich, Doktor!«, versprach Lillian.

»Ich werde ihm ein paar Medikamente zur Stärkung aufschreiben, und sobald sich irgendetwas verändern sollte, melden Sie sich bei mir.«

Lillian nickte, und während der Arzt ein paar Notizen machte, strich sie ihrem Großvater übers Haar. »Gibt es irgendwas, was ich für ihn tun kann? Umschläge vielleicht oder etwas anderes?«

»Sorgen Sie nur dafür, dass er viel trinkt und das Blut dadurch verdünnt wird. Wenn Sie ihn dazu bekommen, soll er auch essen. Alles Weitere müssen wir in Gottes Hände geben; entweder spült das Gerinnsel, das den Anfall verursacht hat, wieder heraus oder nicht.«

Nachdem der Arzt versprochen hatte, eine Krankenschwester vorbeizuschicken, die die Medikamente bringen würde, verabschiedete er sich wieder.

Lillian setzte sich neben das Bett und betrachtete ihren Großvater. Mehr denn je war sie überzeugt, dass es ein Fehler gewesen war, herzukommen. In Köln hätte er sich zwar ebenfalls das Bein brechen können, doch dort kannten ihn die Ärzte und die Umgebung war vertraut ...

Was hatte er gesagt? Er hatte ein Versprechen gegeben? In ihrer Wut über Ravenfields Behauptung und Caldwells Vorhaben, Henare rauszuwerfen, hatte sie es fast überhört. Was für ein Versprechen konnte er gemeint haben?

Ein leises Seufzen riss sie aus ihren Gedanken. Ihr Großvater war wieder eingeschlafen, seine Brust hob und senkte sich zwar schwach, aber regelmäßig.

Vielleicht wird es wirklich nicht so schlimm, dachte Lillian und ließ den Blick aus dem Fenster schweifen, wo die letzten Sonnenstrahlen den Schatten des Hauses lang auf den Hof fallen ließen.

Noch am gleichen Abend tauchte Henare bei ihnen auf. In der Annahme, dass es die Krankenschwester sei, war Lillian zum Fenster geeilt, wo sie nun sah, dass tiefe Verärgerung auf seinem Gesicht stand.

Obwohl das schlechte Gewissen sie plagte und die Angst in ihr tobte, öffnete sie, noch bevor er anklopfen konnte.

»Lillian!«, sagte er überrascht, als er ihr tränennasses Gesicht sah. »Was ist passiert?«

»Mein Großvater ...«, presste sie hervor. »Er hat wahrscheinlich eine Hirnblutung oder einen Schlaganfall; Genaueres konnte der Arzt nicht sagen.«

Henares Augen weiteten sich, und seine Verärgerung schwand ein wenig. »Kann ich irgendwas für ihn tun?«

Lillian schüttelte den Kopf. »Ich fürchte, nein, es sei denn, Sie kennen ein Wundermittel. Aber kommen Sie doch rein.«

Ein wenig verlegen standen sie sich in der Küche gegenüber, dann sagte Lillian: »Caldwell hat mit Ihnen gesprochen, nicht wahr?«

Henare presste die Lippen zusammen und nickte.

»Ich habe es erfahren, als ich herkam, er war auch bei Großvater. Hat er Sie wirklich entlassen?«

»Nein, aber er hat mir gesagt, dass meine Dienste auf der Baustelle nicht mehr gebraucht würden. Ich solle die nächste Zeit in seinem Labor arbeiten.«

Lilly war erleichtert, dass sie ihn nicht ganz die Stelle gekostet hatte, doch diese Situation war ebenfalls alles andere als gut.

»Immerhin sollte jetzt jedem, der auf den Gerüchten herumreitet, klar sein, dass Ravenfield wirklich nicht bekommen hat, was er wollte«, setzte er hinzu.

»Das ist nur ein schwacher Trost«, entgegnete Lillian. »Mir wäre es lieber, die Gerüchte wären noch da und Sie auf der Baustelle.«

»Ich werde Sie auch weiterhin unterstützen«, versprach Henare mit wehmütigem Blick. »Besonders jetzt, wo es Ihrem Großvater noch schlechter geht.«

»Das ist sehr nett von Ihnen.« Lillian lächelte ihn an. »Wie wäre es, wenn Sie mir ein wenig Gesellschaft leisten? Der Arzt meinte, dass ich auf Großvater gut achtgeben soll, aber ich fürchte, dass mir die Augen zufallen werden, wenn ich allein bin.«

Jetzt entspannten sich auch Henares Züge wieder ein wenig. »Das werde ich sehr gern tun. Kann ich Ihnen vorher vielleicht irgendwas holen?«

»Nein, nicht nötig. Ich nehme an, die Krankenschwester, die Dr. Corben mir schicken wollte, wird gleich mit den Medikamenten eintreffen. Ihre Gegenwart genügt mir voll und ganz.«

Damit bedeutete sie Henare, ihr ins Schlafzimmer des Großvaters zu folgen.

Nachdem es Lillian gelungen war, Georg wenigstens einen Teil der Medikamente einzuflößen, die die Schwester gebracht hatte, wachten Henare und sie die ganze Nacht über an seinem Bett. Er kam hin und wieder zu sich und murmelte etwas Unverständliches, doch dass jemand bei ihm war, schien er nicht mitzubekommen.

Immer wieder überkamen Lillian düstere Gedanken. Der Unfall ihres Großvaters hatte sie zwar auch schon entsetzt, doch als nur von einem Beinbruch die Rede gewesen war, hatte sie erleichtert aufgeatmet. Nun war es etwas anderes. An Schlaganfällen starben Menschen. Dass dergleichen ihrem Großvater widerfahren würde, hätte sie nie geglaubt.

Hatte er sich über Caldwells Nachricht aufgeregt? Über die bösartigen Gerüchte? Oder doch darüber, dass sie einfach aus dem Haus gelaufen war? Obwohl niemand mit Gewissheit den Grund nennen konnte, wuchsen ihre Schuldgefühle mit jedem Kreis, den ihre Gedanken zogen.

»Sie haben mir doch die kleine Flöte gezeigt, die Ihnen der Kutscher geschenkt hat«, durchbrach Henare ihr schweigendes Grübeln. »Haben Sie sie noch?«

»Natürlich«, entgegnete Lillian ein wenig verwundert. »Wie kommen Sie jetzt darauf?«

»Mir ist etwas eingefallen. Als ich noch ein Kind war, wurde ich von einem ziemlich heftigen Fieber überfallen. Mein Vater war in so großer Sorge, dass er den Schamanen des Dorfes rufen ließ. Ich habe Ihnen doch schon von den *karakia*, den Heilliedern unseres Volkes, erzählt.«

Lillian nickte. »Ja, das haben Sie.«

»Das Lied, das der Heiler spielte, als es mir so schlecht ging, werde ich wohl nie vergessen. Und ich würde mir sogar zutrauen, es zu spielen, wenn Sie es mir erlauben.«

Lillian war skeptisch. Lieder mochten vielleicht Kinder beruhigen oder Gemüter aufhellen, aber heilen?

Doch würde es denn schaden? Außerdem interessierte es sie sehr, wie sich diese Lieder anhörten.

Nachdem sie noch einen Blick auf das Gesicht ihres Großvaters geworfen hatte, erhob sie sich und ging in ihr Zimmer. Dabei gewahrte sie im Vorbeigehen ihr Spiegelbild. Das Haar hing ihr wirr über die Schultern, ihre Wangen wirkten eingefallen, und erst jetzt fiel ihr auf, dass sie bis auf das Frühstück nichts gegessen hatte. Doch sie verspürte keinen Hunger.

Sie nahm die Flöte an sich und kehrte damit zum Bett ihres Großvaters zurück.

»Und Sie glauben, dass es helfen wird?«

»Ich bin damals wieder gesund geworden, wie Sie sehen. Schaden wird es auf keinen Fall. Unsere Heiler führen Krankheiten auf die Einwirkung böser Geister zurück. Wenn es uns gelingt, sie zu vertreiben, wird es Ihrem Großvater vielleicht wieder besser gehen.«

Lillian reichte ihm die Flöte. »Dann spielen Sie.«

Etwas unsicher setzte Henare das Instrument an die Lippen. Lillian wappnete sich dagegen, einen furchtbaren Ton zu hören, doch der erste Klang war überraschend melodisch. Schnell fand sich Henare in das Spiel, und schließlich erklang eine Melodie, wie Lillian sie noch nie gehört hatte. Sie konnte gar nicht anders, als die Augen zu schließen. Rasch wich das Dunkel dem Bild einer grünen Wiese und von Bergen, über die sich ein blauer Himmel spannte. Das *karakia* durchdrang ihre Seele und legte eine seltsame Ruhe darüber, so als würden sämtliche Sorgen nicht mehr existieren.

Als Henare das Lied beendete, war es, als würde sie in einen kalten Abgrund stürzen. Nach Luft schnappend, riss sie die

Augen auf und stellte fest, dass sie noch immer am Bett ihres Großvaters saß.

»Wie ich sehe, hat das Lied auch auf Sie eine Wirkung«, stellte Henare fest, als er ihr die Flöte zurückgab.

»Ja, es war wunderschön«, entgegnete Lillian. »Wo haben Sie so spielen gelernt?«

»Das lernen die Maori schon von klein auf; jedes Kind wird Ihnen diese Melodie vorspielen können, vielleicht sogar noch besser, als ich es getan habe.«

»Das kann ich mir kaum vorstellen.«

»So ist es aber.«

Henare blickte nun zu Georg, dessen Atemzüge ein wenig kräftiger geworden waren.

»Ob es ihm genützt hat?«, fragte Lillian besorgt.

»Das werden wir sehen. Wenn Sie wollen, spiele ich es ihm gern noch einmal vor.«

»Gern«, entgegnete sie. »Sie wollen sich also in den nächsten Tagen wieder blicken lassen? Obwohl Sie dafür Ärger bekommen könnten?«

»Den Ärger habe ich schon bekommen, ohne etwas Falsches getan zu haben. Vielleicht ist es ein schlechter Charakterzug von mir, doch wenn man mich von etwas abhalten will, das ich für gut befunden habe, kann ich furchtbar stur sein und mache es dann gerade, auch wenn ich dafür Repressalien befürchten muss. Und jetzt sollten Sie vielleicht ein wenig schlafen, ich werde über ihn wachen und Ihnen sofort Bescheid geben, wenn sich etwas verändert hat.«

Lillian wollte schon erwidern, dass das nicht nötig sei, doch das Lied hatte nicht nur ihre Seele für einen Moment von ihrer Last befreit, es hatte sie auch sehr müde gemacht. Also nickte sie und begab sich mit dem guten Gefühl, dass sie Henare vertrauen konnte, in ihr Zimmer.

26

In den folgenden Tagen war Henare neben Dr. Corben ein häufiger Gast in ihrem Haus. Natürlich musste er seine Pflichten in Blenheim erledigen, doch wenn sein Arbeitgeber nicht da war, nahm er sich hin und wieder ein paar Stunden frei, um Lillian und ihren Großvater zu besuchen.

»Sie werden noch in Teufels Küche kommen«, mahnte Lillian kopfschüttelnd, als er wieder einmal ein wenig Zeit von seiner Arbeit abgeknapst hatte.

»Warum denn? Meine Arbeit ist erledigt«, verteidigte er sich. »Solange das der Fall ist, wird Mr Caldwell keine Einwände haben.«

»Und wenn er Sie zufällig hier sieht, wird er Sie ganz rauswerfen.«

Henare schüttelte den Kopf. »Keine Sorge, ich bin vorsichtig. Gibt es schon irgendwelche Neuigkeiten von der Baustelle?«

»Nein, nicht, dass ich wüsste.« Lillian erhob sich, holte zwei Tassen und schenkte Kaffee ein.

Mrs Blake, die mittlerweile von Georgs Zustand erfahren hatte, hatte es sich nicht nehmen lassen, persönlich einen Korb mit Gebäck vorbeizubringen.

Als Lillian peinlich berührt anmerkte, dass ihr Großvater nicht so viel essen könne, hatte sie geantwortet: »Der Kuchen ist natürlich auch für Sie, meine Liebe, denn Sie werden die meiste Kraft brauchen, um ihn zu pflegen.«

Von diesem Kuchen servierte sie Henare nun ein Stück und

saß in schweigendem Einvernehmen mit ihm am Küchentisch.

»Und, haben die *karakia* schon Wirkung gezeigt?«, fragte Henare, nachdem er den letzten Schluck Kaffee getrunken hatte.

»Es geht ihm auf jeden Fall nicht schlechter«, antwortete Lillian, denn sie wollte ihm nicht zu viel Hoffnung machen. »Dr. Corben meinte, dass es noch eine ganze Weile dauern wird, bis er sich wieder erholt. Wir müssen warten, und das macht mich fast genauso verrückt wie die Tatsache, dass ich nicht weiß, was auf der Baustelle los ist. Ich sage mir, dass es Großvater vielleicht wieder Auftrieb geben würde, wenn man ihm etwas von dort erzählt, doch Caldwell hat sich seit seinem letzten Besuch am Tag nach der Mondfinsternis nicht mehr blicken lassen. Langsam habe ich das Gefühl, dass er uns ausbooten will.«

»Das glaube ich nicht«, entgegnete Henare. »Wahrscheinlich hat er einfach nur Angst, Ihnen noch einmal unter die Augen zu kommen.«

»Oder er hat erfahren, was nach seinem Besuch geschehen ist.«

»Das bezweifle ich, dass Nachrichten aus der Stadt so schnell auf der Baustelle ankommen. Caldwell hat sich dort eingenistet und neigt dazu, den Ort nur zu verlassen, wenn er muss.«

»Und wenn Sie ihm Bescheid geben?«

»Er hat mir gesagt, dass ich mich nicht auf der Baustelle blicken lassen soll, solange die Bauarbeiten nicht abgeschlossen sind. Mir den Umgang mit Ihnen zu verbieten, hat er nicht direkt gewagt, aber es schwang zwischen den Zeilen mit.«

»Aber Sie hätten sich das doch nicht verbieten lassen, oder?«

»Nein, ganz sicher nicht, denn ich finde, dass es auf der ganzen Welt keine zweite Frau wie Sie gibt.«

Auf einmal waren sich ihre Gesichter ganz nahe. Henares eindringlicher Blick ließ Lillians Herz flattern. Sie wusste, dass er – ganz im Gegensatz zu Ravenfield – nichts tun würde, was sie nicht wollte. Doch jetzt wünschte sie sich, dass er sie an sich ziehen, sie festhalten und küssen würde. Eine ganze Weile sahen sie einander in die Augen, und irgendwie schien Henare ihren Gedanken gelesen zu haben, denn vorsichtig, fast schüchtern strichen seine Hände an ihren Armen hinauf. Lillian erschauderte wohlig und öffnete leicht die Lippen. Die Einladung verstehend, beugte sich Henare schließlich vor und küsste sie. Zunächst kurz und abwartend, doch als sie ihm entgegensank und seinen Kuss erwiderte, zog er sie fest an sich und drang mit seiner Zunge vorsichtig in ihren Mund ein.

Wie lange der Kuss dauerte, konnte Lillian im Nachhinein nicht sagen, aber es waren die himmlischsten Momente ihres bisherigen Lebens. Ein Feuer erwachte in ihrer Brust und in ihrem Bauch, das sie noch mehr als diesen Kuss wünschen ließ.

»Lillian«, rief es schwach aus dem Zimmer ihres Großvaters, und nun war sie Henare sogar dankbar für seine Vernunft.

»Ich muss nach ihm sehen.«

»Ich werde hier warten. Und wenn du möchtest, bleibe ich heute Nacht auch wieder hier. Vorausgesetzt, deine Nachbarin denkt nichts Böses.«

»Bist du Mrs Peters etwa begegnet?«

»Ja, als ich ankam, fegte sie ganz eifrig die Treppe. Gewiss war es noch nie so sauber dort drüben wie heute.«

Lachend ging Lillian ans Krankenbett ihres Großvaters.

27

Henare machte sein Versprechen wahr und blieb auch diesmal die ganze Nacht. Er spielte Georg das *karakia* vor, dann saßen sie lange Zeit schweigend neben dem Bett, ein jeder in seine Gedanken versunken.

Immer wieder spielte Lillian innerlich den Moment durch, als Henare sie geküsst hatte. Dieser Kuss war ganz anders gewesen als jener, den Ravenfield ihr aufgezwungen hatte. Stundenlang hätte sie in Henares Armen liegen können, doch seitdem war er ihr nicht mehr nahe gekommen. Wahrscheinlich aus dem Grund, dass er sonst ebenfalls nicht von ihr hätte lassen können.

Wieder versuchte er, sie zu Bett zu schicken, doch diesmal blieb Lillian neben dem Krankenbett sitzen. Die Anstrengung der vergangenen Tage forderte allerdings ihren Tribut, und so fielen ihr, ohne dass sie es merkte, die Augen zu.

Am nächsten Morgen stellte Lillian zu ihrem großen Schrecken fest, dass die Stirn ihres Großvaters glühte. Mit einem erschrockenen Aufschrei wich sie vom Bett zurück.

»Henare!«

Der Maori schreckte von seinem Stuhl hoch. »Was ist passiert?«

»Er hat Fieber, ziemlich hohes sogar!«

»Ich werde den Arzt holen!«, bot sich Henare sogleich an und stürmte aus der Tür. Lillian stand einen Moment lang hilflos vor ihrem Großvater, dann fiel ihr wieder ein, was er immer getan hatte, wenn sie als Kind Fieber bekommen hatte. Rasch eilte sie in die Küche, holte eine Schüssel und rannte damit zum Brunnen.

Der neue Tag zog gerade über Kaikoura herauf, doch Lillian hatte jetzt keinen Blick für die morgendliche Schönheit des Himmels. Rasch pumpte sie das Wasser in die Schüssel und kehrte damit ins Haus zurück.

Da sie kein altes Laken fand, zerschnitt sie kurzerhand eines ihrer Tischtücher. Mit Lappen und Schüssel lief sie ins Schlafzimmer zurück.

Georgs rasselndes Atmen beunruhigte sie so sehr, dass ihre Hände zitterten, als sie die Decke zurückschlug und ihm das feuchte Tuch um die unvergipste Wade schlang. »Bitte, verlass mich nicht«, wisperte Lillian leise. »Bitte, Großvater, du musst doch noch dein Versprechen halten und die Sternwarte bauen.«

Georg rührte sich nicht. Das Fieber hatte ihn vollkommen im Griff. Wo war es so schnell hergekommen? Hatte der Arzt etwas übersehen?

Als sie den Umschlag wechseln wollte, schlug Georg plötzlich die Augen auf. Ungewöhnlich klar sah er Lillian an und hob seine Hand.

»Lillian?«

»Ich bin da, Großvater«, entgegnete sie verwundert, denn auch seine Stimme klang ungewöhnlich klar, wenn auch ein wenig schwach.

»Hör mir zu.« Georg krallte sich an ihre Hand. »In meinem Seesack findest du ein Buch. Das Tagebuch meiner Reise in dieses Land. Das Tagebuch meines Versprechens. Ich habe es so lange vor dir geheim gehalten, doch jetzt, da ich schon bald nicht mehr auf dieser Welt sein werde...«

Lillian sah ihren Großvater erschrocken an. Ihr Schluchzen unterbrach ihn kurz und brachte ihn dazu, ihre Hand loszulassen und nach ihrem Gesicht zu tasten.

In dem Augenblick ertönte erneut ein lautes Grollen. Erschrocken blickte sie auf. Was war das? Der Lärm konnte die Angst um ihren Großvater allerdings nicht vertreiben.

»Hörst du die Götter?«, fragte er mit einem seltsamen Lächeln auf seinen fahlen Zügen. Er fantasiert, dachte Lillian, während sich ihre Kehle unter einer Gewissheit zusammenschnürte, die sie sich nicht eingestehen wollte. »Sie rufen nach mir. Bitte, versprich mir, dass du das Buch liest. Und dass du die Sternwarte wieder aufbaust. Sie ist dein Geschenk, meine kleine Prinzessin.«

»Aber Großvater...« Lillian schrie auf, als Georgs Hand schlaff von ihrem Gesicht herabfiel und sein Blick erstarrte.

»Nein!« Zunächst presste sie es nur hervor, dann wurde das Wort zu einem Schrei.

Schluchzend warf sie sich über ihren Großvater, rüttelte ihn, als könne das das Leben wieder in ihn zurückbringen, doch er blieb starr.

Lillian begann zu schreien. Sie krallte sich an die Decke und weinte. Weinte, bis aus dem Grollen plötzlich ein heftiges Rucken wurde und die Welt auf einmal auseinanderbrach.

Das Erdbeben traf die Stadt vollkommen unvorbereitet. Obwohl Henare gerannt war, hatte er nicht mehr die Gelegenheit, den Arzt zu erreichen. Ein harter Ruck warf ihn zu Boden; wenig später ertönte ein ohrenbetäubendes Krachen neben ihm.

Lillian!, dachte er nur und rappelte sich auf. Er wusste nicht, welche Angst in diesem Augenblick größer war, die um Lillian oder seine eigene.

Hastig rappelte er sich auf, während unter ihm die Erde bebte. Er wusste nicht, wie, doch irgendwie gelang es ihm, auf dem wackligen Untergrund zu rennen. Neben ihm stürzten Häuser ein, Menschen schrien, doch ihre verzweifelten Stimmen wurden verschluckt von dem Tosen, das immer lauter wurde. In Panik stürmten ihm einige Leute entgegen, ein Pferd, das sich aus Angst losgerissen hatte, preschte wiehernd durch die Menge und trampelte einen Mann nieder, der unglücklicherweise den Weg des blind fliehenden Tiers kreuzte.

Schultern und Arme schlugen gegen Henares Oberkörper, der Strom der Flüchtenden drohte ihn mitzureißen, doch er stemmte sich dagegen. Für Lillian, sagte er sich. Ich muss wissen, ob sie aus dem Haus rausgekommen ist. Und dann muss ich ihren Großvater retten, er ist alles, was sie noch hat...

Während das Schaukeln ihn wieder von den Füßen zu reißen drohte, gelang es ihm endlich, sich aus der Menschenmenge zu befreien. Als er die Straße zu Lillians Haus hochrannte, wurde er Zeuge, wie Dächer einstürzten, Menschen wie von Sinnen auf die Straße rannten und Staub zwischen den noch stehenden Mauern aufwirbelte.

Und dann sah er das Haus. Es war zur Hälfte eingestürzt, und von Lillian war nichts zu sehen. War sie in der Küche gewesen, als es begann?

Auch auf die Gefahr hin, vom Dachstuhl begraben zu werden, stürmte Henare den schmalen Weg zum Haus hinauf und bahnte sich einen Weg durch die Trümmer.

»Lillian!«

Henare stürmte durch das Loch, das früher einmal die Stubentür gewesen war. Als er die schluchzende Frau und den bleichen alten Mann sah, erstarrte er für wenige Sekunden. Doch als die Erde unter seinen Füßen wieder erbebte, kam Leben in ihn. Er eilte zum Bett, erkannte, dass Georg nicht mehr zu helfen war, und zog Lillian dann vorsichtig an der Taille nach oben.

»Du musst hier raus! Es wird weitere Erdstöße geben.«

»Nein!«, kreischte Lillian hysterisch. »Ich kann Großvater nicht hierlassen!«

»Dein Großvater ist bei seinem Gott«, entgegnete Henare, der Mühe hatte, sie zu bändigen, denn Lillian versuchte mit aller Kraft, sich aus seinem Griff zu winden. »Bitte, du musst mit mir ins Freie kommen. Das Haus kann jeden Augenblick zusammenbrechen!«

Noch immer schrie und weinte Lillian, doch ihre Gegenwehr erlahmte, und sie gestattete Henare, sie nach draußen zu bringen.

Sie hatten das halb eingestürzte Haus gerade verlassen, als ein heftiger Erdstoß den Boden derart zum Erzittern brachte, dass sie sich nicht mehr auf den Füßen halten konnten. Brutal wurden sie zu Boden gerissen, und im nächsten Augenblick ertönte ein lautes Krachen ringsherum. Nicht nur ihr Haus stürzte ein, auch das Haus von Mrs Peters fiel in sich zusammen. Geistesgegenwärtig warf sich Henare auf Lillian, um sie vor den umherfliegenden Trümmerstücken und dem Staub zu schützen.

Während er mit rasendem Herzen den Kopf einzog, fragte er sich, wie lange es noch dauern würde. In seiner Not begann er, in seiner Muttersprache leise ein paar Worte an *papa* und *rangi* zu richten, mit der Bitte, das Toben zu beenden. Unter sich spürte er das Zittern und Schluchzen von Lillian, und auch sie schloss er in seine Bitte an die Götter ein. Doch offenbar schienen sie ihn nicht zu hören, denn die Erde bebte weiter, ringsherum stürzten weitere Gebäude ein, und der aufwirbelnde Staub verdunkelte den Himmel. Nach nur wenigen Augenblicken waren sie selbst vollkommen mit Staub bedeckt, der ihnen in den Augen brannte und ihren Mund austrocknete.

Durch das Getöse ertönten von irgendwoher Schreie, doch Henare wagte es nicht, den Kopf zu heben. Er vergrub sein Gesicht in Lillians Haaren und wisperte weiter in seiner Muttersprache Beschwörungen an die alten Götter, zu denen er seit seiner Jugendzeit nicht mehr gebetet hatte.

Nach einigen Minuten ließen die Erdstöße nach. Eine seltsame Stille senkte sich auf die Stadt. Es schien, als sei alles Leben von dem Getöse verschlungen worden.

Doch Henare hörte deutlich das Hämmern seines Herzens, und er spürte Lillians Atem unter sich. Sie hatten es überlebt! Als er vorsichtig den Kopf hob, rieselte Staub aus seinem Haar. Langsam richtete er sich auf und bemerkte dabei, dass seine Glieder zitterten. Dennoch schaffte er es, sich von Lillian herunterzurollen und sich neben sie zu hocken.

Die vormals blühende Straße bot ein Bild der Verwüstung. Sämtliche Häuser in der Nachbarschaft waren zerstört. Mauern waren eingerissen, Fenster zersplittert, Dachstühle hingen schief herunter.

Im Gegensatz zu vorhin wirkte Lillian erst einmal viel zu schockiert, um in Tränen auszubrechen. Auch Henare blieb stumm, wenngleich Tränen in seine Augen stiegen. Warum nur hatten die Götter ihren Zorn an ihrem Land ausgelassen? Was hatten sie getan, um sie zu erzürnen?

Im nächsten Augenblick fiel ihm Georg ein.

»Wir müssen deinen Großvater da rausholen«, sagte er und wollte schon aufspringen, doch Lillian hielt ihn zurück und sagte mit tonloser Stimme: »Großvater ist tot. Er war schon tot, bevor es losging.«

»Was sagst du da?«

»Er ist gestorben. Ich habe ihm einmal die Stirn gekühlt, dann wurde er wach und hat sich von mir verabschiedet. Und dann ist er gestorben.«

Der Blutmond, dachte Lillian. Hatte Henare recht, dass er das Unglück angekündigt hatte?

Der Haufen Holz und Steine, der vormals ihr Haus gewesen waren, glich einem riesigen Grab. Schmerzvoll krampfte sich ihr Herz zusammen, wenn sie daran dachte, dass sich da drinnen ihr Großvater befand. Ihr Großvater, der bereits tot gewesen war, als die Steinmassen auf ihn niedergegangen waren.

Für einen Moment konnte Lillian nichts anderes tun, als die Trümmer anstarren. Georgs letzte Worte zogen bruchstückhaft durch ihren betäubten Verstand. »Dein Geschenk, meine Prinzessin ... im Seesack ist ein Tagebuch ... das Tagebuch meines Versprechens ... versprich mir, dass du das Buch liest ...«

In diesem Augenblick konnte Lillian allerdings überhaupt nichts tun. Nicht darüber nachdenken, wo sie das Buch finden sollte. Nicht darüber nachdenken, wie sie ihren Großvater bergen sollte. Und auch nicht daran denken, wie sie die Sternwarte wieder aufbauen sollte. Sie stand einfach nur da und blickte auf die Trümmer, spürte, wie ihr Herz gegen ihren Brustkorb hämmerte und die Tränen ihre Kehle zusammenschnürten.

Ach, Großvater, zog es ihr durch den Sinn, vielleicht hättest du dein Versprechen vergessen sollen.

Aber ihr Großvater hatte immer das getan, was er für richtig hielt – und er hatte stets seine Versprechen gehalten.

Wenig später spürte sie eine Hand auf ihrer Schulter. Henares Hand. Seine Schritte hatte sie nicht gehört, aber seine Hand spürte sie deutlich. Warm und trotz allem, was geschehen war, kräftig, lag sie auf ihrer Haut.

Glücklicherweise sagte er nicht, dass sie mitkommen sollte oder dass alles wieder gut werden würde. Er stand einfach nur da, berührte sie, sagte aber nichts, denn er wusste, dass nichts das Geschehene ungeschehen machen konnte.

Schließlich kehrten die Tränen zurück. Heiß liefen sie über ihre Wangen und tropften von ihrer Nasenspitze.

Es war die Stimme von Mrs Peters, die sie aus ihrem stillen Betrachten der Trümmer riss.

»Gott sei Dank!«, rief sie aufgelöst und kam dann zu ihnen gelaufen. Lillian wandte sich um, sah aus tränenfeuchten Augen zunächst in Henares Gesicht, dann blickte sie über die Schulter zu Mrs Peters. Auch die Nachbarin war über und über mit Staub bedeckt, schien außer einem kleinen Kratzer an der Wange aber nichts abbekommen zu haben.

»Gott sei Dank!«, wiederholte sie, als sie keuchend vor ihnen stand. »Ich hatte schon befürchtet, es hätte Sie auch erwischt.«

Lillian wollte etwas dazu sagen, konnte es aber nicht. Mrs Peters stand eindeutig unter Schock, kein Wunder nach dem, was geschehen war.

»Wo ist Ihr Großvater?«, fragte Mrs Peters, als sich Henare umwandte. Verwirrt blickte sie zwischen dem Maori und Lillian umher, bis sie schließlich begriff.

»O nein!«, presste sie hervor und hielt sich die Hand vor den Mund. Unter den Schmutzschlieren wurde ihre Haut ganz bleich. »Sind Sie sicher?«

»Er ist kurz vor dem Erdstoß gestorben. Es ging ihm heute Morgen schon sehr schlecht.«

Ehe Lillian es verhindern konnte, zog Mrs Peters sie in ihre Arme. Seltsamerweise ging von der nach Lavendel duftenden Frau so etwas wie Trost aus.

»Es war Gottes Wille«, sagte sie leise. »Er war gnädig mit ihm, dass er ihn zu sich genommen hat, bevor hier die Hölle losbrach.«

Lillian nickte und ließ zu, dass sie sie noch eine ganze Weile festhielt. Inzwischen kamen andere Leute herbei, staubbedeckte Gestalten, die ebenfalls ihre Häuser verloren hatten. Die meisten von ihnen schienen ihre Familien rechtzeitig nach draußen bekommen zu haben, jene, deren Angehörige zum Zeitpunkt des Erdbebens gerade in der Stadt gewesen waren, liefen los, um sie zu suchen.

»Wir sollten in die Innenstadt gehen, nachsehen, wie schlimm es geworden ist«, schlug Lillian vor, denn das erschien ihr in diesem Augenblick genau richtig. Ihrem Großvater konnte niemand mehr helfen, aber vielleicht brauchten andere Leute ihre

Hilfe. Außerdem musste sie herausfinden, was mit Mrs Blake und Samantha geschehen war.

»Meinst du wirklich?«, fragte Henare zweifelnd. »Nach allem, was geschehen ist?«

»Wir brauchen Hilfe, um Großvater unter den Trümmern hervorzuholen«, entgegnete sie. »Dieses Haus soll nicht sein Grab werden.« Und dann war es mit Lillians Beherrschung vorbei. Schluchzend warf sie sich gegen Henare und weinte dann hemmungslos in seinem Arm.

»Keine Sorge, das Haus wird nicht sein Grab. Ihm soll alle Ehre zuteil werden.«

Die Stadt sah grauenhaft aus. Viele kleinere Häuser waren zwar verschont geblieben, doch die meisten größeren hatten schwere Schäden erlitten. Überall irrten Leute umher, entweder auf der Suche nach ihren Angehörigen oder weil sie helfen wollten. Einige Menschen scharten sich um Schwerverletzte, die aus ihren Häusern geborgen wurden, einige Frauen versorgten die Wunden von Verletzten, die neben den Trümmern auf der Straße saßen.

»Ich werde ein paar Männer suchen, die mir helfen, deinen Großvater zu bergen«, sagte Henare leise.

»Vielleicht solltest du ihnen erst einmal helfen, die Überlebenden zu bergen«, entgegnete Lillian, während sie die Arme um ihre Schultern schlang. »Sie brauchen die Hilfe mehr als Großvater.« Henare nickte, und in seinem Blick sah sie, dass er der gleichen Meinung war wie sie. »Ich werde mich derweil bei den anderen nützlich machen.«

Henare nickte, legte dann kurz eine Hand auf ihre Schulter und eilte die Straße entlang. Lillian gesellte sich zu einigen Frauen, die gerade dabei waren, Verletzte zu versorgen. Keine nahm zunächst Notiz von ihr. Eine von ihnen, die auch bei dem

Ball gewesen war, verband einem alten Mann den Kopf. Bei seinem Anblick verlor Lillian beinahe wieder die Beherrschung, denn sie musste an ihren Großvater denken.

Bevor sie in Tränen ausbrach, wandte sie sich rasch um und sah ein paar Männer mit Spitzhacken und Schaufeln die Straße entlangeilen. Offenbar war weiter nördlich jemand von seinem Haus verschüttet worden. Samantha!, schoss es Lillian durch den Kopf. War sie verletzt? Und was war mit ihrer Familie? Ihrem Haus ...

»Miss Ehrenfels?«, fragte eine Frauenstimme hinter ihr. Als Lillian sich umwandte, erkannte die Mrs West, deren Kleid zerrissen und deren Haar vollkommen zerzaust war. Ihrer Schönheit tat das keinen Abbruch, und fast war es Lillian ein wenig peinlich, dass ihr dergleichen auffiel.

»Mrs West!«, rief sie. »Sind Sie verletzt?«

»Nein, glücklicherweise nicht. Ich konnte mich noch rechtzeitig aus meiner Werkstatt retten. Meine Kleider sind allerdings dahin, fürchte ich. Aber das ist jetzt Nebensache. Ich nehme an, dass Sie hier sind, um zu helfen.«

»Ja, das wollte ich.«

»Gut. Wenn Sie möchten, können Sie mich begleiten. Die Verschütteten können sicher unsere Hilfe gebrauchen.«

»In Ordnung, ich komme mit Ihnen. Weiß man denn schon, wer verschüttet wurde?«

»Nein, aber es werden so einige sein. Den nördlichen Stadtrand hat es am schlimmsten erwischt.«

Damit rannte Mrs West los. Lillian fragte sich, ob sie dem Anblick von Verletzten und Sterbenden gewachsen sein würde, doch als sie in sich hineinhörte, bemerkte sie eine seltsame Taubheit. Es war fast so, als hätte all der Schrecken, den sie in so kurzer Zeit erlebt hatte, ihre Gefühle eingefroren. Diese Menschen brauchen mich, sagte sie sich. Großvater wäre stolz auf mich, wenn ich ihnen helfe.

So rasch, wie Mrs West ausschritt, hatte sie Mühe, ihr zu folgen. Unterwegs schlossen sich ihnen noch weitere Frauen an, alle staubbedeckt und mit zerrissenen Kleidern; einige wirkten, als seien sie selbst erst vor wenigen Augenblicken gerettet worden.

Im Nordteil der Stadt sah es tatsächlich besonders schlimm aus. Balken, Schutt und Steine waren über die Straße verteilt. Hier hatten sich teilweise nicht einmal jene retten können, die bereits auf der Straße gewesen waren.

Die Männer, die Lillian beobachtet hatte, zogen mittlerweile die ersten Verletzten aus einem Trümmerhaufen. Der Mann und die Frau mussten Passanten sein, die von einer einstürzenden Wand getroffen worden waren. Beide waren bewusstlos und staubbedeckt, der Mann hatte eine klaffende Kopfwunde.

»Hier, Mädchen!«, rief eine Frau und drückte Lillian Verbandstücher in die Hand. Zunächst wusste sie nicht so recht, was sie damit tun sollte, doch Mrs West war sofort zur Stelle.

»Ich zeige Ihnen, wie man einen Verband anlegt«, sagte sie und nahm Lillian die Tücher aus der Hand. Damit hockte sie sich neben den Mann, der mit einem leisen Stöhnen wieder zu sich kam.

Lillian beobachtete, wie die Schneiderin die Wunde mit Jod abrieb, das sie in einer kleinen Flasche bei sich getragen hatte, und ihr dann zeigte, wie der Verband angelegt wurde.

»So, das machen Sie genauso«, wies Mrs West sie an. »Sollten Sie jemanden bekommen, der schwerer verletzt ist, rufen sie eine der anderen Frauen oder sorgen dafür, dass ihn die Männer zum Doc bringen.«

Lillian nickte, und mit einem Packen alter Laken und einer Flasche Jod, die jemand aufgetrieben hatte, begab sie sich an den Rand neben den Trümmern, wo sich auch bald schon weitere Frauen einfanden.

Die erste Verletzte, die man Lillian brachte, war ein kleines Mädchen, vielleicht fünf oder sechs Jahre alt. Während der Mann sie auf dem Boden ablegte, weinte die Kleine bitterlich und rief nach ihrer Mutter.

»Schsch, mein Schatz, es wird alles wieder gut«, sagte Lillian, doch das Mädchen schrie weiterhin so herzzerreißend, dass es Lillian selbst die Tränen in die Augen trieb. Fast wollte sie die Kleine schon einer anderen Frau überlassen, doch dann sagte sie sich, dass sie nicht davonlaufen konnte.

Sie versuchte, die Tränen des Mädchens so gut wie möglich zu ignorieren, während sie es vorsichtig abtastete. Natürlich würde das Kind einem Arzt vorgestellt werden müssen, denn niemand konnte verlangen, dass sie innere Verletzungen feststellen konnte. Doch die beiden Platzwunden an Knie und Stirn konnte sie verbinden.

Das Mädchen freilich hielt nur wenig von ihren Bemühungen. Blut, Tränen und Rotz legten einen klebrigen Schleier auf ihr Gesicht, während sie mit den Armen, die ebenfalls ein paar Kratzer abbekommen hatten, und dem gesunden Bein strampelte.

»Bleib ruhig, Schätzchen«, redete Lillian auf sie ein – ohne großen Erfolg. Sobald sie auch nur das aufgeschlagene Bein berührte, wehrte sich das Mädchen heftig. Da kam ihr auf einmal in den Sinn, was ihr Großvater immer getan hatte, wenn sie es sich nicht gefallen lassen wollte, dass er einen Splitter aus ihrem Finger zog oder ihr einen Verband anlegte: Sie sang.

Ihre Stimme klang kratzig und in ihrem Hals schien ein dicker Kloß zu sitzen, aber sie brachte es fertig, das alte Lied zu singen, das auch ihr Großvater, zuweilen mit recht schrägen Tönen, ihr manchmal vorgesungen hatte.

»Heile, heile Segen, sieben Tage Regen, sieben Tage Sonnenschein, das Weh wird bald vergessen sein.«

Sofort erlahmte der Widerstand des Mädchens. Mit großen

Augen blickte es Lillian ob der fremden Worte an, und diese nutzte die Gelegenheit, die Wunde an den Rändern mit Jod abzuwischen.

Kurz zuckte das Mädchen zusammen, als etwas von der Flüssigkeit an die Wunde kam, doch Lillian sang unbeirrt weiter, immer dieselbe Strophe, bis sich die Kleine beruhigt hatte und sie ihr schließlich auch den Kopfverband anlegen konnte.

»Mary!«, kreischte da eine Frauenstimme. Wenig später kam eine Frau zu ihnen gelaufen und warf sich neben der Kleinen auf die Knie. Das Mädchen fiel ihr sogleich um den Hals.

»Mama!«

Die beiden hielten sich eine Weile fest, während Lillian daneben saß und erneut mit den Tränen kämpfte. Welche Angst mochte diese Frau wohl auf der Suche nach ihrer Tochter ausgestanden haben?

Schließlich blickte die Frau sie mit tränenüberströmtem Gesicht an. »Sie haben mein Kind gerettet!«

»Das war nicht ich, das war einer der Männer«, entgegnete Lillian, doch die Frau wollte in ihrem Glück nichts davon hören. Sie presste ihr Kind an die Brust, stammelte immer wieder Dankesworte und ergriff schließlich Lillians Hand.

»Ich danke Ihnen vielmals, Miss, Gott segne sie!«

Als die Frau mit dem Kind davonging, richtete sich Lillian wieder auf und signalisierte mit einem Winken, dass der nächste Verletzte zu ihr gebracht werden könnte.

»Das haben Sie gut gemacht!«, sagte die Frau neben ihr, deren Patient gerade weggeschafft worden war. Viel hatte Lillian von ihm nicht mitbekommen, doch an der Miene der Frau konnte sie ablesen, dass das störrische Kind nicht so schlimm war wie das, was sie gesehen hatte. »Die Kleine war vollkommen hysterisch, das kommt vom Schock. Ihr was vorzusingen war genau richtig.«

»Ich habe nur getan, was mein Großvater auch getan hätte«,

entgegnete Lillian, worauf die Frau ihr die Hand entgegenstreckte.

»Ich bin Rose Tennant.«

»Lillian Ehrenfels.«

»Ah, dann sind Sie die Enkelin des Sternguckers!«

Diese Worte ließen Lillians Magen zusammenkrampfen, denn plötzlich hatte sie wieder das Gesicht ihres Großvaters vor sich, Momente, bevor das Erdbeben über sie hereingebrochen war.

Reiß dich zusammen, sagte sie sich dann aber. Trauern kannst du später, jetzt musst du den Leuten helfen.

»Ja, die bin ich«, antwortete sie also, so beherrscht es ihr möglich war.

Bevor die Frau noch andere Fragen stellen konnte, kamen schon wieder ein paar Träger herüber.

Diesmal war der Verletzte ein alter Mann, der immer wieder leise einen Frauennamen rief. Lillian fiel es schwer, bei seinem Anblick nicht an ihren Großvater zu denken. Ihre Tränen unterdrückend, versorgte sie die Wunden des Fremden, so gut sie konnte, und rief dann ein paar Männer herbei, die ihn ins Lazarett bringen sollten.

»Lillian!«, ertönte plötzlich eine Stimme.

Als sie aufblickte, wankte eine staubbedeckte Frau auf sie zu. Mrs Blake war unter der dicken grauen Schicht kaum zu erkennen, doch offenbar hatte sie keine schweren Verletzungen davongetragen.

»Mrs Blake, ist alles in Ordnung mit Ihnen?«, fragte sie, worauf die Frau sie umarmte. Lillian spürte, dass sie schluchzte.

»Es war furchtbar, einfach furchtbar«, klagte sie und löste sich dann wieder von ihr. »Gott sei Dank sind Sie verschont geblieben. Wo ist Georg?«

Lillian senkte den Kopf.

»Nein!«, presste die Frau atemlos hervor.

»Er ist noch vor dem Erdbeben gestorben. Heute Morgen ging es ihm furchtbar schlecht.«

Tränen schossen der Frau in die Augen. Sie presste die Hand vor den Mund, um nicht loszuschluchzen, doch es gelang ihr nicht, das Weinen zu unterdrücken. Lillian zog sie wieder in ihre Arme, und während sie sie festhielt, kamen ihr ebenfalls die Tränen.

Am Abend, als sie schließlich abgelöst wurde, wankte Lillian zum Sidewalk und ließ sich auf der Treppe eines Hauses nieder. Ihre Knochen fühlten sich bleischwer an, und vor ihrem geistigen Auge zogen die Bilder der vergangenen Stunden vorbei. Nie im Leben hätte sie sich träumen lassen, dass sie so etwas erleben würde.

»Das ist wie im Krieg«, hatte eine der älteren Frauen gesagt, unter deren Händen gerade ein Mann gestorben war. »Nur dass es niemanden gibt, den man dafür verantwortlich machen kann.«

Konnte man das wirklich nicht?

Lillian dachte wieder an Henares Worte angesichts des roten Mondes. Offenbar waren die Maori weiser, als die zugereisten Weißen sich eingestehen wollten. Dieser Blutmond hatte den Menschen tatsächlich Tod und Verderben vorausgesagt. Ein Schauer kroch über ihren Nacken. Wie klein war doch der Mensch, wie ausgeliefert den Kräften der Natur!

»Lillian!«, riss eine Männerstimme sie aus ihren Gedanken.

Als sie aufblickte, kam Henare mit langen Schritten auf sie zu. Staub und Erschöpfung hatten auch sein Gesicht gezeichnet, dennoch wirkte er noch immer kraftvoll – ganz im Gegensatz zu ihr, die glaubte, sich nie mehr von dieser Treppe erheben zu können. Als er sich neben sie setzte, bedachte sie ihn mit einem müden Lächeln.

»Wie geht es dir?«, fragte er, während er ihre Hand nahm.

»Ich bin vollkommen erschöpft. Aber es geht mir besser als vielen anderen, die ich heute gesehen habe.«

Als Henare sie eindringlich ansah, merkte sie, dass das nur die Hälfte von dem war, was er eigentlich wissen wollte.

»Die Männer haben deinen Großvater aus dem Haus geborgen. Er wurde zu den anderen gebracht, und sie suchen nach den Angehörigen.«

Lillian fuhr auf. »Dann sollte ich...«

Henare ergriff ihren Arm und zog sie sanft auf die Stufen zurück. »Ich habe schon alles in die Wege geleitet und dem Totengräber gesagt, dass du am Leben bist und dich um die Sache kümmern wirst. Sie wollen es so halten, dass alle, die noch Angehörige haben, von jenen auch bestattet werden. Wenn es ganze Familien getroffen hat, sollen sie zusammen in einem Grab bestattet werden.«

Der Pragmatismus dieser Worte ließ Lillians Magen zusammenkrampfen. Als ein paar Leute auf Bahren an ihr vorbeigetragen wurden, verkrampfte sie sich. Dass Tücher über die Körper gebreitet waren, bedeutete, dass jegliche Hilfe zu spät gekommen war. Je mehr Stunden vergingen, desto häufiger schien das der Fall zu sein.

»Hast du etwas von Samantha Carson gehört?«, hörte sie sich leise fragen, als die Bahrenträger fort waren.

»Nein, bisher nicht. Aber wir waren ja auch am anderen Ende der Stadt. Vielleicht solltest du dich bei den Männern auf deinem Ende erkundigen.«

Daran hatte Lillian in der Hektik nicht gedacht. Da waren die Verletzten gewesen, am Ende hatte sie nicht mehr gezählt, wem sie alles provisorische Verbände angelegt hatte. Irgendwie hatte sie damit auch ihre eigene Trauer zurückgedrängt. Schweigend nickte sie und dachte dann wieder an Mrs Blake. Nachdem sie sich ein wenig gefasst hatte, hatte sich die Teestubenbesitzerin den Helferinnen angeschlossen. Seither hatte sie sie nicht mehr gesehen. Aber wie sollte sie auch in dem hier herrschenden Chaos einen einzelnen Menschen finden?

»Sie wollen ein Hospital am Stadtrand errichten«, sagte Henare schließlich. »Ich werde heute Abend dorthin gehen und mithelfen, es aufzubauen. Anschließend werde ich zur Baustelle reiten und nachschauen, wie viele Männer betroffen sind. Jene, denen nichts passiert ist, werde ich bitten, in der Stadt auszuhelfen. Wenn sie nicht selbst schon auf dem Weg hierher sind.«

»Und was ist mit Mr Caldwell?«

»Er wird verstehen, dass ich so handle. In diesem Augenblick geht es nicht um irgendwelche dummen Drohungen, sondern um Menschenleben, und sollte er dafür kein Verständnis haben, gibt es für mich auch keinen Grund mehr, weiter für ihn zu arbeiten.« Henare streichelte ihr zärtlich die Wange. »Jetzt bringe ich dich am besten zu einer der Notunterkünfte. Mr Nichols hat sein Hotel kostenlos für die Flüchtlinge geöffnet. Seltsamerweise ist sein Haus nicht so schlimm betroffen, er vermutet, weil damals sehr massive Steine für das Fundament verwendet wurden.«

»Das ist sehr nett von ihm«, entgegnete Lillian, noch immer wie betäubt. »Aber vielleicht sollte ich lieber mitkommen und im Hospital helfen.«

»Das kannst du morgen auch noch tun. Jetzt solltest du dich ausruhen, wenigstens ein bisschen.«

28

 In dieser Nacht kam es zu einigen allerdings leichten Nachbeben, die es sämtlichen Leuten im Hotel verwehrte, Schlaf zu finden.

Zwei der Frauen in Lillians Zimmer beteten die ganze Zeit über leise vor sich hin, während sie am Fenster saß und auf die Straße blickte.

»Sie sollten lieber ins Bett gehen«, sagte Rose, die sie hier wiedergetroffen hatte und die ebenfalls kein Auge zubekam. »Wenn es wieder einen Erdstoß gibt, werden Sie aus dem Fenster fallen.«

Lillian schüttelte den Kopf. »Im Bett sind meine Chancen, verschüttet zu werden, genauso groß. Außerdem werde ich in aller Frühe zum Hospital gehen und meine Hilfe anbieten.«

»Und was ist mit Ihrem Großvater?« Ahnung schwang in den Worten der Frau mit, doch offenbar wollte sie nicht taktlos sein.

»Er ist tot«, antwortete Lillian beklommen. »Ich habe sonst niemanden hier, und ich glaube, dass mich die Menschen im Hospital brauchen. Auf die eine oder andere Weise.«

»Sie scheinen ein tapferes Mädchen zu sein«, sagte die Frau. »Ich wüsste nicht, ob ich mich nach dem Verlust eines geliebten Menschen dazu aufgerafft hätte, anderen zu helfen.«

»So hat mich mein Großvater erzogen«, entgegnete Lillian und spürte, wie es ihr die Kehle zusammenschnürte.

Obwohl noch immer Männer daran arbeiteten, Verschüttete zu bergen, wirkte Kaikoura wie eine Geisterstadt. Schaudernd blickte Lillian auf Trümmer und Ruinen; ein erbärmliches Jaulen ertönte in der Ferne. Die Ruhe, die auf der zerstörten Stadt lag, wirkte trügerisch. Wie sie wusste, konnte es zu weiteren Erdstößen kommen. Manchmal folgten sie schnell, manchmal kamen sie erst Tage und Wochen später. Wie viel Zeit würde den Menschen hier bleiben, um die Verletzten zu bergen und die Trümmer fortzuschaffen?

Um die Schwere aus ihren Gliedern zu vertreiben, reckte sich Lillian, dann machte sie sich auf den Weg zu dem provisorischen Lazarett. Unterwegs begegneten ihr ein paar Männer mit Spitzhacken und Schaufeln. Einige von ihnen kamen Lillian bekannt vor; sie hatte sie auf der Baustelle gesehen. Offenbar hatte Henare sie hergeholt, damit sie helfen konnten.

Von der Sternwarte ist bestimmt nichts übrig geblieben, dachte Lillian, und der Gedanke, dass das letzte Vermächtnis ihres Großvaters zerstört war, trieb ihr die Tränen in die Augen. Wenigstens hatte er das Erdbeben und die Zerstörung nicht mehr mitbekommen. Seit sie sich für die Wissenschaften interessierte, zweifelte sie an der Existenz eines Jenseits, eines Himmels, von dem ihr Großvater zu ihr hinunterblicken konnte. Dennoch schwor sie sich, dass sie die Sternwarte wieder aufbauen würde. Irgendwie ...

Stimmengewirr riss sie aus ihren Gedanken. Weitere Männer begaben sich auf die Suche nach Überlebenden. Lillian fragte sich zum wiederholten Male, was wohl aus Samantha geworden war. Schlechtes Gewissen überkam sie: Sie hätte sie suchen müssen.

»He, Miss, wohin wollen Sie denn?«, sprach einer der Männer sie an. Offenbar hielt er sie für eine Überlebende, die nicht wusste, wohin sie gehen sollte.

»Zum Lazarett«, antwortete Lillian.

»Wir kommen gerade von da«, erklärte der Fremde und deutete dann hinter sich. »Gehen Sie einfach Ihrer Nase nach, Sie können es nicht verfehlen.«

Lillian bedankte sich und ging weiter. Nach einer Weile tauchte es vor ihr auf. Henare hatte offenbar nicht nur dafür gesorgt, dass die Männer hier halfen, er hatte sie auch ihre Zelte herbringen lassen. Das Lazarett war eine Ansammlung kleinerer Zelte um ein größeres, das offenbar zur Behandlung und Überwachung besonders schwerer Fälle gedacht war. Trüber Lichtschein strömte ihr entgegen; zwei Männer trugen einen Patienten zu dem Zelt, vor dem bereits eine Frau wartete.

Während sie sich umsah, blieb sie mit ihrem Stiefel in einem der Seile hängen, mit denen die Zelte verankert waren. Ein Protestruf aus dem Zelt holte sie zurück in die Wirklichkeit.

Am großen Zelt angekommen, hielt Lillian inne und lauschte. Die Stimmen der Ärzte und Pflegerinnen mischten sich mit dem leisen Jammern der Patienten. Plötzlich wurde die Zeltplane aufgerissen, und eine Frau kam ihr entgegen. Das Wasser in der Schüssel, die sie vor sich trug, war rot gefärbt von Blut. Zunächst murrte sie, als sie Lillian sah, dann sagte sie: »Wenn Sie zum Doc wollen, müssen Sie ein Weilchen warten, der amputiert gerade.«

Schlimmer konnte es im Krieg auch nicht zugehen!

»Ich möchte nicht zum Doc«, antwortete Lillian. »Ich wollte fragen, ob Sie Hilfe benötigen.«

»Hilfe brauchen wir immer, Schätzchen«, entgegnete die Frau. »Gehen Sie ruhig rein und melden Sie sich bei einer der Schwestern.«

Blutgeruch schlug Lillian entgegen, als sie das Zelt betrat. Die Luft war zum Schneiden dick. Das Licht war hier ein wenig heller und warf die Schatten des Arztes und einer Schwester auf ein provisorisch aufgespanntes Laken. Ein leises Wimmern folgte der Anordnung an die Schwester, dass sie neue Tücher holen sollte.

»Was suchst du hier, Mädchen?«

Lillian wirbelte erschrocken herum. Aus dem Halbdunkel tauchte eine Frau in Schwesterntracht auf und musterte sie eindringlich.

»Ich wollte hier gern aushelfen. Ist das möglich?«

»Natürlich ist es das«, entgegnete die Schwester, ohne dass ihr Ton freundlicher wurde. Wie sollte er auch, dachte sich Lillian, bei all dem Schmerz und Tod ringsherum... »Komm mit, wir brauchen Hilfe in der Waschküche. Später kannst du bei den Patienten wachen.«

Schweigend folgte Lillian der Schwester hinter einen weiteren Vorhang. Von hier aus konnte sie einen Blick auf die Patienten werfen, die im großen Zelt untergebracht waren, wahrscheinlich die schlimmeren Fälle, die besonderer Zuwendung bedurften.

»Verzeihen Sie«, sprach sie die Schwester an, während diese zu einem Wäschestapel ging und eine der blauen Schürzen hervorzog.

»Was denn?«

»Wissen Sie vielleicht, ob Samantha Carson hier eingeliefert wurde?«

Die Schwester blickte sie ein wenig erstaunt an. »Keine Ahnung. Unter den Patienten, die ich betreut habe, war sie nicht.«

»Aber Sie kennen Sie, oder?«

»Und ob ich sie kenne! Wahrscheinlich hat ihr Vater sein Geld spielen lassen, um sie woanders als hier unterbringen zu können. Hier, zieh dir das über.«

Als Lillian das Zelt betrat, das als Waschküche für Instrumente und Verbandszeug diente, staunte sie nicht schlecht, als sie Rosie erblickte. Die junge Frau schien ebenfalls überrascht zu sein, denn ihr entglitt die Bürste, mit der sie die im Lichtschein blitzenden Instrumente abschrubbte.

»Stell dich dazu«, wies die Schwester sie an. »Gleich kommen neue Instrumente, bis dahin müssen die anderen fertig sein, damit wir sie gebrauchen können. Sieh zu, dass du dich nicht verletzt, das Karbol brennt ganz scheußlich in den Wunden.«

Und nicht nur dort, dachte Lillian, denn die Dämpfe trieben ihr bereits jetzt die Tränen in die Augen.

Ohne Widerspruch stellte sich Lillian neben Rosie. Soll sie doch spotten und mich mit Gemeinheiten überziehen, dachte sie. An diesem Tag habe ich weit Schlimmeres erlebt als das.

Doch Rosie sagte nur: »Da sind die Bürsten. Wenn dir schlecht wird, geh lieber raus und kotz nicht ins Becken.«

Vorsichtig griff Lillian in die Karbolwanne, deren Inhalt sich von dem Blut an den Instrumenten rot verfärbt hatte. Sie erwischte ein Skalpell mit erschreckend langer Klinge. Hatte dieses schaurige Gerät einem Verletzten helfen können?

Rosie hatte recht, die Dämpfe bissen nicht nur in ihre Lungen, sie erregten auch Übelkeit, die allerdings besser wurde, wenn Lillian nicht direkt in die rotbraune Brühe blickte. Eine ganze Weile putzte sie schweigend an dem Skalpell herum, dann wandte sich plötzlich Rosie an sie.

»Wieso bist du eigentlich hier?« Ihre Stimme triefte vor Spott. Das Unglück schien sie kein bisschen verändert zu haben. »Ich dachte, Ravenfield hätte dich abgeholt.«

»Das hat er nicht«, entgegnete Lillian gleichgültig, erschrocken über ihre heftigen Worte. »Ich habe mit ihm nichts mehr zu schaffen. Wenn du ihn haben willst, bitte.«

Rosie betrachtete sie prüfend, dann errötete sie plötzlich. »Er hat viele Dinge über dich erzählt.«

»Ich weiß. Und sie sind alle gelogen.«

Nachdem sie einen Moment geschwiegen hatte, fragte Rosie weiter: »Du willst also wirklich nichts von ihm?«

»Nein. Und wenn du klug wärst, solltest du auch nichts von ihm wollen. Er kann sehr charmant tun, doch du wirst schnell dahinterkommen, dass sich unter dem Schafspelz ein Wolf verbirgt.«

Rosie schwieg eine Weile, dann brach sie in Gelächter aus.

»Was ist so komisch?«, fragte Lillian, während sie das sauber geschrubbte Skalpell zu den anderen gesäuberten Instrumenten legte.

»Der Schafspelz...«, prustete Rosie, und Lillian fragte sich bereits, ob die Dämpfe ihren Verstand benebelten. Aber dann fiel es ihr ein. Natürlich! Ravenfield war Schafzüchter. Das war nichts, was sie sonderlich zum Lachen reizen würde, aber sie sah ein, dass ihre Gefährtin an der Karbolwanne nicht den Verstand verloren hatte. Sie lachte einfach, weil es nichts gab, was besser gegen das ganze Elend hier half.

»Hast du was von Samantha gehört?«, wagte Lillian zu fragen, als Rosie sich ein wenig beruhigt hatte.

Als sie Samanthas Namen erwähnte, breitete sich Traurigkeit auf Rosies Gesicht aus. »Das Haus ist eingestürzt. Mr Carson konnte wohl entkommen, aber seine Frau und Sam...« Sie stockte, senkte den Kopf und gab vor, ihr verzerrtes Spiegelbild in der Wanne betrachten zu wollen. Lillian sah, wie Tränen über ihre Nasenspitze liefen und in die Karbollösung tropften.

»Samantha ist tot?«

Rosie nickte und zog die Nase hoch. »Sie haben sie noch nicht gefunden, aber die Männer meinten, dass aus dem Trümmerhaufen niemand lebend rauskommen würde.«

Lillian war wie vor den Kopf geschlagen. Samantha nun auch. Es tat ihr leid, dass sie nicht mehr Zeit mit ihr verbracht, sie nicht näher kennengelernt hatte.

Gleichzeitig überkam sie große Sorge um Henare. Wo war er

jetzt? Ging es ihm gut? Da Rosie jetzt in Tränen ausbrach, strich sie ihr beruhigend über den Rücken und zog sie schließlich in ihre Arme. Obwohl ihr Innerstes von neuem Schmerz brannte, hatte sie keine Tränen mehr. Sie würden wiederkommen, später, wenn sie Zeit hatte, der Toten in Ruhe zu gedenken.

Lillian saß neben dem Bett eines Mannes, der sich beide Beine gebrochen hatte, und da der Patient schlief, schloss sie ebenfalls ein wenig die Augen. Obwohl sie nicht schlief, fuhr sie erschrocken zusammen, als sie plötzlich Henare neben sich gewahrte.

»Henare!«, flüsterte sie, und ein verhaltenes Lächeln trat auf ihr Gesicht. Sie freute sich, ihn endlich wiederzusehen. »Du bist wieder zurück.«

»Wie ich sehe, hast du dein Versprechen tatsächlich wahr gemacht.«

»Ich stehe zu meinem Wort, wie mein Großvater.« Lillian seufzte leise, als sie die Trauer wieder überkam. »Rosie arbeitet auch hier. Sie hat mir von Samantha erzählt.«

»Die kleine Carson...« So, wie sich Henares Blick verfinsterte, schien er Bescheid zu wissen. »Man hat sie und ihre Mutter gefunden«, setzte er behutsam hinzu.

Lillian nickte nur.

»Die Beerdigungen sollen morgen beginnen. Du solltest mit dem Totengräber sprechen.«

Wieder nickte Lillian nur, doch dann erhob sie sich und schlang sanft die Arme um seine Schultern.

»Du ahnst gar nicht, wie froh ich bin, dass du bei mir bist. Bitte versprich mir, dass du mich nie allein lässt.«

»Versprochen.« Henare küsste sie, dann verabschiedete er sich mit der Ankündigung, er wolle sich jetzt endlich ein wenig hinlegen.

In den kommenden Stunden kam es noch zu einem weiteren, recht heftigen Nachbeben, das im Lazarett für furchtbare Unruhe sorgte. Instrumente flogen umher, Patienten wurden heftig durchgeschüttelt, und hier und da brach ein Zelt ein. Wenig später wurden die nächsten Verletzten gebracht, die erzählten, dass erneut Häuser eingestürzt seien. Auch beim Hotel, das als Notunterkunft diente, war diesmal kein Stein auf dem anderen geblieben.

Erst spät in der Nacht kam Lillian auf ihre Decke in dem Zelt, das sie sich mit drei weiteren Gehilfinnen teilte. Sie hatte sich kaum hingelegt, da übermannte sie auch schon der Schlaf.

Nach drei Tagen im Lazarett gestattete sich Lillian einen freien Tag, den sie nutzen wollte, um einiges zu erledigen. Viele der leicht Verletzten waren inzwischen schon wieder entlassen worden, in eine ungewisse Zukunft, denn nur die wenigsten Häuser waren stehen geblieben.

An diesem Tag würde ihr Großvater bestattet werden, zusammen mit vielen anderen Bewohnern der Stadt, unter anderem auch Mrs Carson und Samantha. Lillian nahm sich vor, auch ihrem Grab einen Besuch abzustatten. Die Traurigkeit wütete in ihrem Innern, doch nach außen hin gelang es ihr, die Form zu wahren, jedenfalls so lange, wie sie im Lazarett arbeitete. Rosie und sie verstanden sich mittlerweile sehr gut; und wie sie berichtete, hatte Rosies Tante ihren Frieden mit Mrs West gemacht.

Die Schneiderin war es dann auch, die Lillian ein schwarzes Kleid für die Bestattung leihen wollte. Unter den Trümmern ihres Hauses war nicht viel Brauchbares übrig geblieben, allerdings hatte ihr Henare mitgeteilt, dass die Aufräummannschaft den Seesack ihres Großvaters in seinem Zelt auf der Baustelle gefunden hatte. Zum Zustand der Sternwarte sagte er nichts, doch sein Schweigen nahm Lillian als Anzeichen dafür, dass nicht viel übrig geblieben war.

Wie viele andere Stadtbewohner hatten Mr und Mrs West bereits kurz nach dem Unglück begonnen, die Trümmer zu beseitigen. Das Beben hatte eine tiefe Wunde in den Schneidersalon gerissen, doch die Mauern waren nicht vollständig eingestürzt. Als Lillian davor haltmachte, schob Mr West gerade eine Schubkarre nach draußen.

»Ah, Sie müssen das Mädchen sein, auf das meine Frau wartet. Kommen Sie rein, wir haben die Mitteldecke abgestützt, sodass Ihnen nichts mehr auf den Kopf fällt.«

Doch das brauchte sie gar nicht, denn Mrs West hatte sie bereits gesehen. Mit ernster Miene reichte sie ihr einen Kleidersack. »Es ist ein wenig staubig, aber Sie werden vernünftig darin aussehen. Ich hätte Ihnen gern auch noch ein Ballkleid gegeben; vielleicht wird später noch etwas daraus.«

Damit umarmte sie Lillian und ließ sie ihrer Wege ziehen.

Über dem Friedhof der Stadt war es an diesem Nachmittag sehr still. Für die Opfer des Erdbebens hatte man den Gottesacker erweitert; etwa fünfzig Gräber klafften wie dunkle Mäuler in dem niedergetretenen Gras. Die Bürger der Stadt, die noch über Fuhrwerke verfügten, hatten die Särge zu den Gräbern gebracht und neben den Gruben abgestellt. Außerdem waren aus Blenheim und der Mission nahe Christchurch Pastoren erschienen, um den Toten den letzten Segen zu spenden.

Am Grab ihres Großvaters wurde Lillian bereits von Henare und Catherine Blake erwartet, die in den vergangenen Tagen um Jahre gealtert zu sein schien. Ihre Augen waren tränenverquollen und ihre Wangen eingefallen. Lillian umarmte sie herzlich.

»Der Reverend von der Mission hat erzählt, dass der Kirchturm von Christchurch bei dem Erdbeben eingestürzt sein soll«, flüsterte Henare wenig später, wohl, um sie ein wenig abzulenken, denn Lillians Blick ruhte nun auf dem schlichten Sarg, und ihr Blick verschwamm unter Tränen. »Christchurch hat es besonders hart getroffen, fast die ganze Stadt ist zerstört. Gut weggekommen ist nur Blenheim, dort hat es zwar auch Schäden gegeben, allerdings nicht solche gravierenden.

»Das wird Mr Caldwell sicher freuen«, entgegnete Lillian, während sie sich die Tränen abwischte.

»Vor allem wird Mr Caldwell mit dem Bau der Sternwarte weitermachen, hat er mir heute gesagt. Ich finde, das solltest du wissen.«

Lillian nickte, ergriff seine Hand und drückte sie zärtlich.

Als der Reverend aus Blenheim am Grab ihres Großvaters erschien, war es jedoch vorbei mit ihrer Beherrschung. Unter ihrem und Mrs Blakes Schluchzern gingen die Worte des Geistlichen fast unter, und noch schlimmer wurde es, als der Sarg von den Trägern in die Grube gesenkt wurde. Beide Frauen suchten Halt bei Henare, der ihre Hände tätschelte und dabei mit seinen eigenen Gefühlen kämpfte.

Als die Grube zugeschaufelt war, kniete Lillian vor dem Grab nieder. Da sie keine Blumen hatte, zeichnete sie etwas in den Sand, die Symbole der Planeten und in ihrer Mitte die Sonne. Als sie sich erhob und umsah, entdeckte Lillian, dass auch noch andere Leute aus der Stadt hinter sie getreten waren, um ihrem Großvater die letzte Ehre zu erweisen.

Einige Schritte dahinter bemerkte sie noch eine andere Gestalt. Ravenfield! Er war hier, doch er hatte nicht den Schneid, an das Grab zu treten. Während sie den Blick nicht von ihm ließ, hakte sie sich demonstrativ bei Henare ein, der ihn ebenfalls bemerkt hatte.

»Ich wünschte, er wäre auf seiner verdammten Farm geblieben«, wisperte sie, als sie sich umwandten und der Stadtmitte zustrebten.

»Es kann ihn niemand davon abhalten, hier aufzutauchen. Allerdings hätte ich erwartet, dass er zu dir kommt und dir sein Beileid ausspricht. Immerhin hat er mit deinem Großvater zusammengearbeitet.«

»Sie haben sich ein paar Mal gesehen, das reicht offenbar nicht«, entgegnete Lillian. »Aber ich lege auch keinen Wert darauf. Ich will ihn gar nicht sehen.«

»Und du brauchst ihn eigentlich nicht mehr, denn ich werde versuchen, die Maori zu überzeugen...« Henare hielt einen Moment inne. Die anderen Trauergäste hatten sich verstreut, außer Mrs Blake war niemand mehr bei ihnen.

Kurz tauschte er einen Blick mit der Teestubenbesitzerin, die milde durch ihre Tränen lächelte.

»Da gibt es etwas, das du wissen solltest«, begann Henare. »Ich bin nicht irgendein Maori aus einem namenlosen Stamm, ich entstamme dem Dorf, in das wir geritten sind, um mit dem Häuptling zu sprechen. Genau genommen ... bin ich der Sohn des Häuptlings. Vor ein paar Jahren bin ich weggegangen, und seitdem gelte ich vielen im Dorf als Verräter. Aber ich habe beschlossen, mich mit meinem Vater zu versöhnen.«

Lillian war zunächst sprachlos, doch dann schlich sich auch auf ihr tränennasses Gesicht ein Lächeln.

»Dann haben wir ja beste Beziehungen zu dem Dorf«, sagte sie und umarmte ihn.

29

Als ihre Dienste im Lazarett nicht mehr gebraucht wurden, überredete Henare Lillian, mit ihm ins Zeltlager an der Sternwarte zu ziehen. Dazu ließ er eigens das Zelt ihres Großvaters wieder aufrichten – mit allem, was sich dort befunden hatte. Zunächst hatte er Zweifel gehabt und sich gefragt, wie Lillian es verkraften würde, die Habseligkeiten ihres Großvaters wiederzusehen. Doch Lillian nahm es überraschend gefasst auf, besser noch als den Anblick des ziemlich ramponierten Turms.

»Ein schöneres Geschenk hättest du mir nicht machen können«, sagte sie und küsste ihn zärtlich, als sie außer Sichtweite der Arbeiter waren.

Tatsächlich war das Zelt recht bequem, und dass ihr Großvater hier Spuren hinterlassen hatte, war für sie sehr tröstlich. Liebevoll strich sie über den Seesack, der noch immer einen leichten Tabakgeruch verströmte.

Großvater hatte von einem Tagebuch gesprochen, ging es ihr durch den Sinn. Sie war nicht ganz sicher, ob sie bereit war, seine Worte zu lesen und dabei innerlich seine Stimme zu vernehmen; dennoch öffnete sie den Seesack und durchwühlte die Sachen, die darin waren.

Natürlich bestand auch die Möglichkeit, dass es in der Hektik verloren gegangen war, doch nachdem sie wirklich alles ausgeräumt hatte, fand sie es. Es sah ziemlich mitgenommen aus, doch schon beim ersten Aufschlagen erkannte sie, dass die Schrift ihres Großvaters die Zeit gut überdauert hatte.

Fasziniert strich sie über die Seiten, und da sie darauf brannte, die Aufzeichnungen zu lesen, setzte sie sich auf den Stuhl ihres Großvaters und begann zu lesen.

Die bemerkenswerte Reise des Georg Ehrenfels

Hier sitze ich nun, von der Zeit an Geist und Körper verwundet, und versuche mich an die Geschehnisse meiner Reise durchs Leben zu erinnern. Jener Reise, die mir zeigte, dass es nicht alle Träume im Leben wert sind, gelebt zu werden. Mich hat der Traum von der Freiheit beinahe mein Leben gekostet. Nicht, weil ich mich vielleicht in unbekanntes Terrain oder vor das Maul eines wilden Tieres begeben hätte, nein, es war wie so oft menschliche Niedertracht, die ein anderes menschliches Wesen in größeres Verderben führte, als es eine wilde Bestie je vermocht hätte.

Aber lass mich von vorn beginnen. Auf dem Schiff, auf dem ich eines sonnigen Tages kurz nach meiner Rückkehr aus Amerika anheuerte, wollten sich drei Naturforscher auf den Spuren von James Cook nach Neuseeland wagen, einem noch wenig erschlossenen Gebiet auf der Südhalbkugel, das, wie man hörte, einige naturwissenschaftliche Wunder zu bieten hatte.

Ich hätte auf meine Vernunft hören sollen, die mir riet, meine Freiheit auf dem Festland eine Weile zu genießen, ja, vielleicht einen Abstecher nach Hause zu machen, um zu sehen, wie es Mutter und Vater ging. Doch ich war damals jung, voller Tatendrang und auch zu feige, um mich den traurigen Blicken meiner enttäuschten Eltern zu stellen. So stand ich denn bald vor dem Quartiermeister und unterzeichnete meine Papiere. Anschließend brachte ich meinen Seesack, der nicht einmal die Zeit gehabt hatte, ganz zu trocknen, unter Deck.

Schon vor der Abfahrt lernte ich die drei Männer kennen, die in seltsamem Aufzug, mit einer Unmenge an Käfigen und Schachteln, an Bord gingen. Sanderson, der Kapitän, begegnete ihnen freundlich, ja, beinahe hündisch ergeben. Später erfuhr ich, dass die drei Herren Förderung von der Royal Academy erfuhren und obendrein aus adeligem Hause stammten, sodass sie nicht nur Titel, sondern auch ein erkleckliches Vermögen vorweisen konnten. Wer vor solchen Leuten nicht den Rücken beugte, würde es wahrscheinlich nie zu etwas bringen.

Ich, der ich eigentlich das Deck mit Sand abschrubben sollte, starrte die Männer an, als kämen sie von einem anderen Stern. Zwar hatte mein Vater mir ständig in den Ohren gelegen, dass ich studieren sollte, allerdings hatte er dabei mehr die Rechtswissenschaft im Sinn gehabt. Doch in diesem Augenblick, als ich diese lächerlichen Gestalten mit ihrem bizarr wirkenden Gepäck sah, als ich die schweren Folianten erblickte, die ihre Diener hinter ihnen hertrugen, und die Kisten, in denen es blechern rumpelte, erwachte in mir eine Flamme, der ich damals noch keinen Namen geben konnte. Heute weiß ich, dass es Wissensdrang war. Das Verlangen, herauszufinden, wie diese Welt funktioniert.

Natürlich konnte ich den Anblick und meine Gedanken nicht lange genießen, denn Adams, der Sklaventreiber des Schiffs, tauchte wie aus dem Nichts hinter mir auf und versetzte mir einen Stüber. »Du kriegst deine Heuer nicht fürs Gaffen.«

Während der Schmerz noch in meinem Hinterkopf nachhallte, ließ ich mich wieder auf die Knie nieder und schrubbte weiter. Doch mein Blick wanderte immer wieder zu diesen Männern. Forscher zu sein! Warum war mir das bisher noch nicht in den Sinn gekommen? Freilich hatte ich da noch keine Ahnung, was ich erforschen sollte. Vögel, Vierbeiner oder

Insekten? Pflanzen vielleicht, die ich sammeln und in Herbarien pressen könnte? Ich hätte keine Entscheidung treffen können. Erst viel später, unter einem fremden Himmel, würde ich es erfahren.

Es wurde eine recht nasse und stürmische Überfahrt. Klipper sind die nassesten Schiffe der Welt – und die engsten. Neben der Mission der Wissenschaftler, die auch Wochen nach unserem Auslaufen immer noch mein Interesse fesselten, sollten wir auf dem Rückweg in Indien Station machen und Tee laden. Assam und Darjeeling für das gute alte England. Obwohl die Frachträume dafür leer standen, fiel es dem Kapitän im Traum nicht ein, diesen Platz der Mannschaft zur Verfügung zu stellen. Dicht an dicht, wie Bienenlarven in ihren Waben, reihten wir uns mit unseren Hängematten unter Deck auf. Wenn das Schiff krängte oder sich im Wellengang aufbäumte, schaukelten wir alle im Takt wie Kinder in einer Wiege des Teufels.

Doch die Enge, die ich von anderen Schiffen her kannte, bereitete mir kein Unbehagen. Trotz meines vergleichsweise geringen Alters war ich gerissen genug gewesen, meine Hängematte in der Nähe der Tür zu platzieren. Natürlich kam man an diesem Platz als Letzter ins Bett und musste es auch erdulden, dass sämtliche andere Matrosen unter einem hinwegkletterten, wenn sie mal raus mussten. Doch die Hängematte an der Tür, der vermeintlich schlechteste Platz, war für mich ein wahrer Segen, ermöglichte er es mir doch, heimlich und verbotenerweise unser Quartier zu verlassen und an Deck zu gehen.

Eines Abends, kurz nach einem heftigen Sturm, der uns alles abverlangt und die Männer ausgelaugt hatte, schlich ich mich wieder einmal an Deck. Die Wache döste an der Reling; noch waren wir nicht in Breiten, in denen wir Piraten fürchten mussten. Ich genoss diese Augenblicke der Ruhe, ohne das Schreien des Bootsmannes. Doch diesmal war ich nicht allein.

»Kannst du auch nicht schlafen, Junge?«, fragte eine Stimme hinter mir, die mich zu Tode erschreckte.

Als ich herumwirbelte, sah ich in das Gesicht eines der Forscher. Niemand sonst hätte mich so sanft angesprochen. An Deck herrschte ein rauer Ton, wäre es einer der älteren Seeleute gewesen, hätte er mich sicher am Ohr davongezerrt und mir einen Tritt verpasst, der mich durch die Decksluke geschickt hätte.

Doch dieser Mann stand zwei Armlängen von mir entfernt und betrachtete mich wie eines seiner Forschungsobjekte.

Wie lange er schon an der Reling stand, konnte ich nicht sagen. Vielleicht war er vor mir da gewesen und ich hatte ihn übersehen. Oder er besaß die Gabe, sich unbemerkt anzuschleichen, was für einen Naturforscher vielleicht wichtig war.

Auf jeden Fall schien er nicht gewillt, seinen Platz zu räumen – und ich muss ihn wie das achte Weltwunder angestarrt haben, denn nach einem kurzen Auflachen sagte er: »Keine Sorge, Junge, ich will dir keinen Ärger machen. Ich habe nur festgestellt, dass du auf ganz besondere Weise die Sterne ansiehst. Fast so, als würdest du etwas davon verstehen.«

»Ich ... ich verstehe davon nichts, Sir. Ich wundere mich nur immer wieder ...« Sollte ich meine Gedanken mit ihm teilen? Ich, der ich nur ein einfacher Matrose war, der zwar schon einiges von der Welt gesehen hatte, aber noch lange nicht verstand, warum der Lauf der Dinge so war, wie er war?

»Worüber wunderst du dich?«

Er machte einen Schritt auf mich zu und lächelte. Da sein Interesse ehrlich zu sein schien, antwortete ich: »Der Himmel im Süden – er sieht anders aus.«

»Das ist korrekt«, antwortete der Wissenschaftler. »Die Sternbilder, die uns bekannt sind, stehen auf dem Kopf. Und *es gibt viele Sternbilder, die die Menschen im guten alten Europa niemals kennenlernen werden, es sei denn, sie begeben sich auf die Reise.«*

Diese Worte bewegten etwas in mir. Noch wusste ich nicht, wie sich das auswirken würde, aber eines Tages, da war ich sicher, würde ich es erkennen.

»Es gibt sehr viele Geheimnisse dort draußen«, setzte der Wissenschaftler hinzu, während er mein Staunen beobachtete. »Gottes Schöpfung ist größer, als wir alle glauben. Aber eines Tages werden wir dem Wissen, das nur ER hat, ein wenig näher kommen.«

Ich fragte mich, ob Gott das gefallen würde. Wenn er gewollt hätte, dass wir seine Geheimnisse enträtseln, hätte er uns dann nicht schon von Geburt an mit allumfassendem Wissen ausgestattet?

Bevor ich etwas dazu sagen konnte, kam der Mann auf mich zu. Sein Lächeln gefiel mir nicht; es ähnelte dem des Bootsmannes, bevor er mit der Knute auf die Schiffsjungen eindrosch.

»Entschuldigen Sie, Sir, ich muss wieder nach unten«, sagte ich, ein wenig verwirrt und auch ein bisschen ängstlich. Offenbar hatte ich schon damals die Gabe, zu erkennen, wann ein Mensch ehrlich ist und wann er Böses im Schilde führt. Doch natürlich war ich noch zu jung und auch zu machtlos, um etwas dagegen zu tun, dass die Dinge kamen, wie sie dann kamen.

Einige Wochen später passierten wir Australien, die Strafkolonie der britischen Krone, von der die wenigen Zurückgekehrten behaupteten, es sei der Brennofen des Teufels. Tatsächlich wurde es auch auf See sehr heiß, der Wind ließ des Öfteren nach, und wir schwitzten an und unter Deck gleichermaßen.

Dazu kam für mich, dass sich der Engländer darauf verlegt hatte, mich bei jeder Gelegenheit zu beobachten. Ich konnte mir absolut nicht erklären, warum er das tat. Feindseligkeit spürte ich nicht an ihm, dennoch erschien er mir irgendwie gefährlich.

Beim Anlegen in Neuseeland glaubte ich, ihn los zu werden, doch er bestand darauf, mich als seinen Assistenten zu behalten, solange das Schiff vor Anker lag, um Proviant aufzunehmen. Später fragte ich mich, ob ich dies hätte verweigern können, doch wahrscheinlich war das nicht der Fall. Als einfacher Matrose hätte ich es nie gewagt, einer Order des Kapitäns zu widersprechen.

Bereits in der ersten Nacht, nachdem er mir großzügig angeboten hatte, in seinem Zelt zu übernachten, zeigte er sein wahres Gesicht.

Ich schäme mich fast, es zu sagen, doch der Engländer wollte Dienste von mir, die ich ihm nicht zu geben bereit war.

Ich kann heute nicht mehr sagen, was mich bewogen hat, nach der Lampe zu greifen und sie dem Mann über den Schädel zu ziehen. Doch ich tat es, als er mir an die Hose griff. Wie am Spieß schreiend stürmte er aus dem Zelt, seine Haare in Flammen. Diese brannten ihm auch bis auf die Kopfhaut hinunter, sodass der Schiffsarzt Tage damit zubrachte, die Verbände zu wechseln und ihn mit Schmerzpulver zu versorgen.

Natürlich folgte die Strafe auf dem Fuße. Nicht der Engländer, der versucht hatte, mir Gewalt anzutun, wurde als der Schuldige angesehen, sondern ich, der Matrose, mit dem jedermann verfahren konnte, wie er wollte. Da wir uns fernab der englischen Gerichtsbarkeit befanden und es unmöglich war, mich der Polizei zu übergeben, beschloss der Kapitän, kraft seines Amtes selbst ein Urteil über mich zu fällen. Da der Engländer zwar Verbrennungen erlitten hatte, aber nicht lebensgefährlich verletzt worden war, sollte ich meine Schuld mit zwanzig Peitschenhieben büßen.

Als mir das Urteil verkündet wurde, war ich den Tränen nahe. Auf allen Schiffen war es hin und wieder passiert, dass ein Matrose die Knute zu spüren bekommen hatte. Je niedriger der Rang eines Seemanns, desto eher tanzte die Peitsche auf seinem Rücken. Doch wie sollte ich zwanzig Peitschenhiebe aushalten?

Lillian ließ das Buch sinken. Ihr Großvater war ausgepeitscht worden? Eigentlich klang das zu unglaublich, um wahr zu sein, aber wenn sie ein wenig nachdachte, fiel ihr auf, dass sie nie den blanken Rücken ihres Großvaters gesehen hatte. Die Totenwäsche hatten Frauen aus der Stadt erledigt. Sie selbst hatte ihn, wie es schicklich war, nur angekleidet oder vielleicht einmal im Nachthemd zu Gesicht bekommen.

War die Erinnerung an seine Bestrafung schuld daran gewesen, dass er nicht über seine Zeit hier sprechen wollte? Und dass manchmal ein dunkler Schatten auf seinem Gesicht erschienen war?

Da es inzwischen zu dunkel war, um ohne Licht zu lesen, entzündete sie eine Petroleumlampe und setzte dann ihre Lektüre fort.

Das Urteil wurde im Busch vollstreckt, fernab vom Schiff. Mein einziger Trost war, dass mein Angreifer wegen seiner Wunden der Bestrafung nicht beiwohnen konnte. Die Peitschenhiebe waren wohl das Schlimmste, was ich in meinem ganzen Leben erlebt habe, abgesehen von dem Schmerz, den der Verlust eines geliebten Menschen mit sich bringt. Als der Bootsmann fertig war, hing ich mehr tot als lebendig in den Seilen, nachdem man zwischendurch immer wieder dafür gesorgt hatte, dass ich aus meiner Ohnmacht erwachte, sobald ich das Bewusstsein verlor.

»Lasst ihn hier«, hörte ich den Bootsmann sagen, der nicht gerade für seine milde Seele bekannt war. Ohne Widerspruch folgten ihm seine Begleiter, und um mich herum wurde es schwarz.

Ich weiß nicht mehr viel von der Zeit, die ich krank, dem Tode nahe, in der Behausung des fremden Mannes verbrachte. Allmählich ging mir auf, dass es sich um einen Medizinmann handeln musste, der in diesen Breiten tohunga *genannt wird. Ungeachtet meiner Anwesenheit gingen die Dorfbewohner bei ihm ein und aus, holten sich Ratschläge und Kräuter ab. Vergeblich bemühte ich mich, die Sprache zu verstehen. Mochte man bei den europäischen Sprachen noch das Glück haben, gewisse Wörter ableiten zu können, hier war das vollkommen unmöglich. Entweder rollten die Laute sanft wie die Brandung an den Strand oder sie klangen hart wie Donnerhall. Des Öfteren habe ich geglaubt, dass sich die Dorfbewohner streiten würden, doch dann habe ich an ihren Gesichtern erkannt, dass dem nicht so war.*

»Ich möchte deine Sprache sprechen«, eröffnete ich dem tohunga, *als er nach einer Wanderung mit einer Tasche voller Kräuter zurückkehrte. Mittlerweile ging es mir schon etwas besser, und ich verging vor Langeweile auf meinem Lager. Außerdem brannten die Narben unter meinem Schweiß, und ich konnte es kaum erwarten, etwas zu tun zu bekommen.*

Verwundert blickte er mich an, lehnte aber weder ab noch sagte er zu. »Du willst hier bleiben?«

Ich spürte, wie mir das Blut in die Wangen schoss. Natürlich wollte ich nicht bleiben, nicht für immer, auch wenn man mich hier allseits freundlich behandelte. Doch welche Möglichkeiten hatte ich schon, von hier fortzukommen?

Nur wenige Schiffe liefen Neuseeland an, und selbst nach Australien konnte man von hier aus mit einem einfachen Boot nicht gelangen. Ich musste den Tatsachen ins Auge sehen – wenn mich das Glück endgültig verlassen hatte, musste ich für den Rest meines Lebens hier bleiben und würde meine Heimat und meine Eltern nie wiedersehen. Ein Schauer überlief mich plötzlich. Was, wenn meine bösartigen Kameraden die Nachricht nach Hause bringen würden, dass ich in dem fremden Land umgekommen war? Oder wenn sie verbreiteten, welches Verbrechen ich angeblich begangen hatte?

»Dir nicht gut?«, durchbrach die Stimme des Heilers meine unheilvollen Gedanken. »Du hinlegen, ich mache rongoa.«

Wieder so ein Wort, das ich nicht kannte! Doch da meine wirbelnden Gedanken mir auch körperliches Unwohlsein verschafften, kam ich seiner Aufforderung nach und legte mich zurück auf die schweißfeuchte Decke.

»Ich dir beibringen unsere Sprache«, vernahm ich die Stimme des Heilers. »Wenn du kräftiger geworden.«

Obwohl mich die Aussicht, für immer hierbleiben zu müssen, erschreckte, war ich doch gespannt darauf, diese seltsame Sprache erklärt zu bekommen. Doch wie würden mich die Leute aufnehmen? Noch war ich krank, und es entsprach sicher ihrer Gastfreundschaft, einem Menschen in Not zu helfen. Doch wenn ich für immer hier bleiben wollte, würde das vielleicht anders aussehen.

In den folgenden Tagen drehten sich meine Gedanken ausschließlich um meine Gefangenschaft auf dieser Insel. Mein Zustand verschlechterte sich wieder, und das Fieber kehrte zurück. Der Heiler nahm seine Gesänge wieder auf, Tag und Nacht hockte er an meinem Bett und flößte mir zwischendurch eine bittere Brühe ein, rongoa, *was nichts anderes bedeutete als Medizin. Besser wurde es dadurch nicht. Ich däm-*

merte vor mich hin, aß nichts und trank nur, wenn man mich dazu zwang. Meine Narben brannten, obwohl der Heiler meinte, dass sie gut verheilten. Wahrscheinlich wäre ich in den kommenden Tagen gestorben, hätte der Heiler nicht erkannt, was der wahre Grund für meine Schwäche, meine Niedergeschlagenheit war.

»Dunkle Wolke liegt auf Geist.« Er tippte sich an die Schläfe. »Wenn wir nicht vertreiben, du sterben.«

In diesem Augenblick war es mir tatsächlich egal, ob ich lebte oder starb. War ich vor einigen Jahren noch aus meinem Elternhaus geflohen, weil ich das Gefühl hatte, darin zu ersticken, so sehnte ich mich jetzt fast schon schmerzlich dorthin zurück. Wäre es denn wirklich so schlimm gewesen, Recht zu studieren? Meinen Eltern auf ihre alten Tage ein gesichertes Auskommen zu verschaffen? Stattdessen war ich fortgelaufen und bekam nun meine Strafe dafür. Ewige Haft in einem fremden Land und Eltern, die glaubten, dass ihr einziger Sohn tot sei.

»Du willst sterben?«, fragte mich der Heiler unverhohlen.

Obwohl mein Geist diese Frage nur allzu freudig bejaht hätte, meldete sich mein Herz durch meinen Mund zu Wort.

»Nein, ich will nicht sterben!«

»Dann wir vertreiben Wolke.«

Der Heiler trat neben mich, und ehe ich mich's versah, hievte er mich mit unerwarteter Kraft in die Höhe.

»Was soll das?«, fragte ich, und beinahe fürchtete ich schon, er würde mich aus seiner Hütte werfen. Doch nachdem er mich halbwegs auf meine zittrigen Beine gestellt hatte, warf er mir eine Decke über und antwortete: »Ich bringe dich zu heiligem Ort. Dort papa und rangi dich sehen und helfen.«

Ich hatte es aufgegeben, mich über die seltsamen Bezeichnungen zu wundern, und in diesem Augenblick steckte auch nicht mehr genug Lebenswille in mir, um nachzufragen, wer *papa und* rangi *waren. Meinetwegen hätten es Dämonen aus den finstersten Tiefen der Hölle sein können, die mich zerfleischen und endlich erlösen würden.*

Auf wackligen Beinen, gestützt auf den jungen Heiler, trat ich schließlich vor die Hütte – und in diesem Augenblick geschah etwas Seltsames mit mir. Ich sah in dem Dorf nicht mehr irgendein verlassenes Rattennest, sondern einen Ort, der meiner Vorstellung vom Paradies verdammt nahe kam. Einige Dorfbewohner hatte ich ja bereits kennengelernt, doch in der Umgebung ihrer mit wunderschönen Schnitzereien versehenen Hütten wirkten sie wie Menschen im Garten Eden. Die Männer trugen nur einen Lendenschurz, dafür war ihre Haut mit wunderbaren Zeichnungen bedeckt; einige von ihnen trugen Federn und Perlen im Haar. Die Frauen hüllten sich in bunte Tücher, die auf raffinierte Weise um ihre Körper geschlungen waren. Einige jüngere Frauen trugen Blumen im Haar, beinahe ausnahmslos wallten ihre Haare lang und lockig über ihre Schultern. Kaum jemand blickte mich nicht an; so elend, wie ich aussah, wunderten sie sich vielleicht, dass ich überhaupt noch imstande war zu gehen.

Der Heiler sagte etwas zu ihnen; wahrscheinlich erklärte er ihnen jetzt, wohin wir gingen – ganz bestimmt sagte er ihnen nicht, dass sie wegschauen sollten, denn das taten sie nicht. Ihre Blicke verfolgten uns bis ins Dorf hinaus, und ich meinte, sie sogar dann noch zu spüren, als sich hinter uns der Busch wieder schloss.

»Was hast du deinen Leuten gesagt?«, fragte ich den Heiler, während wir an riesigen Farnen vorbeigingen. Über uns riefen die Vögel ihre fremden Laute, durch den Nebel unsichtbar in den Baumkronen, und noch andere Rufe hallten über unsere Köpfe hinweg.

»Ich sagte, ich dich bringen zu heiligem Ort, wo ich ver-

treiben werde Geister, die machen deine Seele schwarz. Wenn gelingt, dann bringe ich dir unsere Sprache bei.«

»Woher kannst du eigentlich so gut Englisch?«, fragte ich weiter, denn der Klang meiner eigenen Stimme hatte irgendwie etwas Beruhigendes an sich inmitten all der fremden Geräusche, die mir beim ersten Mal, als man mich durch den Busch geführt hatte, gar nicht aufgefallen waren.

»Habe es gelernt in Mission. Nicht weit von hier pakeha mit seltsamen Kleidern, die reden von ihrem Gott. Sie mir bringen bei Sprache, aber ich niemals aufgebe papa und rangi.« So ehrfürchtig, wie er beim Sprechen gen Himmel und Erde deutete, vermutete ich, dass es sich um Götter handelte. Götter, die die Missionare sicher als Dämonen bezeichneten.

Auf einmal schoss mir etwas durch den Sinn: Wenn es hier Missionare gab, wäre es wohl doch nicht ganz aussichtslos, nach Hause zu kommen. Immerhin würden sie Berichte an ihre Heimat schicken, und die mussten verschifft werden!

Ein freudiges Kribbeln tobte in meinem Bauch, beinahe war ich versucht zu sagen, dass wir nicht mehr zum heiligen Ort zu gehen brauchten, denn nun hatte ich den Strohhalm, an den ich mich klammern konnte, um mich aus dem Dunkel zu ziehen.

Doch der Heiler hätte gewiss nicht kehrtgemacht, ohne sicherzugehen, dass ich meine Dämonen los war.

Nachdem wir noch eine Weile durch den Busch gelaufen waren – ich mit deutlich erstarkten Gliedern, denn die Hoffnung ließ mich alle Schwäche vergessen –, erreichten wir eine felsige Anhöhe, die frei von Bäumen einen herrlichen Ausblick auf die Landschaft bot. Die Steine, die aus dem Boden ragten, wirkten wie zufällig dorthin geworfen, doch als ich näher trat, sah ich, dass sie von Menschenhand zu einer Art Kreis arrangiert worden waren – und das wohl schon vor langer Zeit, wie der Moosbewuchs verriet.

Der Heiler, von dem mir auffiel, dass ich seinen Namen noch immer nicht kannte, bugsierte mich in die Mitte des Kreises auf eine Steinplatte, in die wellenförmige Muster eingeritzt waren.

Der Gedanke, dass hier vielleicht einmal Menschenopfer dargebracht worden waren, durchzuckte mich so jäh, dass ich unwillkürlich einen Schritt nach hinten machte.

»Du musst stehen bleiben«, bedeutete der Heiler mir und zeigte auf die Platte. »An diesem Ort viel mana. Papa *und* rangi *werden dich hier sehen.«*

In diesem Augenblick glaubte ich fest daran, dass ein Blitz niedergehen und mich zu Asche verbrennen würde. Doch dann hob der tohunga *zu seinem Gesang an und zauberte schließlich ein seltsames Instrument hervor, das wie eine dicke Flöte wirkte und am unteren Ende eine riesige Muschel trug.*

Die Melodie, die er daraus hervorzauberte, wirkte im ersten Moment auf mich wie der Schrei eines wilden Tieres, doch dann erkannte ich eine Melodie, die hoch über den Platz getragen wurde. Verzaubert schloss ich die Augen.

Vielleicht wohnte dem Stein unter meinen Füßen doch eine Art Magie inne, vielleicht fand das alles auch nur in meinem Kopf statt, vielleicht war es auch eine Mischung aus beidem – aber auf einmal fühlte ich mich, als würde ich vom Boden abheben und weit über den Baumwipfeln schweben. Ich hätte die Augen öffnen können, um mich zu vergewissern, dass dem nicht so war, doch das wollte ich nicht. Ich ließ mich von der Melodie tragen und nahm auf einmal alles um mich herum stärker wahr. Das Streicheln des Windes, die Gerüche des Waldes und der Pflanzen auf dem Platz, ja, sogar die Steine meinte ich zu riechen! Als die Melodie plötzlich aufhörte, war es, als würde ich aus großer Höhe abstürzen. Panisch keuchend riss ich die Augen auf und bemerkte, dass ich weder fiel noch sonst etwas nicht in Ordnung war. Ich stand noch immer auf der Steinplatte. Der Heiler hatte sich ebenfalls nicht vom Fleck gerührt. Die seltsame Flöte hielt er in der Hand.

»Was du hast gefühlt?«, fragte er mich. Sicher wollte er wissen, ob die bösen Geister aus mir ausgefahren waren.

»Ich kam mir vor, als würde ich fliegen«, antwortete ich, in der Hoffnung, dass ihm das genügen würde. »Dieses Instrument da ist unglaublich!«

Der Heiler lächelte schmal. »Du hast gehört Stimme von Göttern. Jetzt wir sehen, ob Geister fort sind.«

Ich hätte damit gerechnet, dass er noch irgendein Ritual abhalten oder mir noch einen Trank einflößen würde. Doch er ging mit leicht gesenktem Kopf an mir vorbei.

Ich blickte ihm verwirrt nach, dann wandte ich mich um und sah hinunter zu den Bäumen, die unterhalb des Felsvorsprunges ihre Kronen gen Himmel reckten. Beinahe wirkten sie wie eine grüne Matte, die denjenigen, der von dem Felsen sprang, auffangen würde.

Vielleicht waren die Geister wirklich aus mir ausgefahren, vielleicht hatte das Lied auch meine Sinne verändert. Auf jeden Fall kam mir der Himmel auf einmal so blau vor wie nie, und auch das wieder einsetzende Vogelgezwitscher klang wesentlich schöner in meinen Ohren. Mein Herz fühlte sich frei, und in diesem Augenblick wollte ich mir einfach nicht eingestehen, dass die Nachricht von der Mission in der Nähe doch größeren Anteil an der Verbesserung meines Zustandes hatte als das Lied des Heilers.

Schließlich machten wir uns wieder auf den Rückweg. Mittlerweile hatte sich auch der Nebel in den Bäumen ein wenig aufgelöst, sodass ich hin und wieder buntes Gefieder zwischen den dicht belaubten Ästen ausmachen konnte.

»Ich habe dich bisher noch gar nicht gefragt, wie dein

Name lautet«, sagte ich, nachdem wir eine Weile schweigend nebeneinander gegangen waren.

»Aperahama«, antwortete mein Begleiter lächelnd. »Und du heißt bei den pakeha *George.«*

Als ich verblüfft die Augenbrauen hob, erklärte er: »Ich habe gehört, wie dich pakeha *gerufen. Kein guter Name für Maori; wenn du bleibst, wir geben dir einen neuen.«*

Ich wusste nicht, warum, doch auf einmal kam es mir gar nicht mehr schlimm vor, eine Weile hier zu bleiben. Aperahama hatte alles getan, um mich wieder gesund zu machen. Das konnte ich von den Weißen auf meinem Schiff nicht gerade sagen.

»Und welchen Namen würdet ihr mir geben?«

»Das muss sich erst noch zeigen an dem, was du kannst und tust. Wenn du geboren wirst als Maori, dein Vater sagt Name für dich. Wenn du später Maori wirst, deine Taten sagen Name für dich.«

In dem Augenblick überlegte ich, welchen Namen ich wohl verdient hätte. Vielleicht gab es eine Maori-Bezeichnung für »Seemann«? Doch wollte ich das wieder sein? Oder eher etwas anderes?

Als wir ins Dorf zurückkehrten, wandten die Leute neugierig die Köpfe. Aperahama nickte einigen von ihnen zu, erklärte allerdings nichts. Das brauchte er auch nicht, denn obwohl ich noch immer die Decke auf den Schultern trug, war ich nicht länger das wandelnde Elend, sondern folgte dem Heiler einigermaßen aufrecht, was nur hieß, dass seine Behandlung erfolgreich gewesen war.

Da Aperahama der Meinung war, es würde gut für mich sein, die Kräfte papas *und* rangis *zu spüren, kehrte ich in regelmäßigen Abständen an diesen Ort zurück. Mittlerweile hatte ich von dem Heiler erfahren, dass es sich bei* papa *und* rangi *nicht um Dämonen handelte, sondern um die obersten Gottheiten, wobei* papa *die Mutter Erde und* rangi *den Vater Himmel verkörperte.*

Natürlich brannte mein Geist noch immer darauf, zur Mission zu gehen und heimzukehren, doch irgendetwas an diesem Felsen mit seinem bemoosten Steinkreis und der herrlichen Aussicht brachte mich dazu, meine Abreisepläne nach hinten zu verschieben. Was würde es schon ausmachen, wenn ich einen, zwei oder drei Monate hier bliebe? Da mein Verstand wieder klar und die körperlichen Beschwerden beinahe verschwunden waren, erinnerte ich mich wieder an mein Anliegen, selbst Forscher zu werden. Was könnte ich den Leuten in meiner Heimat alles über die Eingeborenen hier erzählen!

Schreibzeug hatte ich freilich nicht, doch ich nahm so viel wie möglich in meinen Verstand auf.

In einer dieser Nächte schlich ich mich aus der Hütte des Heilers. Bei Tag meinte ich schon alles gesehen zu haben, also wollte ich feststellen, welche Geheimnisse der nächtliche Wald und der Sternenhimmel boten, den ich seit meiner Zeit auf dem Schiff nicht mehr bewusst betrachtet hatte.

Als ich vor die Hütte trat, schien auf den ersten Blick alles ruhig zu sein. In den Hütten waren die Feuerstellen verloschen, und auch sonst gab es nirgendwo mehr ein Licht außer den Mond am Himmel, der sich mit weißen Nebeln verschleierte wie eine Haremsdame im Orient. Doch kaum näherte ich mich dem Dorfrand, hörte ich sie: Nachtjäger. Die Luft war erfüllt von leisem Rascheln und Raunen, hin und wieder ertönte ein Fiepen oder ein leiser Ruf. Das Tappen kleiner Füße hallte über den Boden und das Laub raschelte, sobald sie es berührten.

Fast bereute ich es, keine Lampe mitgenommen zu haben, doch da mich die Nacht so vollkommen umfangen hatte, wollte ich den Zauber nicht zerstören, indem ich umkehrte. Nach einer Weile gewöhnten sich meine Augen, und mein Gehörsinn schärfte sich weiter. Auf einem mondbeschienenen Stamm entdeckte ich eine Art Fledermaus mit verkrüppelten Flügeln, an denen sie sich auf der Rinde emporzog. Zunächst hielt ich es für eine bedauerliche Laune der Natur, doch dann sah ich ein zweites Tier, das genauso aussah. Offenbar hatten die Fledermäuse hier wirklich keine richtigen Flügel. Aber warum? Hatte sich jemand diese Frage schon einmal gestellt? Waren diese seltsamen Fledermäuse schon von einem Naturkundigen erforscht worden?

Ich würde viel zu berichten haben, wenn ich nach Hause zurückkehrte. Während der Überfahrt wollte ich alles aufschreiben, was ich hier gesehen und gehört hatte.

Nachdem ich mich eine Weile halb blind zwischen Farnen, Buschwerk und Bäumen hindurchgetastet hatte, glaubte ich schon fast, dass ich mich rettungslos verlaufen hätte und erst am Morgen wieder zum Dorf zurückkehren könnte. Doch da riss der Vorhang des Waldes auf und zeigte mir, dass ich instinktiv denselben Weg gewählt hatte, den ich auch am helllichten Tag seit einiger Zeit einschlug.

Der Zauber der Lichtung – des heiligen Ortes der Maori – war zu Nachtzeiten anders, aber nicht weniger reizvoll. Die zu einem Kreis angeordneten Steine wirkten wie eine Schar geisterhafter Gnome, die sich um den Mittelstein scharten, dessen Muster durch das grelle Mondlicht und die harten Schatten noch deutlicher hervorzutreten schien. Nach kurzem Zögern stellte ich mich auf diesen Stein, breitete die Arme aus und atmete tief ein. Ich erwartete nicht, das gleiche Schwebegefühl zu erleben wie mit Aperahamas Musik, doch als ich zum Himmel aufsah, das Kreuz des Südens erblickte und die vielen Sterne, aus denen die Milchstraße gewoben war, glaubte ich wirklich, einen göttlichen Zauber zu erleben.

Den Zauber der Sterne. So oft hatte ich sie vom Deck eines Schiffes aus gesehen, doch niemals so wie in dieser Nacht.

An diesem Ort brauchte ich nicht zu fürchten, von einer Wache entdeckt und verjagt zu werden. Und ich war sicher vor den Zudringlichkeiten des Engländers. Ich konnte jeden einzelnen Stern aus dem Dunkel hervortreten sehen, ich entdeckte die Krater auf dem hellen Gesicht des Mondes und wusste plötzlich: Wenn es etwas gab, das ich erforschen wollte, dann das Glitzern und Leuchten über mir. Die Welt der Sterne.

Ich weiß nicht, wie lange ich dort gestanden habe, den Kopf in den Nacken gelegt, die Schmerzen ignorierend, die diese unbequeme Haltung mir verursachte. Die Nacht zog allmählich vorüber und wurde von strahlendem Morgenrot abgelöst, das rasch den Himmel färbte. Während die Nachtjäger jetzt in ihre Verstecke zurückkehrten, erwachten die Tagsänger und zogen mich mit ihren Rufen in den Busch zurück. Als ich schließlich beim Dorf ankam, erwartete mich Aperahama vor seiner Hütte. Sein Lächeln war so breit wie ein perfekter Halbmond.

»Ich habe mir nur die Sterne angesehen«, erklärte ich, worauf er nickte und dann ins Innere der Hütte deutete. Doch ich wollte mich jetzt nicht schlafen legen. Meine Gliedmaßen strotzten nur so vor Energie; wenn es nach mir gegangen wäre, hätte ich wohl mehr als hundert Mal um das Dorf herumlaufen können, ohne zu ermüden. Also zog ich mich nur deshalb in die Hütte zurück, um die Bilder, die ich in der vergangenen Nacht gesehen hatte, zu einer Karte zu formen, auf der ich mich mühelos durch die Welt der Sterne bewegen konnte.

Als ich zwei Tage später wieder zu dem Ort ging, kam es zu einer denkwürdigen Begegnung. Wie immer saß ich in der Mitte des Steinkreises und lauschte dem Gesang des Windes und der fernen Bäume, als hinter mir plötzlich etwas raschelte. In der Annahme, dass es ein Tier sei, das sich hierher verirrt hatte, wandte ich mich um und sah direkt in die goldenen Augen einer jungen Frau. Ihr langes schwarzes Haar wehte frei im Wind, der ihr das Gewand an den Leib drückte. Mit ungläubigem Blick musterte sie mich, und ich dachte fast schon, dass sie kehrtmachen und davonlaufen würde. Doch dann trat ein schüchternes Lächeln auf ihre Lippen, das schönste, das ich je bei einem Menschen gesehen hatte. Ich fragte mich, was sie hier zu suchen hatte. Wollte sie ihre Götter um etwas bitten? Oder war sie mir gar gefolgt? Während meiner Streifzüge durch das Dorf und die Umgebung waren mir des Öfteren Mädchen aufgefallen, die mich beobachtet hatten. Ja, wenn ich genau darüber nachdachte, glaubte ich, das Mädchen bereits gesehen zu haben, und das vor nicht allzu langer Zeit.

Die Tochter des Häuptlings! Sie war ein paar Mal zum Heiler gekommen und hatte ihn um Kräuter gebeten. Ich hatte damals zu viel mit mir selbst und meiner Verzweiflung zu tun gehabt, um sie wirklich zu beachten, aber jetzt fiel mir alles wieder ein.

»Haere mai«, sagte ich etwas unbeholfen auf Maori. Dies waren die ersten Worte gewesen, die der Heiler mir beigebracht hatte.

Das Mädchen jedoch erwiderte nichts. Es sah mich nur mit großen Augen an, was mir nach einer Weile ein wenig unangenehm wurde, denn ich fühlte mich, als würden sie jeden meiner Makel sehen. Damals hatte ich noch keine Ahnung, warum es mir auf einmal wichtig war, ohne Fehl und Tadel vor ihr zu erscheinen. Ich senkte beschämt den Blick und wünschte mir, noch mehr Maori-Wörter zu beherrschen, Wörter, mit denen ich mich aus meiner Verlegenheit hätte manövrieren können. Doch mir blieb nur Schweigen, ebenso wie ihr.

Erst nach einer ganzen Weile, in der ich angestrengt auf den Boden gestarrt hatte, vernahm ich wieder ein Rascheln. Als ich aufblickte, war sie verschwunden. Wie hatte sie es nur so schnell tun können?

Obwohl es sicher nicht schicklich war, einem Maori-Mädchen nachzulaufen, erhob ich mich und tauchte ebenfalls ins Buschwerk ein. Doch finden konnte ich sie nirgends. Irgendwo flatterte eine Schar Tauben auf, was mich vermuten ließ, dass sie in diese Richtung gelaufen war. Doch als ich dort ankam, fand ich nichts weiter als ein paar Federn, die die Tauben beim Aufflattern verloren hatten.

Ein wenig niedergeschlagen kehrte ich schließlich ins Dorf zurück. Aperahama fiel die Verdunklung meiner Stimmung sofort auf. »Was ist mit dir?«, fragte er, während er ein gelbes Pulver in einem Mörser zerstieß. »Dir etwas geschehen?«

Ich schüttelte den Kopf. »Nein, jedenfalls nichts Schlimmes.« Ich rang eine ganze Weile mit mir, ob ich ihm von der Begegnung erzählen sollte. Vielleicht würde das Mädchen Ärger bekommen, wenn der Heiler von dem Zusammentreffen erfuhr. Ich beschloss also zu schweigen.

Von nun an wartete ich regelrecht darauf, dass das Mädchen wieder an dem Steinkreis auftauchte. Ich rechnete mir keine besonders großen Chancen aus, doch vielleicht würden die Götter ein Einsehen mit mir haben und sie wieder zu mir führen. Während ich meinen Blick über die Landschaft schweifen ließ, achtete ich auf jedes Geräusch hinter mir. Bei jedem Knacken wirbelte ich herum, meist nur, um enttäuscht festzustellen, dass es nicht sie war, sondern irgendein Vogel, der sich an diese Stelle verirrt hatte.

Eines Tages wollte ich schon wieder ins Dorf zurückkehren, als sie plötzlich vor mir stand – so, als hätte sie geahnt, dass ich kurz davor war, aufzugeben.

Während in mir der leise Verdacht aufkeimte, dass sie mich die ganze Zeit über beobachtet hatte, lächelte ich ihr zu, sagte diesmal aber nichts. Sie erwiderte mein Lächeln, machte aber ebenfalls keinen Versuch, etwas zu sagen. Schweigend standen wir uns gegenüber, lächelten noch eine Weile, dann wurde unser Blick ernst. Schließlich machte sie kehrt und verschwand ohne ein Lachen oder sonst einen Ton im Gebüsch. Nicht einmal ihre Schritte waren zu hören, ganz wie bei einem Geist. Ich glaube nicht an Geister, doch in diesem Augenblick war ich mir nicht sicher.

Auch am nächsten Tag und den folgenden trafen wir uns wieder dort. Obwohl ich liebend gern mit ihr ein paar Worte gewechselt hätte, freute ich mich schon am Morgen auf unser stummes Zusammentreffen.

Allerdings konnte ich schon bald nicht mehr so viel freie Zeit genießen wie früher. Meine Wunden waren verheilt, und mein Gewissen befahl mir, mich nützlich zu machen. Ich half also Aperahama, so gut es ging, und versuchte auch, mich an anderen Stellen nützlich zu machen. Je mehr Wörter mir der Heiler beibrachte, desto besser konnte ich mich mit den Männern im Dorf verständigen und Missverständnisse vermeiden.

Und so kam eines Tages der Baumeister des Stammes zu Aperahamas Hütte, um ihn zu bitten, mich ausleihen zu dürfen, ganz so, als sei ich das Eigentum des Heilers. Vielleicht war ich das auch wirklich; indem er mir das Leben gerettet hatte, stand ich in seiner Schuld. Allerdings ließ er mich das niemals spüren.

Mit Freuden akzeptierte ich das Angebot, immer mit dem Gedanken im Hinterkopf, dass meine Taten den Namen bestimmen würden, den mir die Maori geben würden. Ich wusste nicht, was das Wort für Baumeister war, doch so genannt zu werden, schien mir erstrebenswert.

Ich folgte also dem Baumeister zu der Baustelle, wo er mich damit betraute, Holzbalken, die später von den Schnitzern bearbeitet werden würden, mit einer Art riesigem Schälmesser von der Rinde zu befreien. Die Arbeit war hart, aber da ich dergleichen von meiner Zeit als Seemann gewöhnt war, scheute ich sie nicht, und nach einer Weile machte sie mir auch Spaß. Nicht nur, weil einmal am Tag Frauen erschienen, die uns etwas zu essen brachten. Doch genau das sollte mein Leben in den kommenden Wochen noch einmal grundlegend verändern.

Schon am ersten Tag fiel ich aus allen Wolken, als ich sah, wer sich unter den Mädchen befand, die uns die Speisen brachten. Auch wenn ihre Kameradinnen ebenfalls sehr hübsch waren, stach sie durch ihre Schönheit hervor wie eine Lilie aus grünem Gras. Sie zu betrachten hätte mich beinahe ein paar Finger gekostet, denn die Eisen, mit denen ich das Holz bearbeiten musste, waren sehr scharf. Als sie dann auch noch meinen Blick erwiderte und lächelte, war es um mich geschehen. Auch wenn es unmöglich schien: Ich wusste, dass ich kein anderes Mädchen zur Braut wollte als sie.

Weiterhin trafen wir uns beinahe täglich bei dem Steinkreis, und glücklicherweise entschloss sie sich, von nun an keine Distanz mehr zu wahren. Mit einer Forschheit, die ich bei einem so zarten Geschöpf wie ihr nicht erwartet hätte, trat sie auf mich zu und nahm meine Hand.

Nur knapp konnte ich mich auf den Beinen halten, und wahrscheinlich blamierte ich mich bis auf die Knochen, indem ich panisch gegen die sich anschleichende Ohnmacht anatmete. Wie lange hatte ich von diesem Augenblick geträumt?

Aus unseren ersten Annäherungsversuchen wurde schließlich tiefe Zuneigung und Liebe, zunächst im Geheimen, denn Ahani, so lautete ihr Name, war bereits einem Mann aus einem anderen Dorf versprochen. Wie ich erfahren sollte, wurden auch bei den Maori politische Bündnisse durch Heiraten geschlossen.

Das machte mich so krank, dass Aperahama zu erfahren verlangte, was mit mir los sei und ob ich wieder von den dunklen Dämonen besessen sei.

»Nein«, antwortete ich, »ich bin von ganz anderen Geistern besessen, die sicher nicht einmal du vertreiben kannst.«

Der Heiler musterte mich eindringlich, dann schüttelte er den Kopf. Offenbar wusste er, welcher Dämon – oder vielmehr Engel – mich plagte.

»Schlag dir Mädchen aus dem Kopf, sie nichts für dich!«, brummte er und ging wieder an die Arbeit.

Doch das war leichter gesagt als getan, denn selbst wenn ich gewollt hätte, hätte ich ihr Bild nicht aus meiner Seele verbannen können.

Damit ging ich dem armen Heiler wohl dermaßen auf die Nerven, dass er schließlich einlenkte und versprach, ein gutes Wort für mich einzulegen, sollte ich es wirklich wagen wollen, um die Hand der Häuptlingstochter anzuhalten.

Wahrscheinlich hatte er nicht geglaubt, dass ich dergleichen je tun würde, doch ich nahm eines Tages allen Mut zusammen, bereitete mich innerlich auf eine ordentliche Tracht Prügel vor und erschien vor dem ariki.

Der reagierte auf meine Bitte zunächst mit ungezügeltem Gelächter: Wie konnte es der kleine pakeha *wagen, seine Tochter freien zu wollen?*

Doch als er erkannte, dass ich es ernst meinte, verfinsterte sich seine Miene. Auch dieser hielt ich stand, doch den Kriegern, die mich aus seiner Hütte schleppten, hatte ich nicht viel entgegenzusetzen. Dennoch brachte mich dieser erste Fehlschlag nicht von meinem Vorhaben ab, denn ich sah, wie meine geliebte Ahani unter der Verlobung mit einem völlig unbekannten Häuptlingssohn litt.

»*Du verrückt*«, meinte Aperahama, als ich ihm von meinem kühnen Unternehmen erzählte. »*Man marschiert nicht einfach in die Hütte des* ariki *und hält um die Hand der Tochter an!*«

Doch da ich nicht lockerließ, meinte er: »*Vielleicht eine andere Lösung. Du musst* haka *bestehen. Dann denkt* ariki *vielleicht, du würdig.*«

In diesem Augenblick hätte ich wohl auch zugestimmt, mich in eine bewaldete Schlucht zu stürzen, um den ariki von meinen lauteren Absichten zu überzeugen.

»*Ich werde reden mit* ariki«, versprach mir Aperahama. »*Doch wenn er zustimmt, du kannst nicht zurück.*«

Vielleicht hätte ich fragen sollen, was der haka war ...

Auf jeden Fall erklärte sich der ariki einverstanden, wahrscheinlich auch aus Schadenfreude, denn so würde er sehen können, wie einem weißen Burschen das Herz in die Hosen rutschte.

»Haka *ist morgen Abend*«, erklärte der Heiler, als er zurückkehrte. »*Du solltest dich vorbereiten.*«

»*Und wie?*«, fragte ich. »*Was ist* haka *eigentlich?*«

Auch Aperahama schien nicht ohne Schadenfreude, denn der Schalk blitzte eindeutig in seinen Augen. »*Es ist Probe deines Mutes. Du darfst nicht zurückweichen, nie!*«

In der folgenden Nacht grübelte ich darüber nach, wie diese Mutprobe aussehen würde. Musste ich irgendwelche Kunststücke machen? Oder würde man mich zwingen, mit dem Speer in der Hand den Kampf mit einem wilden Tier zu bestehen? Als der Morgen heraufdämmerte und ich mit schweren Gliedern feststellte, dass ich kein bisschen Schlaf bekommen hatte, verfluchte ich den Heiler. Wie gut wäre es gewesen, wenn er mir hätte sagen können, worin diese Mutprobe bestand! Doch das durfte er nicht. Mein Mut sollte wirklich auf die Probe gestellt werden.

So fand ich mich zur Abendstunde am heiligen Ort ein. Die Krieger und ihr ariki *erwarteten mich bereits. Schon dachte ich, dass ich wirklich in die Schlucht springen müsste, als Aperahama vortrat und mir bedeutete, mich in die Mitte, auf den verzierten Stein zu stellen. Dann begann er mit einer Reihe von Ansprachen, die ich nur zur Hälfte verstand. Dem folgte, dass die Krieger mich umringten und mit einem merkwürdigen Tanz begannen, den sie mit melodisch gesprochenen Worten begleiteten. Viele davon verstand ich noch nicht, doch eine Wendung war mir bereits vertraut. »Ka mate!« – »Das ist der Tod!«*

Gut, vielleicht sollte es mein Tod sein. Auf einmal erschien mir jede Bewegung der Krieger bedrohlich. Sie beugten sich vor und zurück, schnitten Grimassen und streckten die Zunge heraus, dass es jeden unserer Geistlichen aus Angst vor dem Teufel in die Flucht geschlagen hätte. Sie zeigten ihre Narben und ihre Tätowierungen, kreisten mich immer weiter ein und führten ihren Singsang fort. Der ariki *rief* »Ka mate!«, *die Krieger antworteten ihm mit* »Ka ora!«

Mir rutschte das Herz tatsächlich in die Hosen, denn ich fürchtete, dass jeden Moment eine Hand vorschnellen und mich mit einem Messerstich töten würde. Am liebsten hätte ich die Augen geschlossen, doch galt das nicht als feige? Mit Mühe hielt ich sie offen, und schließlich gelang es mir, an sie zu denken, die es wert war, dass ich diese Furcht aushielt. Ich stellte mir Ahani vor, wie sie zum ersten Mal vor mir gestanden hatte. Ich stellte mir ihr Lächeln vor und das Blitzen ihrer Zähne.

Die bedrohlichen Krieger verschwanden dadurch nicht, doch mein Blick blieb starr wie eingefroren, sodass es durchaus mit Mut verwechselt werden konnte.

Wie lange der haka *ging, wusste ich nicht, doch es erschien mir endlos. Als sich die Krieger endlich zurückzogen und ich überrascht feststellte, dass ich keinen Dolch in den Rippen stecken hatte, hätte ich am liebsten erleichtert aufgeatmet. Doch auch das versagte ich mir. Musste der Mutige erleichtert sein?*

Als Aperahama zu mir trat und abschließend ein paar Formeln sprach, versuchte ich aus seinem Gesicht abzulesen, ob ich die Prüfung bestanden hatte. Wer hatte schon die Macht über alle Regungen seines Körpers? Doch der Heiler verzog keine Miene, auch nicht, als er sich zurückzog. Er bedeutete mir lediglich, mitzukommen, während die anderen Krieger ihrem Häuptling folgten.

Erst als wir in seiner Hütte angekommen waren, wagte ich es, nachzufragen. »Was meinst du, war der Häuptling zufrieden?«

»Wir werden sehen«, sagte er geheimnisvoll. »Du nicht zurückgewichen und auf deinem Gesicht keine Angst. Krieger werden nicht glauben, dass du feige bist.«

Mir sank der Mut. »Aber der ariki *glaubt auch nicht, dass ich für seine Tochter würdig bin.«*

Dazu sagte er nichts; offenbar gefiel es ihm, mich im Unklaren zu lassen.

Am späten Abend saß ich wieder an dem heiligen Ort und Ahani war bei mir. Weich schmiegte sich ihr Körper an mich; der Duft ihres Haares, das sie mit Blüten geschmückt hatte, ließ mich das seltsame Ritual vergessen. War ich jetzt ihrer würdig? Sie schien der Meinung zu sein, denn an diesem Abend, unter den Augen ihrer Götter, küsste sie mich zum ersten Mal. Wenn ich sie vielleicht auch nicht zur Frau nehmen könnte: Dieser Moment würde bleiben.

Was soll ich sagen, schließlich, und nicht zuletzt wegen des überstandenen haka *und auf gutes Zureden des* tohunga, *gab der Häuptling nach und erlaubte ihr, mich zu heiraten. Mich, einen* pakeha, *der sich allerdings wacker gehalten hatte, als es um den Bau eines Hauses ging. Nun wollte ich erst recht nicht mehr nach Deutschland zurück, und der Tag, an dem ich Ahani das erste Mal als meine Frau in den Armen hielt, war der schönste meines Lebens. Wie es sich für frisch Vermählte gehörte, verließen wir nur selten die Hütte. Wenn ich es doch tat, sah ich mich anzüglich lächelnden Mienen gegenüber: Egal, ob Mann oder Frau, sie alle meinten zu wissen, was wir in unserer Zweisamkeit taten.*

Das Resultat dieser Tage erhielt ich ein paar Wochen später, als Ahani mich bei der Hand nahm und zu dem heiligen Ort führte. Dort angekommen, küsste sie mich, legte meine Hände auf ihren Bauch und flüsterte mir dann ihr Geheimnis zu. Sie war schwanger!

Für einen Moment glaubte ich, dass ich so leicht wäre, dass jede Windbö mich in die Schlucht reißen würde. Ein Kind! Ich wurde Vater! Überglücklich zog ich meine Liebste in die Arme und war davon überzeugt, dass es nichts gab, was mein Leben jetzt zum Schlechten wenden könnte.

In den folgenden Monaten konnte ich erleben, wie Ahanis Bauch wuchs – und ihr Appetit. Als das Kind die ersten Bewegungen machte, nahm sie immer wieder meine Hand und legte sie auf ihren Bauch, damit ich spüren konnte, wie es gegen ihre Bauchdecke trat.

»Unser Sohn wird stark«, flüsterte sie mir zu. »Er wird ein großer Krieger!«

»Woher weißt du, dass es ein Sohn wird?«, fragte ich verwundert, denn ich kannte keine Frau auf der Welt, die das Geschlecht des Kindes mit Gewissheit vorhersagen konnte.

»Ich weiß es«, sagte sie lächelnd. »Außerdem hat der tohunga *es gesagt.«*

Dass sie bei Aperahama gewesen war, hatte ich nicht gewusst. Doch wenn er es sagte, dann musste es wohl stimmen.

Etwas mehr als neun Monate nach unserer Hochzeit be-

gannen zur Mittagsstunde eines sonnigen Tages die Wehen, und schon als ich den besorgten Blick der Frauen sah, wusste ich, dass es eine schwere Geburt werden würde. Aperahama hatte einen kräftigen Sohn prophezeit, und nach dem Leibumfang zu urteilen, den Ahani zuletzt gehabt hatte, schien er recht zu behalten.

Man schickte mich schließlich nach draußen, denn bei einer Geburt hatte ein nervöser Vater nichts zu tun. Vor der Hütte erwarteten mich bereits ein paar andere Männer, die mir ermutigend auf die Schulter klopften. Sie erzählten mir, dass bei ihren Frauen alles recht schnell gegangen sei, und so hoffte ich, dass auch mein Kind bald das Licht der Welt erblicken würde. Doch auch nach Stunden ertönte kein Schrei, nur Ahanis schmerzvolles Wimmern und Stöhnen.

Langsam begann ich mir Sorgen zu machen. Natürlich wusste ich, dass Geburten manchmal sehr lange dauern konnten, doch mein Gefühl sagte mir, dass etwas nicht stimmte. Es war so, als würde Ahanis Seele stumm nach mir rufen, mich um Hilfe bitten.

Irgendwann hielt ich es nicht mehr aus und ging zur Hütte. Auf dem Weg dorthin vernahm ich einen lauten Schrei, der mir das Blut in den Adern stocken ließ.

Ahani!

Für eine ganze Weile konnte ich mich nicht rühren. Mit angehaltenem Atem und geschlossenen Augen lauschte ich, doch außer dem Wind, der die Baumkronen zum Rauschen brachte, konnte ich nichts hören.

Ich öffnete die Augen erst wieder, als mich jemand am Arm berührte. Aperahama schien in den vergangenen Stunden um Jahre gealtert zu sein.

»Du hast einen Sohn«, sagte er, doch in seiner Stimme schwang keine Freude mit. Als mir klar wurde, warum, gefror mein Herz zu Eis.

»Ahani ist zu den Göttern gegangen«, sagte er leise. *»Du musst dich jetzt um deinen Sohn kümmern.«*

Doch dazu war ich nicht in der Lage. Ich weiß nicht, wie lange ich um meine geliebte Ahani weinte. Die Tage gingen fließend in die Nächte über, ohne dass ich etwas fühlte oder tun konnte. Ich wäre ihr am liebsten in den Tod gefolgt, doch das durfte ich wegen meines kleinen Sohnes nicht. Jedenfalls legte mir der Heiler das ständig ans Herz.

»Du solltest in deine Heimat gehen«, schlug Aperahama eines Tages vor. Kurz zuvor waren neue Siedler eingetroffen, die an der Küste eine Stadt errichten wollten. »Wenn sich die Engländer hier ausbreiten, werdet ihr nicht sicher sein.«

Hatte es mir vor etwas mehr als einem Jahr noch großen Schrecken bereitet, nie wieder von hier wegzukommen, erschreckte es mich nun mindestens ebenso sehr, hier wegzumüssen.

»Aber mein Sohn ... Hirini ... er ist einer von euch.«

»Und das wird er auch bleiben, selbst in der Ferne. Du bist sein Vater, niemand kann besser für ihn sorgen. Wenn du hier bleibst, wirst du vor Schmerz sterben.«

Damit hatte er recht. Alles hier erinnerte mich an Ahani, den heiligen Ort hatte ich seitdem nicht mehr aufgesucht, und manchmal ertappte ich mich dabei, wie ich darauf hoffte, dass sie in unsere Hütte treten und mir lachend erklären würde, dass alles nur ein schlimmer Traum gewesen sei.

»Hier«, sagte Aperahama, und legte mir den kleinen Jungen in die Arme, dessen Haut heller als die anderer Maori war, der aber dennoch unverkennbar die Züge seines Volkes trug. »In seinen Adern fließt auch das Blut von Ahani. Nimm ihn mit und mach aus ihm einen guten Krieger. Und versprich mir, dass du ihn eines Tages wieder hierher bringst, in das Dorf seiner Mutter.«

»Das verspreche ich«, sagte ich, seltsam getröstet durch den

Anblick des Kleinen, der seine sternförmigen Händchen nach mir ausstreckte.

Verwirrt hob Lillian den Kopf. Ihre Großmutter war also nicht ihre Großmutter Anna, sondern die Tochter eines Maori-Häuptlings. Und wenn ihr Großvater davon gesprochen hatte, dass er seit ihrer Großmutter keine Frau mehr geliebt hatte, so hieß das wohl, dass diese Liebe nicht seiner offiziellen Ehefrau gegolten hatte, sondern immer dem schönen Maori-Mädchen.

Lillian ließ das Büchlein sinken und blickte aus dem Zelteingang auf die Baustelle. Mittlerweile hatte die Nacht einen schützenden Mantel um die Ruine gelegt.

Die Sternwarte war nicht das Versprechen gewesen – *sie* war es. Sie war die Urenkelin eines Häuptlings, genauso wie Henare der Sohn eines Häuptlings war. Was er wohl dazu sagen würde, dass ihrer beider Wurzeln ein und derselbe Stamm waren?

Mit dem Büchlein in der Hand trat sie für einen Moment vors Zelt. Die Sterne verbargen sich heute hinter einem Wolkenschleier, der beleuchtet wurde von diffusem Mondlicht.

Lillian fragte sich, wo Henare war. Seit er sie in ihre Unterkunft gebracht hatte, hatte sie ihn nicht mehr zu Gesicht bekommen. War er in seinem Zelt?

Der Drang, die Geschichte ihres Großvaters weiterzulesen, war schließlich stärker, als nachzusehen, was Henare gerade tat. Noch einmal atmete sie tief die süße Nachtluft ein, dann zog sie sich wieder in ihr Zelt zurück.

Natürlich fielen meine Eltern aus allen Wolken, als ich wieder vor ihrer Haustür auftauchte – und dann noch mit einem Kind im Arm. Die Kunde, dass ich in Neuseeland verschollen sei, hatte sich herumgesprochen; nur meine Mutter hatte immer noch gehofft, dass ich irgendwann heimkehren würde.

Sie war es dann auch, die Verständnis zeigte und sich meine Geschichte anhörte, während mein Vater grollend in seinem Arbeitszimmer verschwand und sich nur noch zu den Mahlzeiten blicken ließ.

Doch eines Tages war ich es leid. Ja, ich hatte einen Fehler gemacht, und ich war bereit, dafür zu büßen. Nur durfte er mich nicht mehr mit Missachtung strafen. Am folgenden Tag, kurz nachdem er sich wieder einmal vor mir versteckt hatte, trat ich in seine Studierstube.

Er saß hinter seinem Schreibtisch, und als wüsste er, wer ihn beehrte, rührte er sich nicht.

Ich räusperte mich verlegen. »Vater?«

Er sah nicht auf, doch immerhin verharrte seine Hand über dem Papier, ohne weiterzuschreiben. Wahrscheinlich wollte er vermeiden, dass ein unbedachter Strich oder ein Klecks auf das Papier kam, doch ich war für dieses Innehalten dankbar, ließ es mich doch hoffen, dass ich wenigstens für einen Moment Gehör bei ihm fand.

»Vater, ich möchte dich um Verzeihung bitten für alles, was ich getan habe.« Meine Stimme klang so unsicher wie die des Jungen, der das Haus bei Nacht und Nebel verlassen hatte. Doch damals hätte ich mir die Fehler wahrscheinlich nicht eingestehen wollen. Und schon gar nicht hätte ich um Verzeihung gebeten! »Ich weiß, ich habe euch enttäuscht. Ich hätte niemals auf das Schiff gehen sollen. Aber ich muss sagen, dass mir eins in meinem Leben nicht leidtut, und das ist mein Sohn. Seine Mutter war meine Frau, und sie ist gestorben, als sie ihm das Leben geschenkt hat. Ich werde für ihn sorgen, wie es sich gehört, und wenn ich Tag und Nacht dafür arbeiten muss.«

Mein Vater ließ seine Hand sinken. Ein tiefer Seufzer entrang sich seiner Kehle, als er aufblickte.

»Deinem Kind mache ich keinen Vorwurf, und du sollst

wissen, dass wir es als Enkel annehmen werden. Ob ich dir allerdings jemals wieder vertrauen kann, weiß ich nicht.«

»Ich verstehe.« Ich räusperte mich und senkte verlegen den Kopf.

»Aber du bist mein Sohn, und ich werde dir Gelegenheit geben, deinen Fehler wiedergutzumachen. Du wirst auf die Universität gehen und in deiner freien Zeit in meinem Kontor arbeiten. Damit sollten wir deinen Ruf so weit wiederherstellen können, dass du ein akzeptabler Ehemann für eine der Bürgerstöchter in dieser Stadt bist.«

Und so fügte ich mich in mein bürgerliches Leben, gab meinem Sohn den Namen Jonas und lernte schließlich Anna kennen, die in den Augen meiner Eltern eine mustergültige Ehefrau für mich war. Es wäre gelogen, wenn ich behaupten würde, dass ich sie mit gleicher Leidenschaft wie meine Maori-Prinzessin geliebt hätte, doch sie wurde mir eine treue und liebevolle Gefährtin.

Die folgenden Jahre verliefen sehr ruhig. Anna und ich versuchten, ein gemeinsames Kind zu bekommen, doch vergeblich. In diesen Augenblicken war ich froh, den kleinen Jungen mitgenommen zu haben, denn für Anna war Jonas wie ein eigener Sohn, und er gedieh prächtig. Allerdings plagten mich des Öfteren Gewissensbisse. Hatte sein Stamm nicht auch ein Anrecht auf ihn? Sollte ich ihm sagen, woher er stammte?

Ich hatte das Versprechen gegeben, ihn zurückzubringen, wenn er alt genug war, aber würde ich ihn damit nicht überfallen, wenn ich es ihm erst im Erwachsenenalter sagte?

Doch dann sah ich wieder, mit welcher Liebe Anna ihn umgab und welche Liebe er ihr schenkte in dem Glauben, sie sei seine wirkliche Mutter. Ich befürchtete, dass dieses Band reißen würde, wenn die Wahrheit ans Licht kam, und so schwieg ich. Selbst dann noch, als Anna im Sterben lag und *aus dem Jungen ein Mann geworden war, der bereits eine eigene Familie gründete. Das Gewissen plagte mich immer stärker, und alte Geschichten von Maoriflüchen kamen mir in den Sinn, die jene erreichen sollten, die etwas aus dem Stamm gestohlen hatten. Gestohlen hatte ich meinen Sohn nicht, aber da war immer noch das Versprechen...*

Ich kam nicht mehr dazu, es ihm zu offenbaren. Ein furchtbares Unglück nahm mir meinen Jungen und seine Frau und ließ mir nur ein kleines Mädchen zurück, in dessen Augen seine Klugheit leuchtete und dessen Gesicht dem meiner geliebten Ahani glich. Würden es die Götter als Einhaltung meines Versprechens ansehen, wenn ich sie eines Tages in die Heimat ihrer Großmutter bringen würde?

30

 Am nächsten Morgen erwachte Lillian vom morgendlichen Lärm der Baustelle. Männerstimmen hallten über ihr Zelt hinweg, doch niemand machte Anstalten, es zu betreten.

Nachdem sie sich so gut wie möglich frisch gemacht hatte, trat sie nach draußen. Noch immer hallten die Worte ihres Großvaters in ihr wider. Sie würde eine Weile brauchen, bis sie alles, was sie gelesen hatte, verkraften konnte. Der Drang, zu ihm zu gehen und mit ihm zu reden, ihm zu sagen, dass es nicht nötig gewesen wäre, sein Wissen vor ihr zu verheimlichen, wurde zu einem schmerzhaften Ziehen in ihrer Brust; niemals würde sie ihm offenbaren können, was sie fühlte. Tränen stiegen ihr in die Augen, und für einen Moment gab sie sich erneut ihrer Trauer hin. Doch dann erwachte der Drang, sich nützlich zu machen. Auf der Baustelle musste es doch etwas geben, was sie tun konnte! Und wenn es das Wegräumen von Trümmern war.

Wieder traf sie der erbarmungswürdige Anblick der Baustelle wie ein Stich, doch als sie dort angekommen war, fiel ihr etwas auf, was ihr vorher vor lauter Gram und Aufregung entgangen war: Das Fundament sah noch intakt aus.

Mit pochendem Herzen lief sie zur Baustelle. Was, wenn der Traum ihres Großvaters doch noch zu realisieren war? Wenn es sie gar nicht so viel kosten würde, wie alle annahmen?

Das Fundament und der untere Aufbau der Sternwarte standen tatsächlich noch immer und wirkten nicht im Geringsten beschädigt. Natürlich müsste der obere Teil rekonstruiert werden, doch das Material dazu war ja noch hier. Die meisten Steine waren intakt, und mit jenen, die es nicht mehr waren, konnte man die Nischen füllen.

Plötzlich ertönte ein lautes Krachen. Instinktiv blickte Lillian nach oben und sah gerade noch das lange Brett, das zur Erde stürzte. Bevor sie zur Seite springen konnte, wurde sie gepackt und nach hinten gerissen. Dabei verlor sie den Halt unter den Füßen und schlug schließlich hart auf den Boden auf, ebenso wie das Brett, das nur wenige Zentimeter von ihrem Kopf entfernt aufprallte.

»Du solltest auf deine Angestellten hören!«, sagte eine Stimme, die ihr sehr bekannt vorkam.

»Henare...«, presste Lillian hervor, als sie sich aufrappelte, und vergessen war auf einmal, dass sie für einen Moment in Lebensgefahr geschwebt hatte. »Wo warst du die ganze Zeit?«

»Zu Hause«, antwortete er. »Und wie es aussieht, bin ich gerade rechtzeitig gekommen. Eigentlich solltest du wissen, dass man sich einem umgestürzten Baugerüst nicht allzu sehr nähert.« Die Art, wie er sie bei diesen Worten anlächelte, wärmte ihr Herz.

»Das weiß ich, aber ich habe festgestellt, dass der untere Teil des Turms gar nicht so schlecht aussieht.«

»Dafür setzt man aber nicht sein Leben aufs Spiel«, gab er zurück und strich ihr liebevoll eine Strähne aus dem Gesicht. »Ich würde dich gern mitnehmen. Zu meinem Stamm.«

Beinahe wäre es Lillian herausgerutscht, dass es auch ihr Stamm sei – durch ihren Vater. Aber das wollte sie ihm erst später anvertrauen.

»Und warum willst du mich mitnehmen?«, fragte sie.

»Weil ich dich meinem Vater vorstellen möchte. Ich habe mich mit ihm versöhnt und ihm auch von dir erzählt.«

»Wie geht es ihm denn?«

Henares Miene verfinsterte sich. »Sehr schlecht. Deshalb hat er darauf bestanden, dich kennenzulernen.«

Lillian strich ihm liebevoll über die Wange und küsste ihn. »Dann sollten wir wohl keine Zeit verlieren, oder?«

Nur wenige Stunden später lag die Baustelle weit hinter ihnen, und sie erreichten einen Ort, der Lillian bekannt vorkam. Richtig, das hier war der Lagerplatz, an dem sie auf dem ersten Ritt Rast gemacht hatten. Als sie kurz anhielten, um die Pferde zu tränken, sah Lillian den geeigneten Augenblick gekommen, um ihm ihre Entdeckung zu offenbaren.

»Ich habe dir auch etwas Wichtiges zu sagen«, eröffnete sie ihm, während sie sich an seine Brust schmiegte.

»Und was?«, fragte Henare, während er spielerisch durch ihr Haar fuhr.

»Die Aufzeichnungen meines Großvaters...«, begann sie, während sie nach seiner Hand griff und sie festhielt.

»Was ist damit?« Henare zog verwundert die Augenbrauen hoch.

»Ich habe sie gelesen.«

»Und was stand darin?«

»So einiges. Die wohl wichtigste Nachricht für mich war allerdings, dass ich zu deinem Stamm gehöre.«

Henare setzte sich auf und zog sie an den Schultern sanft herum. Unverständnis lag in seinem Blick. »Was sagst du da?«

»Dass ich eine von euch bin. Jedenfalls zu einem Viertel. Mein Großvater war in seiner Jugendzeit eine Weile hier und freundete sich mit einem Heiler namens Aperahama an.«

Lillian verstummte, als Henare hörbar einatmete.

»Was ist mit dir? Hätte ich es dir lieber nicht erzählen sollen?«

Henare schüttelte den Kopf. »Nein, erzähl es mir ruhig, ich will die ganze Geschichte hören.«

»Und warum hast du bei der Erwähnung des Heilers so nach Luft geschnappt?«

»Aperahama ist immer noch der Heiler meines Dorfes. Er war schon ein alter Mann, als ich noch ein Kind war. Manche von uns meinen, er sei unsterblich, weil seine Heilkunst sein Leben immer wieder verlängere.«

Lillian erzählte ihm in aller Kürze das, was sie in den Aufzeichnungen gelesen hatte. Von der Auspeitschung bis zu der Abreise mit Georgs Sohn aus Neuseeland.

»Dann muss dein Urgroßvater der Vorgänger meines Vaters gewesen sein«, erklärte Henare, nachdem sie geendet hatte, und schüttelte den Kopf. »Kaum zu glauben.«

»Aber es ist wahr, sonst hätte es mein Großvater nicht aufgeschrieben. Er war ein guter Astronom, aber kein Dichter. Er hat nur notiert, was er auch wirklich erlebt hat.«

Während sie von ihrem Großvater sprach, erwachte erneut das schmerzhafte Brennen der Trauer in ihrer Brust. Es hätte ihm sicher gefallen, dass sie jetzt zu dem Stamm ritt, bei dem er so lange gelebt und so viel erlebt hatte. Und dass Henare sie seinem Vater vorstellen wollte.

Der Maori lächelte sie liebevoll an. »Es wird meinem Vater gefallen, dich kennenzulernen. Wollen wir hoffen, dass er noch am Leben ist, wenn wir dort ankommen.«

»Steht es denn so schlecht um ihn?«

»Schlechter als beim letzten Mal, als ich ihn zu Gesicht bekommen habe. Und wie man bei deinem Großvater gesehen hat, ist der Wille der Götter manchmal unfassbar für uns Menschen. Aber er würde die Geschichte deines Großvaters sicher hören wollen. Vielleicht erinnert er sich an deine Großmutter.«

Noch war mit dem Wort Großmutter für Lillian das Bild verbunden, das ihr Großvater von Anna besessen hatte, und sie wusste auch nicht, ob das jemals anders sein würde. Aber es interessierte sie schon, ob noch jemand wusste, wer die große Liebe ihres Großvaters gewesen war.

Als sie wenig später weiterritten, war ihr Herz voll seltsamer Vorfreude, und für einen Moment erschien ihr die Trauer um ihren Großvater ein wenig leichter.

Auch das Maori-Dorf war von dem Erdbeben nicht verschont geblieben. Ein paar Hütten waren eingestürzt, ein riesiger Spalt klaffte an einem Ende des Dorfes wie ein Maul, das versucht hatte, hier alles zu verschlingen.

Nur dem großen Haupthaus schien das Wüten der Erde nichts ausgemacht zu haben. Noch immer blickten die geschnitzten Gesichter energisch vom Dach auf die Besucher.

Aufregung überkam sie plötzlich, obwohl sie den Häuptling schon einmal gesehen hatte. Als was würde Henare sie vorstellen? Als seine Braut? Als das Mädchen, das er liebte? Letzteres war am wahrscheinlichsten, und obwohl das keineswegs falsch oder peinlich war, fürchtete sich Lillian ein wenig, dem *ariki* unter die Augen zu treten. Würde sie auch den *haka* überstehen müssen wie ihr Großvater?

Nachdem sie ihre Pferde angeleint hatten, legten sie den Rest des Weges zu Fuß zurück.

Vor der Hütte des Häuptlings, die Lillian nur von Weitem zu Gesicht bekommen hatte, machten sie schließlich halt.

»Du bist aufgeregt, nicht wahr?«, sagte Henare, während er ihre Hände nahm. Lillian nickte.

»Das brauchst du nicht. Mein Vater hat sich an dich erinnert, er meinte, dass du eine schöne Frau bist. Er wird dich mögen, das verspreche ich dir.«

Von dem Mann in dem prachtvollen Federmantel war nicht viel übrig geblieben. Knapp drei Monate hatten seinen Zustand noch weiter verschlechtert.

Lillian hatte Mühe, ihr Erschrecken über seinen Zustand zu verbergen. Dennoch trat sie ein und bemerkte, dass der alte Heiler bei ihm war und ein Gefäß mit duftendem Rauch über seinem Körper schwenkte. Einen Moment später beendete er seine Handlung und nickte Lillian zu. »*Haere mai.* Ich hätte mir denken können, dass du das Mädchen bist, von dem Henare gesprochen hatte.« Er blickte auf seinen Patienten, der langsam den Kopf drehte. Ein seltsam friedlicher Ausdruck lag auf dem Gesicht des Mannes. Offenbar hatte Henare sein Versprechen gehalten und Frieden mit ihm geschlossen.

»Ihr könnt mit ihm sprechen, strengt ihn aber nicht allzu sehr an. Sein *mana* ist sehr schwach, es reicht höchstens noch für ein paar Tage.«

Während sich der Heiler in das Dunkel der Hütte zurückzog, traten Henare und Lillian näher.

»Vater, das ist Lillian«, stellte Henare sie mit leiser Stimme vor.

Sein Vater konnte weder antworten, noch zeigte sein Gesicht eine erkennbare Reaktion, doch in seine Augen trat für einen Moment ein Leuchten, als hätte er einen guten Bekannten erblickt.

»Ihre Großmutter war eine von uns«, setzte er zu. »Ahani war ihre Großmutter. Erinnerst du dich an sie?«

Der Mund des *ariki* formte einen Laut, doch er war zu schwach, als dass man ihn gehört hätte. Lillian fragte sich, wann er etwas über sie gesagt haben sollte. Innerhalb eines Tages hatte sich sein Zustand doch nicht so verschlechtern können! Doch es war egal. Der Blick des Häuptlings strahlte noch immer Zufriedenheit aus. Ganz leicht nickte er Lillian zu, dann schloss er die Augen wieder.

Der Heiler, der alles genau beobachtet hatte, trat wieder aus dem Schatten.

»Ich glaube, er ist zufrieden mit dir«, sagte er.

Obwohl Lillian eigentlich nichts mit dem Mann verband, verspürte sie plötzlich eine ähnliche Trauer wie um ihren Großvater.

»Henare, du solltest zum heiligen Ort reiten und dort die Götter für deinen Vater bitten«, wandte sich der *tohunga* an Henare. »Ich denke, es wird Zeit.«

Henare, der offenbar wusste, was zu tun war, nickte.

»Kann ich mitkommen?«, fragte Lillian, doch er schüttelte den Kopf.

»Das muss ich allein machen. Bleib du hier, Aperahama wird sich um dich kümmern, nicht wahr?«

»Ich weniger, aber meine Enkelinnen. Sie sind schon ganz begierig, dich näher kennenzulernen; während der letzten Wochen haben sie mir Löcher über dich in den Bauch gefragt, und unglücklicherweise konnte ich ihnen keine andere Antwort geben, als dass du die Enkelin von Georg bist.« Ein bedrückter Ausdruck trat auf das Gesicht des Heilers. Offenbar hatte Henare ihm bereits erzählt, was passiert war.

»Die Enkelin von Georg und Ahani«, korrigierte Lillian lächelnd.

»Dann weißt du es jetzt also?«

»Er hatte es aufgeschrieben. Seine ganze Geschichte bis zum Tod meines Vaters. Er hat sich gefragt, ob sein Versprechen auch damit erfüllt wäre, dass ich hier bin.«

Der Heiler lächelte versonnen. »Das ist es.«

»Wie du siehst, hängt mein Herz nicht nur an den Dingen der Weißen«, schaltete sich Henare wieder ein. »Ich habe mir ein Mädchen unseres Stammes ausgesucht.«

Mit diesen Worten und einem zärtlichen Blick verabschiedete sich Henare fürs Erste von ihr.

Als er fort war, führte der Heiler sie aus der Hütte des *ariki* zu seiner eigenen Behausung. Unterwegs bemerkte Lillian die neugierigen Blicke der Frauen und Männer. Was wussten sie über sie? Wenn der Heiler ihren Großvater erkannt hatte, hatte er ihnen die Geschichte von dem weißen Jungen erzählt, der eine Maori liebte?

»Deine Großmutter war wirklich eine Schönheit«, sagte der Heiler nach einer Weile. »Das schönste Mädchen im ganzen Dorf, und einem anderen versprochen. Aber dein Großvater war sehr stur, er wollte sie um jeden Preis haben. Und er hat es geschafft. Leider haben es die Götter vorgezogen, Ahani bei der Geburt deines Vaters zu sich zu nehmen. Wenn dem nicht so gewesen wäre, wäre er sicher hier geblieben.«

Und ich wäre vielleicht nie geboren worden, ging es Lillian durch den Sinn.

»Ich frage mich nur, warum er es all die Jahre verheimlicht hat. Ich hätte gewiss nichts dagegen gehabt, sein Geheimnis zu kennen.«

»Aber wo hättest du dich dann heimisch gefühlt?«, fragte der Heiler. »In dem Land deines Großvaters oder dem deiner Großmutter? Wohin hätte es dich gezogen?«

»Zu beiden«, antwortete Lillian ehrlich. »In Deutschland habe ich eine sehr gute Freundin, und Großvater hatte mir Gelegenheit gegeben, den Wissenschaften nachzugehen. Aber hier fühle ich mich wohl, schon vom ersten Augenblick an, als ich hergekommen war.«

Ein Knall, der laut durch den Wald hallte, schreckte eine Schar Vögel auf, die sich laut kreischend über die Baumwipfel erhoben. Lillian zuckte zusammen und wirbelte herum. Was war dort passiert?

Als ihr einfiel, dass Henare in diese Richtung geritten war, stach ihr die Angst schmerzhaft in die Seele.

Bevor sie aus ihrer Lähmung erwachte, stürmten schon ein paar Männer aus dem Dorf zu ihr.

»Was ist passiert?«, fragte einer von ihnen.

»Henare!«, entgegnete sie, worauf die Männer sogleich in den Busch stürmten. Sie selbst schloss sich ihnen an.

Das Herz schlug ihr bis zum Hals. Bitte nicht Henare, flehte sie im Stillen. Bitte, lieber Gott, nimm ihn mir nicht auch noch.

Als Lillian den Ort, an dem der Schuss gefallen war, erreichte, beugte sich ein Mann über Henare.

»Verflucht, sag mir, wo sie ist!«, fauchte er, während er den Verletzten am Kragen packte.

»Jason!«, rief Lillian schrill aus, als sie den Angreifer erkannte. So schnell sie konnte, sprang sie aus dem Sattel.

»Lillian!«, entgegnete Ravenfield. »Ein Glück, dass ich Sie finde. Ich dachte schon, dieser Bastard ...«

Lillian stieß ihn mit einem wütenden Aufschrei grob zur Seite und kauerte sich dann neben Henare. Seine Brust hob und senkte sich unter heftigen Atemstößen. Ein roter Fleck breitete sich auf seiner rechten Brustseite aus. Zwischen seinen Lippen erschien schaumiges Blut.

Schockiert strich sie ihm über die Wange, dann redete sie leise auf ihn ein. »Ich bin da, Henare, es wird alles wieder gut.«

Doch er schien sie nicht zu hören. Gegen die Tränen ankämpfend, die in ihrer Brust aufstiegen, blickte sie auf.

»Was fällt Ihnen ein, auf ihn zu schießen?«, fuhr sie Ravenfield an. »Glaubten Sie denn wirklich, ich würde es mir anders überlegen und zu Ihnen zurückkehren, wenn er tot ist?«

»Ich dachte, er hätte Sie entführt«, rechtfertigte sich Ravenfield mit einem unsicheren Lächeln.

»Er hat mich nicht entführt!«, schrie sie, während die Maori nun von ihren Pferden stiegen und ihn umringten. »Er hat mich nur seinem Vater vorstellen wollen. Er hat mich an den Ort gebracht, von dem ich herstamme.«

Ravenfield öffnete verängstigt den Mund und hob nervös seine Waffe, als er merkte, wie nahe ihm die anderen Männer bereits waren.

»Lasst ihn!«, rief Lillian den Kriegern zu, ohne den Blick von Ravenfield zu nehmen. »Er wird auf andere Weise seine

Strafe bekommen. Wir müssen Henare zu Aperahama bringen. Schnell!«

Die Männer gehorchten und halfen ihr, den Verletzten auf ein Pferd zu heben. Ravenfield hielt seine Waffe weiterhin im Anschlag, doch seine Miene wirkte verzweifelt.

»Lillian, ich dachte wirklich, er würde Ihnen etwas antun«, rief er, worauf Lillian ihn hasserfüllt ansah.

»Sie wollten ihn von Anfang an von mir fernhalten«, sagte sie leise. »Haben Sie nicht meinen Großvater und Mr Caldwell erpresst, dass Sie ihnen den Geldhahn zudrehen würden, wenn Henare bliebe? Dass Sie ihnen sogar das Land wegnehmen würden?«

Ravenfield presste die Lippen zusammen, doch das war Lillian bereits Antwort genug.

»Glauben Sie wirklich, einen solchen Mann würde ich wollen? Wenn Sie mich mitgenommen hätten, hätte man annehmen können, dass Sie mich entführt hätten, aber Henare würde ich überallhin folgen.«

Ein Blick zur Seite zeigte ihr, dass die Maori Henare inzwischen auf dem Pferd festgebunden hatten. Jetzt war Eile geboten. Lillian lief zu ihrer Stute und schwang sich in den Sattel.

»Und jetzt können Sie meinetwegen die Vereinbarungen mit meinem Großvater und Mr Caldwell rückgängig machen und versuchen, sich das Land zurückzuholen. Aber glauben Sie mir, sollte Henare an der Verletzung sterben, bringe ich Sie vor Gericht!«

Damit zog sie ihr Pferd herum und ritt davon, gefolgt von dem Maori, der sich hinter Henare in den Sattel geschwungen hatte.

Während sie sich dem Dorf näherten, wusste Lillian nicht, welches Gefühl sie stärker beherrschte: die Angst um Henare oder

der Zorn auf Ravenfield. Von Anfang an hatte sie ein ungutes Gefühl gehabt, wenn sie ihn getroffen hatte, und sie hatte leider recht behalten. Wie konnte er nur auf die Idee kommen, dass sie jemand entführen würde?

Besorgt blickte sie auf den Reiter neben ihr. Henare wirkte noch blasser als vorher. Das Blut breitete sich nun auch unter seinem Arm aus. Vielleicht hätten wir in die Stadt reiten sollen, dachte sie ängstlich. Gewiss muss er operiert werden.

Doch gleichzeitig wusste sie auch, dass es Henare nicht bis in die Stadt schaffen würde. Der *tohunga* war der Einzige, der ihn retten konnte.

Der plötzliche Aufbruch der Krieger hatte die anderen Bewohner des Dorfes aus ihren Hütten gelockt. Erschrocken betrachteten sie die Heimkehrenden; einige Frauen schlugen entsetzt die Hand vor den Mund, als sie Henares Verletzungen bemerkten.

An der Hütte des Heilers angekommen, half Lillian dem Maori, den Verletzten vom Pferd herunterzuheben. Eigentlich war er viel zu schwer für sie, doch in diesem Augenblick der Verzweiflung und Angst hätte sie ihn vielleicht auch ganz allein tragen können.

Der alte Mann sah zunächst Henare an, dann wandte er sich an sie.

»Was ist passiert?«

»Er ist angeschossen worden«, erklärte Lillian. Der Name des Schuldigen blieb ihr im Hals stecken. Angesichts der Dinge, die Henare ihr erzählt hatte, würden sich womöglich einige junge Männer genötigt sehen, Schritte gegen die *pakeha* zu unternehmen. Schritte, die sie bestimmt bereuen und die zudem ihr Volk ins Unglück stürzen würden. Natürlich würde ans Tageslicht kommen, was geschehen war, sie konnte die anderen Männer unmöglich darauf einschwören, nichts zu sagen. Doch jetzt war ohnehin nur Henare wichtig.

Das schien auch Aperahama so zu sehen, der glücklicherweise nach keiner genaueren Erklärung verlangte. Er sagte etwas zu dem Krieger, worauf dieser Henare in die Mitte der Hütte legte und dann loslief.

»Was werden Sie tun?«, fragte Lillian unruhig.

»Ich muss die Kugel herausschneiden. Aber dazu benötige ich die Hilfe meiner Enkelin.«

»Sie meinen, Sie können ihn operieren?«

Der alte Heiler nickte. »Ja, mir wird wohl nichts anderes übrig bleiben, denn eine Kugel ist kein Geist, den man einfach so mit einem *karakia* aus dem Körper eines Menschen verbannen kann.« Er beugte sich über Henare, der inzwischen vollständig das Bewusstsein verloren hatte, und öffnete ihm vorsichtig die Weste und das Hemd.

Wenn er nun stirbt, durchzuckte es Lillian, was wird dann aus mir?

Dann werde ich zu allererst dafür sorgen, dass Ravenfield hinter Gitter kommt, dachte sie grimmig, doch gleichzeitig wusste sie, dass ihr auch das Gericht den geliebten Menschen nicht zurückgeben konnte. Niemand konnte das.

Der Heiler machte sich unverzüglich an die Arbeit. Offenbar hatte auch er einige Vorzüge der Weißen entdeckt, denn aus dem Futteral zog er ein Skalpell und eine Zange, die er wohl in der Stadt oder von einem Reisenden erworben haben musste. Seine Hände waren bei der Arbeit erstaunlich ruhig.

Als Henare vor Schmerz wieder erwachte, beugte sich Lillian über ihn und streichelte sein Gesicht.

»Es wird wieder gut«, flüsterte sie unter Tränen. »Alles wird wieder gut.«

Der Heiler machte weiter, bis er schließlich die Kugel fand und herauszog.

Henare schrie ganz furchtbar auf, dann sank er in tiefe Bewusstlosigkeit.

»Was ist mit ihm?«, fragte Lillian erschrocken, während der Heiler die Kugel neben sich auf den Boden warf und dann einen Lappen auf die Wunde drückte.

»Die Kugel ist draußen, er braucht einen Verband. Er ist nur ohnmächtig; das war dein Großvater auch, als ich ihn gefunden habe.«

»Wirst du ihn retten können?«

Weder nickte der Heiler, noch verfinsterte sich sein Gesicht. »Es liegt in der Hand der Götter. Aber meine Beziehungen zu ihnen sind noch recht gut, ich glaube, ich werde sie dazu bringen, ihn bei dir zu lassen. Jetzt muss er aber verbunden werden. Und dazu brauche ich deine Hilfe.«

Die ganze Nacht über hielten sich Lillian und Aperahama mit Geschichten wach. Lillian berichtete ihm von ihrer Freundin und dem Leben in Köln; der Heiler erzählte ihr Geschichten über seinen Freund und schmückte das, was sie über ihren Großvater wusste, noch ein wenig aus.

Als Henare begann, sich mit schmerzvollem Stöhnen hin und her zu werfen, meinte der *tohunga*: »Es ist an der Zeit, den Geist zu vertreiben, der mit der Kugel in ihn gefahren ist. Ich werde das entsprechende *karakia* spielen.«

Während Lillian ihrem Geliebten sorgenvoll über die Stirn streichelte, holte der Heiler ein seltsames Instrument, das an eine Flöte erinnerte.

»Das ist eine *nguru*«, erklärte der Heiler. »Damit lassen sich die Geister am besten vertreiben.«

Und er begann zu spielen. Die Melodie war eine vollkommen andere als jene, die Henare gespielt hatte. Lillian empfand sie als wesentlich intensiver, und offenbar schien der Geist in Henare darauf anzusprechen. Sein Körper zuckte zusammen, Schweiß trat auf seine Stirn. Die Töne füllten mühelos die Hütte, drangen sicher weit darüber hinaus, doch niemand zeigte sich, um nach ihm zu sehen.

Als das Lied beendet war, beruhigte sich Henare wieder. Der Heiler legte seine Hand auf die Brust des Verletzten, dann nickte er.

»Der Geist ist fort. Jetzt müssen wir weiter warten.«

Lange hielt Lillian das Warten allerdings nicht mehr aus. Obwohl die Sorge um Henare in ihr brannte, fielen ihr die Augen zu, und sie versank in einen tiefen, traumlosen Schlaf. Erst als der Gesang der Morgenvögel in die Hütte drang, erwachte sie wieder.

Henare lag noch immer neben ihr auf der Matte; auf seinem Verband zeigte sich ein angetrockneter Blutfleck.

Als sie ihm übers Haar strich, spürte Lillian, dass seine Stirn kalt war. Erschrocken fuhr sie auf und lauschte nach seinem Atem – bis sie sah, dass sich seine Brust gleichmäßig hob und senkte. Sie wollte Aperahama rufen, doch der war nirgendwo zu sehen.

»Henare?«, wisperte sie leise, während sie seine Wangen streichelte. »Denk an dein Versprechen, dass du mich nicht verlässt.«

»Das werde ich auch nicht«, flüsterte er schwach und schlug dann die Augen auf, die verklebt waren von Schweiß und Tränen.

Lillian schnappte nach Luft. »Du bist wach.«

»Schon eine Weile«, entgegnete er, doch es kostete ihn große Anstrengung. »Wo bin ich?«

»In Aperahamas Hütte. Und du solltest jetzt nicht mehr sprechen, du willst doch nicht, dass irgendwelche bösen Geister in deinen Körper fahren.«

Henare gab sich geschlagen und schloss mit einem kleinen Lächeln die Augen. Lillian beugte sich über ihn und küsste ihn.

In dem Augenblick trat der Heiler ein.

Lillian blickte erfreut auf. »Er ist wach! Und er hat mit mir geredet!«

Aperahama nahm das mit einem Nicken zur Kenntnis, doch Freude zeigte sich nicht auf seinem Gesicht.

»Der *ariki* ist in der vergangenen Nacht zu den Göttern gegangen. Wir müssen Henare schnell wieder auf die Beine bringen, damit er sich zur Wahl stellen kann.«

Lillian sah Henare an, der die Augen wieder geöffnet hatte. Wortlos nickte er ihr zu.

Epilog

»Was schreibst du nur die ganze Zeit«, sagte Henare, während er sich über sie beugte und ihr einen liebevollen Kuss gab. »Das können doch keine Sterntabellen sein.«

»Ich habe Adele eben viel zu berichten«, entgegnete sie und legte ihre Feder zur Seite. »Du solltest dich lieber um deine Zeremonie kümmern. An deiner Stelle wäre ich ziemlich aufgeregt.«

»Warum denn, es ist doch nur eine Zeremonie.« Liebevoll zog er sie in seine Arme. »Ich bin wesentlich aufgeregter, wenn ich daran denke, dass es auf der Baustelle endlich weitergeht. Das neue Baumaterial ist gestern gekommen.«

»Ach, nur wegen des Baumaterials bist du aufgeregt?«

Henare lächelte breit. »Nein, auch aus vielen anderen Gründen. Aber die nenne ich dir heute Abend, wenn wir meine Ernennung zum Häuptling feiern.«

»Ich bin überaus gespannt!« Lillian beugte sich vor und küsste ihn leidenschaftlich, dann schickte sie ihn aus der Hütte, denn er musste sich wirklich vorbereiten.

Sie würde bei der Zeremonie natürlich zugegen sein, doch vorher wollte sie den Brief an Adele beenden.

Die zurückliegenden zwei Wochen waren sehr aufregend gewesen. Zum einen hatte sie weitere Briefe von Adele erhalten, und das, obwohl die Post zwischen Kaikoura und Christchurch immer noch nicht wieder regelmäßig verkehrte.

Zum anderen war es zu weiteren Erdstößen gekommen, doch außer dem ohrenbetäubenden Grollen hatten sie hier im

Dorf nur leichte Vibrationen verspürt, die keine Schäden mehr anrichteten.

Kaum war diese Aufregung überstanden, wurde der alte *ariki* des Stammes begraben. Dazu fanden sich alle Mitglieder des Stammes und auch Lillian beim heiligen Ort ein, wo Henare ein *karakia* sang und zum Zeichen des Aufstiegs der Seele seines Vaters eine Taube gen Himmel schickte. Die Krieger des Stammes tanzten daraufhin ein *haka,* und das, was sie ausriefen, war ihr seltsam bekannt. Ohne zu wissen, was ihre Bedeutung war, hatte sie die Worte, die die Männer während des Tanzes riefen, schon einmal gehört: »*Ka mate!*« Und später hatte sie sie auch in den Aufzeichnungen ihres Großvaters gelesen.

Sie sprach mit Henare darüber, kurz nachdem der Leichnam bestattet und die Trauerrunde auseinandergegangen war.

»Es heißt übersetzt ›Ich sterbe‹ oder ›Das ist der Tod‹. Es ist Teil eines uralten Liedes, das von einem Häuptling geschrieben wurde. Es erinnerte an seine Todesangst, und wie er aus der tödlichen Gefahr errettet wurde. Es wird sehr oft rezitiert, wenn eine angesehene Person des Stammes den Ahnen übergeben wird.«

»Dann scheint das Maori-Blut in mir wirklich stark zu sein, denn ich habe von diesen beiden Worten geträumt, als wir nach Neuseeland reisten«, offenbarte Lillian ihm. »Offenbar haben mich die Götter warnen wollen.«

»Das glaube ich nicht. Ich glaube, sie wollten dich eher prüfen. Und ich bin sicher, dass du die Prüfung bestehen wirst.« Damit zog er sie an sich und küsste sie.

Nach der Trauerzeit stand die Wahl des neuen Häuptlings an. Wie es zu erwarten war, hatte sich Mani ebenfalls um das Amt beworben, doch die Tatsache, dass Henare von einem Weißen angeschossen worden war und dass er sich wieder zu seinem

Stamm bekannte, hatte sein *mana* und sein Ansehen erheblich gesteigert. Als er seinem Cousin dann auch noch vorhielt, dem Stamm Schaden zufügen zu wollen, indem er gegen die Weißen hetzte, hatte Henare die Wahl gewonnen.

Henares Wunde war inzwischen recht gut verheilt, gut genug, um sich wieder auf der Baustelle sehen zu lassen und an den Ritualen seines Stammes teilzunehmen. Und auch Mani, der wegen seiner Niederlage zunächst ziemlich wütend gewesen war, hatte sich wieder mit seinem Cousin vertragen.

Lillian hatte das Gefühl, dass ihr Leben jetzt langsam wieder in geordnete Bahnen gelenkt wurde, und sie genoss die Augenblicke des Glücks intensiver als zuvor. Wer konnte schon sagen, was die Götter noch mit ihnen vorhatten? Im Moment hatte sie Henare und die Maori, ihre zweite Familie. Und sie hatte die Sternwarte, die eines Tages den Namen ihres Großvaters tragen sollte. Was konnte sie mehr verlangen?

Als sie den Brief beendet hatte, schob sie ihn in einen Umschlag; dann trat sie aus der Hütte, in die sie mit Henare eingezogen war. Über dem Dorf spannte sich ein strahlend blauer Himmel, der Lillian das Gefühl gab, ihr Großvater würde sie anlächeln.

Meine liebe Adele,

lang ist es her, dass ich Dir gute Nachrichten senden konnte. Wahrscheinlich magst Du nichts mehr über Erdbeben und Tod hören, also verschone ich Dich diesmal damit, denn es gibt gute Nachrichten. Natürlich können sie all den Schmerz der vergangenen Wochen nicht aufwiegen, und schon gar nicht können sie das Zerstörte wiedererstehen lassen, doch mit kleinen, hoffnungsvollen Schritten geht es wieder voran.

Heute Morgen wurden die Bauarbeiten an der Sternwarte offiziell wieder aufgenommen. Mr Caldwell hat Henare zum

Vormann ernannt und ihm die Befugnis gegeben, über den Aufbau zu wachen und Entscheidungen selbstständig zu treffen. Unter den Arbeitern sind viele Mitglieder seines eigenen Stammes, von denen er sich allerdings nicht wie ihr neuer Häuptling behandeln lassen will. Ebenso wie sie packt er mit an, wenn es nötig ist, und wenn er einen Fehler macht, lässt er sich von ihnen auch etwas sagen.

Allerdings gibt es an ihm eine Veränderung. Gemäß der Tradition seines Volkes hat er sich ein moko *machen lassen. Richtig verwegen sieht er damit aus. Das Motiv, stilisierte Blattranken, hat Tradition in seiner Familie, und ich finde es wunderschön, solange er nicht auf die Idee kommt, sein gesamtes Gesicht damit zu schmücken.*

Den Tod seines Vaters hat er ebenso wenig schon verkraftet wie ich den meines Großvaters, aber wir geben uns gegenseitig Halt, wenn das Dunkel nach uns greift und die bösen Gedanken sich nicht mehr zurückhalten lassen.

Du fragst Dich vielleicht, was aus Ravenfield geworden ist. Der wurde von einem Richter zu einer recht hohen Geldbuße verurteilt, die er an Henare zahlen musste. Außerdem muss er für zwei Jahre ins Gefängnis, was besonders seine Farm sehr hart treffen wird. Ich war niemals dort, aber dennoch fühle ich mit seinen Leuten, denn bisher ist nicht klar, ob er die Schafe behalten kann und ob die Männer weiterhin für ihn arbeiten werden.

Henare bot an, sie bei der Sternwarte mitarbeiten zu lassen. Natürlich hat er den Betrag, den er erhalten hat, in den Bau investiert. Ich selbst bin mit ihm ins Maori-Dorf gezogen, wo ich mir wegen meiner Kleidung häufig seltsam vorkomme. Doch die Frauen sehen es ganz anders und behandeln mich, als wäre ich eine von ihnen – was ich genau genommen ja auch bin, denn meine Großmutter war ja ebenfalls die Tochter eines Häuptlings.

Du siehst, das Leben hier geht weiter, und auch wenn ich mich manchmal noch in den Schlaf weine, kann ich doch hoffnungsvoll in die Zukunft schauen. Ich hoffe, Dir geht es ebenfalls gut, und ich wünsche mir so sehr, dass Du Deine Hochzeitsreise wirklich hierher machst. Ich verspreche Dir, die Menschen hier sind die freundlichsten, die Du je kennengelernt hast.

Bis dahin umarme ich Dich!
In Liebe,
Deine Lillian

PS: Die kleine Flöte, die dem Brief beiliegt, ist eine echte Schnitzerei der Maori. Wenn Du es geschickt anstellst, kannst Du ihr ein paar Töne entlocken, vielleicht auch ein karakia, *ein heilendes Lied. Auf jeden Fall sollte sie Deiner Mutter Kopfschmerzen bereiten und Dir ein wenig Freiraum geben, Deine Träume über die Dächer Kölns schweben zu lassen.*